KUWEI
酷威文化
图书 影视

这膝盖我收下了

上册

江山沧澜 著

四川文艺出版社

目录 contents

第一章

梦醒

宋睢窈曾经怀疑过自己为什么会把日子过成这样，为什么她的人生如此失败，是她不够努力，还是她过于愚笨？她一度抱怨老天不公，怨恨那些轻易就能获得自己拼命想要得到的一切的人，因为好运从未在她的身上降临。

她出生在一个极度贫苦的家庭，他们家在一个垃圾填埋场附近，父母靠着分类和捡拾每天从城市四面八方送来的垃圾维持生活，日子过得艰辛而邋遢。她不喜欢这样的日子，所以她为了过上好日子拼命努力，在别的孩子懵懂无知的时候，她对未来就已经有了明确的目标，她努力学习，试图让自己拥有实现梦想的能力。

从 7 岁开始，为了赚钱，她尝试各种办法：帮大人跑腿，帮同学写作业，帮别人打扫卫生，嘴甜地讨好老师，从他们那里获得方便和利益。为此，她常被同学在背后议论。但她无所谓，她清楚这些议论声比起她的人生太过无足轻重。她把钱存起来，看着商店橱窗里的漂亮衣服满心艳羡，她想，总有一天她会成功。

同校的文若柠是宋睢窈最讨厌的人，她总是跑来缠着宋睢窈，总是教育宋睢窈不应该帮别人写作业，因为这会害别人成绩不好，她总是摆出一副“我是为你好”的让人恶心的善良嘴脸，还拿她穿过的衣服来送给宋睢窈，就差没说“我知道你很穷，你连件像样的衣服也没有”了。

宋睢窈有几次差点儿被她气哭，但是她都坚强地忍住了，只是更加努力，更加拼命地去学习。她想说我没空跟你玩，我要读书、要写作业、要回家做家务、要帮父母分类那些该死的垃圾；她还想说就算我不帮那些人写作业赚他们那点儿钱，他们也不会写，只会干脆叫别人免费帮他们写或者第二天自己随便抄抄就算了，他们成绩差不是因为我帮他们写作业，而是因为他们本来就没打算好好读书；她还想说你不要拿你的衣服来当众施舍我，我很穷，但是我有自尊……

但是，宋睢窈没有说，她知道，跟她说她也不会理解。

文若柠家境富裕，是个千金小姐，她怎么会理解这个世界上有人得那么努力才能有一个值得期待的未来呢？

宋睢窈以为她和文若柠是没有交集的两个世界的人，直到高二那年，文若柠的父母突然找上门来，说她是他们丢失的女儿，是文若柠的异卵双胞胎姐妹，她的父母也承认他们是从人贩子手中把她给买来的。

宋睢窈听到这个消息时是茫然的，因为她一直以来的目标就是过上文若柠的那种日子，突然间这个目标就实现了，却不是通过她的努力实现的，而是天上掉馅饼般地实现了。那她以后该怎么办？

人生规划和奋斗的目标全被打乱了。

也正是这个时候，在文若柠拉她去参加的派对上，她认识了卫青，一个富家公子，风趣幽默、英俊潇洒，他对宋睢窈很好。宋睢窈以前没有把心思放在少女情怀上，可是突然间成为千金小姐，她心中蓦地空出了很多空间，然后卫青就占领了她的空地。

她为了卫青学穿衣打扮，被卫青带着和他的朋友们吃喝玩乐，她努力想要跟上他们的节奏，怕自己会被卫青嫌弃，渐渐地，成绩就落到了谷底。每当她后悔不安，想要拾起书本好好学习的时候，卫青就会出现，那些“朋友们”就会出现，渐渐地，书本就再也拾不起来了。

她以为她和卫青是两情相悦，直到有一天她听到文若柠请求卫青继续和她交往，不要伤害她，宋睢窈才知道，原来从一开始卫青接近她就是受了文若柠之托！卫青根本就不喜欢她！又是施舍，又是文若柠那可恨的自以为是的施舍！

宋睢窈勃然大怒，既有被戏弄的愤怒，也有对文若柠的嫉妒，这些黑暗的情绪促使她开始和文若柠针锋相对，对她冷言冷语，但所有人都向着文若柠，都认为她在无理取闹，连亲生父母都对她感到失望，表示如果早知道她是这样的人，就不会把她找回来。

宋睢窈最终被送出了国，她在国外心灰意冷了一段时间，好不容易想要振作起来，却又遇上了莱蒙德，他给她带来了甜蜜的爱情还有罪恶的毒品，亲生父母因此彻底和她断绝了关系，她的人生掉入了更深的低谷。

宋睢窈在戒毒所成功戒毒之后，决定重新生活。她努力找工作养活自己，却因为学历太低和吸毒的黑历史而吃了无数的闭门羹，她经历了一次次失败，被刁难、被辞退，她一事无成。

最后她走到商场外，看到橱窗里的漂亮衣服，恍惚地想到自己这是怎么了，她的人生怎么会变成这样？从她被文家找回去开始，一切就偏离了她原来给自己定下的轨道。但她想，最该怪罪的人还是她自己，怪自己为什么没有继续坚持，为什么那么轻易被别人影响。

而这时，她看到商场 LED 广告牌上，文若柠接受了卫青的求婚，那上面文若柠的脸和过去没什么区别，她的眼神还是那种没有受过一点儿苦的天真清澈，穿着橱窗里她梦想的裙子……

最后呢？过马路的时候，突然一辆车冲出来将她撞得血肉模糊，她终于结束了短暂悲凉且毫无意义的一生……

你怀疑过你的世界和人生吗？

宋睢窈怀疑过，但也只是怀疑而已，直到她死后。

她看到自己从身体里飘出来，越飘越高，越飘越高，然后她看到了什么？不可思议，难以置信，她觉得自己像是从屏幕里飘出来的，她看到了很多人，看到了很多机器，有个导演一样的人说：“收工！宋睢窈杀青了，观众那边反响怎么样？”

“导演，现在不应该说‘杀青’，应该说审判结束了。”

“废什么话？！”

“很精彩，观众们都在夸导演你呢。观众评价大多说宋睢窈这个人市侩、虚荣、心机深、心眼多、贪得无厌……总之基本都是负面评价，看来她减刑无望了……”

这时又有一个工作人员匆匆赶来：“导演，那个宋睢窈好像死了。”

“在里面经历糟糕的事，积累了那么多的负面情绪，精神崩溃也没什么好意外的，反正她也是个杀人犯，就权当给霍家少爷偿命了。通报一下上头就行了。”

他们在说什么？什么意思？宋睢窈不受控制地跟着那个人走，然后她看到了自己，自己瘦得皮包骨一般地躺在一个奇怪的舱里，有两个人像搬麻袋一样把她搬起来，装进了大袋子里。她跟着那两人走，经过了其他房间，看到了一模一样的椭圆形舱，舱里坐着文若柠、卫青，他们正从别人手上接过水杯在喝；再往前走，居然看到了她的那对亲生父母和六年前就已过世的养父母相谈甚欢。

看到那两个人过去，他们随口问了一句，然后摇了摇头，继续聊起来，随意得好像只是死了一条无关紧要的狗……

这是什么？这是什么怪诞的场面？宋睢窈像陷入了一个可怕的梦里，梦里的一切都是那么诡异，彻底颠覆了她的认知。

就在这时，被藏匿起来的记忆复苏了，她才终于明白过来，原来一切都是假的，她的身份、她的人生全都是假的，这只是一场现场直播表演，只是一部被人引导着走向的电视剧，她的人生走向全都被他人掌控，连生死都不由她！

现在是新生历 4524 年，而星梦娱乐公司，是红莲帝国最大的娱乐公司，背后由名门贵族控股，旗下有着时下最受欢迎的梦工厂，每天有十亿人收看他们的节目，其中最受欢迎、最受热议的就是一档名为《正义审判日》的全息直播真人秀，这个节目的主角都是那些犯了罪却不服从判决，对判决有异议的犯人。

这些犯人签署协议进入游戏舱，大脑里现实世界的记忆会被藏匿起来，犯人以一种全新的、能够被设定的个体状态投放进虚拟世界，展开一段全新的、在十多亿双眼睛的注视下进行的人生。

命运全掌控在导演和观众手中，如果你在里面的表现讨人喜欢，观众觉得你这个人本性良善，或者以前犯下的错误确实情有可原，甚至是可能有冤情，那么，法院就会遵从民意为你重新审理，就算没有找到证据证明之前的判决是错误的，也可能获得减刑。

犯人想要减刑当然不容易，事实上这档节目开播以来，从未有一个罪犯能够因此改变命运，因为导演会给他们设计无数的关卡，引导他们堕落，就像宋睢窈这样，被一次次打碎骄傲，被一次次阻碍朝着梦想前进的脚步。他们想方设法地引诱着她堕落，让她变成一个衬托主角的美好的丑角。

明明是她的审判日，真正的主角却是那个饰演文若柠的女孩，一个星梦集团旗下的娱乐公司力捧的新生代演员。

这是一场极度不公平的审判。

宋睢窈需要接受这场审判的原因是有人要强暴她，她奋力地反抗，结果那个人不小心跌下楼摔死了，她被判了无期徒刑。因为那个人家里很有钱，所以她得到的只能是这样可悲的下场。

宋睢窈当然不服，所以听说了这档审判真人秀后毅然决定参加，然后沦落到现在这个地步，也没有引起任何水花。她现在才知道，原来那个人的家族也是这档节目的投资商。

看到了这样的真相，宋睢窈大笑了起来，她笑得癫狂，连眼泪都笑出来了，原来如此，原来如此哈哈哈哈哈……接着她眼前一黑，就什么都不知道了。

宋睢窈是在一阵挣扎的哭声中醒来的，绝望、愤怒和崩溃等激烈又黑暗的情绪包裹着她，让她在睁开双眼的同时泪水就奔涌而出。

她还没来得及思考，就被眼前的场景惊住，她发现自己在一个老旧的乡下小屋内，正躺在地上，额头一阵疼痛。前方的床上，一个男人正在拉扯一个女人的衣服，女人挣扎的双手柔弱无力，嘤嘤哭泣的声音更刺激得男人兽性大发。

一瞬间，时间仿佛凝固，所有声音都短暂远去，她抬起手，看到一只黝黑的瘦小的小鸡爪一样的小手。刚刚她经历的一切都是一场梦吗？而如今她的记忆因为这场荒诞的梦境全部复苏了？环视四周，这里好像……是梦中的她在第一场审判中的场景。

《正义审判日》一季至少八集，一集的直播时间长达半个月，每一集都是一场全新的审判，每一集都是一个人生，而对于被审判者来说，一个人生就是一个地狱。

在这一场审判里，节目组安排她出生在一个“十八线”县市的农村，父亲是个木匠，母亲则是个美丽柔弱、无法自立和保护孩子的女性。她10岁的时候，父亲在外出时发生事故死亡，因为父亲是过错方，母女俩赔光了家里的钱，变得一穷二白，从此相依为命。

宋睢窈现在正处于父亲已经死亡，母亲被村里的一个深夜闯入家中的男人意图不轨的时候。曾经自己是怎么做的？她被男人推倒，陷入了昏迷中，醒来后看到面前这一幕，急急忙忙上前去救母亲，可一个瘦弱的10岁孩子如何抵挡得住强壮的男人？

所以她被重重一推，整个人摔在了墙角的椅子上，椅子上的钉子在她脸上划出了长长的一道伤，满脸的血吓到了男人，他放弃行凶，逃走。而这道伤疤从此跟随她一生，让她被别人嘲笑，让她自卑，让她不敢抬头直视他人。

如今宋睢窈因为被推倒而陷入昏迷，做了一场似乎能预知未来的梦，又重新记起了被压制的记忆，也算是因祸得福，但她绝不会让事情按照自己梦中所见的那样发展！

宋睢窈看着眼前的场面，神色冰冷，她从地上爬起来，转头走了出去。

她走进厨房，从墙上挂着的刀具架上取下一把锋利的菜刀，然后站在门口大喊起来：“有人要强奸我妈！救命啊！快来人啊！”

儿童的声音尖厉，正在行凶的男人顿时吓了一跳，连忙从床上跳起来冲出去：“小东西，你给我……”

男人的声音猛地卡在喉咙里，他浑身僵硬，看着门口手里拿着刀的小女孩，心狂跳不止。

宋睢窈很瘦，脸上都没有多少肉，以至于一双眼睛大得有些吓人。此时那双眼睛黑得像浓墨，眼中没有一丝光，就这么平静地看着他，没有丝毫恐惧，这一点儿也不像正常儿童的眼神，诡异极了。

男人只觉得瞬间血液冻结，强烈的恐惧感袭上心头，连床上的美人和这寂静的深夜，都被蒙上了一层恐怖的色彩。

小孩诡异起来，比大人更恐怖，男人被吓得屁滚尿流地跑了。

“窈、窈窈……”这时细弱的女声响起，柳滟抓着衣领坐起身，满脸眼泪，看着宋睢窈的眼神里充满了恐惧。

宋睢窈转头，面无表情地看着她。

柳滟生得很美，一点儿都不像农村人，像个大城市里被养得娇滴滴的富家千金。她的皮肤白嫩，指腹没有丝毫茧子，纤细的手腕上戴着玉镯子，那镯子成色不算好，却已经足够让村里的妇人羡慕、嫉妒，纤长的颈项上也戴着一条项链，小巧的圆玉珠子落在锁骨之间，精致极了。

她的神态在妩媚中带着一点儿娇憨，根本不像已经生育过的已婚妇女，反而像个少女。

柳滟被宋睢窈看得瑟缩了一下，又期期艾艾地唤了一声：“窈窈，不要吓妈妈……”

脱离了那层迷障，宋睢窈发现，柳滟看起来就像个智障。

“起来把屋子收拾干净。”宋睢窈用不容置喙的口气命令道。

柳滟结婚后就没做过一点儿家务，这时听到宋睢窈的命令，她愣了愣，竟然也不敢反驳，只讷讷点头，眼看着宋睢窈拎着菜刀出去了。

宋睢窈去了卫生间。

卫生间的镜子里映出一个看起来七八岁的小孩，黑不溜秋的，明显发育不良，一头枯黄的长发乱糟糟地绑在脑后。

梦中所见的一切让宋睢窈明白，《正义审判日》节目组不会让她好过，给她的原生家庭也都是极品团体，是折磨她的存在。

就像在这场审判中，父亲爱柳滟爱得疯狂，将她如珠如宝地捧着，却将亲生女儿当奴隶一样使唤。她从有记忆开始就在不停地做家务，因此，她被养得黝黑干瘦，发育不良，明明家庭条件在村里还算不错，却像是最穷的那一家养出的孩子。

而父亲死后，她还得挑起养家糊口和保护母亲的重担，甚至在这一次事件中为柳滟而毁容。但她没有办法，当时的她因为父亲十年如一日的洗脑，以及孩子天性里对母亲的感情，内心深处觉得自己不能丢下亲生母亲。

如果宋睢窈不养家糊口，不保护母亲，那么她的母亲柳滟也只会嘤嘤哭泣，想不到任何解决事情的办法，所以她被迫长大。

宋睢窈非常疲惫，同时也对这种生活充满了愤怒，但她在母亲的眼泪下只能日复一日地过着这样的日子，直到几年后，母亲与一个富豪结识，成了他的情人。

宋睢窈不在乎自己成了一个第三者的女儿，她没有上过几年学，没有人教她道德，她只知道自己终于可以离开那个令人窒息的地方，知道自己终于能够吃饱饭，穿上暖和漂亮的衣服，住进舒适的、不潮湿的、没有霉臭味的房子，同时，她也可以去上学了。

然而，节目组怎么会让她过上好日子呢？短暂的幸福，只是为了让她跌入更深的深渊，品尝到更痛苦的滋味。

她去上学了，可是富豪的原配知道她们母女俩的存在，同时原配的两个孩子也在那所学校里上学。从此，她每天都在遭受校园暴力，生活在地狱之中却无法逃离，生存的本能促使她最终变成了一个每天阿谀奉承、摇尾乞怜的小丑，但仍然免不了被欺辱的命运。

最后那被她用瘦小的双手保护了多年的母亲，竟然因为害怕被富豪抛弃而选择了放弃她。

毕业之后，早已经变得不正常的她成了一个彻头彻尾的疯子，她开始报复那些曾经欺负她的人，然后，观众们大呼“她果然是个天生的坏种，基因就是坏的”。

于是，节目组最后安排了一个更变态的杀人魔王将她折磨致死，从而结束了这第一场审判，观众们大呼痛快。

是她的错吗？她没有通过考验，她没有在无尽的恶意中保持善良，没有微笑面对带给她无数痛苦的生活。别人欺辱她，她竟然敢记恨而不是原谅；别人强迫她吃难以下咽的糟糠，她竟敢没有笑着说“真香，谢谢你”，所以活该她落得那样的下场。是这样吗？

宋睢窈眼中滚下泪来，她紧紧捏住刀柄，眼瞳深处燃烧着一团骇人的火焰。

宋睢窈很快擦掉眼泪，洗干净脸和手，走到厨房，从橱柜里翻出鸡蛋和一块只有她半个巴掌大的瘦肉，用它们煮了一碗面，接着大口大口地吃起来。

他们家现在很穷，存款几乎已经赔光了，还有一个被父亲宠得花钱不知道节制的母亲。这些东西曾经她是不舍得吃的，大多都留给了这个柔弱的母亲吃，但是现在不一样了。

去你的不舍得！我不惯你了！

胃里温暖充实的感觉很美好，宋睢窈吃完饭，柳滟就期期艾艾地过来了，渴望地看了眼宋睢窈的碗，说：“窈窈，妈妈已经把屋子打扫干净了。”

宋睢窈：“嗯。”

“窈窈，妈妈也饿了。”

“你也饿了啊，那去煮饭吧。我先去睡了，妈妈晚安。”宋睢窈说完就不再理柳滟，跳下椅子就走了。她还真不信了，有人能因为不会做饭而把自己饿死，还不都是给惯的！真的饿到不行了，就算不会做饭，为了能够活下去，草都会啃。

宋睢窈回到主卧，发现柳滟所说的打扫干净，也就是把地面随便拖一下，掉在地上的物品也被随意地放在桌面或者堆在墙角，打扫了跟没打扫差不多。

宋睢窈也不打算管，反正这间屋子又不是她在睡。

她把脸洗干净，从柳滟的化妆桌上拿了一盒面霜，挖了一坨抹到自己脸上，用粗糙的指腹将它们细细铺开，仔细按摩，让皮肤能够更好地吸收。

柳滟对自己的脸和身体非常爱护，每个月丈夫给她的钱，她都用在了衣服和护肤品上。宋睢窈也不管自己现在这个年纪用成年人的面霜行不行，反正这就是一个虚拟世界，就算设计得再细致，也不会细到连面霜成分适不适合未成年人用都设计上，反正只要是贵的，用在脸上就一定会有效，而柳滟的护肤品都是名牌，很贵。

宋睢窈记得，按梦中的走向，第一场审判是从她在这里长到 18 岁时开始的，但实际上，她也只不过比演员们早了一个小时被投放进来罢了。只是虚拟世界的时间流速被调得非常快，时间推进到她 18 岁的时候，直播才会开始，那些为了针对她而存在的演员，才会被投放进来。

现实世界的一个小时，是虚拟世界的 18 年，速度快到在外界用肉眼根本看不到画面，甚至他们根本不屑录屏，不屑于看她无聊的前 18 年的人生，所以在 18 岁之前，宋睢窈很安全，她还有 8 年的时间，来为她的战斗做准备。

首先，她要变漂亮。

一张美丽的容颜，可以加分太多，宋睢窈深知人类喜爱美好事物的本性。

梦中的她被这个初级囚牢如此折磨，以至于在直播中初次亮相的时候又黑又土，脸上还有伤疤，即便她穿着漂亮的名牌，也掩盖不住一身的穷酸味，她就像一只鸭子做作地披着一层白天鹅的羽毛，就是个笑话。

观众喜欢什么，她就给他们什么。

尽管宋睢窈因为梦中的经历满腔愤怒，心中满是想要毁灭世界的怨恨，但她知道这一切无济于事，想要活下来，想要改变命运，她就必须遵守游戏规则。她的命运掌握在观众手上，她必须让他们喜欢她，必须让他们觉得她很可爱。

虽然虚拟世界的时间流速被调得很快，但对于身在这个世界里的宋睢窈来说，是感受不到这种速度的。她睡了一觉，第二天在柳滟柔柔的叫声中醒来。

宋睢窈看了看时间，上午 6 点 49 分。

柳滟正在等宋睢窈，她眼睛红肿，泪意盈盈地看着宋睢窈："窈窈，我们早上吃什么？"

昨晚宋睢窈离开后，柳滟看着油腻腻的厨房，最终选择了饿着肚子睡觉，躺在床上想着晚上发生的一切和女儿丢下她独自去睡觉的冷淡态度，委屈得直掉眼泪，开始想念宠爱她的亡夫，哭着哭着就睡着了。等她早上起来，就感觉肚子更饿了。

宋睢窈没有理她，径直走进了卫生间。

宋睢窈的房间里没有卫生间，那个房间是用来堆放杂物的，放置着很多木料和机器工具，她的小床就挤在这些乱七八糟的东西里面，她活得像个被他们从人贩子手里买来的童工一样。

这一切放在现实中很不合理，简直毫无逻辑可言，节目组为了给她设计磨难，特意找来这种性格的 NPC，还真是煞费苦心。

宋睢窈认真刷牙洗脸，再仔细用柳滟的护肤品一层层往脸上抹，连护手霜也没忘记涂，最后给自己梳了一个干净利落的马尾辫，才打开卫生间的门出去。

柳滟还在等着她做早饭。

宋睢窈也饿了，为了达到自己的目的，她要吃好吃饱，好好长大，但她也不能再被烟熏火燎。

宋睢窈看了她一眼，说：“出去吃吧。”

柳滟愣了一下，站起身来：“可……可是我们没有多少钱了……”

“没有钱就去挣，你是大人，我才 10 岁，养大我是你的责任。”宋睢窈说罢，转身离开。他们家虽然大部分存款都赔了，但是还不到一毛钱都没有的地步，柳滟手上还藏着一些私房钱。

柳滟看着宋睢窈的背影，委屈极了。

宋睢窈瞥了她一眼，内心极度无语。柳滟俨然已经忘记了昨晚受到的惊吓，没有任何心理阴影。

宋睢窈和柳滟之后一起去了村里的早餐店吃早餐，这家店的生意很好，几张桌子都坐满了，两人只能和别人拼桌。四周的视线都往她们母女身上扫来，他们主要看的还是柳滟，都说“想要俏一身孝”，柳滟一身白裙，头上还插着一朵白色纸花，将这句话诠释得淋漓尽致。

柳滟有些不自在地往宋睢窈身上靠，而宋睢窈低头大口吃包子、喝豆浆，仿佛全然没有感觉到这些视线，也没有像以前一样如同小狼般凶狠地瞪过去。

“妹儿，你在这儿呢，害我去你家里扑了个空。”一个穿着西装的国字脸中年男人走进早餐店，笑容满面地说。他西装革履，看起来和早餐店里朴素的乡下人有些格格不入，周围艳羡的目光让他越发抬头挺胸，眉宇间显露着傲气。

他可是白领精英！虽然只是农村信用社的，但也比这些辛辛苦苦、日晒雨淋的乡下人强。

“大哥。”柳滟见到柳国庆，脸上露出依赖的浅笑。

“走走走，有事跟你说。”柳国庆拉着柳滟就往外走，也不顾柳滟还没吃完早餐。

宋睢窈没有理会，继续吃自己的，甚至把柳滟还没来得及咬一口的包子也拿来吃了。

柳国庆拉着柳滟走了一会儿，发现宋睢窈居然没有跟上，只好又跑回早餐店，看见宋睢窈正在慢悠悠地吹豆浆。

“你这孩子，你妈走了都不知道，反应这么迟钝，以后别被人卖了都不知道。”柳国庆说着就去拉宋睢窈的胳膊。

豆浆刚刚从锅里盛出来不久，煮得浓香滚烫，宋睢窈被这么一拉，碗里的豆浆立刻溅出了一些，洒在她的手上，瞬间烫红了她的手背。

宋睢窈眼底一下卷起暗涌，可她就像没有被烫到似的，手上仍然稳稳地拿着那碗豆浆，顺着柳国庆拽她的方向，往他身上一泼。

“啊！”西裤瞬间被豆浆浸湿，贴到柳国庆的腿上。他顿时放开宋睢窈的胳膊，跳起脚来，同时一下把布料从自己腿上扯开抖动。

早餐店里的人见“白领精英”这副狼狈模样，纷纷嘲笑出声。

柳国庆好面子，作为村里少数的大学生之一，他很享受同龄人的仰望，这会儿面子上挂不住，他狠狠瞪了宋睢窈一眼，转身走了。

“老板，再来一碗豆浆。”宋睢窈转头对老板说。

宋睢窈吃饱喝足回到家的时候，柳国庆正沉着一张脸坐在客厅里，柳滟站在他面前，眼泪直掉，瘦弱的肩膀微颤，看起来柔弱极了。

“你哭什么？我还不是为了你好吗？你看看你自己的模样，你能做什么？难得那家人有钱愿意娶你，还不介意你带着女儿过去，你还有什么不满意的？”

“我老公才死了两个月我就改嫁，别人会怎么说，我还怎么见人？”柳滟抽抽噎噎地小声说。

“你想清楚，那家条件那么好，村里多的是小姑娘想嫁过去，看上你这个寡妇是你的福气，过了这个村就没有这个店了。”柳国庆看着柳滟，眼中有了一些威胁，接着话头一转，“这件事先不说了，成才死前我借了他两万块钱，他说两个月后还我我才借的，现在我急需用钱，你想办法把钱还我吧。”

柳滟难以置信地看着他："大哥，你明明知道我现在这样，哪里有钱还你……"

"你现在没钱还我，以后就有钱了吗？"柳国庆给予柳滟致命一击。

柳滟瞬间哑口无言，对啊，钱从哪里来？

柳国庆还不知道自己妹妹是什么样的人吗？这件事基本没问题，所以他才放心地收了陈家送的大红包，来给妹妹和陈老二说媒。

他不急着这时就要个答案，结果在他看来已经十拿九稳。当他起身离开时，看到站在门口盯着他看的宋睢窈，眉头皱了皱。

"见到人不会叫吗？"

宋睢窈扯了扯嘴角，冷笑着越过他离开。

柳国庆气得骂宋睢窈"没教养"，宋睢窈不为所动，这话骂的又不是她。

柳国庆被气得一路上都在心里骂骂咧咧，越想越觉得宋睢窈有点儿邪性，但转眼又疑心自己想太多，那不过是个 10 岁的孩子罢了。

宋睢窈看着哭泣的柳滟，给自己倒了一杯凉白开喝。多喝水，对身体好。

在节目组的设计里，宋睢窈遭受的苦难是一步步升级的，就是要让她感受到什么叫没有最痛苦，只有更痛苦，想从心理上一步步将她击溃。

在她爸还活着的时候，她好歹只是营养不良，忙点儿累点儿。她爸死后，柳滟那个注定招蜂引蝶的无能女人就成了她的枷锁，将她困在这个节目组给她设计的初级地狱里。

柳滟最终还是会改嫁给陈老二。

陈家开了个工厂，赚了一些钱，盖了四层楼的别墅，是村里的首富。陈老二看上柳滟很久了，好不容易有了机会，生怕别人捷足先登，就找柳国庆来说媒。柳国庆自私自利，不顾陈老二的亡妻是被家暴死的，为了钱对柳滟威逼利诱，最终成功了。

母亲再婚，女儿自然跟着过去，然后第二级地狱就开始了。

开始的时候陈老二确实对柳滟很好，可惜没多久就故态复萌，对柳滟拳打脚踢。宋睢窈为了保护柳滟，也受到了牵连，骨头都被打断过不知道多少次。

陈老二和亡妻有一个儿子，比宋睢窈大两岁，他继承了陈老二的脾气，经常打架斗殴，长得也不好，以他们家的名声，虽然有钱，但是恐怕也很难找到老婆。

于是，陈家老太太就起了把宋睢窈内销给自家孙子的心思。从此把她当童养媳一样盯着、拘着，生怕她跑了，所以，她连村子都不能走出去一步。

这个地狱要等宋睢窈 16 岁的时候，柳滟终于被打得受不了逃出家门，在大雨中撞到大城市里来的富豪的车，被富豪看上才结束。

宋睢窈垂下眼睫，现在的她，自然不会按照节目组为她设计的命运走，她要离开这个囚笼。

“窈窈，你说我们要怎么办呀？”柳滟等了半天没等到宋睢窈的安慰，蹭过去小声问。

“陈老二家暴成性，他老婆就是被他给打死的，你不能嫁。”她不想管柳滟的死活，但是她现在才 10 岁，必须要跟着柳滟生活，就算她自己逃走，只要他们报个警，无论她如何拒绝，警察也会强行将她送回柳滟身边。

节目组为她设计的生长环境特别恶劣，这个村子里的人称不上什么坏人，却也绝对不是什么好人，他们刻薄冷漠，对孤儿寡母并没有怜悯之心，甚至只想着从她们身上占些小便宜，所以，她是得不到任何帮助的。

柳滟害怕地搓了搓胳膊：“可是，我们的钱从哪里来呢？”

宋睢窈看着她，那种冰冷的谴责的目光，让柳滟有些心虚起来。

虽然家里的钱几乎赔光了，但是，她们还没到把家里的东西都变卖掉的地步。宋睢窈坐在客厅里，打开了电视机。

电视上正在播放一档综艺节目，名为《我是大赢家》，这是一档益智攻擂节目，采用场上参与者分别单独对战答题的模式，不限年龄、职业，报名就可参加，奖金随着每场晋级增加。

宋睢窈定定地看着电视屏幕。

在进监狱之前，她就是国家首府名牌大学的高才生，当年的高考状元，虽然念的是理科，但她喜爱阅读，上知天文下知地理，甚至各国习俗和偏僻的冷知识都掌握得非常多，同学们称她为“活体百科全书”，问她的问题她很少会回答不出。如今她的记忆没有再被压制，这些知识便又回到了她的脑中。

一瞬间，宋睢窈脑中有了一个清晰的计划。

宋睢窈起身去了厨房，此时柳滟正在一边哭一边做饭。

宋睢窈：“妈妈，别哭了，我想到办法了。”

柳滟不明白她在说什么，委屈地看着她：“什么办法？”

“把你的身份证和银行卡都准备好，收拾东西，我们出一趟远门。”宋睢窈说。

宋睢窈现在身上那种说一不二和不容置喙的命令感，让柳滟感到委屈，却也下意识地服从。

“你还有多少钱？”宋睢窈问。

柳滟期期艾艾：“大概一千多……”

真是贫穷。

“把钱都拿给我。”

越拖越容易节外生枝，要是被柳国庆知道她们要出远门，为了防止到手的红包飞了，他肯定会想方设法不让她们离开。所以，宋睢窈说走就走，不给别人阻拦的机会。

宋睢窈骑着家里的电动三轮车，载着柳滟去乡里的车站，带她买了车票。

车站里人来来往往，柳滟是个抢眼的靶子，一道道视线时不时扫过来，宋睢窈的肌肉缓缓绷紧，等待车子的时间似乎都被拉长了。

能顺利离开吗？那个人一边看着她们一边在打电话，会不会是认识她们，在给谁报信？

这时车来了，宋睢窈面无表情地带着柳滟上了车。

直到车子缓缓驶出了里安乡，宋睢窈绷紧的肌肉才慢慢放松下来。

大巴上，在宋睢窈和柳滟斜后方的座位上，一个大婶睁着一双倒三角眼，视线在宋睢窈和柳滟之间来回转，注意到她们好像是带了衣服出门的，大婶双眼迸发出八卦的激情，拿出手机给人打电话。

她小声地说："……还能有谁？就我们村里那个狐狸精，带着她那小兔崽子进城呢……全家都在村里，你说她能投奔谁去，我看说不准是会情郎……这种女人一看就不安分，不知道给男人戴了多少绿帽子……"

农村人的娱乐活动少，长舌妇和唯恐天下不乱的人众多，传播八卦的速度非常快，很快这件事就传到了柳国庆耳中。

柳国庆原本正在陈家喝茶，听到这个消息，笑呵呵的表情瞬间一变，正在给他倒茶的陈老二脸色也难看起来。

柳国庆和陈老二直接开车去追，柳国庆辗转要到了大巴上那个大婶的电话，拨了过去。

"你帮我拦住她，我们在赶过去的路上了，到时候一定好好感谢你。"柳国庆挂上电话，看了驾驶座上的陈老二一眼——陈老二满脸横肉，身形高大，一拳能把看起来斯斯文文的柳国庆打晕，此时他脸上阴云密布，更显吓人。

柳国庆心里害怕，更恨柳滟不懂事，他好心帮她谋划未来，她居然带着女儿逃走，没想到啊，真是出息了！

大巴开了近 3 个小时，抵达了终点站。

大巴车站距离火车站很近，就在相邻的位置，这里人流量很大，宋睢窈拉着柳滟的手在人群中穿行。

忽然一只手伸来，抓住了柳滟的手，扯住了母女两人。

柳滟吓了一跳，转头看清人后，惊讶道："梅婶子！"

宋睢窈看着来人，果然，不可能顺顺利利离开这里的。

梅婶想到柳国庆承诺的好处，粗糙的大手紧紧抓住柳滟纤细的手腕，笑着说："成才媳妇儿，你带着你女儿要去哪儿呢？"

"没有要去哪儿，就是出门一趟。"

"你这门出得可够远的，都要坐火车了，还带着行李，是去投奔什么人吧？"

"我不知道你在说什么……"柳滟被抓得很痛，试图把手抽出。可她的力气，又怎能比得上一个干惯了农活的妇女？只好恳求道："梅婶子，你先放开我……"

梅婶不愿意让到手的好处飞了，她拉着柳滟往外面走："这里人太多了，不好说话，咱们到外面去说。"

宋睢窈已经在网上买好了票，买的是最近时间的火车票，很快就要到了，怎么可能让她把柳滟拖走。

"大娘，你放开我妈！"宋睢窈上前阻止，梅婶没把她放在眼里，干脆也抓住了宋睢窈，拖着母女俩往外走。

宋睢窈嘴角勾起冷笑，忽然尖叫起来："有人贩子！救命啊！"

小女孩的叫声尖厉刺耳，瞬间引起了周围人的注意，有孩子的立刻就抱紧了孩子，警惕地看向声源处。

三人瞬间被无数目光锁定。

梅婶尴尬，拖着宋睢窈："你胡说什么？……别听她胡说，我不是人贩子，我们是同村的，她们离家出走，家里人托我拦住她们……"

小女孩奋力挣扎，带着哭腔的童声刺激着周围人的良心："你胡说，我不认识你！叔叔阿姨快救救我和我妈！"

最近几年人贩子用这种骗术拐卖妇女儿童的新闻层出不穷，当即就有几个人上前扯开梅婶，阻隔开双方，并且抓住了梅婶。

梅婶气急败坏："你们怎么回事？我跟她们真的认识……"

“报警报警，先报警再说。”

“是不是人贩子，等警察来了就知道！”

“她一脸凶相，看着都不像好人……”

趁着人们的关注度都在梅婶身上，宋睢窈拉着全程在状况之外的柳滟快速进了火车站。梅婶瞧见了，急得不行，私家车不像大巴走走停停，速度要快很多，柳国庆离这里也就差一条街的距离了，她可不能让人给跑了！

“让开让开……”梅婶挣脱掣肘，拨开人群就朝她们追去。

“人贩子给我去死！”这时有孩子被人贩子拐走的父亲听到动静，远远冲了过来，一脚踹了过去，梅婶肥硕的身躯瞬间摔倒在地上，当即扶着腰“哎哟哎哟”地叫起来。

柳国庆和陈老二匆匆赶来：“人呢？”

“哎哟……刚刚进去了，你们赶紧去。”梅婶恨得不行，之前只是冲着好处，现在是真心想看柳滟和宋睢窈被抓回来了。

柳国庆和陈老二立即跑向火车站大厅。

宋睢窈刚用柳滟的身份证在自助取票机上取了火车票，转头就见柳国庆和陈老二在门口东张西望找人，心里咯噔一下，立刻扯着柳滟往检票口方向跑。

“啊！窈窈，慢一点儿……”柳滟还搞不清楚什么情况，发出声音，很快引来了正在搜索的两人的注意，两个大男人即刻追了过来。

宋睢窈心跳加速，面上丝毫不显，拖着柳滟一路狂奔，柳滟好几次差点儿摔倒。

“不好意思，叔叔、阿姨、哥哥、姐姐，不好意思，我们要迟到了……”宋睢窈拖着柳滟跑到正在排队检票的队伍前方，在一些不满的声音和视线中强行插队。

这时柳国庆和陈老二已经跑到队伍末尾，红着眼睛冲了上来，但宋睢窈和柳滟已经通过了检票。

“干什么的？！把身份证拿出来！”身后传来严厉的喝止声，宋睢窈面无表情地回头，看到柳国庆和陈老二被火车站的民警拦住。

柳国庆累得直喘气，抬头和宋睢窈遥遥对上了视线，那双眼睛定定地看着他，黑得诡异。宋睢窈歪了歪脑袋，嘴角勾起弧度，一瞬间又有些天真甜美，只是搭配她的双眼，这种天真甜美就蒙上了一种残忍可怕的味道。

宋睢窈朝柳国庆和陈老二扬起一个笑脸。

滚出我的世界吧，垃圾。

这一刻，宋睢窈感觉到一种畅快，她的敌人极为强大，给她设计了种种陷阱，想要看她发出痛苦的尖叫，露出扭曲的嘴脸。她在梦中已经失败过一次，而这一次，她会是赢家！

火车轰鸣着，沿着轨道缓缓往前，离开车站顶棚笼罩下来的阴影，明亮的光线逐渐映入眼帘，宋睢窈的眼前豁然开朗，今天是阳光灿烂的一天。

第二章

开播

“欢迎收看由‘星梦梦工厂’潜心力制的《正义审判日》！在上一季中，接受审判的是杀害了自己妻子的李强，他强调自己之所以会杀害妻子，是因为妻子实在太过分，每天对他非打即骂，同时还侮辱他的人格，打击他的自信，他是一时气急误杀了妻子，因此，他坚决不服法院判下的无期徒刑的判决。

“因此，我们在‘审判’中给了他温柔可人的妻子，给了他顺风顺水的成功的事业，然而事实证明他本性可恶！他在审判中生意兴隆的时候不停出轨、嫌弃妻子不够年轻貌美，更在生意落败的时候整日酗酒、辱骂妻子，在妻子跟他离婚、独自带着孩子努力生活的时候还屡次云骚扰……”

三个月一季的全息真人秀《正义审判日》终于又在晚上 8 点开始了，约有 10 亿人早早地守在电视机前等待。电视屏幕上准时出现了节目那充满正义感和悬疑感的片头，还有熟悉的主持人进行前情回顾的声音。

李强那季真的看得我气死了，这种渣男还敢不服法院的审判，我看法院就不该判无期，应该判死刑！

没错，看到我女神被这么对待我简直要哭瞎了眼，好在只是演戏。

最后欧兰跟他离婚，带着孩子发奋图强，开店、开公司，最后找到懂得珍惜她的人，真的超热血，看得好爽，虐渣男虐得我神清气爽！

欧兰的演技简直绝了，完全被圈粉！

欧兰是上一季审判中饰演李强那温柔可人的妻子的女演员，因为结婚生子已经过气几年了，由于在直播真人秀中那毫无瑕疵的、让观众都忘记了她只是在演戏的超神演技而再次大火，不仅靠着这场审判拿下数座奖杯，还因此获得了著名导演孙应的电影邀约。

在星梦集团推出这档直播全息真人秀后，这档节目就成了一款检验演员演技的存在，没有实力的人不敢上，有实力的人上一季节目就红了。

在智脑上观看这档节目的人都忍不住发弹幕议论了起来，分分钟上万条，可见人气有多高。

此时前情回顾已经说完了，人们纷纷停下议论，仔细听这次要接受审判的人的信息。

“……在这一季中接受审判的罪犯叫宋雎窈，22 岁，经检察院确认，她在给一个 17 岁的少年当家教期间，因勾引少年不成而恼羞成怒，将其推下楼梯，导致该少年死亡，我们公正的法官判决她无期徒刑，她坚决不服，坚持认为是因为少年要强暴她她才失手将其推下。”主持人说着耸了耸肩，做出了虚伪的遗憾表情，“据被害人家属称，被害人有年纪相仿、感情笃深、家境相当的青梅竹马的未婚妻。”

虽然声称是“正义的审判”，但鉴于以往每一季的审判结果和对国家机关的信赖，所有人都已经先入为主，对上节目的罪犯心存鄙夷和不信任，所以哪怕主持人的话具有引导性，大部分人也不觉得有什么。

介绍完接受审判的主角后，就是介绍这一期的两位主演的环节。这场审判对于宋雎窈来说是审判，但是对于进入全息世界中的明星玩家来说，就只是一场演技秀罢了。

两位明星玩家接受主持人的采访，讲述自己的紧张心情。

“那么，演员们先下去准备一下，《正义审判日》即将开始，电视机屏幕和智脑屏幕前的观众朋友们，擦亮你们的眼睛，来看看杀人犯宋雎窈，在她的案子里是否另有隐情，是否有可能有含冤之处。120 秒广告后，让我们进入，审判时间！”

而随着广告开始，观众中没拿零食、饮料的赶紧去拿，上厕所的赶紧上，带上瓜果，喊上亲戚伙伴，很快，120 秒的时间过去，广告结束，新一季的《正义审判日》第一期开始了。

一栋豪华的大别墅内，一个贵妇打扮的女人看着电视屏幕，眼中恨意迸发，一张面孔因此都扭曲起来。

一个年轻女子在边上红着眼眶轻声安慰："伯母，那个女人会受到惩罚的，我已经跟节目组那边打过招呼，绝对会让她吃尽苦头、声名狼藉，最后死在生物舱内。"

"她害死我儿子，还要让我为她的这条贱命操心，我看她就应该直接被千刀万剐！"贵妇咬牙切齿地骂道。她其实已经在监狱里有所安排，绝对会让宋睢窈受尽折磨，以最凄惨的方式死掉，谁知道宋睢窈居然签署了上审判真人秀的协议，让她的计划彻底落了空。虽然她这小聪明也救不了她，只不过是从龙潭进了虎穴，但想到要让她多活那么一阵子，贵妇仍然觉得恨得牙痒痒。

这时，楼上传来一阵脚步声，一个西装革履、面庞冷峻的男人走了下来。年轻女子立刻站起身来，殷勤地喊道："森哥，那个女人的审判要开始了，你要不要一起来看看？"

"不用。"霍森径自走出了别墅大门，冷淡的口气没有丝毫起伏，仿佛弟弟的死和杀人凶手的惩罚都与他无关。

年轻女子看着他的背影，咬了咬唇，见节目开始了，又缓缓坐了回去，顺便按了遥控打开弹幕区，好看看其他观众的反应，这样更有意思。

一如既往，在屏幕亮起后，观众们先看到的是聚集在一个被命名为"小黑屋"的黑色空间内的明星玩家。

弹幕上马上出现了密密麻麻的粉丝为自家偶像摇旗呐喊的字句。

空间内有一张桌子，两位演员围桌而坐，开始读卡片，给观众们介绍导演组给宋睢窈设置的家庭背景。

“宋睢窈出生在农村，父亲是个木匠，母亲美丽柔弱又无能。10 岁的时候，父亲外出发生事故意外死亡，剩下母女俩相依为命。几年后，母亲被一个富豪包养，成了他的情人。因此，宋睢窈也得以穿上好的衣服，去好的学校上学。富豪的原配知道她们母女的存在，同时原配的两个孩子也在这所学校里……”息影 3 年想要靠这档综艺复出的影帝汤凯说。

了解完宋睢窈在这一期里的基本设定后，就到了介绍他们要饰演的身份的时候了。虚拟世界里面的 NPC（非玩家角色）都具有一套自己的行为逻辑运转系统，都能像真人一样对种种事件做出相应的反应，有自己的喜怒哀乐，因此在运行中无法被导演组掌控，所以节目需要可以随机应变、按照计划走的真人 NPC。

节目组有一个行为心理逻辑专家组，专门来设计被审判者的家世背景。被审判者最终会走向什么样的结局，早就已经被他们预先判定好了。

“我的身份设定是刚入职金柯朵拉学院的校医，已婚，有一个还不满 1 岁的女儿。我的任务是在被审判者受伤的时候，提供身体和心理上的治疗，最终要达成的目的是……引诱被审判者爱上我，被告白后，拒绝对方并且告知对方我已婚已育。”汤凯看着他的角色任务卡，有些无奈，“好像有点儿缺德。”

“这是要考验被审判者是否三观正直吧，无论面对什么样的诱惑，都不能放纵自己爱上一个小婴儿的父亲，做一个破坏他人家庭的第三者。是这样吧，前辈？”汤凯对面的明姝说——她是最近刚出道的一个女偶像。

汤凯：“应该是。你要扮演什么角色？”

明姝：“一个转校生，我的任务是获得她的友谊，考验她在生死关头会不会弃我而去。”

这些审判副本的灵活度都很高，他们可以在任务范围内随意发挥，能制造出多少看点和爆点，就看他们自己的实力了。他们最根本的任务，就是让宋睢窈痛苦。

“各位玩家，请做好准备，传送门即将打开。”导演的声音在小黑屋内响起。

传送门打开，两位明星玩家眼前骤然出现一片刺眼的亮光。

宋雎窈的审判开始了。

观众眼前的屏幕上出现的画面，是一个女孩蹲在马路上的背影，镜头逐渐拉近，忽然她转头看了过来，连同她怀里的小猫一起猝不及防映入了观众眼中。

阳光下，她的肌肤白净剔透，五官精致，乌黑的长发被蒙上了一层朦胧的光晕，乌黑的眼眸剔透澄澈，乍一看仿佛让人看见了天使。更别说她怀里抱着一只睁着圆眼睛的白色小奶猫，简直杀伤力倍增。

弹幕有瞬间的安静。

宋雎窈抱着小奶猫站起身来，声音柔软，饱含担忧："不能把它丢在这里，应该送它去宠物医院吧？"

司机有些无奈地说："但是，你上学要迟到了。回来的第一天就迟到，是不是不太好？"

"嗯……那就没办法了，只能这样做了。"宋雎窈低头怜爱地摸摸奶猫的小脑袋。

小猫咪仰着头看着她"喵喵"叫，可怜又可爱。

宋雎窈笑起来，鼻尖碰了碰猫咪的鼻尖，清澈的眼眸弯成月牙，又甜又可爱，像白雪融化的瞬间。她用校服外套把小猫咪裹起来，抱在怀中上了车。

观众们终于回过神来，热烈议论起来。

天哪……我被甜到了！这是天使吗？

这个是主镜头吗？不是吧？

主镜头是跟被审判者的，这个美女应该不是。

你们仔细看，这个女人右上角的名字就是宋雎窈！她就是被审判者！

老实讲，长这样她会勾引人不成吗？

我有罪，我觉得她长得好好看……

如果她杀的是你们家的人，你们还能觉得她长得好看吗？

外表再好看，还不是心理扭曲？呕！

我敢打赌，她把猫抱回去，肯定会虐猫！

关注颜值的观众们被围攻，很快销声匿迹，不再吱声。

别说观众了，就连导演组都震惊了，这、这跟他们的行为心理逻辑推理专家预测的不一样啊！

真人进入虚拟世界后，为了方便观众认人，他们都会是自己现实中的投影，也就是说，那个杀人犯宋睢窈居然长这样。他们在节目开始前见到宋睢窈的时候，她已经被长达一年多的拘留、判决过程折磨得形销骨立，不成人形，他们现在才发现她居然长得这么好看。

但是现在的重点是，在他们给宋睢窈设置的基础成长环境下，按理说，她的状态不该是这样的啊！

原本以为在那种原生家庭环境下长大的宋睢窈，出现在他们眼前的时候应该又黑又瘦，再不然也是脸色蜡黄，头发干枯，总之就是一副底层社会人士的模样，哪想到会是这个甜美可爱又贵气的模样？

本来审判真人秀的主角就不是这些罪犯，毕竟有颜值高的明星玩家在，谁会花大把时间在犯人身上？观众们根本不在意犯人的表现，他们在意的是明星玩家们的表现。所以，通常观众们在最初好奇地看过犯人的脸和情况后，就会离开这个直播间，去其他玩家的直播间观看。

可现在因为宋睢窈这张脸，观众数量并没有大幅度减少，很大一部分留在了直播间内。

好在外貌的变化应该影响不了他们为她设计的人生走向，也改变不了宋睢窈的结局，毕竟今天宋睢窈确实转学到金柯朵拉私立学院了。她那种家庭，根本上不起这种贵族学校，是宋睢窈的母亲被包养后，她才能够以特招生的名义转学进入。

车子缓缓驶向金柯朵拉私立学院，宋睢窈垂着眸，轻轻抚摸着这只幼弱的猫咪，嘴角的笑容柔和纯美。

小猫咪被摸得打起了呼噜，安心地窝在她的外套里毫无防备地睡着了。

她能感觉到那些正在通过她看不到的镜头看着她的成千上万的观众的视线。她也能想象到他们现在是什么心情，想到这一点，她就觉得内心无比畅快。

为什么她没有以一种丑陋狼狈的姿态出现在他们面前呢？为什么没有按照他们预想的形象出现呢？震惊得不得了吧？

真是太棒了，就继续震惊着吧，一切都不会如你们所愿了。

因为，这是我的世界。

此时金柯朵拉学院大礼堂内已经聚满了学生，甚至还有不少学生家长也特地过来了，空气中弥漫着一种热烈的气氛。

两位明星玩家也正在礼堂内，他们还不明白为什么要聚集在这旦。

“不知道宋睢窈在哪里。”明姝转着脑袋四处观望，直接越过看起来开朗阳光的正热烈地说着话的女生，在她的认知里，宋睢窈应该是灰扑扑的，孤独寂寞的，在这个礼堂里也畏缩地低着头。

汤凯倒是不急，反正他是校医，宋睢窈在这所学校里早晚得去一趟校医室。但他内心其实感觉有些无聊，因为任务太简单了，宋睢窈 10 岁就失去了父亲，按理说，这种女孩本身就会有些恋父情结，对年长者更容易心动，又吃过那么多苦头，母亲还这么没用，这种人，只要给她一点儿温柔，很快就会沦陷的。

两人没找到宋睢窈，倒是一眼看到了这个节目组为宋睢窈设计的高级地狱里的两个大 boss——金耀和金钰。

那两人是一对双胞胎，长得一模一样，气质却截然相反，但他们骨子里一样傲慢，因为宋睢窈的母亲成了他们父亲的情妇，于是他们只是轻飘飘地丢下了一句话，就让宋睢窈遭受到了全校学生的孤立和许多冷暴力或热暴力对待。

他们就坐在第一排的位置，即使和那些西装革履、看起来气势不凡的大人们坐在一起，气场也毫不逊色。

明姝的眸光闪了闪，光考验宋睢窈不够有看点，那实在太过于简单了，像她那种溺水的人，随便伸出手，对方就会迫不及待地牢牢抓住吧？所以，她的团队帮她设计了剧本，男主角正是这两位。

车子在金柯朵拉学院门口停下，校长和几位教师正在门口说着话，一看到宋睢窈，便热情地迎了上来。

“欢迎回来啊，宋博士！”校长笑眯眯地伸出手。

“校长还是喊宋同学我会比较习惯哦。”宋睢窈笑容甜美，还是少女的模样，却优雅从容地与他握了握手。

“哎呀，上次喊你宋同学，是 7 年前的事啦，那时你才 11 岁，想起来好像还是昨天的事呢！这次你能回母校做演讲，我真是太开心了。”

宋睢窈：“我也很开心能回来看看，能在 200 周年校庆这天演讲，是我的荣幸。”

双方笑呵呵地来回聊了两句，一群人便一起走进了金柯朵拉那金光灿灿的大门。

礼堂内突然发出了一阵激动的尖叫，仿佛粉丝见到了明星一样，坐在最前排的金耀和金钰转头看了过去，明姝和汤凯也好奇地转过头去。

只见一个美得像精灵的少女从礼堂入口走了进来，听到热情的尖叫，她露出甜美可爱又似乎有些羞涩的笑容。她怀里的猫被吵醒了，脑袋从衣服里钻出来，迷茫又好奇地张望着。

尖叫声在宋睢窈走上讲台后逐渐平息。宋睢窈把猫放在桌上，猫很乖，不敢到处乱走，就在她的衣服里像只招财猫般蹲坐着。

“非常感谢大家热情的欢迎，真是让我受宠若惊。金柯朵拉学院是我的母校，能受到校长的邀请，在200周年校庆的时候回来做演讲，是我的荣幸……”

天哪，这女人太好看，声音太好听了吧！站在那里就是一幅画，那只猫跟她异常和谐，相得益彰，她一开口，好像整个礼堂的空气都温柔了起来。

明姝心里想着，因为她们的年纪差不多，她有点儿羡慕嫉妒。

“啊啊啊，宋睢窈本人比电视上还要好看！”

“声音好好听，她一开腔我就要感动哭了……”

“我妈知道今天有宋睢窈的演讲，后悔得恨不得马上买机票回来呢。”

“我家是爷爷奶奶超喜欢她，烦得很，每次都让我学学人家，你说我怎么学嘛，他们又没给我高智商的基因！”

“……”

身后有女生在交头接耳用气音开小差，明姝耳尖地听到了。

明姝猛地转头，指着最前方的演讲台：“她是宋睢窈？！”

因为激动，声音过大。

宋睢窈说话声音停顿下来，并不生气：“我是宋睢窈。”

明姝表情凝固了，满头凌乱，甚至顾不上被周围各种不悦的目光围攻。

什么？她是宋睢窈？假的吧！应该是同名同姓吧？宋睢窈不是一个受尽虐待脏兮兮丑兮兮的小可怜吗？这个看起来很受欢迎，金耀和金钰都在听她演讲，像只精灵的女孩，不可能是他们的任务目标宋睢窈吧？！

饶是汤凯见过大风大浪，此时也是一脸震惊和不知所措。

别说明姝和汤凯了，此时直播间弹幕上已经满是问号。

节目开始之前，观众们已经大体知道剧本是怎么样的了，但是现在呈现在他们眼前的，却是与节目组给他们看的剧本完全不一样的东西！

星梦梦工厂，《正义审判日》演播大厅内，节目组工作人员也忙乱成一团。

“专家组的人呢？！”总导演覃威吼道。

“来了来了！”

几个穿着西装体形胖瘦不等的中年男女走了进来。

覃威脸色难看地说：“你们看直播了吗？为什么现在变成了这样？宋睢窈现在跟你们预设的模样一点儿都不像！”

“这……也许是宋睢窈性格里有什么特质是我们不知道的，她不是一串程序，会完全按照我们预想的那样走，在成长过程中充满变数也是正常的……就目前来看，她居然能从我们给她设定的人生中摆脱出来，她的性格应该是很坚毅的，人也很聪明……”

覃威打断了该专家的话：“我是让你们来夸奖她的吗？宋睢窈就是个杀人犯，而且还不服法院的判决，对自己做错的事没有丝毫反思，我们节目就是要让她承受受害者家属们的痛苦，拷问她的灵魂！告诉我解决的办法！”

专家们面面相觑：“现在得先摸清她到底是什么样的性格，再找到她性格上的缺陷，再来设计陷阱，但这不是一朝一夕的事，我们得先看几天直播……”

覃威脸色难看，却也没有其他办法了。虚拟世界运行的时候，他们无法插手 NPC 的思想行为，虽然能指使真人 NPC 去做些事情，但是，现在情况完全超出了节目组的掌控，他们贸然出手并不好。

如果有把她进入虚拟世界后那 18 年的人生录屏下来就好了，这样他们就可以追溯过去，看看她都做了什么，为什么会变成这样。

可惜他们没有，他们轻视了这个被审判者，以为她和过去的那些被审判者一样，能被他们玩弄于股掌之间。

宋睢窈的目光扫过汤凯和明姝，非常愉悦，真是非常精彩的表情。

直播间内掀起了狂风暴雨，原本关注汤凯和明姝的他们的粉丝，现在注意力都转移到了宋睢窈身上，甚至还有很多没有在看这档节目的人也闻讯赶来。

他们想要看到的，可不是一个杀人犯在虚拟世界过上好日子！审判真人秀从第一季到现在，从来没有出现过这种情况，到底是怎么回事？！

很好。

先丢下一个炸弹，把所有人的目光都吸引过来，就像在演讲开始前，拍打话筒，故意制造出刺耳的声音，将犯困和分心的同学的注意力拉过来一样。

宋睢窈的声音温柔动听，每一句话都娓娓道来，像沁人心脾的春风，让人忍不住心情祥和平静起来。

《正义审判日》这档真人秀之所以火爆，除了这个世界人们日渐枯燥的内心需要真实的东西来刺激，自然还因为人们一部分的正义感。对于罪犯，有时候人们会觉得只坐牢或者只是枪毙过于简单，对于受害者家属来说，这种惩罚根本不足以平息他们内心的痛苦。

所以哪怕他们不看，他们想到罪犯在这档节目里遭受苦难，内心便有一种快感。他们根本不相信有哪个罪犯真的是无辜的，毕竟在往期的节目里，没有一个罪犯能够通过节目组的考验，每一个最后都露出了丑陋恶心的一面。

可现在，直播刚开始，他们发现宋睢窈这个杀人犯居然没有遭受苦难，过去的日子似乎也过得很好，人们想到这个，就气爆了。

而宋睢窈想到这个，心情便愉快极了，这不正是她抛下这枚炸弹所要的效果吗？这些人已经看习惯了被审判者的凄惨模样，但他们从来没见过被审判者光鲜亮丽地出场。

她要拨动他们的情绪，愤怒、厌恶，随便什么都好，只有让他们对她产生好奇，他们才会继续关注她。这个时候，她才有机会展示自己，他们才能了解她是什么样的人，然后对她付出感情，为她情绪起伏。

否则，她也会像以往的每一个被审判者一样，只是他们的消遣工具罢了。

所以，注视我吧。

宋睢窈直播间的观看人数，在极短时间内从 2 亿狂飙到 5 亿，并且还在持续增长。这个数据只在审判真人秀第一季的时候出现过，那个时候，人们对这档节目充满新鲜感和好奇。

霍夫人愤怒极了，差点儿就要打电话到节目组去痛骂导演覃威，诘问他是怎么办事的，被苏情给拦了下来。

“伯母别着急，你看弹幕，网友们比你还要愤怒，也不知道这个女人在虚拟世界里做了什么。但是，节目组肯定很快会做出措施，不会让她好过太久。就算她现在再得意又能怎么样？一个观众也不会给她投申冤票的。她在里面过得越好，现实里她的名声就会越差……”

霍夫人成功被安抚了下来：“只是我想到她在里面还能笑，就恨不得杀人，我的宝贝儿子……”

苏情连忙安抚她：“她笑不了多久的。”

苏情说着，看向眼前的大屏幕，心里是还未平息的震惊。她跟节目组打过招呼，编剧团里也有她的朋友，所以她很早就看过剧本，而且比观众们知道得更加详细。那样可怕的原生家庭和成长环境，一级一级往上升的地狱，是个人都会被逼疯，宋睢窈是怎么摆脱，然后活成现在的模样的？

这是目前所有人都想知道的答案。

“导演，现在怎么办？”跑进女厕所，明姝小声地问导演组。

汤凯也在隔壁男厕里等待指示。

等了一会儿，耳边响起副导演之一唐山的声音：“虽然难度升级了，但是你们的任务是不变的。”

获得友情、引诱爱情，这两个原本以为非常容易甚至想想都觉得无聊的任务，在这个时候突然从 easy 模式变成了 hard 模式。

明姝深吸了一口气，脸上露出她的粉丝们最爱的元气满满的笑容。

“哈！我突然充满干劲儿了，事情变得更有挑战性了！”这怎么搞嘛！她是个转校生，任务目标却已经从这所学校毕业，搞不好演讲完就离开了，她要怎么接近对方，获得她的友情？！要疯了！

汤凯捏着下巴，陷入沉思，随后离开了卫生间。

他快步回了校医室，校医室内有电脑，他打开电脑，在搜索引擎中输入“宋睢窈”三个字。

网页上很快出现宋睢窈的各种信息，她是个名人，点开百科，就可以看到她的履历。

“快，切换汤凯视角。”现实世界中，节目组和观众的目光纷纷跟随着他凑到电脑屏幕前。

> 宋睢窈：国民闺女、著名天才、数学家、奥奖团队年纪最轻成员……

一大串头衔映入人们眼中，越看节目组越觉得这不对，这不可能，这不是他们给她设计的人生曲线！这分明就是一个人生赢家！

履历下面是她的部分人生经历：

> 10 岁时因为父亲死亡，赔光了家中存款，带着包袱一样的母亲参加益智攻擂综艺节目《我是大赢家》，以踢馆嘉宾的身份踢翻全场，震惊全国，后晋级为当季参赛嘉宾，以百分之百的答题正确率创下传奇，夺得当季冠军，成为家喻户晓的国民闺女。后来入学佥柯朵拉学院初中部，一年后跳级进高中部，参加同年高考，被最高学府录取……

评价：悲惨的童年经历让宋雎窈早早成熟，但她的性格里有一种极为坚韧的特质，让她得以在常人难以忍受的逆境中坚韧不拔地向前。她所拥有的一切全都是她应得的，任何一个拥有她这种品质的人，理论上都不可能不会有一番成就。

这个百科看起来真的很了不起，他们也终于知道了一些宋雎窈为什么会是现在这个模样的线索，看来她是在第二级地狱开始前就偏离了轨道。离开了他们设置的初级地狱后，她参加节目，获得了奖金，也获得了全国众多 NPC 的喜爱……之后的发展如何，他们都能够想象得到。

这个被审判者是不是有点儿牛？

这个被审判者入狱前是首都大学的高才生，在攻读双学位。

难道她是高智商犯罪分子？

她这么能干，在现实生活里做什么不好？

如果真的高智商，怎么会引诱未成年人不成还杀人？

高智商又怎么样？改变不了她害死一个少年的事实，这种人放在社会上更危险，我估计她现在的风光背后，肯定做着见不得人的事，等着瞧吧！

坐等披着羊皮的狼露出真面目！

节目组工作人员面面相觑，专家组摸着光溜溜的脑门，很头秃。

被审判者被隐藏记忆投入虚拟世界后，在虚拟世界的性格和行为模式，确实会受到真实的自己的影响，可以说现实世界中本体身上具有的越强烈的东西，在虚拟世界的虚假身体上就会体现得越明显，要不然，这档节目也不能叫审判了。

他们失算了，他们小瞧了这个没有家世背景普普通通任人宰割的平民女孩，无论是她的智慧，还是她性格里的某些特质。

直播刚开始没多久，因为一下子刺激太大，观众们心情极度不爽，骂骂咧咧地将它送上了热搜。

洛潮刷着手机，看到这则新闻，跟后座的霍森说："这不是那个弄死了霍海的姑娘吗？她居然长这样，你怎么舍得袖手旁观？"

霍森正在翻看腿上的文件，闻言头也不抬："没空。"

"噢对，你去年那会儿在准备内阁考试，想到要面对我们那位冷酷无情的国王陛下，就算是你也很紧张，所以根本没空理会这个无辜的女孩，对吧？我估计你根本连了解都没有了解一下，看也没看这姑娘的照片一眼。"

洛潮看了看窗外，王宫水晶塔的塔尖已经可以看到，他继续说"我要早知道她长这样，我就出手了。现在就太迟了，她还在牢里也就罢了，偏偏她上了这档节目，我们陛下最讨厌这种想要挑战司法机关的公正，借这种节目投机取巧获得减刑或者获得人气的罪犯……"

霍森："你害怕了。"

洛潮："开玩笑，我艺高人胆大，区区内阁二试，怕什么？"

霍森："你一害怕就话多。"

洛潮小声嘀咕："……谁见国王会不害怕？尤其是我们这位。等下还要被他面试，呜呜……"

洛潮害怕着，眼瞳里却又隐含着某种强烈的贪婪。

虚拟世界内。

在轰鸣的掌声中，宋睢窈的演讲和回答问题环节都结束了。

今天是金柯朵拉学院 200 周年校庆，校园内十分热闹，到处都是学生们摆的小摊，走廊里也人来人往。

明姝和汤凯挤在人群中，跟在宋睢窈身后，寻找能够和她搭上话的时机。

但是，怎么看都太难了，跟着宋睢窈的不只是他们，还有一群学生，拿着纸笔，想上去要签名。但因为宋睢窈和几位校领导走在一起，所以没有人围上去。

这怎么完成任务嘛！明姝心里打鼓，十分没底。

“我听说你已经完成上阶段的工作，准备休息一段时间？”校长用试探的口吻说。

宋睢窈的目光扫过周围的人群，有些分心：“是的。”

“有没有兴趣留在学校休息？”校长立即提议道，这个想法在他脑子里转了好几圈了，“你也知道我们学校的宿舍环境，不会比酒店差，风景也优美，吃住也很方便……”

“嗯，是很不错。”宋睢窈的目光仍然在四处寻找。

她在找什么？

有点儿好奇，我切换主视角看看。

校长见有戏，立即说：“金柯朵拉这么好，近年来入学率却在逐年降低，倒是那圣玛利亚，靠着各种降低身份的广告和福利，招揽了不少学生……唉，你要是在学校里待一段时间，偶尔有空有心情的时候，给学生们随便开个什么讲座就好了……”

圣玛利亚学院是金柯朵拉学院的头号竞争对手，且两边的校长是相看两相厌的死对头，谁也不想输。宋睢窈作为国民闺女，在家长圈里很有名气，如果她在这里，那就是一块活招牌了。校长已经开始设想那些家长们听到宋睢窈在这边，还开讲座，立刻把孩子转学过来的美好情形了。

宋睢窈找寻的目光蓦地顿住，看到了什么，眼眸肉眼可见地明亮起来，像是少女看到了心上人，那光芒纯洁清澈，动人心扉，与她平时很不一样。

宋睢窈转头看向校长：“好。”

宋睢窈说“好”的瞬间，无论是汤凯、明姝，还是节目组，都松了一口气。她留在学校，他们的真人 NPC 才好搞小动作。

当然要留在这所学校里，这里可是她要表演重头戏的舞台。

怀里的猫在喵喵叫，宋睢窈对校长说："我想先带它去给医生看一看。"

"好好，校医室你还记得怎么走吧？"

"嗯。"

汤凯眼睛一亮，连忙转头匆忙跑回校医室。

明姝看着汤凯一下就有了跟宋睢窈接触的机会，心里越发焦灼。她跟汤凯是竞争关系，每一期进入的真人 NPC 都是竞争对手，争的是直播间的人气和观众的喜爱度，要不然，参加这档节目的目的是什么？

可是，现在她却不知道怎么才能跟宋睢窈扯上关系，交上朋友。

汤凯匆匆忙忙赶回校医室，迅速理了理衣服和头发，平复了呼吸，等待宋睢窈来敲门。观众们也在等着。

汤凯脑子里已经闪过数个版本的给猫看病的姿态、说话的方式，希望可以引起宋睢窈的注意。他对自己的相貌仪态是很有信心的，虽然宋睢窈现在不是小可怜，但是她 10 岁就失去了父亲，喜欢年长者这件事不会变。

然而他等了半天，也没等到人来。直播间内有观众发出了嘲笑

哈哈哈，傻了吧，宋睢窈去的是兽医室，不是校医室。

哈哈哈，贵族学校就是不一样，还有专门给学生的宠物聘请的兽医。

用脑子想想也知道，她怎么可能会带猫去校医室？

金柯朵拉学院是贵族私立，除了少数特招生，比如当年的宋睢窈，其他学生都是非富即贵的有钱人家的孩子。学校占地面积宽广、环境优美、设施豪华，宿舍也是豪华公寓型。而且金柯朵拉学院离市区不远，

从校门口的公交站上车，只需坐四站就能到，很方便。

宋睢窈住的宿舍是双层复式公寓，里面家具设备俱全，十分豪华。宿舍就在学生宿舍楼内，原本要给她安排在教师宿舍区，宋睢窈拒绝了，她自己挑选了这一间。

宋睢窈带的行李很少，几套换洗的衣服和一些生活用品，比较贵重的就只有一台电脑，还有一只来金柯朵拉的路上捡的小流浪猫。

宋睢窈戴着细框眼镜坐在沙发上看书，精致的面容在这一刻充满了书卷气，怎么看都美得像一幅画。看脸的观众们忍不住发出被惊艳到的声音，却不敢在弹幕发，生怕被围殴。

猫在旁边走来走去，发出叫声，宋睢窈像被吵到了一样，转头盯着它看，目光幽幽的，猫咪圆溜溜的眼睛跟她对视着。

来了来了！

终于要露出真面目了！

直播间里的观众兴奋起来。

只见宋睢窈缓缓地将眼镜拿了下来，然后她忽然动了，一个飞扑将小猫按倒在沙发上，像个被扑倒后制住双手双脚的少女，宋睢窈把脸埋进它的肚子，一顿猛吸。

小猫咪圆溜溜的双眼茫然地看着宋睢窈。

宋睢窈被诱惑了，放下了书本，开始跟猫玩了起来，在地上打起了滚。那喜欢小动物的姿态，跟普通人并没有什么区别。

尤其是跟猫玩了一会儿后，宋睢窈抱着猫看起了综艺，发出了弹幕。

宋睢窈：哥哥们都太棒了，冲啊，一起走花路吧！

但宋睢窈仍然是十分克制的，一个小时后，她便恢复成了那个遥不可及的人生赢家的模样，拿着书走到阳台上，认真地看起了书。小猫咪吃饱喝足玩累了，蜷缩在她的脚边睡成了一团。

她温柔的眼眸里映出黑色的铅字，嘴角浅浅的弧度柔和，时间好像都慢了下来。她坐在灯下看书的场景，美丽如画。只是偶尔，她会拿起桌上的望远镜，看向对面，像在看什么。可是当观众切换到她的视角的时候，她又移开了视线。

对面是男生宿舍，她在偷窥？

还拿望远镜偷窥？

我就说她不可能真的像表面上看上去那么正常，肯定还有没有表现出来的一面！

只要一直盯着她，狐狸尾巴总会露出来被看到的！

她之前白天在看的是不是就是那个宿舍里的某个人？

好危险，差点儿就被她迷惑了！

宋雎窈翻了一页，嘴角的笑意隐隐加深了一些。

一个普通的人做出普通的事情，人们并不会觉得有什么，可当一个看起来高高在上不食人间烟火的人在私底下做出接地气的事，人们反而会立刻觉得这个人可爱了起来，生出好感。所谓的反差感，就是可爱的代名词。

但是他们对她做坏事，露出邪恶的真面目又有着过高的期待，如果一下子让他们发现她只是一个普通的正常人，落差感就太大了，也许会恼羞成怒扭头就走，所以要抛下一个钩子，吊住他们的胃口。

就这样，一步一步地，慢慢地走进我设下的陷阱吧。

明姝以为汤凯已经跟宋雎窈有了接触，内心着急上火，有些乱了阵脚。

暂时想不到怎么接触到宋雎窈，获得她的友谊，不如换个切入点吧，总之先把直播间的人气拉起来。团队给她的剧本可以走起来了，浪漫的校园偶像剧受众一直都挺广的。

为了让观众的代入感更强，明姝这个转学生的身份，还是一个特招生，也就是说，她是个平民少女。

当团队把剧本写出来的时候，她很兴奋，可真正进入这个虚拟世界后，过于真实的世界，过于真实的NPC，还有与现实百分之百接近的五感，都让她退缩了。

她在走进女厕，发现几个女生正扯着一个女孩的脑袋，狂扇巴掌的时候，愣住了。

被扯住头发的女生她认得，是同班的另一个特招生，叫梨昭，成绩很好，但沉默寡言，阴沉沉的。在放学的一瞬间，她就会拎起书包往外冲，好像身后有鬼在追，而班上的几个小太妹一样的女生，也会立刻追上去。

那个时候她就猜到那个特招生可能在遭受校园暴力，但是她不敢阻止，所以只能装作不明所以，免得让直播间的观众觉得她胆小怕事。那些观众或许现实中比她还要胆小，却对明星有过高的要求，一旦出现一点不美好的品质，就会觉得她偶像失格。

而现在，欺凌直接摆在了她的眼前。

怎么办？要阻止吗？可是一旦阻止，下一个被盯上的人就是她了，在观众面前被揍很丢脸，转身逃走舆论也不会好……

明姝如坠冰窖、浑身僵直。

“喂，给你两秒，滚出去。”一个女生说。她的手下，梨昭的眼睛看着明姝，有一点点儿细碎的期望的光芒。

明姝转身逃走了。梨昭眼中的光芒消失无踪，只剩下一片黑暗。

就这么跑了吗？太让人感到失望了！

平时做出一副积极向上元气满满的样子，实际上还不是个胆小鬼！

设身处地想一下，是你们的话你们敢做什么？真是站着说话不腰疼。

明姝只有一个人，她上去也只是送人头，在确保自己安全的前提下再救人，这不是政府一直提倡的事吗？

看到没，我们明姝是去找老师求助了，不是见死不救！

被审判者来了，看看她，她肯定扭头就跑，跑得比明姝还快。

宋睢窈走进了这栋教学楼，经过女厕的时候，听到里面传出来的声音，推开门进去探查。

看到一个女孩的脑袋被按进马桶的场面，她脸色骤变。

“住手！”她毫不犹豫地呵斥出声，“你们在做什么？怎么可以对同学做出这种事？”

那些女生看到宋睢窈，没有像看到明姝时那样肆无忌惮。按脑袋的女生面色不善地看着宋睢窈：“关你什么事，滚！”

“放开那位同学。”宋睢窈神色堪称严厉。

那人的脸色更难看，她放开梨昭，起身走向宋睢窈，伸手想要推宋睢窈：“你算哪根葱？居然敢命令我？真以为金柯朵拉人人都是你粉丝？不过就是个书呆子……”

“我奉劝你最好别碰我，在碰到我的一瞬间，你将触犯《帝国人身安全法》《帝国刑法》和《帝国校园暴力法》，一旦我告上法庭，你将面临三年以上五年以下的刑罚。”宋睢窈面无表情地说，手机不知道什么时候已经打开，正在录像。

那人的手在即将碰到宋睢窈肩膀的瞬间僵住了。

“你少吓唬我，知道我是谁吗？”她色厉内荏。

“那你知道我是谁吗？我有三千万的微博粉丝，上个月我刚刚和我的队友们一起见过总统，在红房里用过餐。你爸爸是谁？家里是做什么的？

房地产？家产有多少？公司股票经不经得起动荡？嗯？”

那女生已经面如金纸，手一点儿都无法再往前。她的小伙伴们脸上也出现了畏惧的神色，纷纷站直了身体。

最后，她们转头快速逃走了。

我被帅到了……

想想刚刚明姝转头就跑的画面，再看宋雎窈，这对比也太鲜明了吧！

如果明姝也有宋雎窈这样的背景，她也不会怕好吗？而且她是去找老师，不是见死不救！

说得好像宋雎窈是个家世背景很牛的人一样，别忘了，节目组给她的是什么样的身世。

家世好就不会见死不救了？别忘了这学校里的有钱学生有多少，我就不信，全班没人知道这个女生在被欺负。

肯定是装的！

最终还是不相信宋雎窈是个好人的舆论占据了上风，毕竟虽然有被宋雎窈帅到，心里对她的恶感从昨晚到今天降低了很多，但是观众们还不到愿意为她在网上跟人吵架、维护她的地步。

“老师，有人在欺负同学，你快跟我过去……”明姝冲到一个男教师面前，拉住他就想跑。

男教师却不动，满脸尴尬地抓开她的手：“这种事情不归老师管，你应该去找学生会。”

“什么？”明姝刚想说开什么玩笑，猛然间觉得这是个好机会，学生会会长是金钰，纪律委员长是金耀，她正愁找不到理由跟他们搭上关系呢！

机不可失，于是，明姝转头就去学生会了。

梨昭把脑袋凑到洗手台水龙头下，粗暴地用冷水冲了冲，彻骨的凉意让她整个人都抖了抖，眼泪差点儿没忍住流出来。

这时，有人把水龙头转了一个方向，凉水逐渐变温，一双手温柔地揉了揉她的头皮，紧接着一条柔软的毛巾盖了下来。

梨昭浑身僵硬，在毛茸茸的毛巾里抬眼，看到宋雎窈精致的下巴，总是带着浅浅笑意的嘴角严肃地抿着，但帮她擦拭水珠的双手却始终很温柔。

啊啊啊我有被暖到！

有点儿甜！

宋雎窈为什么还不露出马脚？快点儿露出马脚啊，我快不行了！我对温柔的人毫无抵抗之力啊！

前面的如果那么容易动摇，最好不要看这档节目，别一不小心投了申冤票。

虚拟世界中，毛巾往上滑了一些，梨昭就对上了一双温暖的、饱含关怀的双眸。

“谢谢。”梨昭眼眶微红，拘谨地小声说，她双手紧张地握拳，也不敢说她自己来。在她的记忆里，从来没有人帮她擦过头发。

“你是特招生吗？”宋雎窈问。

“是。”

“她们经常这样欺负你吗？你跟老师反映过吗？”

她的口气严肃认真，明明对方也就比自己大一岁，可梨昭忽然有一种好像找到了主心骨、找到了可以告状的长辈的感觉，委屈得眼眶更红，用力点点头：“老师说这是学生会的事，不归他们管，校长一天到晚见不到人，就是个甩手掌柜。”

“当年我入学金柯朵拉学院的时候，校长跟我承诺过，会改革学校制度，好好对待特招生，他太让我失望了。”宋睢窈有些生气，看到梨昭脸上红彤彤的巴掌印，心疼地皱起眉头，“我先送你去校医室。”

校医室内。

汤凯仍旧很沉得住气，并未因为一次失败就自乱阵脚。观众们看着两个真人 NPC 的表现，忍不住想，明姝和汤凯之间智商的差距，就好比偶像和影帝之间的距离。

现在汤凯已经想到了一件节目组非常关注，也非常重要的事。

“宋睢窈的母亲，柳滟到哪里去了？”他捏着下巴说。

按照节目组的剧本，宋睢窈的妈妈两年前就应该成为金耀、金钰他们父亲的情妇，可是看现在的情况，她妈妈好像并没有变成那两兄弟父亲的情妇，这样一来，金耀和金钰这两个大 boss 的身份还有没有用？

可柳滟那种性格，是节目组特地安排来拖累和束缚宋睢窈的，除非她死了，否则，她应该会一直拖累宋睢窈才对。宋睢窈怎么能这么顺利地成为一个人生赢家？

柳滟到哪里去了？

汤凯尝试上网搜索，没有找到柳滟的去向，却发现柳滟也是个名人——挨骂的名人。

宋睢窈当初参加《我是大赢家》爆火之后，就有其他节目组邀请她参加节目，其中有一档亲子户外真人秀请她和柳滟当一期飞行嘉宾，母女俩就去了。结果，柳滟就翻大车了。

她在节目里也没有收敛她养尊处优的小公主脾性，或者说她脑子里根本就没有这个概念，她觉得坐着享受宋睢窈的照顾是理所当然的，于是出场就是旗袍、高跟鞋，化着精致的妆容，跟那时还瘦巴巴黑乎乎的的宋睢窈形成了鲜明的对比。宋睢窈背着大书包推着行李像个童工，她两手空空，肩上无物。

之后节目组布置的任务中，给猪煮猪食，她用手帕捂着口鼻坐得远远的，宋睢窈在猪圈边上拿着大菜刀熟练地切菜熬煮；做饭环节，更是宋睢窈踩着板凳熟练地做的……

“窈窈怎么这么厉害，小小年纪什么都会。她在家里经常做这些吗？”

“是的呀，我家窈窈很厉害的，我们家这些事一直都是她在做的。”面对其他妈妈压抑着怒气的问话，柳滟还骄傲自豪地说。

别说那些妈妈们了，汤凯和正在用汤凯视角看这一期综艺的观众，都窒息了。

她们只当了一期的飞行嘉宾，在节目播出后，引起了很大的轰动，柳滟被喷得体无完肤，节目里其他的妈妈都上社交平台狠狠地谴责了柳滟一番。“当妈不能太柳滟”这句话都成了当年的一句流行语。

我懂了，肯定是宋睢窈故意带柳滟上节目，然后趁机甩掉这个没用的母亲！

我都能想象到这档节目播出后，柳滟会被观众们骂成什么样，宋睢窈会得到多少同情。

她肯定是故意的，没了这种母亲当拖累，她才能成为现在这种人生赢家。

太可怕了，心机好深，自己的妈耶！她再废也不至于用这种方法把人甩掉吧？

踩着母亲上位，让母亲被网暴？不愧是高智商犯罪分子，够狠！

人们不惮以最大的恶意来揣测宋睢窈，正是因为他们如果有柳滟这种妈，想想都觉得窒息，所以才觉得宋睢窈应该更不能忍，才会设法甩掉这个累赘。但即便每个人都想这么做，宋睢窈也不行，因为她是被审判者，她必须真善美。

校医室的门没有关，宋睢窈带着特招生直接就进来了。

猝不及防就跟目标人物见面，汤凯吓了一跳，连忙站起身来，电脑却没来得及关，上面的综艺节目还在播放，柳滟喊宋睢窈的声音柔得像缠上人脖子的藤蔓。

宋雎窈顿了顿:“老师在看《无与伦比的妈妈》吗？”

汤凯转瞬间恢复平静，说:“我刚回国，对你的事不太了解，有点儿好奇，就上网搜了搜，看到你上了不少综艺。”

“是的，我早期靠综艺赚钱。”宋雎窈让梨昭在椅子上坐下，“老师，麻烦帮她看看。”

汤凯看起来很专业地给她检查了一下，他温和地看着梨昭，琥珀色的双眼闪烁着包容仁慈的光芒:“都是一些皮外伤，上点儿药就可以。但是心里的伤也需要吃药好好照顾才能痊愈，欢迎你随时来找我。”

啊啊啊，汤医生我病了！

影帝太苏了，呜呜呜！

我的心有伤口，需要汤医生亲一口才能好！

梨昭从来没有跟这么儒雅有气度的男性接触过，羞得连忙低下头。

汤凯说完抬头，看到宋雎窈正愣愣地看着电脑屏幕，他趁机打探:“可以看出来你母亲很依赖你，没有你的话恐怕生活不能自理，你们现在也生活在一起吗？”

“没有。”宋雎窈回过神，脸上习惯性地露出浅浅的笑意，“这个世界上并不存在谁不能没有谁。”

“是因为……”

“我能把节目关掉吗？您可以等我离开后再看。”宋雎窈说。

“当然可以。”

宋雎窈关掉了节目，校医室内便安静了下来。汤凯给梨昭上着药，脑中闪过各种念头。宋雎窈看起来对这档节目很排斥，果然是因为这个节目，发生了什么事情，宋雎窈就趁着这个机会，甩掉了柳滟吗？但是她那时才 10 岁，还是个未成年人，无论如何都不可能离开监护人的。

第三章

现实世界，《正义审判日》演播大厅。

一个工作人员匆匆忙忙进来：“K 先生到了。”

副导演唐山立刻起身去迎接，进来的是一个穿着黑色卫衣、看起来像没睡醒的颓废青年。

“K 先生，您有办法吗？”

“在没有录屏的情况下，通过数据库回溯过去的情景……你们还真敢想，你们当虚拟世界的构建系统是谁发明设计的？它可不是普普通通的一个电脑游戏，这么庞大的计算量，不可能啦……”

唐山脸上露出失望的表情，果然不可能吗？他们现在特别需要知道虚拟世界中过去 18 年里宋睢窈身上发生过的事，无论是用来分析宋睢窈的性格，了解她那让人好奇的性格里的特质，还是用来揭开宋睢窈的真面目。

虽然总导演覃威说不需要，宋睢窈的真面目肯定会露出来的，但是唐山感觉事情没有那么简单，至少到现在为止，宋睢窈一点儿马脚也没有露出。从后台数据来看，从她昨夜逗猫开始，辱骂她的弹幕数量在螺旋式减少，对宋睢窈有利的弹幕数量也在螺旋式上升，这些隐藏在巨大海面上的碎冰因为太小，所以没有人在意，但唐山敏锐地觉得必须在意。

人心实在太容易动摇了，人们轻易就能被好看的外表、一两个小动作、一个事件拨动心弦。他们节目组是绝对不允许罪犯真的被观众投出减刑或者申冤票的。

“完全回溯不可能，回溯其中的几个短期片段应该可以。”K 先生又说。

心情像坐过山车，唐山惊喜万分：“足够了足够了！不愧是王宫网络安全部的部员，您太厉害了！”

几个短期片段，相信也足够让他们看到宋睢窈不为人知的真面目了。

“那，能回溯到宋睢窈10岁后半年吗？”唐山说。

宋睢窈在虚拟世界有18年的时间，如果随意回溯片段，也许会回溯到一些很无聊的比如睡觉或者考试的片段，浪费时间和资源。10岁后半年正是宋睢窈和柳滟参加综艺《无与伦比的妈妈》的时间段，从刚刚的直播可以看到宋睢窈对于这档综艺的反应有些奇怪，他们想要看看，宋睢窈是不是故意甩掉她妈妈的，只要确认了这一点，宋睢窈洗不白的污点就有了。

“可以，不过因为数据库有禁止复制的指令，所以只能在现在这个基础上回溯，也就是说会播出来给观众看到，到时候会在右上角冒出一个小窗口，可以吧？”

唐山思忖了一会儿，说没问题，观众也对宋睢窈的过去很感兴趣，这样做对收视率也有帮助。如果这是宋睢窈的黑点，本来就是要给观众看的，就算事情出乎意料，不是黑点，最差应该也只是保持现在的状态。

宋睢窈受到过去回忆的影响，心情明显有些不好，汤凯给梨昭上着药，她便起身打算先行离开。

“老师！”一个男同学背着另一个男同学，慌慌张张地冲了进来。

被背着的男生鼻子在流血，脸上有很多摔出来的擦伤痕迹，身上也脏兮兮的，看起来非常狼狈，最重要的是，他的脚踝肿起来很大一块，看起来很吓人。

汤凯连忙去处理，他为这个角色特地去学习过一些简单的外伤处理，也去诊所里实习过。

“怎么会伤成这样？”

这么狼狈的样子被宋雎窈看到，男生难堪极了，脸色通红，磕磕巴巴地说："我们在网球场当球童，今天他们打得有些激烈，我们就……"

"他们"指的是这所学校里的那些贵族子弟了。

"难不成他们在打球期间，让你们到场中捡球吗？"宋雎窈隐怒道。

男生没说话，答案显然就是这样，否则只是捡个球，怎么可能会伤成这个样子？这不是故意的吗？谁家打网球，会让球童到场中去捡球？碍事又危险。

"其实平时也不会这样的，那个转校生突然冒出来逞英雄，惹怒了他们，我们才会被迁怒……"男生忍不住抱怨道。

转校生？汤凯抬头看向男生："是个女生对吧？下巴上有一颗痣。"

"对，就是她。她得罪了金耀，应该会更惨，弄不好得叫救护车。"

宋雎窈皱起了眉头，立刻往外走。

汤凯直播间的观众们，也纷纷切换到明姝的直播间去。

我去！好惨！

从影帝直播间来的，求问发生了什么？

这是故意伤害罪吧，他们怎么敢这样做？校园暴力法是摆设吗？

对于这些有钱人来说，大部分法律都是摆设，说起来就觉得好丧，平凡的我活在这个世界上的意义是什么？一只蚂蚁或一粒微尘吗？

有没有人说说这里发生了什么，没有看到前因的人好难受！

时间往回退半个小时。

明姝跑去学生会想要找人帮梨昭，同时想趁机跟金耀说上话，引起对方的注意，结果，学生会大楼的学生们看到她，无一不眼高于顶。

"部长不在，你有什么事直接说。"纪律委员部的一位成员冷冷地说。

“4号教学楼3楼，有个女生在厕所里被殴打。”没有见到金耀，明姝很失望，但是她也不能把意图表现得太明显，那么多观众看着呢。

“谁？”

“梨昭。”

那个纪律委员在电脑里敲下这个名字，看到表格后面的“特招生”三个字，眼中满是不耐烦：“知道了，我会把人喊过来了解情况的。”

“喊过来？她现在在厕所被人打得半死，不是应该马上去救她吗？”

“同学，现在是午休时间，我不用吃饭的吗？”

“你！你怎么可以这样？纪律委员部的职责，不是维护校园秩序阻止恶行吗？”明姝这下真的生气了。

那人朝她笑：“你能拿我怎么样？真那么想救人，你自己救不就好了，说到底，还不是怕惹祸上身，没有挺身而出的勇气吗？我见多了你这样的人。像你们这种特招生，都是没有骨头的废物。”

明姝脸色涨红起来：“你是什么人啊！我……我要见金耀！”

纪律委员眼神含着不怀好意的笑，说：“哦，他现在就在网球场。”

金柯朵拉学院是一座有着两百年历史的贵族学校，是真正的贵族学校，并非有钱就能入学的那种。当初建立这所学校的人，就是一个血统至上论者，只招收蓝血贵族学生。

当然，这是很多年前的事了，后来时代变了，科技的发展带来了很多新兴的行业，各行各业出现了很多新贵族，老贵族们也有不少被时代的巨轮抛弃，逐渐变得贫穷，所以，这所学校的收入和运转资金越来越少。

为了不让学校倒闭，管理者寻求新的出路，才开始降低门槛，先是招收普通的富家子弟，然后随着社会发展，政府对各所院校进行评级，为了不让排名太难看，学校需要提高正常升学率（指通过高考被各大院校录取，而非通过钱财），开始招收特招生。

由于历史遗留问题，这所学校存在着阶级矛盾，拥有贵族血统的学生认为自己才是这所学校的真正主人，称普通的富豪子弟为暴发户，只是客人，觉得他们应该低自己一头，自恃身份，态度傲慢。而普通富豪子弟们则觉得这群人只是空有头衔的穷人，有什么可傲的资本？买得起豪车还是买得起豪宅？

近年来，这两方明争暗斗愈演愈烈，严重到特招生都成了炮灰，谁要站队那边，就会被另一边看不顺眼，要是保持中立，搞不好会被两边一起欺负。除此之外，被上层阶级欺负却无法还手的人，自然而然把最底层的特招生当出气筒。因此，特招生在这所学校的处境很艰难。

网球场非常热闹，金耀和金钰的家族，是极少数乘上了时代巨轮的老贵族，是真正的富有底蕴的贵族名门，在这所学校里处于“leader”的位置，在两方人马中都具有很高的人气，没人敢跟他们对着干。

金耀有午休时间运动的习惯，通常不是在网球场就是在马场，因此中午很多学生都会聚集在这里。

明姝气势汹汹地来，看到这豪华得好像能举办世界级网球比赛的网球场，瞬间就害怕了。周围观众席上坐了不少学生，露出纤细腰肢的啦啦队像追星少女，对着场上犯花痴，她要是敢冲上去，立刻就会遭到围观。

明姝深呼吸，伸手把脖子上戴的一块玉佩拿了出来。她的团队敢给她设计灰姑娘校园偶像剧的剧本，自然是找到了能够推动这个剧本的切入点。

从这对双胞胎兄弟的人物信息卡里可知，他们小时候曾经遭遇绑架，后来被上山踏青的一家三口所救。这一家三口里刚好有个小女孩，小女孩捡走了金耀掉的一块从小就挂在脖子上的玉佩，忘记归还。

团队花钱跟节目组买了这块玉佩，让明姝有了不会被这对双胞胎弄死的理由。看在救命恩人的分上，这对双胞胎再凶残，也不至于对她动手，而且还能让她有很多发挥的空间。

握着锁骨间的玉佩，明姝有了些许勇气。

金耀正在场中跟人打球，他看起来相当耀眼，露在空气中的胳膊的肌肉线条流畅而富有爆发性，在挥拍的瞬间，放松的肌肉瞬间绷紧，热汗挥洒。但从他的球风就能看出他的性格，恣意、粗暴，他的对手很快就只能用双手握拍，因为只有这样，球拍才不会被袭来的球击飞。

被这种球打到身体，估计会骨折。

但一般情况下，比当金耀的对手更危险的是当在场上捡球的球童。

金耀喜欢打网球，但是他又有强迫症，见不得场地上有一颗球，所以比赛进行期间，也必须有球童去捡球。

这种活基本上都是特招生去干的。两个球童，分别站在两位选手后方角落，等待随时去捡球。

“哐！”对手的球拍被一下子击飞了，刚好飞到了他斜后方去捡球的球童身上，撞到了球童的鼻子，鼻血瞬间就冒了出来，球童也跌倒在了地上。

“砰”！对手没有接到金耀的球，那球又一次砸在了躲闪不及的球童身上。

眼见着金耀并不理会那受伤的球童，继续开打，直播间的观众看不过眼，明姝冲了上去。

“住手！”一道娇喝。

球场所有人目光“唰唰”地都转向了声源处，就像瞬间被聚光灯照到一样。

入口处，明姝像正义勇敢的校园女主角般登场，跑到受伤的男同学身前，怒视着金耀。

“为了一己私欲，竟然这么糟蹋别人，难道别人的命就不是命吗？他们也有父母，如果他们的父母看到他这种模样，会有多难过？！”明姝目光灼灼，声音铿锵有力，并且努力梗着脖子，倔强极了。

学生们惊呆了，网球场瞬间一片寂静，所有人都用难以置信的眼神看着明姝，这突然冒出来的女生是怎么回事？疯了吧！

啊啊啊，不愧是我粉的女人，太棒了！

点赞，明姝很有正义感，金耀这种人真的太让人看不顺眼了，不把人当人，要不是会投胎，就他这种浑蛋，早就被人给打死了！

为什么不进厕所救那个女孩？

在学生会被那个女生说了，心里有火气吧？

好像有点儿危险，可怕！

直播间的观众们不知道，明姝看着金耀一步步走近她，浑身绷紧，满脑子都是：快，快看我脖子上的玉佩！

金耀居高临下地盯着明姝看了几秒，而后看向她身后被维护得一脸惊恐的男生："你们特招生要翻天了是吧？"

"不……我不认识她！金耀，这不关我的事，我根本没见过她！"男生立刻说。

"还是觉得我给的钱太少？"金耀冷笑道。球童这个职位，他是有给工资的，毕竟这么危险，总得给点儿医药费不是？

"你还拿钱侮辱人！难道所有的伤都可以治愈吗？说到底，这份工作本身存在就很不合理，怎么可以在比赛进行期间让人在球场内捡球？开工资了不起吗？在这个学校里，只有特招生会去做这份工作，因为根本没有人敢拒绝！现在他已经受伤，你竟然还能视若无睹地继续比赛，未免太冷血太过分了！你有什么了不起的！"金耀给人的压迫力太强，明姝怕得声音都颤抖起来了，但是事到如今，她也只能硬着头皮把团队给的剧本台词念完。

"同学，你别说了！"身后的男生绝望地出声。其实平时也没有这么危险的，今天就是太阳太刺眼了，他忘了戴墨镜才看不清球，没躲开。

金耀笑了起来，周围温度却"唰唰"往下降："看来特招生终于要崛起了，来了个硬骨头。非常好！这样吧，我给你两个选择，第一，只要你能接住我一个球，我就不计较你这一次的无礼；第二，你跪下来给我磕头认错。”

事情没有按照剧本发展啊！明姝心里的小人已经当场给金耀跪下求饶了，可是实际上她骑虎难下，根本不可能在直播间那么多观众的注视下跪地求饶。

于是她硬着头皮点头，然后抬手去摸自己脖子上的玉佩。快啊，快看啊，玉佩啊！

金耀果然下意识地看向了她脖子上的玉佩，然后瞳孔一缩，脸色沉了下来，看着明姝的眼神瞬间危险起来。

原来是她。当年他们兄弟俩被绑架，是一家三口意外闯入救了他们，可后来，他们又对金家狮子大开口，挟恩求报，贪婪的姿态和绑匪也没有多大区别。回到金家后他才发现玉佩不见了，派人再去找也没找到，去问那一家三口，他们也一口咬定说没看到，最后实在找不到，只能算了。

真够贪心的！别的无所谓，只有这个，不能原谅！

跟节目组购买的人物信息卡，并没有详细到将每个事件都写得清清楚楚，关于金家兄弟被绑架这件事，也不过是短短一句“双胞胎兄弟幼年时曾被绑架，被上山踏青的一家三口所救，金耀在这次事件中丢失了奶奶赠予他的家传玉佩”。

明姝心里咯噔了一下，浑身鸡皮疙瘩都冒了起来，恐惧感让她脸色发白，浑身冰冷，机械般地接过球拍，走到位置上。

宋睢窈赶到网球场的时候，网球场内呈现出一片诡异的寂静，明明那么多人，却一点儿声音也没发出来，只有网球用力砸在地上发出的那种“啪”声。

宋睢窈快步走过去，拨开挡住视线的啦啦队，就看到场中明姝被打得浑身是伤，裸露在校裙外的双腿上，无数交错的伤痕像是球从肌肤上用力擦过擦出来的，整个人正摇摇晃晃地从地上爬起来。她嘴里都在流血，牙龈想必伤得很厉害，整张脸上青紫红肿、血泪交加，看起来实在是太惨了。

“还不求饶？”金耀眯起双眼，往边上伸出手，那手修长有力，一握便能将女生的手紧紧包裹，是看起来很有男友力的手。然而那手上，很快被球童恭恭敬敬地放了一颗网球上去。

明姝眼泪流得更多了，她想求饶，真的想求饶，可是这一跪，她的偶像生涯就结束了。所以她不能求饶，打死都不能求饶……

金耀冷笑了一声，将球抛向高空，用力挥拍，朝明姝拍过去。既然骨头那么硬，那直接打折了吧。

明姝根本无法动弹，抬手挡在身前，绝望地闭上了双眼。直播间的观众根本都不敢看，这种画面太残忍了，未成年观众的智脑屏幕已经被系统自动打上了马赛克。

“砰”！

黄色的网球和网球筐在空中撞击在一起，筐里的半筐网球纷纷飞出。

明姝睁开双眼，含泪的眸中映出不远处的空中翻倒的球筐，以及像花瓣般四处飞落的小球。

她像是感应到了什么，转头看向球筐飞来的方向。刺眼的阳光下，少女将脚收了回来，亭亭玉立，又酷又帅。

明姝呆住了，眼泪从脸颊滑落，心脏怦怦直跳。

啊啊啊！

我疯了啊！

帅死了！

直播间内，疯狂的尖叫声满屏飘过。

当虚拟世界里的真人和真人的距离近到一定地步的时候，他们各自的直播间就会融合成一个，共享彼此的观众，同时直播视角也会变得宽广起来。

刚刚直播间内的所有观众，都看到了在金耀把球拍出的瞬间，宋睢窈是如何干净利落、反应迅速地猛地一个回旋踢，将边上的网球筐踢飞出去，将那颗致命的网球给撞开的。

阳光之下，她帅到飞起。

球场寂静了瞬间，所有人终于反应过来，眼睛齐刷刷转向了球场入口，看到的居然是宋睢窈，顿时是一阵窃窃私语。

“是宋睢窈！”

“她不会想多管闲事吧？”

“她只是住在我们学校的客人，有什么资格管我们学校的事？”

“如果金耀打她的话，会不会怎么样啊？”

“她完了，就算是奥奖团队成员，也不可能打得过金家这头资本巨鳄的。”

被推开的啦啦队成员们因为亲眼见到宋睢窈的那一脚，还处于被帅呆的状态，张圆了嘴巴，崇拜又敬畏地看着宋睢窈的背影，没有加入窃窃私语的行列之中。

宋睢窈走进网球场，梨昭缩着肩膀，像个小尾巴一样跟在她身后，看着宋睢窈抬头挺胸的背影，崇拜又担忧，真的不会有事吗？周围射过来的视线像针一样，并不怎么友好，还有金耀……

宋睢窈走到明姝面前，关切地问：“你怎么样？还能走吗？”

明姝看着宋睢窈，眼泪流得更凶了，她说不出话来，只能点头又摇头，但谁都能看出她对于宋睢窈的出现有多么高兴。

宋睢窈看向梨昭：“昭昭，你带她去校医室。”

梨昭点了点头，立刻去扶明姝。

“站住。”身后传来少年低哑冷酷的声音，“我允许她走了？”

宋睢窈转头，对上金耀那双琥珀色的鹰一样的眼睛，看到里面仿佛野生动物一样桀骜不驯的光彩。

金耀隔着球网，居高临下地看着宋睢窈。

“无论什么原因，都不是你把一个女生打成这样的理由。”宋睢窈面无表情地看着他。

“是吗？那你打算怎么做？”金耀用球拍将球网压了下来，直指宋睢窈的鼻子，眼神危险，“替她讨回公道？宋睢窈。”

宋睢窈盯了他几秒，收回视线，看向明姝和梨昭：“我们走吧。”

金耀看着宋睢窈那完全没把他放眼里的模样，脸上露出被冒犯尊严的愤怒：“把门关上！”

网球场的门立刻就被关上了。

“宋睢窈，你既然这么想当英雄，我成全你，你要么代替她接我一球，要么代替她跪下给我磕头认错，否则你们三个别想出去。”金耀的声音恶魔般传来。

梨昭紧张地看向宋睢窈。明姝瑟缩了一下，她现在怕极了金耀，他就是个恶魔，居然对女生下这种狠手，她脑子秀逗了才会想跟他走什么校园偶像剧剧情，这谁走得起来！

她忍不住看向宋睢窈，她会怎么做？她心里不由自主地冒出一些担心，明明在不久以前，她还在发愁不知道该怎么让宋睢窈受苦。

“好，我跟你打。先让她们出去，她们在这里太碍事了。”宋睢窈看着金耀说。

金耀现在心里的不爽都是冲着宋睢窈的，也不在意明姝了，抬手让守门的把人放了出去。两人因为担心也不走，扒着铁丝网往里看。

宋睢窈挑选了一把觉得称手的球拍，走到场中。

这场是接着金耀和明姝还没比完的那一场的，所以这一局是宋睢窈的发球局。黄色的小球在地上弹了两下，被素白纤细的手握在手中。

我害怕，宋睢窈要被打了！

心情好复杂，我明明之前还很讨厌她，现在居然开始担心她了。

她的骨架看起来比明姝还小，不会一球就被砸断了吧？

大家都冷静一点儿，直播才开始没多久，我们现在看到的还不够多，请牢记她在现实世界里杀死了一名少年！

黄色的小球，被抛到了空中，宋睢窈的发球姿势标准漂亮，一看就知道是个会打网球的人。

“但金耀从小就打网球，如果不是因为金家家大业大，他完全可以去走职业选手路线。”

“完了完了，我还蛮喜欢宋睢窈的，实在是看不下去了。”

“金耀只要不打脸我都能接受，我是宋睢窈的颜粉。”

“金耀力气太大了，男生单手接几颗就受不了，宋睢窈那小胳膊肯定更不行的……”

“砰”！

黄色小球被拍了出去，看上去只是很普通的一个发球。金耀不屑地嗤笑一声，轻轻躲避了一下，拍子一转，猛地将球击了回去。金耀的球是不怀好意的，直接擦着宋睢窈的脸颊过去，粗糙的球面加上速度，像脸颊在水泥地面擦过一样。

“砰”！球砸在围网上，砸出一声重响。

宋睢窈白皙的脸颊上瞬间出现一道红色的痕迹。

金耀：“我劝你还是跪下来求饶比较好。”

宋睢窈没有理他，目光沉着冷静，继续发球。

金耀看着她，心里没来由地一阵烦躁，握紧了球拍。

和上一颗球一样的发球，无论是旋转速度还是旋转角度，对于金耀来说，要打回去并不难。

“砰”！

这颗网球再一次擦着宋睢窈的脸颊过去了，这个饱含戏弄的球，就在宋睢窈脸颊上一道擦伤下方，形成平行的伤痕。

发球局有六颗球，每一颗球宋睢窈都发得一模一样，宋睢窈的手臂、大腿和脖颈，都留下了清晰明显的擦伤痕迹。

将第六颗发球打回去的瞬间，金耀突然意识到，这不可能是随便打出来的，如果不是故意的，不可能打出一模一样的六颗球。稍微懂些网球的都知道，球拍和球面的接触面积、角度、挥拍的方式，甚至是力道，都会影响球的旋转方向，因此如果不是专业选手刻意打出来，不可能每颗球都是一样的。

有阴谋，金耀微微眯起双眼，决定立刻结束这场闹剧。

他用球拍指着宋睢窈：“轮到我发球了，我已经给你很多次机会了，这一次，我可不会手下留情了。”

宋睢窈微微勾了勾唇。

金耀将网球高高抛起，抬起胳膊就要将它拍出去，却在球拍碰到球的瞬间，手臂肌肉像猛然被电击了一下一般，强烈的刺激感袭上大脑，他手上的力道瞬间不受控制地卸了大半，于是那颗网球被轻轻地拍了出去。

什么？！

宋睢窈跑了几步，挥拍将这颗平平无奇的球打了回去。

所有人都还没有回过神，只觉得事情过于突然，以至于都蒙了。

“宋睢窈接到金耀的球了？”

“宋睢窈……接到球了，赢了？”

“金耀是怎么回事？突然放水了？”

“他不是这种人吧！为什么？”

网球滚到了金耀脚边，他脸色阴沉：“你做了什么？”

宋睢窈微笑着说：“每一颗发球都是下旋内旋球，经过计算，它看起来平平无奇，其实旋转角度非常刁钻，如果小瞧它的话，是无法过网的。金耀同学是个出色的网球选手，很快就发现了它旋转的秘密，于是改变了姿势将它精准击回，却没有注意到那一瞬间对手腕和伸肌群的伤害，尤其是金耀同学每一次都那么用力将球打回来，给肌肉造成了很大的负担，只需要六次，它们就会对你发出尖锐的控诉的。”

既然无法正面破局，那就只能另辟蹊径，金耀的傲慢给了她可乘之机。她的网球技术很一般，在这方面唯一的强项，就是经过未雨绸缪、日积月累的训练，发出的这颗球。

突然有点儿热血啊啊啊！

虽然听不懂，总之就是宋雎窈算计了金耀一把，取得了胜利？

牛啊！高智商就是不一样！

宋雎窈真的好帅哦！

她的心机好深。

金耀懂了，他气笑了：“没想到宋雎窈也会用这么卑鄙的手段。”

“金耀同学，你用你擅长的东西来挑战别人，却不允许别人用自己擅长的东西来应对你的挑战吗？”宋雎窈点点自己的脑袋，清澈的目光毫无畏惧地与他对视。

宋雎窈的那双眼睛里，好像有什么东西刺激到了金耀，他突然暴怒，一下子越过球网，走到了宋雎窈面前。

全场人都吓住了，以为马上就要见到金耀暴打宋雎窈的画面，一时间不敢发出一丝声音。

只见金耀一把掐住了宋雎窈的下巴，居高临下地盯着她：“你在骄傲什么？你也配瞧不起我？你算个什么东西？”

他的手很大，对比之下宋雎窈的脸太小了，下巴好像要被捏碎了，宋雎窈疼得瞬间红了眼眶。她伸手去抓，那手却像铁钳一般纹丝不动。那双清澈温柔的眼眸里闪现出一丝骨子里的狼性，宋雎窈忽然用力转了下面孔，金耀的拇指滑到了她的唇上，随即她张开双唇，含住了那根手指。

一瞬间，柔软的触感和指尖扫过的湿软特别明显，金耀呆了一瞬，随即剧痛袭来。

宋睢窈咬的那一下狠得像是狼咬住了他，好像要把他的拇指给咬下来。金耀立刻放开宋睢窈，猛地把手指抽了出来。

“你！”金耀看着被咬出一圈血印的拇指，难以置信地瞪向宋睢窈。

宋睢窈眼眶微红，用手背擦了擦唇：“暴力解决不了任何问题，但如果下一次金耀同学再对我动手动脚，就别怪我不客气了。”

说罢，她转身离开。守门的学生已经被震住了，不敢阻拦。

梨昭和明姝正在外面等她，见她出来，迎上去和她一起离开。

明姝看宋睢窈的眼神十分复杂，她身上伤痕累累，下巴上的指印也触目惊心，而这都是为了自己。即便是在现实中，她也从来没有遇到过这种人，原来在绝望的时刻，被人伸出援手是这种感觉。

“谢谢你。”明姝的眼泪又掉了下来。

宋睢窈看着她这样，还略有些怒意的眼神像融化了一样柔和起来，拿出手帕给她擦眼泪。

“走吧，我们去看看医生。”

宋睢窈嘴角上扬，阳光下，即便少女略有几分狼狈，似乎也阻挡不了她体内焕发出来的灵魂光芒，那么熠熠生辉。

没错，在绝望的时候，被人伸出援手的感觉是这样的，很温暖吧？很感动吧？在这一刻，恨不得用全世界回报对方不是吗？觉得对方就是个天使，不是吗？

梦中的这一期，她就是沦陷在这种攻势之下的啊！只是那时她不知道，自己当了救世主又想要避免被其他同学盯上而平白多挨的几顿殴打，是他们自导自演的杰作。

现在风水轮流转，你也尝到了这种滋味啊，很好。

金耀握着自己的拇指，瞪着宋睢窈的背影，好一会儿发现观众席上还有那么多人在盯着他，怒吼：“看什么看？全都给我滚！”

同学们连忙起身，一哄而散。

现实世界中，节目组焦头烂额，演播大厅内的工作人员从奔跑忙乱，到现在有些不知道该怎么办，都安静了下来，愁苦地看着宋睢窈和明姝的直播间。

啊啊啊，我不行了，宋睢窈太飒了！

金耀太过分了！气死我了，小姐姐教训他吧！

金耀是不是要沦陷了？是不是要沦陷了？是不是要沦陷了？

校园偶像剧的味道！

宋睢窈是杀人犯！

就算真的是杀人犯，我觉得也许另有隐情呢？她到现在都没有露出什么所谓的真面目。

我觉得一个人在节目组给的这种家庭背景下，还能活成又温柔又正义的模样，说她会强奸别人，真的很不合逻辑。她的智商会让她做出这种事吗？她长得那么好看，想要什么样的男人没有？

知人知面不知心！

怎么回事？水军？杀人犯是不是有什么不为人知的背景？要不然，怎么会有人帮杀人犯说话？

直播间弹幕、社交平台、聊天群等各种网络交流场所，议论声不绝于耳，从宋睢窈一脚踢飞网球筐开始就进入了高潮状态，而节目组最不想看到的事情也出现了——有人开始帮宋睢窈说话了。

尽管这些声音还很微弱，但要知道，这一期的直播才开始没有多久！

唐山觉得事态很严重，第一期直播时长不到两天，居然就开始动摇观众的心了，这都是因为宋睢窈脱离了他们的掌控。

人天性里崇尚强者，而现在宋睢窈就是闪闪发光的强者模样，可这份强大，又因为她私底下还有接地气的一面，而让人觉得很真实，没有那种让人觉得不亲切的冷冰冰的距离感。

实在是太完美了。

再这样下去，第一期节目结束，她不知道会收获多少粉丝。

总导演覃威从外面进来，脸色难看，听到唐山这么说，脸色更难看了。

“一个两个，不知道你们在急什么！你也知道这才第一期！我们节目总共有多少期？八期！她在第一期混得风生水起又怎样？我才是这档节目的总导演，我拍它多少季了？需要你来指点吗？！”

覃威不久前才被霍夫人在电话里臭骂一顿，质问他为什么让宋雎窈在虚拟世界里过得那么爽。覃威也不是什么小导演了，在圈子里，影帝影后都得捧着他，求他给个机会上节目，要不是念及霍家是投资商之一，他早就把手机摔了。

结果一回来居然还得被自己手下的副导演指点，当下他的逆反心理就上来了，火气全都往唐山身上喷。

“覃导，我的意思是，一个杀人犯本该被所有人唾弃，在监狱里忏悔，却在我们的节目里大红大紫，在我们的虚拟世界里过着自由的受人喜爱的生活，这实在是不像话……”受害者家属看到这种场面，得有多难受？

“一切都在我的掌控之中！话题量、热度、收视率，全都已经直逼第一季最高峰，你有什么不满的？先让她得意，人攀得越高摔得越惨懂不懂！你要是不满就走人！”

覃威暴脾气人尽皆知，尤其是当了《正义审判日》真人秀的导演后，他的脾气跟着名气一起膨胀起来，员工被劈头痛骂也不是什么新鲜事了，只是尴尬难免，演播大厅内一时间进入安静状态。

唐山脸色难看地回到自己的工作岗位，不再多说。

“他年纪大了，你别在意。”同事凑过头小声安慰。

“嗯，K 先生那边怎么样了？”他只能寄希望于快点儿从过去找到一个宋雎窈洗不白的致命处。他的直觉告诉他，事情不是覃威想得那么简单，再这么放任下去，也许会有更危险的事情发生。

“没那么快。”别看他们从屏幕里看那么简单，虚拟世界可是一个代码世界，数据庞大到难以估量，要回溯过去的某个片段，等于要从那么庞大的代码世界里找出那特定的一小群代码，再把那些代码重新组成画面，甚至是声音，哪有那么容易？

这么想着，他不禁发出感叹：“我们的国王陛下太厉害了。”

汤凯预料到明姝会受伤，但没有料到她会受这么重的伤，看来这个世界虽然不是真实的，也必须小心谨慎对待才行。宋睢窈身上也有伤，这给了他跟她近距离并发生肢体接触的机会。

明姝立刻猜到汤凯要对宋睢窈下手了，心里有些焦急，却又不知道该怎么办，他们进来这里，本来就是要给宋睢窈制造考验和痛苦的。

汤凯给明姝上药的时候，宋睢窈走到了窗边，拉了拉挂在护栏上的窗帘，目光扫过窗外，忽然一顿，那双美丽的眼眸里又出现了那种与寻常不同的光彩。

观众们立刻手疾眼快地切到主视角，只见窗外有个足球场，一群男生正在踢足球，足球场边上是个小树林，有些学生正在树林里的木椅上乘凉休息，宋睢窈的目光定格在一个正在看书的少年身上。

她在看什么？

好像是个男的？

我眼瞎了吗？我刚刚竟然没看到他！

是这个吗？之前校庆宋睢窈在看的？

她在寝室用望远镜偷窥的人是不是也是他？

宋睢窈为什么看他？

看起来阴沉沉的……存在感也好低，通过宋睢窈的视角，我是把他周围的人排查了一遍才注意到他的，宋睢窈应该不可能是因为喜欢他才看他的吧？

无论观众们如何猜测，宋睢窈的目光一直停留在那个看起来平凡又阴沉的少年身上。

汤凯给明姝上完药后，看向宋睢窈。

宋睢窈正坐在窗边，托着腮看着窗外。她也不怕晒，沐浴在午后的阳光下，侧面轮廓都镶上了毛茸茸的柔软的金边，睫毛纤长，鼻梁高挺精致，唇瓣红润形状清晰优美，瞳孔在光线下变成了浅浅的棕色，正着迷地看着窗外。

她在看风景，殊不知，自己也是别人眼里的风景。

“你在看什么？”汤凯拿着药走过去。

宋睢窈恋恋不舍地收回视线，摇摇头。

“我给你上点儿药，放心，不会留疤的。”汤凯走到她面前，伸手抬起她的下巴，低着头给她上药。

从明姝的角度看，这对男女这样看实在是太养眼了，男俊女美，气质又佳，高大的男人用棉签蘸着药，轻轻地涂过少女脸上的伤痕，四目偶尔相对，近距离之下，似乎碰撞出了暧昧的火花。

梨昭捂着嘴巴，耳根通红。

汤凯早就预演过几次这种场景，他长得英俊富有魅力，是个儒雅的男士，刚刚给明姝上药，明姝都红了脸。而现在，加上他精心设计的撩妹动作，偶尔间的对视，是个女性都应该被撩得面红耳赤。

直播间内的女粉们早就已经发出了尖叫，切换到宋睢窈视角的，更是脚指头都忍不住紧紧蜷缩了起来。然而，女主角宋睢窈的皮肤却没有红上一分，目光也毫不躲闪，坦率地与他对视着，那眼眸像一泓秋水，清澈见底，有几分天真的好奇，却又有几分天然的妩媚。

汤凯率先移开了目光，不自在地转开头用手背挡着，咳了咳。

“汤凯医生。”宋睢窈突然出声。

“嗯？”汤凯立刻重新进入撩妹状态，声音低沉磁性。

“你结婚了吗？有孩子了吗？”

致命问题忽然抛出，汤凯表情有些凝固，明姝也在心里“我去”了一声。

这下该怎么办？汤凯要否认吗？虽然他们的任务是让宋睢窈痛苦，但是他们也要尽量避免自己的角色成为负面角色，以免影响观众对自己的观感。虽说角色不应上升到演员，但因为一个角色讨厌一个演员的人并不在少数。

汤凯否认的话，考验还能存在吗？宋睢窈现在对汤凯并无感觉，听说他已婚生子，搞不好就会立刻保持距离，根本不可能被引诱。

宋睢窈应该是个卑鄙的没有道德的人，明姝本应该这样想。在进入这个虚拟世界前，她确实是这样想的，可是现在，她却觉得宋睢窈并不是。

宋睢窈还在看着汤凯，等待他的回答。

汤凯到底是影帝，转瞬之间已经冷静下来，不答反问：“怎么会突然这么问？”

宋睢窈笑道：“只是觉得汤凯医生，像父亲一样。”

汤凯表情再次凝固：“父亲吗？”

“对哦，我脑子里一直有一个期待的父亲的形象，汤凯医生刚好完美符合呢。”

“噗！”明姝捂住嘴巴，“别管我，我只是想起开心的事。”

哈哈哈！

我去，怎么这么好笑，哈哈哈！

汤凯的表情太搞笑了，惊不惊喜意不意外？哈哈哈！

我想撩你，你却把我当老父亲，哈哈哈！

弹幕满屏丧心病狂的“哈哈哈”。

汤凯感到有些崩溃，再无撩人的心思，他强撑着温和的微笑给宋睢窈上完了药，送三人离开。

离开校医室，宋雎窈特地绕路去了小树林，探寻的目光四处搜索，却没有再见到她想要见的人。

明姝转头看向小树林，她在找谁？想问，但是，她们现在的关系好像还没有熟到可以问这些的程度。

“明姝，梨昭，你们今晚去我那里休息吧。”宋雎窈说。

两人愣了下，随即明白，宋雎窈是担心经过今天这件事，宿舍里有什么可怕的事在等着她们，所以让她们先住在她那里。

明姝点了点头，感动地想，她真的好温柔好好啊……明姝你清醒一点儿！不可以沦陷啊！这是个杀人犯，你是来完成任务的偶像！这是个好机会，趁机看看她有没有什么见不得人的东西，相信观众也会很好奇的！

宋雎窈将流连的视线收回来，垂下了眼眸。

注视的人是谁，当然不会轻易让你们知道，那可是我的秘密武器呀。

在回公寓前，宋雎窈先去了一趟兽医室旁边的宠物用品店。

学生宿舍里有很多学生都养了宠物，所以，宠物用品店里的东西很齐全。宋雎窈现在是有猫的人了，昨天只草草地买了一袋猫粮和一个猫厕所，现在想再买点儿其他东西。

“买点儿必需品就好，要不然回研究所工作的时候还要搬，太麻烦了。”宋雎窈下定决心。

结果明姝和梨昭就站在门口，看着宋雎窈拿了各种零食、罐头、猫玩具，装了满满一篮子到了结账台。被猫征服的姿态不要太明显。

“会不会太多啦？”梨昭看了看罐头价格，平民出身的她瞬间觉得眼要瞎了，贵族学校里的东西，能是什么便宜货，她为什么要去看？她被资本主义的奢侈灼伤了眼！

宋雎窈一副很苦恼的样子：“想到宋晚晚的模样，忍不住就想全都要了……”

明姝："宋晚晚？学姐给猫取的名字吗？"

"对，好听吧？"

"好听。"

"您好，承惠 4210.9 元。"收银员笑容满面地说。

宋睢窈拿出手机要付账，忽然动作顿了顿，面颊微红有些窘迫地抬起头："不好意思，我只要其中几个就好。"

"好的。"

宋睢窈挑拣了几样出来，结了账。

明姝打量着宋睢窈，她刚刚那反应，是因为……没钱吗？

不应该吧，宋睢窈应该很有钱才对，她那么小的时候就靠综艺赚钱，一炮而红后，身价也水涨船高。她一个小朋友，平时也没有什么需要花销的，连入学金柯朵拉学院，学校都给了 50 万的入学奖金，学杂费全免，还拿最高级别的奖学金，现在还是奥奖团队成员……怎么想宋睢窈都应该是个富婆才对。

汤凯还没从"老父亲"的打击中走出，就被一个学生喊去了学生会。

汤凯拎着药箱，敲了敲学生会会长的办公室门，一个秘书模样的女孩打开了门，请他进去。

入目的是一间宽敞又豪华的办公室，看起来根本不像办公室，像有钱人家豪华的会客厅。

华丽的暗红色印花地毯上，两个长得一模一样但气质截然相反的贵公子，一个坐着一个站立，齐齐望过来。

"处理一下他手上的伤口。"站立的少年冷淡的声音有一点儿金属质感，显得更加冷酷，连他的细镜框，都折射出冷冷的金属光泽。

金耀有些烦躁，拇指上的咬痕又开始发烫发痒了："被兔子咬了一口而已。"

金钰："正是因为这样，所以才要预防狂犬病。医生。"

汤凯知道眼前这两个人是这所学校的实际控制者，甚至在这个虚拟世界里都是金字塔顶端的人物。想到不久前明姝的前车之鉴，汤凯扮演好自己校医的角色，顺从安静地上前为金耀处理伤口。

他的直播间内，因为两个大帅哥的登场，下降了很多的人气再次升高。

金耀拇指的伤痕已经不流血了，但是汤凯见到的时候还是惊了一下，咬成这样，宋雎窈还真是够凶的，这牙印估计得留在金耀手上一辈子。

金耀任由汤凯处理伤口，另一只手托着腮，皱着眉头一脸烦躁心不在焉地盯着某点看。

“那个女人，下次再见到……”他自言自语。

他在想宋雎窈！我就知道！

不枉我狂奔过来，偶像剧气息更重了，想到这是‘现实’发生的事，而不是节目组编排的，我就好激动！

我是来看被审判者受折磨、接受考验的，不是来看灰姑娘校园偶像剧的！

啊啊啊，金钰是我的菜！这种斯文败类感！我的菜！

金钰：“果然，特招生就是我们学校的老鼠屎，他们应该全都被清理掉。”

秘书：“会长，清理掉特招生的话，升学率怎么办？”

“警方挑选警犬，社会选择培育导盲犬等工作犬的时候，要求该犬往上几代都不允许有咬人、伤人、发狂的前科，为什么？因为任何劣质的行为，都是从基因里带来的。在这所学校里，除了特招生，每个家族都进行过一定程度的血统净化，都累积了优秀的基因，清理了部分劣质的基因，你觉得拥有优质基因的富有家庭的学生，在针对性培养下，会比不过区区的特招生吗？”金钰口气平静，好像说的只是再平常不过的东西，在此时此刻显得格外傲慢。

秘书:“是我想岔了，我这就去安排。”

少女转身离开。

汤凯瞠目结舌，还真是够傲慢的，金钰要清理特招生，他预感这所学校要迎来一场风暴了。

第四章

怪人

公寓门打开，宋晚晚就“喵喵”叫着跑了过来，宋雎窈弯腰抱起它，一人一猫一顿黏糊糊地互蹭。

“你们去休息吧。”宋雎窈说。今天这两个女孩精神上都遭受了打击，她们进了空房间休息。

宋雎窈抱着宋晚晚，坐在客厅里翻着自己的包包，从里面翻出了一张 100 元的纸币和两张 10 元的纸币，还有三枚 1 元的硬币。

捧着这 123 块钱，宋雎窈就像捧着自己仅存的家产，叹了一口气。

桌上的手机振动起来，宋雎窈伸手摸过，来电显示：保护伞。

“雨琳姐？”

手机那头响起一道张扬的成熟女人的声音，且有些生气：“你上个星期已经满十八周岁了，怎么还没去注销银行卡，迁户口？你知不知道昨天刚到的一笔工资，转头就被取走了？！”

“我忘记了……”

任雨琳顿时就气炸了：“你是要气死我？！如果不是我想起你研究所昨天发工资，特地去瞄了眼，你是不是下一笔钱也不要了？”

“别气啦，我过两天就去办手续，行吗？”

“还过两天！你明天就去办，我让我哥打声招呼，给你以最快的程序办好。”任雨琳口气缓了下来。

“嗯嗯，帮我谢谢家棋哥哥。”

挂上电话，宋雎窈有些孩子气地吐了吐舌头，然后打开静音的信箱，将顶端的一条短信点开，正是银行发来的短信通知。

卡里余额只剩下三毛钱，幸好手机支付钱包里还有几百块，要不然她连一罐猫罐头都买不起。

宋睢窈沉默地盯了一会儿，自言自语：“幸好接受了校长的邀请住在学校里，要不然我就得露宿街头了。”

我有一个大胆的猜测，宋睢窈的钱是不是在柳滟那里？

宋睢窈才成年不久，在成年以前，钱都是放在监护人那里的吧！

所以，宋睢窈根本没有杀掉或者甩掉柳滟，甚至柳滟还把宋睢窈的钱全部拿走，让她连饭都快要吃不起了？

一通电话就让你们迫不及待帮杀人犯洗白了？谁知道电话里说的人是谁？万一不是柳滟呢？柳滟那种人设，用脑子想想都不可能这么强势。

福彩公司又出一轮新局了，这次赌的就是取走宋睢窈钱的人是不是柳滟，我先去一步！

雨琳？难道是任雨琳吗？宋睢窈参加《我是大赢家》时那个嘴毒的奇葩女？

之前汤凯看了宋睢窈作为踢馆嘉宾初次登上《我是大赢家》的那一期节目，有些观众切换到汤凯视角一起看了。那一期节目里，有一个很讨人厌的女嘉宾，是虚拟世界观众的公敌，嘴巴毒得要命，态度也十分傲慢惹人讨厌，却所有人都拿她没办法，直到宋睢窈去踢馆，将她打败，取代了她的位置。

宋睢窈跟任雨琳的那场终极 PK，可以说是《我是大赢家》史上最经典最精彩的一场大战，两人战到题库空了两次，最终那年仅 10 岁的干瘦黝黑的小女孩胜利的那一刻，别说虚拟世界里的观众，就是现实世界的观众都激动到头皮发麻，爽到头盖骨都要飞了。

他们看完节目，以为任雨琳就是个路人甲罢了，谁想到，任雨琳居然会再次出场，而且貌似跟宋雎窈关系很好？

啊啊啊，好好奇！宋雎窈过去几年都经历了什么啊？！

总觉得宋雎窈的成长经历有种传奇感。

能跟任雨琳那种人交好，证明宋雎窈也不是什么好东西吧？那种能做到被那么多 NPC 讨厌的 NPC，分明有问题得很！

宋雎窈拿了钱去了一趟学校超市，买了一些菜，学生食堂太贵了，贫穷的她已经吃不起了。

明姝起来的时候，天边的彩霞如火烧，太阳半张脸沉进了海岸线，空气中飘来一股食物的香气，还有厨房里忙碌的声音。

一时间明姝恍惚以为自己在现实世界中，在一个温暖的家里，恍然若梦。

她循着声音，走到厨房，看到宋雎窈穿着家居服，头发在脑后扎成一束。锅里的汤在“咕嘟咕嘟”冒气，她按着切成片的胡萝卜，“笃笃笃”轻快熟练地将它们切成细细的丝，侧面看起来如此美丽温婉。宋晚晚乖巧又黏人地歪倒在她的棉拖上，挠着耳后。

“醒了？感觉好点儿没有？”宋雎窈转头看她。

明姝愣愣地点头。

“去客厅里看会儿电视吧。”

“……好。”明姝声音沙哑地应道。她的眼眶微微红起来，宋雎窈看起来好像她姐姐，给她的感觉像家人一样温暖亲切，让她 14 岁就开始远离家人北漂的心颤动了起来。

她真的是那种会见色起意的人吗？

明姝有些不相信，她怀疑也许是有什么不为人知的内情，但是她不能在节目里表现出她的观点，审判宋雎窈是观众们的事，他们这些真人 NPC 没有资格，也不允许去影响观众。

所以，明姝在客厅里站了一会儿，看了看在厨房里专心忙碌的宋雎窈，快步走进了宋雎窈的卧室。

卧室里东西不多，床铺得整整齐齐，柜子里也只有寥寥几件衣服，明姝试图翻找出什么能够证明宋雎窈背地里做过坏事的线索。

几乎在她以为什么都找不到的时候，她鬼使神差地拿起了床上的枕头，然后，一沓照片出现在眼前。

她拿起那些照片，发现上面都是同一个少年，这个少年身量很高，但总是低着头，弓着背，身周的空气好像比其他地方都冷，有一股阴沉的气质，是那种人们忍不住避开他的类型。有他走在路上的，有他坐在咖啡厅看书的，有他在室内吃饭的……各种角度，很明显是偷拍的。

这什么啊？宋雎窈……偷拍的吗？这男的谁啊？明姝蒙了。

啊啊啊，是小树林里那个男生！

宋雎窈果然不正常，她到底在干吗？

这男生到底是谁啊？宋雎窈是不是想杀人，这是她选中的目标？

好可怕，她明明看起来正常得很，为什么偷拍人家？

不要啊，我真的相信你杀人是有隐情的，不要让我失望好不好！

我倾家荡产赌宋雎窈不是想杀他！

“学姐……”

外面传来梨昭的声音，明姝一惊，连忙把照片放回枕头下面去。

傻瓜！你没有把照片顺序换回去！

宋雎窈并未发现明姝进了她的房间，她煲了汤，炒了菜，三人围着餐桌吃晚饭。

"味道还可以吗？"宋雎窈问。

"太好吃了！"梨昭大声说，耳根都红了。她没有想到宋雎窈会亲自做饭给她们吃，老天爷，她不仅睡了偶像公寓里的床，还吃了偶像亲自做的饭！

明姝想着照片的事，有些心不在焉，慢了半拍才夸张地做出反应。好在宋雎窈并未介意，还当她是因为今天在网球场的事心情不好，还安慰了她两句。

夜晚，宋雎窈在露台看书、写论文、看同事发来的实验数据，偶尔拿起望远镜往对面的公寓楼看一眼。梨昭红着耳朵过来问不懂的题目，她温柔耐心地为她讲解，顺便还给她做一点儿拓展练习。于是，梨昭就跟她一起坐在露台上写作业了。

梨昭虽然疑惑宋雎窈拿着望远镜在看什么，但是她什么也没问，让直播间的观众大呼无语，这人是宋雎窈的粉丝，居然都不会想到宋雎窈在用望远镜偷窥别人吗？还做题做得那么认真！

而且宋雎窈居然也这么光明正大地偷窥，到底是有恃无恐，还是其实她是问心无愧？可她明明是在偷窥男生宿舍耶！

左右摇摆的观众们觉得好分裂，一边喜欢宋雎窈一边又害怕她。

明姝根本不敢往上凑，只好躲进厕所假装给观众分析自己今天的所见所闻，生怕在直播间里暴露自己是大学渣的事实。虽然娱乐圈里大多偶像的学历都很一般，但是表露在观众面前，还是很难堪的。

终于到了很多观众屏息等待的时间段——宋雎窈回房间睡觉了。

她上了床，从枕头底下拿出了那沓照片，神情顿了顿。

她果然发现了！

有点儿害怕，明姝是不是要凉了？

她终于要露出不为人知的一面了吗？！

紧张，期待！

然而，宋睢窈只是抬眼看了看门的方向，她感到有些疑惑，但很快又释然，只是靠着枕头，翻阅着手上的照片，神情专注温柔，嘴角也含着浅浅的笑意。

说她想杀人的眼都瞎了，这像是要杀人的神情吗？

不好说，谁知道变态的脑回路？

看了一会儿，宋睢窈关灯睡觉了。

第二天起来，她对待明姝的态度与昨日并无不同。

“谢谢梨昭做的早餐，非常好吃。”宋睢窈放下筷子笑着说。

“谢谢。”明姝有些脸红地跟着说。太不好意思了，因为昨晚宋睢窈给她们做了晚餐，梨昭特地抢着起床做了早餐，只有她，睡得像头猪，是被叫起来的。对比起来，她显得好没有礼数啊。

宋睢窈:“你们在宿舍里待着吧，我去找校长。”

梨昭却摇头：“今天月考，我不能缺席。”没有月考成绩，就拿不到全额奖学金。

对这所学校的学生已经有了阴影，不想去上课的明姝，只好憋住自己的恐惧，跟着梨昭一起回班。

宋睢窈在金柯朵拉学院内一战成名，全校学生都在议论不停。

宋睢窈这是明显把金耀得罪死了吧。本来她只是受到校长邀请借住在学校里的客人，并不是学生身份，大家井水不犯河水，喜欢她讨厌她都无所谓，可是现在她得罪了这所学校的“皇帝”，那就是另外一回事了，毕竟她随时可以走人，而他们是要在这所学校继续生存的。

所以从宿舍到校长室，宋睢窈所遇到的每个学生看她的眼神都变得和之前不一样。

宋睢窈并不觉得这有什么。校长显然知道她是来干什么的，神情有些尴尬。尤其是，此时他的办公桌上还有一份学生会那边送来的下半学年计划书。

“您承诺过会改革学校，对特招生好。”

“这个……特招生在我们学校的待遇，已经比其他贵族学校都好了，你看，入学奖金、免学杂费，还有奖学金……”

“除了金额少一点儿，大部分特招生在公立学校都可以得到这种待遇。”宋睢窈严肃地说，“他们在公立学校还能交到同样优秀的朋友，得到各科老师的偏爱，同学的崇拜，而不是像在这里一样，被瞧不起被欺负。您身为校长，怎么可以对这种事视而不见？他们提高了学校的排名，是学校的功臣不是吗？”

校长被说得越发心虚，如果学生会会长不是金钰，他倒是敢去干涉学生会的事，但是谁让金钰是会长呢？他哪里敢？

“这件事跟你没关系，你就不要管了……”

“如果我没有看到这种现状也就罢了，我看到了，怎么能当作没有看到？”而且她已经插手了，帮助了梨昭，现在收手什么也不做，那个女孩将遭到怎样的报复？伸手把人拉出深渊，再亲手推进去，无疑是这个世界上最残忍的事。

他干脆撂挑子耍无赖：“那些学生只听学生会的话，你如果真的要帮特招生群体，你就去学生会找他们吧！”

校长有些后悔邀请宋睢窈住在学校了，他没想到宋睢窈会这么多管闲事，搞得他现在骑虎难下。

就是这种不负责任的教育者，毁了不知道多少幼苗！

真是气死我了！

只有我在意宋睢窈还不去注销银行卡的事吗？万一又有一笔钱进来，然后被取走怎么办？我好着急！

明姝一路下意识地往梨昭身后缩，很明显，昨天网球场事件后，她们在校内出名了，一双双眼睛不怀好意地望过来，只是不知道是不是碍于什么，没有人上来找碴，只是冷冷地看着她们走过。

“什么情况现在？特招生联盟吗？”

“就看金耀金钰那边之后怎么说了。”

“她们是傻了吧？宋睢窈又不是学生，惹了金耀拍拍屁股就走了，她们呢？”

“谁知道……”

嘀嘀咕咕烦人的声音不绝于耳，梨昭低下头，明姝也跟着低下头。

忽然，身边有个人擦肩而过，明姝看到裹在黑色校裤下的一双腿走过，她下意识抬起头看一眼，看到一张苍白的侧脸一闪而过。

……是照片上的男生！

明姝瞪大双眼，看着那男生走进高二（1）班。她心跳剧烈，一下想到昨天宋睢窈突然出现在这个教学楼这一层楼，然后救了梨昭，当时没留意，现在想想，也许宋睢窈会出现，是因为她是冲着这个少年来的！

“明姝？”梨昭见她忽然不动，喊了一声。

“那个！刚刚走过去那个男生，你知道是谁吗？”明姝有些激动地问。

“哪个？”梨昭探头看。

“就那个啊，马上从高二（1）班后门进去那个！”

梨昭终于看到了，挠挠脸颊，平淡地说：“那个啊？知道啊！”

整个直播间瞬间激动起来，让观众们好奇得挠心挠肺的被宋睢窈注视的少年的身份，终于要揭开了吗？！

梨昭疑惑地看了看激动的明姝，有些不明所以。

“那是（1）班的江白奇，也是特招生，是个怪人。”

明姝默念了一遍这个名字，跟上梨昭：“怪人？怎么说？”

“他从来不跟别人交流，像个哑巴一样，而且很阴沉，怪吓人的，有时候会用奇怪的眼神看别人，存在感很低，跟幽灵一样，神出鬼没，大家私底下都觉得他这里有问题，连那些有钱人，都因为害怕遭到什么可怕的报复而不敢动他呢。”梨昭指了指脑子，小声地说。真是学校里独一份了，因为长得太阴沉太可怕，连施暴者都不敢对他施暴。

明姝搓了搓胳膊：“听你这么说我也觉得怪吓人的。他什么背景啊？家里有几口人？”

“你查户口？”梨昭奇怪地看着她。

“就问问。”要不然怎么知道宋睢窈为什么盯着他？

“这我怎么会知道啊？不过，他既然是特招生，应该是跟我们差不多的普通家庭吧。”家境富裕的，也看不上学校发的那点儿入学奖金，不会以特招生的身份进入这所学校，成为底层学生的。

身份普通、气质阴沉、存在感低，却被宋睢窈那种闪闪发光跟他不像一个世界的女孩注视，这样一想反而更让人感到好奇了。

弹幕区已经出现各种猜测，各种名侦探网友纷纷登场，深入解析各种细节可能性，无数观众被这个钩子勾得挠心挠肺，放不下这场直播。这场直播的收视率一直在攀登，网上话题讨论不断，连节目组内部都有了分歧。

以覃威总导演为首的一派觉得这现象很好，反正宋睢窈逃不出手掌心，就让这井喷继续，对他们只有好处没有坏处。以副导演唐山为首的居安思危一派，则一直在奋力寻找宋睢窈的致命污点，让观众不再摇摆。

学生会坐拥一整栋楼，各部门都配备有办公室、会员休息室和会议室，会长办公室在顶层。

宋睢窈进入学生会大楼，看到她的人无不诧异。

“宋睢窈？她来干什么？”

“估计是来跟金耀道歉的吧。”

“宋睢窈是这样的人吗？”

“谁知道她是怎么样的人啊……”

宋睢窈走进电梯，按了顶楼的按键。

“她去的是顶楼，找会长吗？”

“她不会是想从会长那边入手吧？虽然会长看起来是比金耀斯文，但是如果以为会长好说话那她可就惨了。”

“会长超讨厌特招生的……”

他们看着电梯上升的数字最终停在了7楼，又议论道。跟金耀比起来，金钰才是一个彻头彻尾的贵族，傲慢是从骨子里出来的，他是个血统至上论者，据说他在7岁的时候就为自己选定了未婚妻，只因为那个未婚妻的家族跟他们还算是门当户对。

电梯门“叮”的一声打开。

整层楼都属于学生会会长，因此走廊上空空荡荡，安安静静，不像其他楼层有学生来来往往。阳光从左手边大片的雕花玻璃落进来，宋睢窈走到办公室前，敲了敲门。

“进来。”里面传来一道冷淡的男声。

宋睢窈推门进去。

看到宋睢窈，金钰并不意外，她进入学生会大楼的时候，楼下就有人打电话上来报告给他了。

宋睢窈眼中映出坐在办公桌后面的少年，他五官长得跟金耀一模一样，可是发型又不同，每根发丝都梳理得服服帖帖，扣子也扣得很整齐，高挺的鼻梁上架着细框眼镜，一看就是那种很老派的贵族公子。

“宋小姐，如果是道歉的话，来得未免有些晚了。”金钰面无表情地看着她。

“不知道我需要道什么歉。”

“看来你不是来道歉的。”金钰盖上钢笔，站起身来，“那就是为了特招生的事。”

“无论是以什么身份入学，他们本质都是金柯朵拉学院的学生，走出去代表的是金柯朵拉学院的门面，以后或许也会成为你们公司的员工，成为不可多得的人才为你们的家族产业添砖加瓦，我不懂为什么学生会要将他们这么区别对待。”

迎着金钰那冷漠但侵略性极强的目光，宋雎窈毫不躲闪地与他对视，脊梁一如既往挺拔如竹。

金钰眼眸微微眯起：“你是在责问我？”

“你身为学生会会长，没有管理好学校，维护好秩序，这就是你的责任。”

“你又是以什么身份在这里指责我？和那些特招生一样的可怜虫，看到同类被欺负，感觉到悲凉，所以才在这里逞英雄？”

宋雎窈眼中有怒火，平常总是向上勾起的嘴角往下抿了起来：“无论被欺负的是特招生，还是一个富家子弟，在看到他们被无故伤害的时候我都会伸出援手。我本来并不想这样做，但是现在看来，我跟你这种人是无法沟通的。被欺负的学生们因为害怕报复所以选择忍耐，但我不会，你可以继续对特招生的遭遇视若无睹，放纵甚至暗示他们继续去伤害，但留下的证据将呈上法官……不，将出现在总统的办公桌上。”

金钰露出被逗笑的神态，刻薄讥讽：“看来跟总统见过一次面，就成了你骄傲的资本了。”

宋雎窈并不理会他的嘲讽：“我知道，百足之虫死而不僵，金家积累到现在，即便你们杀了人，我把证据放在总统面前，他也未必就会动你们。但是据我所知，政府对贵族的存在已经相当不满，正在想方设法削弱你们的权力和财富，你觉得我会不会刚好给他们递上可以撬动金家的杠杆？千里之堤毁于蚁穴，这种道理金会长不懂吗？还是说你已经狂妄自大到觉得自己的家族能长久屹立？”

宋雎窈冷笑了一下，转身往外走。

金钰的脸上闪过愠怒，显然被戳中了敏感之处。贵族和政府的博弈确实进入了白热化，金家也进入了步步为营小心谨慎的状态之中，宋雎窈将了他一军。但是比起这个，更让金钰感到不悦的是，宋雎窈丝毫没有对他和他的家族敬畏的态度。

活见鬼，长这么大，他居然看到一个平民敢威胁他！看来昨天咬伤金耀不是意外，而是这个人根本没把他们放在眼里。

金钰压下瞬间涌上来的情绪，恢复表面的冷淡平静，看着宋睢窈的背影说："你说的有点儿道理，所以你放心，我不准备把这种把柄留给你。"

宋睢窈脚步慢了一些。

金钰："说到底，特招生存在在金柯朵拉学院本身就不合理，人类进入现代社会那么多年，经过那么多代的积累，居然还处于社会底层，由此可见，你们根本没有资格在这片土地上接受精英教育。所以金柯朵拉的特招生，将被全部遣散。"

宋睢窈脚步一顿，转身看向金钰："你说什么？"

金钰低头扣着手腕上的袖扣："放心吧，特招生的遣散费绝不会少。既然成绩那么好，肯定会有公立学校愿意接收。"

我要气炸了！

还不是你们这些有钱人垄断了教育资源，才害得别人只能在社会底层生存！

我要气死了！

"砰"！

随着一声拳头撞击肉体的闷响，话音方落的金钰整个人往后倾倒，猛地倒退了两步，最终狼狈地摔倒在地上。

天哪！

我去！

我的妈呀！

……天！

金钰捂着被揍了一拳的脸颊，那张傲慢的脸上终于有了讨喜的表情——他难以置信地看着宋睢窈，随即眼里冒出被冒犯的暴怒。

宋睢窈走到他面前，居高临下地看着他，眼神就像在看一坨垃圾：“暴力解决不了任何问题，所以我本来并不想动手的。”

金钰暴怒：“你竟敢——”

“你竟敢这么践踏别人的尊严！”宋睢窈比他还生气，脸都阴沉了下来，“你们一所学校一所学校地许下重重承诺，把一个个成绩优异前途无量的学生拉进这所学校，没有珍惜对待就算了，现在居然还要把他们给赶出去。你真恶心。”

“你……”

宋睢窈弯下腰，扯起他的衣领：“我告诉你，就算是贫穷的人，也是有骨气的。你有什么了不起的？我想打你的时候，还不就是打你了，你高贵的肉体还不是在我的拳头下会痛吗？”

宋睢窈眼中又浮现了那种狼性，目光灼灼，燃烧着绯红夺目的烈焰，像能把灵魂都焚烧殆尽。金钰近距离地和这双眼睛瞪视着，一瞬间竟然有种自己要被烧着的感觉，呼吸都停滞了一瞬。

“你在找死。”金钰回过神后，一字一句咬牙切齿地说。

宋睢窈轻轻地笑了笑，却没有什么温度：“你又能拿我怎么样呢？我是奥奖团队成员，这种团队每个国家仅有一支，被誉为‘国家瑰宝’。帝国政府知道我正住在金柯朵拉学院里面，一旦我出什么事，你以为政府不会追究吗？我这个杠杆，也许很有力。另外告诉你，阿尔贝加先生，你应该知道吧？不搞好科研，就得回去继承军火帝国的传奇人物。我是他唯一的学生。你爸爸要是知道你给他惹了这么个麻烦，会赏你几巴掌吧？”

帅死啦！

爽啊！

妈呀这是什么爽文剧情，我头盖骨都要爽飞了！

宋雎窈太牛了吧！我想要切金钰视角，可是他只是个 NPC 呜呜呜……

金钰脸色青红变幻，怒恨交加，他万万没有想到，他有一天会踢到这种铁板，偏偏对方还是他瞧不起的特招生出身的，血统没有任何高贵之处的平民！

宋雎窈放开他，金钰看到她瞥了他一眼，那种眼神就像在看某种肮脏的东西，这种眼神，通常是他们用来看别人的眼神。

他气得大脑一片空白，下意识就从地上站起身去扯宋雎窈："你给我站——"

在手碰到宋雎窈肩膀的瞬间，金钰眼前天旋地转。

"砰"！金钰摔在了地上，刹那间，他仿佛听到了自己骨头裂开的声音，但比骨头裂开的声音更大的，是他仿佛被砸碎的骄傲的世界。

刹那间，世界都静止了，他怀疑自己是不是晕了过去，或者其实是在做梦，要不然，他怎么会遇到这种事？怎么会有人敢这么对他？

宋雎窈看着被她一个过肩摔砸在地上的少年，这时他梳得一丝不苟的头发乱了，眼镜飞了，衣服皱了，神情呆滞，充满了怀疑人生的气息。

宋雎窈眨了眨眼睛，转头走向办公桌："你可不要突然从背后袭击我啊。"

哈哈哈！

我笑得方圆十里公鸡都打鸣了哈哈哈！

爽死我了！

宋雎窈拿起桌上的座机，给校医室打了电话。

汤凯接到电话的时候，正在网上搜宋雎窈为什么这么受欢迎。宋雎窈的履历很长，光是她参加过的节目就有好几档，他根本没有空去一一看过，只因为校医这个工作真的一点儿都不清闲，尤其是他真的长得太帅了。

新来的校医是个儒雅的大帅哥这个消息在学校传开后，总是有女生找借口来这里，他一天到晚接待，感觉自己不是校医，而是个男公关。

今天是月考，他稍微清闲了一下，便又开始搜宋雎窈了，他认为知己知彼百战百胜，他要先把宋雎窈了解透彻了，才好去攻略她。他并不担心自己直播间的人气，他相信观众只会比他更好奇，所以他只要坐在电脑前，动动手指搜索宋雎窈，就会有一大拨观众过来，切换到他的视角，跟他一起看这些资料。

汤凯搜索：宋雎窈为什么这么受大众喜爱？

他点开一条超过 12 万赞的回答：

当年宋雎窈参加《我是大赢家》的时候，有一个经典片段，正是这个经典片段，让人们对她的喜爱直飙云端。

那个片段是这样的，宋雎窈踢馆踢翻全场结束后，主持人追问她为什么只有妈妈陪伴，爸爸去了哪里。主持人是要引导宋雎窈说出爸爸已经去世，卖个惨，但是，那时还又干又瘦的小姑娘站在那里，目光稳重坚毅，就是不卖惨。

“爸爸去了远方，没有空陪我。”

“这……是过世了吗？”

“没有，他只是去了远方。”

这一期节目播出后，观众们看着这个片段很迷茫，不明白宋雎窈的爸爸是死了还是去远方工作了还是抛弃她们母女了。这个片段汤凯在之前看这一期的时候已经看过了，但是他那时不知道这个片段是要跟另一个片段联系起来才能激发最大效果。

在节目播出当晚，《我是大赢家》的导演彭嘉在自己的社交账号上放出了一个后台片段。

“窈窈，主持人叔叔问你问题，你怎么不说实话？看节目的叔叔阿姨哥哥姐姐，也想了解你。”导演蹲在她面前问。

宋睢窈认真地看着他：“彭叔叔，爸爸过世我很难过，这不是一件让人快乐的事，我每天都觉得很痛苦，我不想把这种痛苦的感觉带给别人。”

小女孩稚嫩的童音讲出这种话，天生就带有一种催泪感，当场不知道多少内心柔软的工作人员都红了眼眶。就连导演都抹了一把眼泪，有些不能言语地充满怜爱地摸了摸她的头。

这么成熟懂事乖巧的孩子，太招人疼了。

也是这个片段，当晚冲上热搜第一，节目组帮宋睢窈注册的账号粉丝暴涨，无数妈妈粉爸爸粉奔涌而来。直播间内的弹幕也满是泪目：

妈呀，瞬间泪目！

天哪，我哭了！

作为一个妈妈真的受不了这种场面，心疼。

我真的怀疑宋睢窈杀人是有内情的，她在这个虚拟世界里成为什么样的人，都有受她现实世界中某些品质的强烈影响，她本质是那么好的一个孩子，说她会因为欲望而试图强奸别人，这实在太荒谬了！

没有证据的时候就不要说这些话，受害者家属的心情也关照一下好吗？

受害者家属是很可怜，但是宋睢窈不服法院判决的结果，选择参加这档节目，把自己的未来交给我们，我们就应该用自己的所见所闻去判断，如果她真的另有隐情，甚至可能是被冤枉的，那宋睢窈的心情呢？

眼见的并不一定是真的，就这么觉得一个杀人犯其实是被冤枉的是不是太轻率了？

弹幕里又吵了起来。

汤凯也心情复杂，只是他到底是影帝，不会轻易将心情流露在表面。

直到接到宋雎窈的电话，他带着护士赶到了学生会大楼。看着地上的金钰，他裂开了。

“是他自己摔倒的。”宋雎窈微笑着说。

汤凯心想：你的表情还可以更没诚意一点儿。

没多久，汤凯带着几个护士一起，把金钰抬走了。

学生会成员们目瞪口呆，惊到失语。

宋雎窈再次解释：“金钰只是不小心摔了一跤。”

是吗？他们的学生会会长是个稳重优雅冷漠的贵公子，从来没有过不得体的时候，现在她去找他没多久，好端端的会长大人就被抬着从会长办公室出来了？

他们看宋雎窈的眼神，充满了畏惧。昨天摆了金耀一道，咬了金耀一口，今天让金钰横着出了学生会大楼，这个女人实在是太可怕了！

现实世界中，唐山看着再次出现在热搜上的宋雎窈，以及再次暴涨的话题，头疼地扶住额头，很想跟汤凯说你能不能别去搜宋雎窈的那些过去了？如果宋雎窈是个心机深沉的高智商罪犯，那么她怎么可能把自己丑陋的一面放在公众眼前？你就老老实实往前看，搜她的过去的工作交给他们来做行吗？

宋雎窈能数次在观众面前刷高好感度，可以说，汤凯也是出了一份力的。

但是他们又不能出声，这不合规矩，而且观众也会听见。

他看了看已经被刺激得起了逆反心理，对宋雎窈人气的一再高攀选择无视的总导演覃威，只能寄希望于 K 先生快点儿找到回溯点，把宋雎窈的部分不为人知的过去展现在人们面前。

霍家，霍夫人元蔓枝看着直播间那些为宋雎窈说话的人，气得一个仰倒，差点儿昏过去。

“疯了吗这些人？居然帮杀人犯说话！我儿子可是命都没了！真是没有天理了，国王陛下知道了都会为我儿子主持公道，这些人居然还为宋雎窈说话，没天理，没天理了！”

苏情见她气得浑身哆嗦，连忙关掉直播，安抚道：“伯母，深呼吸，深呼吸，没事的，我已经跟节目组联络过了，说是已经请了王宫出来的网络专家，很快会把她不为人知的过去挖出来，她是个什么样的人很快就会被揭穿，到时候现在帮她说话的人，骂她骂得最凶。”

元蔓枝闻言，立即抓着苏情的手追问：“什么时候？”

苏情被抓疼了，眼底闪过一丝不耐烦，却还是柔声道：“快了，最多两三天就可以了。”

“还要两三天？”

“这是国王陛下设计的系统，两三天已经算快了。您呢，这几天就不要看了，好好休息，我帮您看，等好了，我再通知您，好吗？”

元蔓枝口气怨毒地说：“我要看到她下场凄惨，被全国观众谩骂诅咒，成为被钉在耻辱柱上的人！”

“一定可以的。”

元蔓枝却还是不满足：“我想到弹幕里有人帮她说话就不舒服，买点儿水军带一下节奏，压一下评论！”

上午第一场考完，明姝立刻往高二（1）班跑，想打探一下江白奇，因为不敢问别人。但她居然在（1）班外面找到考试预备铃声响起都没找到人，明姝简直蒙了，江白奇是根本没在班里？还是真的存在感低成这样，她没找到？

我眼瞎了？

他是不在吧？

我看到了！在第四排最后的位置啊！

啊！我去！

上午放学后，不死心的明姝又站在走廊探头看高二（1）班的情况因为怕自己找不到，她嘴里还小声念着：“江白奇，江白奇，江白奇，江白奇……”

“你找我？”一道低哑的声音突然在耳边响起。

“啊！”明姝被吓得一个哆嗦，一转头，又对上了一双大大的浅灰色的眼睛，那双眼睛像玻璃珠一样反射出一种冰凉的光，明姝浑身的鸡皮疙瘩瞬间冒了起来。

“没有！不好意思！”明姝被吓到了，连忙跑回班级。

江白奇用那双诡异的眼睛盯着明姝的背影，好一会儿才转身阴阴沉沉地走了。

明姝一下子奔到梨昭身边：“妈呀，吓死我了，我还以为白天见鬼了！”

梨昭知道她是去找江白奇了：“你为什么对他好奇啊？”

明姝怕她对宋睢窈说，引起宋睢窈的警惕，便说：“因为他是怪人啊，都会对怪人好奇的吧！算了算了，你就当我没好奇过，好奇害死猫。”

宋睢窈为什么要注视江白奇这种人啊？因为他是怪人吗？可是拿望远镜偷窥这种怪人，宋睢窈更奇怪吧！

宋睢窈离开学生会大楼后，便出了学校，校门口已经有一辆越野车在等候。

宋睢窈看到车牌号码，扬起笑容快步过去。

“家棋哥。”她敲了敲车窗。

车窗内，任家棋往空气里喷了点儿香水，用手扇了扇，彻底将烟味掩盖过去后，这才将车窗降下来，露出他那张成熟帅气的面孔。

任家棋挑了挑眉，显得痞帅痞帅的："好久不见啊小美女，你都长大了。"

"嗯，我都成年了。"宋睢窈笑容灿烂，有一些孩子气，明显是年纪小的孩子见到信赖和喜爱的长辈时的姿态。

"成年了就要开始新的生活了，像个大人一样面对寂寞，独立生活吧。"任家棋意有所指，大手摸上宋睢窈的脑袋，揉乱她的头发。

"嗯！"宋睢窈上了车，扣好安全带，"是雨琳姐让你过来的吗？我跟她说我自己去就可以了，只不过是迁户口注销银行卡这种小事。"

"我正好休假，最近挺太平的，辖区里没什么案子需要我。也很久没见你了，搞定了一起去吃个饭，哥带你吃好吃的。"任家棋说。

宋睢窈朝他笑，说谢谢，眼角余光扫过他搁在方向盘上点动的手指，微微垂下眼眸。

宋睢窈当年参加《我是大赢家》，见到任雨琳的时候就想起来了，在梦中的这一期里，尽管她是个毁容到难看如破抹布一样的人，任雨琳这个名字也曾在她的人生里出现过。只是很短暂，更长的是，任家棋。

在她开始报复当年欺辱她的人后，任家棋一直追在她的身后，她几次差点儿落网被他逮捕，他是她的敌人，却也是最终在她临死之际，将她从那个变态杀手手上救下来的人，她还记得当时男人眼中的怜悯和发红的眼眶。

想必作为她的追捕者，他一定已经调查过她的生平，并且有过为她的凄惨的遭遇感到愤慨和不平的时候吧，所以看到她最终以悲剧落幕，才会为她流泪。

是个好人呢，无论是任雨琳还是任家棋。

他们帮了她大忙了。

任家棋先送宋睢窈去了公安局，宋睢窈并没有充足的迁户口的材料。

“我一周前就给他们打过电话了，他们希望我能亲自回去拿。我没有回去。”

任家棋只觉得瞬间头皮发麻：“算你聪明。那些人不怀好意，你回去只能是羊入虎口。”

“我已经不是当年那个小孩子了。”宋睢窈有些无奈地笑了笑，眼里又有些许落寞。随后脑袋又被一通揉，她被揉生气了，面颊发红：“家棋哥！”

“长大了就不要随便哭鼻子了，有什么事，哥替你解决。”

任家是军警世家，任雨琳和任家棋的父亲是一省公安局局长，一大拨亲戚在各大机关部门任职，人脉遍布天下。区区迁户口，当然可以轻松搞定。

很快，所有程序都走完了，过不了两天，一本崭新的只有宋睢窈一个人名字的户口本就会出现在她手上。

搞定了户口本，又去注销银行卡，申办新卡。

这张卡是很久之前办的，当时她还是个未成年人，卡只是副卡，和监护人的主卡绑在一起。之后还打了好几个电话，更换新卡，以后她的工资和个人所得都不会再打进旧卡里。

任家棋：“恭喜你，终于自由了。”

“谢谢。”

“走，哥请你吃大餐庆祝。”

“好呀。”

需要迁户口，可见柳滟还活着，任家棋口中的‘他们’，是不是说明柳滟已经再嫁，那一家子都在吸宋睢窈的血？要不然注销什么银行卡？

太可怜了宋睢窈……

你们怎么知道是柳滟再嫁吸血，而不是宋睢窈把柳滟卖了？

宋睢窈把柳滟卖了更有可能，为了甩掉这个拖油瓶母亲，把她嫁给某人，然后用钱去堵住所有人的嘴，还能在别人面前卖一波惨，立一个被家人吸血的可怜人设。

柳滟现在在哪里？她现在也许在一个会家暴的人家里凄惨地挨打，而宋睢窈呢？用几百万买断自己跟母亲的关系，自己在外面快活自在，没有想过母亲能看得住这么多钱吗？

柳滟太惨了，宋睢窈还在庆祝跟自己母亲断绝了关系，眼泪都不掉一滴，生这种女儿，不如生块叉烧。

唐山眉头皱了皱，直播间弹幕区突然被大量恶意的带节奏的弹幕覆盖，他让工作人员稍微查一下，果不其然，是水军。

“要清理吗？”工作人员问。

唐山正要说话，覃威就说：“不用管。”他知道买水军的人是谁，清理掉的话，那个女人又要来轰炸他了。反正他们也不可能让宋睢窈赢，要引导舆论就引导舆论呗。

总导演发话，唐山只好闭上嘴巴。

但这些终究是凭空瞎猜，或许可以动摇和迷惑观众一时，却不是长久之计，宋睢窈必须有实锤的黑点才行。观众们不是傻子，很快会发现是水军在控评带节奏，到时候弄巧成拙，节目组是要遭受反扑的。

“K 先生那边怎么样了？”唐山又问。

“K 先生说快了。”

“好，好。”唐山松了一口气。他其实不赞成覃威放任水军的行为，一旦被揭穿，会使节目的公正性权威性受到质疑的。

夕阳西下。

车子开到学校门口，宋睢窈从车上跳下来：“我回去了。”

“睢窈。”任家棋胳膊搁在车窗上，说，“为什么要住在学校里？我那儿有间空公寓，借你住住？”

宋雎窈脸上的笑容里多了一点儿什么东西，任家棋看着，心沉了下去。

“我以前不是跟家棋哥说过吗？我在找一个人。”

“那个人在这个学校里？”任家棋声音沙哑。

“嗯。”宋雎窈双眸弯成了甜甜的月牙，朝他摆摆手，转身进了学校。

任家棋望着宋雎窈的背影，拿出烟叼在唇间，连抽两根，才开车离开。

宋雎窈脚步轻快，眉眼含笑，轻轻哼唱着金柯朵拉的校歌，像是心徜徉在了快乐的海洋之中。她走向 3 号教学楼，没一会儿眼眸微微定住，望着远处走来的少年的身影，深吸了一口气。

明姝有些心不在焉，听到梨昭欢喜的声音，抬起头，看到不远处宋雎窈走了过来，而更让她眼睛大亮的是，她忽然看到江白奇了。

两人正走向对方，两人即将正面遇见！

终于！

他们会碰撞出什么火花吗？宋雎窈会泄露出一点儿她一直窥视对方的原因吗？阴沉沉的江白奇会表露出一点儿什么不一样之处吗？

明姝睁大双眼看着，直播间的观众也瞪大双眼看着。

两人走近了，两人面对面了，两人……擦肩而过了。

就好像不认识对方一样，就像两个互不认识的陌生人，就这么擦肩而过了。

明姝：？

观众们：？

就这样吗？啊啊啊——到底要吊我们的胃口到什么时候！江白奇到底有什么特殊，宋雎窈为什么要偷窥、偷拍人家，背地里那么专注地痴汉一样盯着人家，现实里跟人家擦身而过，居然看都不看对方一眼，是怕被察觉，还是心虚不敢看？还是有其他原因？

“今天你们怎么样？还好吗？”宋雎窈走到两人面前问。

梨昭：“嗯嗯，今天没什么事。”

宋雎窈和她们一起回公寓。

明姝想着江白奇的事，偷偷去看宋雎窈，发现她目视前方，嘴角含着柔和的浅笑，眼中的光彩明亮，像在看什么让她欣喜的事物。她下意识地顺着她的视线看过去，这才发现江白奇。

江白奇弓着背，走路慢悠悠的，竟然又被她们给撞上了，而宋雎窈似乎一眼就注意到了他。

明姝有种想要问她的冲动，但是想到她偷拍，在关于江白奇之事上，她不知道隐藏着什么见不得人的想法，如果自己贸然去问，会不会揭开她无法承受的恐怖的后果呢？想想明姝就害怕，所以不敢问，有些沮丧起来。

她却不知道，因为可以切换视角，以及江白奇刚好处于两人的直播镜头范围内，直播间的观众看到了什么。

天啊！吓死我了！前面江白奇在用手机镜子看宋雎窈！那双眼睛这么看人真的吓死人了！

太突然了，吓死我了！

毛骨悚然！

江白奇是不是早就发现宋雎窈在盯着他了？

突然紧张起来了！

又怕又好奇。

第五章

回溯

夜晚，宋睢窈照旧坐在露台上看书，看对面宿舍里的少年。

这时，手机响了起来，宋睢窈拿出来一看，来电显示是“柳滟女士”。

弹幕瞬间激动起来，柳滟，消失的柳滟，第一次出现了踪迹！

宋睢窈看着来电显示顿了一会儿，接了起来。

“窈窈，是妈妈……”那边响起柳滟那熟悉的柔弱的声音。

“有事吗？”

“你去注销银行卡了吗？”副卡注销后，柳滟那边自然收到了银行的注销通知。

“按照约定，我在成年后就会注销那张卡，户口也会迁出来。”

电话那头立刻传出一声抽泣，柳滟带哭腔的声音传来：“窈窈，你真的不管妈妈了吗？无论如何，我都是你妈啊，我十月怀胎，把你生下来，就算我没用，我也是你妈妈啊。”

宋睢窈沉默了一会儿：“如果没什么事，我挂了。”

“等等！”柳滟连忙拦住她，“窈窈，你不能不管我啊，妈妈生病了，需要很多钱，家里实在是负担不起，你帮帮妈妈吧……”

宋睢窈：“所以时隔那么久，你给我打电话，还是为了要钱。”

“窈窈……”

“我没有钱，请你别再打电话过来了。”

宋睢窈挂上了电话，电话又响了起来，这一次宋睢窈没有接，任电话铃声在安静的公寓里响着。

妈妈生病了都不管？

被说中了，宋雎窈抛弃了柳滟。

再怎么说，也不能抛弃自己的母亲吧？

赚钱那么容易，也不舍得分一点儿给自己的母亲吗？

对自己亲生母亲都能那么冷酷的人，还能指望她对谁温暖呢？

宋雎窈翻看手上的书，听着那响个不停的电话铃声，推算节目进度。

想必，已经开始安排水军带节奏了吧，霍家哪会眼睁睁看着她人气高涨？哪怕只是一时的，元蔓枝看到她受欢迎，也会气得吐血，节目组也不会放任她将观众手上的申冤票一一拿下。

呵，尽情污蔑我，攻击我吧，这些向我扔来的砖石，将成为我登上顶端的石阶。

宋雎窈垂下眼眸，遮住眼中燃烧的火焰，将睡醒后欢快地跑过来的小猫咪抱起来，嘴角扬起浅淡柔和的微笑，快乐地和它蹭蹭。

啥？我都怀疑自己的三观了，柳滟明显就是在吸宋雎窈的血，吸了那么多年还不够？

再怎么样，柳滟也是母亲！

我怀疑弹幕里有水军，翻来覆去都是说柳滟是母亲。母亲又怎么样？孩子没有求母亲把自己生下来，说到底还是母亲自己的主张，凭什么孩子就要为母亲付出一切？请问柳滟为宋雎窈付出了什么？

果不其然，因为没有证据，有人开始怀疑水军在带节奏了，连讨厌宋雎窈的人都因此和宋雎窈统一了战线，因为在人们心中，只有这档真人秀是不允许有水军刻意引导，动摇人们的心的，否则，它就和其他综艺节目没有区别了。

这对节目的口碑有很大的影响。

唐山正想着该怎么挽回，一个工作人员兴冲冲地跑来。

“唐导，K 先生那边来消息了！”

唐山一下子站起身，喜形于色：“可以回溯了？”

“对！”

“太好了！”唐山用力握拳，仿佛已经看到了回溯画面里出现宋睢窈肮脏丑恶洗不白的一面。

宋睢窈过去都做了些什么？她是如何摆脱节目组给她准备的地狱和镣铐，一步步成为直播开始的时候，惊艳了所有人的宋睢窈博士的？

所有人都很好奇，因为从《正义审判日》第一季开播到现在第二十季，长达10年的时间，超过50名被审判者，从来没有一个像宋睢窈这样。

或许也有人曾经和宋睢窈一样，也偏离了节目组为他设计的人生走向，但基本都不可能往好的方向发展，有些人连初级地狱都无法忍受，提早变成了被观众讨厌的恶人。

在直播开始后，除了非常私人的片段会被系统自动打上马赛克，被审判者的一举一动、任何表情都会被上亿观众看到，任何伪装都不可能保持长久。

偏偏宋睢窈不一样，她简直完美无缺，又美又飒、可甜可盐、正义善良。让人诟病较多的，也就是她偷窥江白奇这件事了，可即便如此，也不能阻止有些人对宋睢窈疯狂心动。

因此对她的过去，人们非常好奇。

无论是讨厌还是喜欢，总之人们对宋睢窈这个人，充满了好奇。

现在节目组居然真的能让他们看到过去的片段，观众们激动极了。

求求了，快点儿吧，我真的好煎熬，已经在被宋睢窈攻陷的边缘摇摇欲坠了！

杀人犯不为人知的真面目快点儿暴露出来，打歪那些人的脸！

宋粉们怕了吗？我不信她的美好不是装出来的，我倾家荡产赌她肯定是踩着别人的尸骨爬上去的！

怕个啥怕，我倾家荡产赌宋睢窈就是好人！她偷窥江白奇肯定有什么正面原因！在帝国的司法历史上，也不是没有罪犯被冤枉或者错判的案例，而且还不少呢！前面说倾家荡产赌的，有本事把资产凭证拍出来，光嘴上说啥呢？

很快，观众们眼前的直播间右上角，冒出了一个小窗口，此时虚拟世界已经进入深夜时间，宋睢窈睡觉去了，没什么好看的。所以，很多人都放大了回溯窗口，看宋睢窈的过去。

第一个被回溯的片段，正是宋睢窈和柳滟参加《无与伦比的妈妈》前的片段。

太好了，看吧，肯定是宋睢窈让柳滟跟她一起去参加的！

宋睢窈要借这档节目揭穿柳滟的真面目，得到全国人民的怜爱，同时报复柳滟甩掉柳滟。

柳滟那种人怎么可能会自己提出参加这种节目？她不至于蠢到这种地步。

酒店房间内，柳滟握着手机，满脸兴奋，见宋睢窈从浴室出来后，立刻上前。

“窈窈，刚刚《无与伦比的妈妈》节目组给我打电话，邀请我们去参加节目，还给好多钱呢！”

10岁的宋睢窈还是瘦巴巴黑黝黝的模样，有着一股让人心疼的成熟懂事。她闻言愣了下，说：“是你很喜欢的烟波仙子在参加的节目吗？”

“对！”提到自己的偶像，柳滟更兴奋了，“我们去参加吧？好吗？”

“可是在那档节目里要做任务，得干农活，很辛苦……”宋睢窈皱着眉头像个小大人一样地说。

“不是有你吗？有窈窈在，任务肯定没有问题的。我们去参加吧，妈妈真的好想见烟波仙子，好吗？去吧去吧！”柳滟根本没有想到节目播出的后果，理所当然地说，像个少女一样对女儿撒娇。

“也是哦，那好吧，只要妈妈开心就好。”宋雎窈笑起来，有些天真可爱，以及对母亲的全然信任。对于她来说，从小到大都是这么服务着柳滟过来的，又怎么会知道在别人眼里，这是多么不合理的事？又怎么会知道，柳滟会因此被全国观众痛骂呢？

看得我鸡皮疙瘩都起来了，对柳滟这种人设消化不良。

她这么光鲜亮丽，跟宋雎窈对比，就像富家千金和小乞丐对比一样，宋雎窈好可怜。

说宋雎窈故意让柳滟参加的，脸疼不疼？

事实证明，柳滟真的能蠢到这种地步，节目组这人设真是绝了！

《无与伦比的妈妈》播出后，柳滟被骂得狗血喷头，柳滟在酒店房间里哭得很委屈。

“他们为什么这么骂我？谁规定母亲一定要是那个样子，孩子一定要是那个样子？我女儿很优秀，她能照顾我，这有什么不可以的？呜呜呜……”

而酒店房间外，宋雎窈和任雨琳在走廊上，宋雎窈满脸迷茫困惑，很混乱的样子：“他们为什么要骂我妈妈？都是我愿意的，妈妈很柔弱，爸爸让我照顾好她……”

任雨琳一脸暴躁，一把掐住宋雎窈的脸：“你被洗脑了傻子！哪有当妈的这样？你是她女儿，不是她的奴隶！你才 10 岁啊！真是醉了，在《我是大赢家》舞台上那么强，怎么在这事上那么糊涂？书呆子啊你。”

宋雎窈被掐着脸，听着里面母亲的哭声，看着生气的任雨琳，茫然无措，双手不知所措地交握在身前，显得可怜兮兮的，像是小小的精神世界受到了不小的冲击。

任雨琳在这一刻确实觉得这孩子可怜得要命，眼眶都红了，多可怜的孩子，被父母当童工使唤着长大，在她的世界里，根本没有自己应该被保护、被捧在手掌心的认知。

“真是个傻子！”任雨琳放开她的脸。

“有什么办法，可以不让妈妈再被骂吗？”宋雎窈小心翼翼地问。

怎么可能会有办法呢？柳滟这辈子都洗白不了，宋雎窈越解释，人们越会骂柳滟。跟着这种母亲生活，宋雎窈会被拖累一辈子的。

而这时，房间内，柳滟接到了一个电话。

“大哥。”柳滟看到来电显示，顿时又找到了能够倾诉的对象，哭着接起了电话。

柳国庆：“你看你，哭有什么用？我之前是不是告诉过你，那个小崽子心那么野，迟早要飞出去，能靠得住吗？”

柳滟：“呜呜呜……”

柳国庆趁机说：“你回来吧，家里人都在这里，你以前在这里，你说说谁骂过你？谁敢骂你？何必在外面受那个气？”

柳滟有些心动，又有些迟疑，自从她们搭上火车到这个城市，宋雎窈就没收了她的手机，不允许她跟柳国庆联络，这两天才把手机还给她，但也警告她不许跟柳国庆联系，她现在不仅接了他的电话，还想要回老家……

柳滟：“我不想嫁给陈老二，他家暴，窈窈说不可以。”

“不嫁就不嫁吧，我之前也是想给你找个好人家，你和雎窈孤儿寡母，我是你哥，不得帮你们找找后路吗？既然现在雎窈能赚钱养你，那不嫁就不嫁了。你就回家来，雎窈有钱，哥帮你建个大别墅，你请个保姆，在家舒舒服服过日子，有空找小姐妹搓搓麻将，亲戚朋友过来陪你聊天，不是很舒服吗？看外面那些人把你骂成什么样了？”

柳国庆循循善诱，柳滟是一碰到挫折就想退缩的人，之前还觉得在城市生活比在农村好多了，现在一被骂，就想起了在农村的好，也觉得宋睢窈参加《我是大赢家》后，已经逐渐变得不像以前的宋睢窈了。

虽然最近一段时间，宋睢窈对她的态度好了不少，有一点儿像以前的模样了，可她还是有一种抓不住宋睢窈的感觉，这让她很没有安全感，在宋睢窈这里得不到安全感，她就想回娘家去找安全感。

农村里，柳国庆的老婆在他身边小声提醒："让柳滟偷偷回来，别告诉那小崽子，那小崽子现在精得很，上次带柳滟逃出去，被她知道肯定会阻止，坏我们事。"

柳国庆就这么说了，柳滟也点头同意了。

回溯和直播不同，直播镜头只跟着三个真人，回溯因为没有直播镜头，基本上就跟电视剧一样。因此柳滟和柳国庆通话结束后，观众们就看到柳国庆跟一众亲戚的对话。

柳国庆恨恨道："那个小兔崽子，之前不是不接电话、拉黑了我，还不准柳滟跟我联络吗？等我把柳滟抓在手里，她还不是得老老实实滚回来？"

"对，她才 10 岁，她不回来我们就报警，让警察把她送回来！"

"对对对！"

"大哥，陈老二那边怎么办？还把柳滟嫁过去吗？他妈上次找到我，看上那小崽子的脑子，想改善一下陈家的基因，愿意给这个数，买那小崽子给她家孙子当童养媳。如果把柳滟嫁过去，那小崽子肯定也得跟过去……"柳滟的二哥伸出 10 根手指，满脸垂涎地说。

柳国庆没有说话，全家人都期待地等他做决定。

直播间炸了。

我去，节目组给宋睢窈设置的背景真够恶心的！

我哭了，宋睢窈太可怜了！

我真的强烈感觉到了节目组的恶意，这都是些什么人啊？宋睢窈在这种环境里，能长成现在这个样子，一定付出了很多努力吧？想想真的要哭了！

居然还想卖了宋雎窈？你们是谁啊，有什么权利这么做！

其实，这些都是节目组的老套路了，观众们也不是第一次见这么恶心极品的人，但是那个时候他们并没有现在这么气愤。

说到底还不是因为这种倒叙的手法，他们先看到了宋雎窈闪闪发光讨人喜欢的模样，知道了她的成就，心里对她有了好感，再回过头看这种情节，就觉得格外难受，一边感动于宋雎窈居然在这种环境下还能成为那么好的人，一边又为她打抱不平。即便是宋雎窈的黑粉，都忍不住皱起眉头，感到有些不适。

也就是说，原本观众的注意力应该放在被审判者面对考验的反应上，可现在人们的注意力都被转移到了这些 NPC 有多坏多恶心上了。

唐山一看这，心里又冒出了不太好的预感，但事到如今他也只能告诉自己没关系，不到最后一刻，谁知道会不会发生什么反转？

剧情还在继续，柳滟那个没脑子的蠢货，真的趁第二天一早宋雎窈还在睡觉的时候，偷偷摸摸出了酒店，上了回老家的火车。

不久后，宋雎窈起床，找不到柳滟，打电话没人接，担心得四处找，眼神就像个被抛弃的孩子般无助。

一直到柳滟下了火车，被柳国庆接走，宋雎窈才接到柳滟的电话。

“妈妈？”

对面传来的声音，却让宋雎窈血液冻结。

柳国庆：“你妈刚下火车，累了，不想跟你说话，我是你舅舅。”

“你不准把我妈妈嫁给陈老二！他是家暴犯，会伤害我妈妈！”她立刻警惕地大声说。

“这些事等我们见面说，你快点儿收拾东西回来，要不然，我就报警说你离家出走，让警察把你送回来。”

无论是不是为了柳滟，宋雎窈都没有办法拒绝，因为她是个儿童，是不可能和监护人分开的，她只能回去。

不要回去啊！

我心都凉了半截，不敢往后看了……

不会真的把宋雎窈卖了吧？这要怎么再逃出来啊？

我懂了，宋雎窈这次回去后，柳国庆用柳滟胁迫宋雎窈在成年以前，必须把钱都给他们，所以，宋雎窈才在成年后注销银行卡，迁出户口！

但事实比他们想的要惊险得多，柳国庆一开始并没有想到可以这样做，宋雎窈一回去，就被囚禁了起来。柳滟为她说了一句话还没说完，被柳国庆直接撑了回去，就乖乖地闭上了嘴巴，无论宋雎窈在里面怎么声嘶力竭地喊她都没用。

观众的底线一再被挑衅，气得七窍生烟，谁再敢帮柳滟说话，势必被群起而攻之，这种人算妈吗？有这种妈的孩子，真的是倒了八辈子血霉了，他们要是宋雎窈，早就拿起刀子把柳滟给捅了！观众甚至开始恨铁不成钢了，宋雎窈怎么就这么听话，怎么就看不清柳滟自私自利的嘴脸，还指望她能清醒？真的气死了！

在宋雎窈被关起来的时候，柳国庆把她的银行卡翻出来，柳滟并不知道银行卡密码，也不知道宋雎窈赚了多少钱，但宋雎窈还小，没有身份证，银行卡是柳滟的身份证办的，所以，柳国庆便以看她有多少钱能给她建个多大的别墅为由，带着她去了银行，用身份证改了密码。

一看到银行卡里的数字，柳国庆眼睛就睁大了：“这个小兔崽子，没看出来脑子这么聪明，外甥像舅舅，肯定是随我。”他眼中满是贪婪垂涎的光芒，幸好把柳滟给哄回来了，要不然以宋雎窈的精明，他们一毛钱都别想拿到。

夜晚，把柳滟支开，兄弟姐妹又聚集在了一起，先是开开心心地喝酒庆祝，后来又为自己能分得多少宋睢窈的钱吵了起来。

“把柳滟喊回来大哥是最大功臣，拿最大头是应该的，但是老三，你凭啥跟我对半分？”

“二哥，你这样说就没意思了，我好歹开车去机场接人了，你做什么了？不就是比我早两天来这里，多动了几下嘴皮子吗？”

“大哥，我这房子还没装修，晚上住着都漏风……”

“大哥，我媳妇儿才刚怀孕……”

柳国庆抽着烟，享受着弟弟弟妹们对自己的讨好，拿着宋睢窈的钱，好像是自己的一样充满自信和底气。因此他也没有立刻做出裁决，而是突然换了个话题：“我仔细想了想，陈家给 10 万太少了，这年头，脑子就是一切，陈家 10 万就想改善基因，不可能，至少也得再翻一倍。”

其他人纷纷觉得有道理。

就在观众们被这一家人的无耻气得七窍生烟的时候，宋睢窈不再喊柳滟了，她擦干眼泪，眼神有了些变化，像是看清了什么。

宋睢窈：“表哥，你去叫你爸爸过来，我有一笔生意跟他谈谈。”

那表哥就在门口守着，宋睢窈刚刚哭喊的时候，他还能玩手机，这会儿听她这口气，反倒有些坐立不安起来，他想了想，还是去喊柳国庆。

难道真的要把柳滟给卖了吗？

求求了，快点儿把柳滟卖了吧！

观众们气愤地说，然而事实上，如果宋睢窈真的这么做了，他们反而又要觉得宋睢窈冷酷无情了。

宋睢窈怎么会不知道呢？她早就知道了。她用袖子擦干眼泪，心里却在痛快地大笑，她可算是能摆脱柳滟了，还费了那么大的工夫，不愧是节目组安排给她的枷锁。

而现在，她要粉碎这个枷锁，就像粉碎这个让人犯恶的世界。

柳国庆还是过来了，柳家其他人也跟了过来，他们倒想看看事到如今，宋睢窈还能说些什么。

瘦小的女孩站在一群肮脏丑恶的大人面前，看起来是那么弱势，但她昂首挺胸，眼眶还是红的，倔强成熟得让人心疼。

“银行卡里只有 40 万，你们就觉得满足了吗？”小女孩说，“在来这里之前，我刚跟《我是大赢家》签了下一季的合约，一期出场费税后 150 万，我能保证站到最后一期，你们可以算算我最后会拿多少钱。”

宋睢窈说出 150 万的时候，一群人眼珠子都快要从眼眶里掉出来了，作为普普通通的农村人，他们根本不知道宋睢窈上一期节目居然会有这么多钱。

“还有《超级大脑》《帝国成语》，全都是正在跟我接洽的节目，甚至有一所叫金柯朵拉的贵族学校，承诺我入学就会给我 50 万入学奖金。”

柳国庆一伙人眼睛疯狂转动，贪婪和垂涎就像要化作实质流出来。他们这辈子都没想过这么大一笔钱会出现在他们的生命里，而且看起来不费吹灰之力，伸手就能拿到！卖她？区区 20 万？听了刚刚宋睢窈报的数字后，20 万他们已经看不上了。

柳国庆拦住激动的兄弟姐妹，看着宋睢窈：“这么多钱，你能给我们？”

“全都给你们，我只有一个要求。”

“什么？”

“我要带我妈走。这么多钱，比你们卖了我妈赚得多了吧，够了吧？”宋睢窈到底是小孩子，她的眼中流露出了愤怒。

傻孩子，他们不只想卖柳滟，还想卖你啊！

气死了，看不下去了，这种妈居然还不扔了，还要带走！

她才10岁好吗？孩子对母亲的依赖和感情，怎么可能说断就断！

我现在只希望柳滟做个人，别跟着她了，真是气哭我了！

柳国庆和兄弟姐妹到外面去商量，每个人都激动极了，那么多钱啊，每家平分都能分得几百万呢！陈家都没那么多钱，柳滟也卖不出这么多钱！

柳国庆碾灭了烟头，眼中精光闪烁："你们这群眼皮子浅的，放着下金蛋的母鸡不要，净盯着那点儿钱。"

"大哥，你的意思是？"

"放柳滟和那小崽子走，她能把后面的钱都给我们？就算都给了，那也才多少？只要把柳滟扣在这里，那小崽子就是被线绑着的风筝，飞不掉。"

"大哥，妙啊！"

他们去把柳滟喊过来，一群人围着她转，给她畅想未来。柳滟就是个习惯被人捧在手心的小公主，一颗糖就能把她哄走，她很快就被哄得晕晕乎乎，打定了主意留在老家。

"我不跟你出去，我要留在家里。"柳滟拒绝跟宋睢窈回去，"你去吧，好好工作，只需按时把钱打回来就行。"

宋睢窈愤怒地瞪了柳国庆一群人一眼，拉着她的手着急地说："妈妈，你跟我出去吧，我会保护你的，跟我走吧！我给你买大别墅，带你吃好吃的，你跟我走吧！"

柳滟现在认定了宋睢窈要带她走，只是因为那些合约都需要她这个监护人帮她签，并不是真心对她这个妈。是啊，如果不是这样，宋睢窈怎么带她去参加那种节目，让她被全国人民骂成这样，而且也不帮她解释呢？她就是嫌弃自己没用，等她成年，不再需要自己这个妈的时候，就会把自己甩掉。

柳滟越想越气，把手抽出来："我不去！需要我帮你签的合同，寄回来我给你签了就是了，我这么没用的人，就不拖累你了！"

你可千万最好做到，谢谢您嘞！

"不行！我不能把你留在这里，他们都是坏人！"宋睢窈急了，眼泪也掉了下来，要把柳滟往外拉，柳滟一把甩开她的手。

"他们是我的哥哥和弟弟，还能害我吗？"柳滟红了眼眶，意有所指。

这时，外面一辆车子飞快驶来。

任雨琳和任家棋从车上下来了。宋睢窈在上飞机前就给任雨琳打了个电话，说亲戚把她妈绑架回去了，任雨琳虽然跟宋睢窈认识的时间不长，却是很讲义气的人，当下拖着哥哥上了飞机赶了过来。

一番争吵后，兄妹俩总算明白了现在是怎么回事。任雨琳很生气，但是这事法律管不了，同时她早就瞧不上柳滟了，觉得这是大好机会。

任雨琳一把把宋睢窈拉到身后："你们打的什么主意，我们心里都清楚！柳滟，你真的不要这个女儿了是吗？"

柳滟撇开了脑袋。

"柳滟，在宋睢窈成年后，她会迁出户口，跟你断绝关系，这样你也觉得无所谓吗？"

柳国庆："呵呵，您可真喜欢说笑，这母女关系，哪里是迁户口就能断绝的？现在就是女儿去大城市里读书兼职，老母亲还在老家等她嘛！这也是为了她的前程，说到底是为了她好啊。"

柳滟原本还有些迟疑，听柳国庆这么说，立刻就坚定了，对，就算是成年了，宋睢窈也是她的女儿，还能真的断绝了关系不成？

然而 10 岁的孩子当真了，当即哭了出来："妈，你别不要我……"

任雨琳一把捞住她，连拖带抱把人从柳家扯出来，塞进车里，将她带了回去。小女孩在车内号啕大哭，像个被母亲抛弃的小可怜。

哭死我了。

这是什么人间惨剧，任雨琳 good job！

太可怜了小睢窈，柳滟这个人这辈子唯一可取之处，就是没有跟着宋睢窈离开。

好可怜，好心痛，幸好这些都过去了。

我看谁再说“柳滟到底是母亲”这话！

柳滟这把枷锁，在这一刻彻底粉碎了。

小女孩被任雨琳搂进怀中，她的嘴角轻轻勾起，像是知道她此时此刻取得的胜利。

节目组一片寂静。

唐山抹了一把脸，一回头，发现好多工作人员眼眶红红，好几个桌上还放着好几团纸巾。有个女工作人员小声地说：“我觉得，宋睢窈不是坏人……”

她根本没有不要柳滟，是柳滟不要她的。

“嘘！”

唐山也心情复杂，他一直坚定地站在司法是正确的，宋睢窈确实是杀人犯这个立场上，就算宋睢窈是普通人，霍家少爷是个有钱人，但事实就是那少年死了，并不一定穷人就是好的，有钱人就是坏的，这是刻板印象。

所以，他一直坚信宋睢窈有不为人知的邪恶的一面，可是亲眼看着回溯出来的这段剧情，他都觉得心酸了，开始怀疑自己的判断是不是错的。

……不不不！唐山猛地拍拍自己的脸，他身为节目组的导演，怎么可以这么轻易动摇？万一在这 8 年里，宋睢窈有做什么坏事呢？她的品质里确实有坏的东西呢？

“继续！”唐山说。

柳滟是个蠢货，柳家人都这么觉得，根本没有把她放在眼里。

宋睢窈离开后，柳国庆确实履行了承诺，用宋睢窈赚的钱给柳滟盖了一个大别墅，修建了花园，请了保姆，结果柳国庆一家人也跟着住进去了。

柳滟一开始还很开心，后来开始被自己大嫂明里暗里嫌弃，晚上睡觉，柳国庆带着兄弟在客厅里打麻将吃夜宵，吵得她没法睡，大早上侄子又开始吵闹了。明明是女儿的钱，却被他们握在手里，自己像个寄人篱下无家可归的人。

她觉得委屈，又想念宋睢窈，想要离开，柳国庆根本不让她打电话给宋睢窈，怕她自己跑去找宋睢窈，把她的身份证也藏了起来。柳滟终于发现自己被骗了，却也想不出什么解决的办法，只能哭。

柳国庆被哭烦了，想把她嫁出去，但是他不敢把柳滟嫁给陈老二，生怕宋睢窈知道了，一气之下不再打钱回来，所以还是耐着性子给她找了一户人品还算不错的人家，把柳滟嫁过去了。

但这户人家并不把柳滟当公主捧着，要她工作，她被迫像个普通农村妇女一样开始工作，又生了个儿子，买不起昂贵的护肤品，又要劳作，整个人逐渐变丑，偶尔抱着儿子哭着想着当初有丈夫有女儿宠着的日子……

活该！

这就是报应！

真的是丫鬟的命小姐的心。本来真的能当公主被人伺候的，偏偏就是没那个命！

哈哈哈，柳国庆他儿子染上了赌博，破产预定，欠债预定！等宋睢窈成年了，你们就等死去吧！

而在另一边，宋雎窈过着忙碌艰辛的日子，上节目、读书、写论文，每一天每一秒都被充分甚至过度利用。柳国庆生怕她忘记给钱，还每个月打电话过来，提醒她柳滟在他们手上，随时都可能嫁给陈老二。宋雎窈有时候真的一毛钱都翻不出来，只能吃食堂里最便宜的清粥小菜。

就这么一直努力成长着，变成一个比大多数人都优秀的人。

最后一个片段，宋雎窈从众多优秀的学生中，以最优秀的成绩脱颖而出，被她的导师阿尔贝加先生看中，在轰鸣的掌声中站起身，走向领奖台，成了奥奖团队的一员。

哇！我受不了了，我号啕大哭！

太棒啦！

真的好励志啊，怎么会有这么美好的人呜呜呜……

可是宋雎窈偷窥、偷拍江白奇怎么说?

宋雎窈会这么做，肯定是有原因的，我相信是正面的！

我从来没有想过我真的会在这档节目里为一个罪犯投出申冤票，但现在我想说，我愿意为宋雎窈投出这一票，至少她应该获得减刑，获得改过自新重新开始的机会！

“砰”！茶杯狠狠砸向了电视屏幕，这还不够，还有水果、果盘、花瓶……一股脑儿全都砸向了电视机屏幕。

“休想！休想！”元蔓枝发疯似的咒骂起来，“我儿子命都没了，你还想减刑？做梦！我告诉你，你做梦！”

元蔓枝歇斯底里，用人都不敢靠近，面面相觑躲在角落不敢吱声。

这时管家走了进来，看到这一幕眉头皱了皱，看向用人：“愣着干什么？快去把客厅收拾好，大少爷回来了。”

用人们这才连忙过去收拾，被元蔓枝连砸了好几下。

管家说：“太太，您冷静点儿，大少爷回来了。”

元蔓枝听到霍森回来，才终于不再砸东西，只是坐在沙发上哭，一边哭一边咒骂宋雎窈。

霍森回来，看也没看元蔓枝一眼就上了楼，元蔓枝一见这样，顿时更觉委屈悲凉，哭得更大声了。

“没天理了，我真该去见国王陛下，连他都会可怜我的……”

提到国王，霍森才终于有点儿反应，微嘲道：“头七都过多久了，还在哭丧？”

跟在他身后的管家说：“太太在看审判真人秀，害死小少爷的凶手得到了不少申冤票。”

哦？霍森有些意外，竟然有人能在这档节目里得到申冤票？他忽然想起来，不久前参加内阁二试的时候，洛潮就提起过，那个时候，那个被审判者似乎就引起了不小的争议。

管家：“今天老爷醒过一次，问我您内阁二试的情况，还有陛下的心情。”

霍森收回思绪，说：“内阁二试通过了。”

管家平静的脸上顿时出现喜色：“太好了，只要通过三试，您就能成为国王陛下的内臣，有机会侍奉他，如果能够被选中成为‘神使’，霍家就能荣升为贵族了！”

霍家已经是金字塔顶端的富豪之一了，看似和贵族相距只有一步之遥，实际上却是天堑。

“父亲再醒的时候，你跟他说，国王和之前一样，情绪非常糟糕。”实际上，洛潮在大殿上见到国王的瞬间，差点儿就扛不住了。他也脸色煞白，只比洛潮好那么一点儿罢了。

“是。”

霍森进了书房，书房门关上的瞬间，听到元蔓枝一声尖厉的号叫，他不禁拿出手机，打开社交平台，很快就在热搜榜上找到了相关的帖子，点击。

宋雎窈被从直播平台截下来的照片骤然放大，映入了他的眼帘，照片上的少女美貌动人，笑容温柔又阳光，一双眼睛里盛满了星光。

霍森愣住，心脏微微悸动了一下。

节目组。

“唐导，申冤票……有 65 万张了。”工作人员跟唐山报告。

唐山坐在椅子上，有些像是进入贤者状态，一切都索然无味的感觉，什么话也不想说了。

65 万张，虽然距离酌量减刑线的 5000 万张还有很远的距离，但是这档节目在今天以前，得到最高票数的罪犯也只有 56 万张而已，而且这还是数期累积下来的票数，宋睢窈这才第一期，就已经比其他人得到的都多了。

由于种种原因，很多人虽然被感动得泪眼汪汪，有把票投给她的冲动，但还没有投，毕竟手上的票是有重量的，而宋睢窈手上有一条人命，考虑到受害者家庭的感受，不是每个人被这么感动一次，就能下定决心投出这种票。

——你不只是在决定一个人的人生，而是两个家庭的未来。这档节目不是选秀综艺，请慎重做出你的每一个决定。

这是每一期节目开始前，先出现在观众眼前的一句警示语。

而且宋睢窈偷窥江白奇这件事还没有答案，万一事情反转了呢？这种申冤票，是需要观众用自己的身份证、信用点和金钱购买的。

正是因为手上的票具有这样的重量，不是随随便便就能拥有，人们才会格外珍惜，慎重使用。

但仅仅在第一期就获得了这么多票，宋睢窈还真是——太厉害了。

“我有预感，宋睢窈也许真的能够减刑！”工作人员小声地说。

“其实，我偷偷投了一票……”

“如果她真的能减刑，能减多少年？”

“这个得看法院斟酌了吧，如果网友们反应热烈，应该就会多减几年。”

减刑？

锅里的油烧得很烫，鸡蛋敲下去后，蛋白凝固成白色固体，空气中散发出煎蛋的香气。清晨的阳光从窗外洒进来，映照在宋雎窈的侧脸上，看起来那么恬静平和。

早啊窈窈！

一个人的早餐也做得这么享受，看起来真舒服。

我也想吃三明治了！

今天的窈窈依然美美哒，看到她好有动力，我要努力学习！

这里是审判秀，别把这里当选秀综艺看！

第一期还没完，宋雎窈是个什么样的人，有没有什么不为人知的真面目，大家等着瞧吧！

还不知道她偷窥江白奇是为什么呢！

面包机里的吐司弹了出来，宋雎窈将洗干净的番茄慢慢地切成片，银白的刀面倒映出她嘴角浅薄的笑意。

5000 万张票达到斟酌减刑的线，对于某些普通的罪犯来说，或许已经足够了，毕竟怎么都算赚到了，不是吗？可是，她怎么可能满足呢？且不说她被判的是无期，就算减 50 年她也还有 10 年以上的刑罚，如果寿命更长一点儿，她还得坐更久的牢。

她的敌人也不会放任她安安稳稳地在牢里度过这 10 年的。

5000 万张票可以获得减刑，一亿票国王陛下直属的国民审查团会出手重新调查案件，无论时间过了多久，哪怕只有一点点儿蛛丝马迹，都可以被那群天才洞悉。而审查团只属于国王，哪怕是贵族都只能束手就擒，更何况是霍家？

她分明记得，霍海——那个强奸犯在对她动手前精神就很不正常，客厅里有开过派对的痕迹，空气里弥漫着怪味，沙发上有一点儿白色的粉末。她在看守所里反反复复回忆，始终无法理解，霍海人高马大，为什么一推就倒，摔一跤就死了？

霍海真正的死因，是她的那一推，还是死于其他？

如果是她所想的那样，霍家会因此被摧毁。

就这么继续注视我吧，各位。

刀从对角线切下，一个三明治便做好了。

宋雎窈一口咬下去，像是对味道很满意，眼眸弯了起来。

宋晚晚从房间里出来，咬着一张照片在那里玩，宋雎窈起身走过去，弯腰将照片从猫嘴里拿出来，看着照片上阴沉沉的少年，弯了弯眼眸。

现实世界，节目组。

覃威又被元蔓枝臭骂了一顿，而这时，看着宋雎窈的申冤票数，他终于感觉到了一些不安。他喊来了副导演们开会。

“看来这一期给她安排的困境，可能还是太简单了……”覃威说，“她现在人气已经足够高了，发展太顺利了，观众们会觉得不满。我们是审判和拷问灵魂的节目，不是什么生活体验秀、偶像选秀，她也不是什么偶像明星，而是一个杀人犯！”

“您的意思是？”宋雎窈确实完全超出了他们的掌控。

“从现在开始，由我们来指挥真人 NPC 做事，同时多安排几个真人 NPC 进去，没有困境，就给她制造困境！”

他还就不信了，一群人算计和设计她，还撂不倒她！

宋雎窈吃完早餐就出了校门。

而另一边，在这个平静的阳光明媚的早晨，学生会向全校特招生丢下了一枚炸弹。轰一下，点燃了这所学校内特招生群体的火焰。

学生会一早就在校园 BBS 上公布了一项关于学校的重大变动——学

校将取消特招生制度，现在校园内的特招生将有一部分需要转学离开，名单学生会还在商议中，半个月后公布，请全体特招生做好心理准备。

这一举动，引起了全校师生的热议。

“太好了，这所学校本来就不该有什么特招生，一群满身穷酸味的家伙，看着就烦。”

“哇，校董事会会同意吗？”

“哈哈哈董事长不就是金耀、金钰的老爸吗？”

这个消息对于特招生来说，无异于晴天霹雳。

“什么意思？喂，这个公告是什么意思啊？”

“意思是有人要被开除吗？凭什么？我们做错了什么？”

“对啊！好端端的，凭什么要开除我们？”

特招生有个校园群，明姝看着聊天框里的消息刷得飞快，每个特招生的反应都非常激烈。因为她并不是真的特招生，所以反应很平淡，转头一看，梨昭脸色煞白。

“昭昭？”

梨昭没有说话，只是拿起手机也在群里发言。

明姝低头继续看群，发现很多人都在艾特一个叫周树琛的学生，群名备注是高三年级，是高年级的学长。

梨昭也 @ 了他。

原来周树琛是金柯朵拉学院特招生群体里的高人气学生，大概就是学生领袖，特招生群体里一有什么事，比如奖学金迟迟不发，某些学生对特招生做了特别过分的事等，都是周树琛出面去跟学校据理力争，要个说法，是个很有正义感的男生。

因此现在发生了这种大事，所有人都等着他来说句话，拿个主意。

周树琛很快出现。

周树琛：大家都到 C 操场集合，我们一起去找校长要个说法。

周树琛一发声，高中部上上下下所有特招生都起身，赶往C操场集合。

梨昭和明姝自然不可能落下。

C操场内很快聚集了不少学生，周树琛站在升旗台上，那是个高高瘦瘦的少年，剃着寸头，相貌周正。

“大家放心，学生会这个公告没有逻辑不合常理，肯定是哪里出错了，我们一起去找校长反映，让他给我们一个说法！”周树琛说。

一大群学生往校长室的方向走去，教学楼上的富家子弟们看着他们，笑嘻嘻的。

校长在接到通知的时候，早就已经躲起来了。

“这件事是学生会的决定，你们有什么不满，去找学生会吧。”有个教师见他们在太阳下站着，有些不忍，出来告诉他们，“校长在你们来之前出去了。”

“这种关乎学校的事，只由学生会来决定？学校董事会不可能会通过！”

“你跟我说也没有用，去学生会吧。”

一大拨人只好转道去学生会大楼。

委员部的人把他们拦在了大楼下，不让他们进去。金耀懒懒地靠在柱子上抽烟。

“你们是想造反吗？”双手环胸，以万夫莫开的气势挡在门口的女生傅美玲冷冷地说。

周树琛：“我们只想要个说法，公告是什么意思？”

“你不是年级第一吗？理解力就这样？不是说得明明白白了？”

“你们怎么可以这样？你们凭什么开除我们？！”

“对啊，凭什么！”

“说什么全体特招生做好准备，要我们准备什么？”

特招生们愤愤不平地七嘴八舌抗议起来。

“全都闭嘴！”傅美玲怒吼了一声，“给你们脸了是吧？在这里大吵大闹！金柯朵拉学院是私立高中，不是义务教育公立学校，让你们走你们就得走，跟我扯什么凭什么，你们配说这句话？”

这话一出来，特招生们瞬间静了下来，脸色苍白。

我去！太伤人了吧！

我要气死了，这个学校凭什么这么对学生！

好可怜啊，这些全都是十几岁的孩子啊，学校本来应该是象牙塔，他们却在这所学校里见识到金钱至上的资本社会的残酷，以后他们会变成什么样的人？

这真的是把他们的尊严扔到地上踩。

窈窈快来打坏人！

喊宋睢窈干什么？她也就能保护自己，还能管得了这么多人吗？

周树琛脸色涨红，仍然毫不退缩：“校董事会不可能不管学校的升学率！”

“呵，我们会改革学院，每个学生都会充分接受精英教育，以后不会再有在这里混日子的学生。你们觉得我们这种决定报上去，校董事会不会开心吗？”当升学率不再需要这些特招生，他们才不管这些特招生的死活呢。

周树琛唇色微白：“这不是你们说了算。”

“是不是我们说了算，走着瞧就是了。”冷漠的声音响起，所有人都一个激灵。

傅美玲立刻让开路，金钰坐着轮椅被秘书缓缓推了出来。金钰被宋睢窈两次暴击，伤得不轻，脖子上戴着颈托，右腿打着石膏，当然，出于贵族不容侵犯的尊严，他对外声称是摔了，要是被人知道是被宋睢窈打的，他宁愿从楼上跳下来。

可即便是这个模样，现场也没有人觉得有什么可笑的，这个人的气势依然逼人，那种让人觉得自己十分卑微的傲慢也没有丝毫减弱。

“周……树琛，对吧？你可以准备一下，半个月后，你就该离开了。”金钰说。

周树琛怔住。

“什么？你什么意思？”特招生们惊了。

“学长他……”

金钰：“谁帮他说话，可以一起走。”

那不大的冷漠声音，却让空气都凝固了。

金耀的目光越过这群特招生，往学生公寓的方向看去，心想宋睢窈什么时候会出现。不知道怎的，一想到宋睢窈，拇指上的牙印又开始隐隐发痒了。

特招生们张着嘴，却一时间没有人能发出声音，没有人怀疑金钰的话，因为他是金柯朵拉说一不二的暴君。

离开这所学校？在这所学校里，虽然富家子弟看不上他们，有时候一个不顺眼就会被拉扯两下，挨几下打，可是这里连三等级的奖学金也颇为丰厚，学杂费也是免的，吃喝住宿其实都比家里好，他们的奖学金也可以给父母减轻一些负担，如果能被国外录取，出国的费用也能被承担一部分，考上国内有名的大学，也会有一笔不菲的奖金……

如果是高一还好，可是高二呢？高三呢？还有不到三个月就要高考了，中途从贵族学校转到普通公立学校，会不会融入不了新集体？会不会被一直问这所学校怎么样，他们的待遇如何？会不会被别人追问为什么转学？甚至，他们能不能找到愿意接收他们的学校？他们的家庭能不能找到关系，将他们转进好的学校？

无数的问题冒出来，特招生们脸色苍白，在阳光下却感觉不到温暖，周树琛还站在他们前方，他们却发不出声音。

好几个女孩子已经低头抽泣起来。

明姝气得爆炸，跳出来："走就走！这破学校谁愿意待！你们就是一群垃圾，社会的蛀虫！不光是你们，你们的爸妈也全都是！吸着老百姓的血，还瞧不起人，教出你们这种社会垃圾！

"同学们，我们走！"

空气很安静。

没有人动，没有人应和。

明姝气愤过后，开始感到有些尴尬了。

爽……爽完后有点儿尴尬。

天，太现实了吧！

无语了，这种学校就不要待了，转学多好，成绩那么好的话，还怕没有学校要吗?

不一样吧，好的公立学校里成绩好的学生非常多，奖学金竞争很大，而且奖学金肯定没有这种贵族学校给的多。更重要的是，要适应一个新环境是很难的，因为家境贫寒而被开除，这个理由实在是太伤自尊了，这里有很多高三的学生，心态上一个不稳，到时候肯定得复读。

代入感太强，我真的哭了，生在贫穷的家庭里是我愿意的吗?如果可以，我也想含着金钥匙出生啊！

"又是你，看来宋雎窈帮了你一次，你就觉得自己可以上天了。"金耀认出这个明姝这个"小偷"了。

一鼓作气骂完没有得到回应，明姝已经有些声嘶力竭了，金耀一出声，她更是想起了在网球场被支配的恐怖，气红的脸色"唰"的一下白了。

金钰瞥了明姝一眼："你也可以离开了。"

这一下，更没有学生敢出声了。

金钰："不是所有特招生都必须走，我们学生会考虑到并不是每个特招生都能适应我们学校，融入这个集体，所以才准备'裁员'。但我们会通过学生的推荐来决定留下一部分的特招生。这些学生必然是能够适应我们金柯朵拉学院的生存方式，能够融入这个集体的。"

"现在，给你们30秒，回去考试。这一次月考倒数的特招生，也必须离开金柯朵拉。"

这话说完，特招生们略微骚动了几下，迟疑着，渐渐转身离开了。

逐渐地，只有极少数人留了下来，周树琛、明姝、梨昭，还有……咦？明姝扫过去的目光猛地抽回顿住，瞪大眼睛，江白奇！

这个少年太奇怪了，就算站在阳光里，他周身也好像笼罩着一层阴沉沉的气场，灰扑扑的，又像颗灰尘一样，一不小心就叫人把他给忽略了。

金钰目光冷漠地扫过这几人，秘书推着他的轮椅转身离开。金耀没等到想等的人，无趣地打了个哈欠，也转身离开。

"怎么样才能让我留下来？"周树琛的声音追过来，低哑得让人听着都心酸。

金钰没理他。

"我跪下来求你行吗？"

明姝震惊又不明所以，往前踏了一步，被梨昭拉住，梨昭摇了摇头，神情复杂。

周树琛家庭很困难，父亲瘫痪在床上，母亲患有糖尿病，还有一个还在上小学的弟弟，家里的花销都是靠周树琛的奖学金，如果从金柯朵拉学院出去，他唯一的命运就是辍学打工。

想到这个，梨昭眼眶都红了。他这么优秀，人这么好，每次考试都是年级第一，肯定能上最好的首都大学，以后也会成为一个很优秀的人，在高考前夕被赶出学校，无异于斩断了他的无数好的可能性，给了他一条千难万难的未来之路。

而他们又有什么资格，在他为自己争取的时候，去阻拦他？他们没有人可以对他负责，为他提供帮助。

然而，金钰仍然没有停留，就像他眼里根本就没有周树琛这个人。傅美玲“噗”一下笑了，像是嘲笑他早知今日何必当初：“你可以试试。只是，你觉得你的膝盖那么值钱吗？”

周树琛脸色难看。

学生会大楼外面很快只剩下了他们几个人，再灼热的阳光，也无法温暖一颗沉入谷底的心。

明姝一拍脑门，连忙说：“别担心！我们还有宋雎窈！她一定有办法，不会不管我们的！”

周树琛暗下的瞳孔微微亮起，像终于抓到了一根救命稻草。

江白奇盯着周树琛看了几眼，转身慢吞吞地离开了。

第六章

可爱

宋睢窈一连几天都没有回学校。

她去参加节目了。

这么多年来，她都是《我是大赢家》的终极擂主，是《我是大赢家》的“大赢家王座”上的超级钉子户。尤其是宋睢窈成为奥奖团队成员后，无数从国内外奔涌而来的天才都是冲着击败她而来的，报名参加的嘉宾的学历越来越高。原本这档节目是来自各行各业见识广博的嘉宾都有，现在索性就成了天才们的竞技场。

但宋睢窈成为奥奖团队成员后，十分繁忙，没有空再参加节目，只在最终挑战的时候通过视频跟对手比赛。这一次她居然可以亲自到现场，简直惊喜坏了彭嘉。

彭嘉是 10 年前《我是大赢家》的导演，现在已经升职了，可以说他是看着宋睢窈长大的长辈，一直对她十分关照。

除了《我是大赢家》，宋睢窈还紧接着作为审判员参加了一期《超级大脑》。

在宋睢窈忙着参加综艺节目的时候，金柯朵拉学院内特招生群体的情况已经变得越来越恶劣，观众们急得不行，直播间都是催宋睢窈别参加节目了快回学校的弹幕，然而宋睢窈看不到。

啊啊啊气死我了，关键时候你掉什么链子！

快回学校吧，那些学生真的要被玩废了！

太不负责任了吧，金钰会搞这么一出，说到底，还不是因为宋睢窈多管闲事惹怒了那对双胞胎，现在真的拍拍屁股走人了？

前面的有病？金钰和金耀本来就是那种人，就算没有宋睢窈，他们迟早也会把特招生赶出去！

宋睢窈帮人的时候根本不知道会发生这种事，难不成让她见死不救吗？如果你这样想的话，祝你以后遇事别人也想这么多，然后对你袖手旁观！

无语了，能不能别参加这些破节目了，赶紧回学校！

此时，金柯朵拉学院内，经过数天的发酵，在被赶出学校的威胁下，在人类的天性下，很多学生做出了选择。

因为学生会说会根据学生的推荐来决定留下哪些特招生，他们口中的“学生”，当然指的是非特招生。于是很多特招生开始讨好那些学生，那些学生知道他们这样做的目的，并不介意看他们像小丑一样在面前献殷勤。

“喂，你看起来那么像狗，学狗叫一下。”有人笑嘻嘻地说。

特招生表情僵硬了一瞬，可想到自己的家庭，很快又卑躬屈膝起来。

“汪！汪汪汪！”

“哈哈哈……”

在一声声嘲笑之中，是一颗颗坠入黑暗的年轻的心。

“你们还愣着干什么？难不成你们跟周树琛是一伙的？”将周树琛一脚踢倒的人恶狠狠地瞪着几个特招生。

大多数特招生都得到过周树琛的帮助，可是此时此刻，没有人敢说什么。

有人艰难地摇头否认，其他人也跟着摇头否认。

跨过这个坎，之后的事情就变得简单多了，先是否认，然后是动手殴打，最后甚至开始主动辱骂，好像这样就可以和对方撇清关系，可以成为施暴者的同伙，从而避免被施暴者对付。

被学生会点过名的人，都没有逃过，最可悲的是，动手的同样是特招生，明姝和梨昭都被欺负得很惨，就连存在感如此稀薄的江白奇都没有逃过。

明姝在校医室见到江白奇的时候，惊呆了。

“你居然被人打了？”

江白奇苍白的脸上也有瘀青，低着头看起来却有点儿高兴，他闻言抬头面无表情地看向她，像是在问他被打有什么奇怪的。

我知道明姝在想什么！

明姝：我以为你是个大佬，结果你只是个和我一样的菜鸟？

老实说，我也惊了。其实我一直觉得江白奇可能是个隐藏的大佬。

对啊！那种阴沉的气质，看人诡异的眼神，还引起了宋雎窈的注意。我以为他被欺负会掏出刀子把别人割喉，结果他蹲下来抱头被打！

只有我注意到刚刚他好像挺高兴的吗？他在高兴什么？是不是在想什么变态的报复方式啊？

宋雎窈到底什么时候回来啊？我真的要气炸了！好心疼周树琛。

人性真的太可怕了，但是仔细想想，他们这么做，都是可以理解的啊……

金柯朵拉学院已经乱成了一团。

汤凯每天在做给学生们处理伤口这种“无关紧要”的事，一开始很烦躁，后来也觉得愤怒了。

特招生们每天都在互相背叛、攻击，或者因为生怕受到牵连，而只能选择袖手旁观。

汤凯:“宋雎窈呢？”

明姝:“我不知道啊，她好像出去了，一直没回来。”

“你不能给她打个电话吗？！”汤凯说。

明姝:“我们没有她的电话号码啊……”

仔细一想，她根本跟宋雎窈不熟，只是宋雎窈温柔又亲切，很容易让人沦陷，让人忘记了她们之间的距离，以为她们已经认识好长一段时间了。

明姝这边无法联络宋雎窈，金钰帮她打了这个电话。

宋雎窈恰好离开这件事出乎他的意料，让他有一种一拳头砸在棉花上的感觉，他甚至以为宋雎窈是离开不会回来的那种，让宿管去了她的公寓查看，发现东西还在猫也在后才松了一口气。

事情发展不出他所料，他一想到宋雎窈回来看到这种景象会露出什么样的表情，就觉得很爽快。但她一连几天都不回来，就有点儿挑战他的忍耐限度了，于是他给她打了电话。

宋雎窈正在彭嘉导演家里吃饭，彭夫人一直都很宠爱她，逢年过节都要彭嘉接她到家里吃饭，今晚也给她做了一桌子爱吃的菜。

“你看你，怎么这么瘦，比那些女明星还瘦，风一吹就跑，多吃点儿。”

“哪有那么夸张？我的肌肉含量比不运动的女性高不少呢。”宋雎窈有些无奈地看着满碗的菜。

彭嘉埋头吃饭，瞥了眼边上平时作威作福，此时手足无措脸色通红一言不发埋头吃饭的儿子，他嫌弃极了，就这？还喜欢宋雎窈？还想追？你配？

抬眼恰好对上老爸挑剔的目光，彭少爷:在？是亲爸？

手机响了，宋雎窈接起来，见是金钰，起身到阳台上去接。

“有事？”

金钰一听，眼眸眯起:“宋雎窈，你该不会以为，你对我动手这件事，我会当作没发生过吧？”

“所以呢？”

“你最好自己回金柯朵拉看看。”金钰说罢，就挂上了电话，他等着宋睢窈回来求他改变主意。不是善良吗？不是为特招生打抱不平吗？他倒要看看，她能为他们做到什么程度。

宋睢窈看着手机，皱了皱眉头。

“怎、怎么了？有事吗？”彭少爷探头出来磕磕巴巴问了一句。

宋睢窈转身微笑：“没事。”

观众们以为金钰打了这个电话，宋睢窈就该立刻赶回去了，然而宋睢窈并没有，她仍然在这座城市停留，该上节目就上节目，该吃饭就吃饭，急得很多人在直播间内骂街。

忍耐着，等待着，宋睢窈终于离开了这里，回到金柯朵拉学院所在的城市了。

啊啊啊快点儿快点儿！好多孩子等着你救啊！

去虐死金耀金钰那对浑蛋啊啊啊！

气死了！

可算等到了！

“嗯……先不去金柯朵拉了，麻烦你转到一中。”宋睢窈突然跟司机说。

你干吗？为什么突然转道？

我无语死了，能不能不要磨磨蹭蹭的？

我不行了，我真的忍不住想对宋睢窈发火了，明明知道特招生在学校里是什么地位，金钰又是什么样的人，她不会想不到那些学生在遭遇什么事，却还拖拖拉拉，参加那些节目到底有什么重要的？她甚至也没有打电话给校长问一下！

宋睢窈根本不是真的关心特招生，她之前对他们伸出援手，其实也就是看到了顺手拉一把而已，至于之后别人的死活，她根本不在乎。

如果这样，不如一开始就视若无睹，好过别人满怀期待，结果落空，他们一直在等她啊！

现在开始骂宋睢窈了？是不是在道德绑架？救了一个人，就得对人家一辈子负责了？那干脆一开始看他死好啦！

打电话给校长有什么用？那校长什么样子前面直播里没看到？

宋睢窈在一中下了车，请门卫打了一个电话，很快就有老师模样的人出来。

宋睢窈跟着那位老师去了校长室，校长起身与她握手，笑容满面，看得出来，一中的校长对宋睢窈的到来有些惊喜。

“我老婆很喜欢你啊，我家一连两个小子，她恨得骂我没用，生不出……咳咳。”说错话了，校长先生尴尬地笑。

宋睢窈笑着说：“其实我这次过来，是有件事情想要拜托您。”

“哦？”

“有一批学生，我想要拜托一中收容和照顾一下。”

宋睢窈简要地说了金柯朵拉特招生的情况，金柯朵拉学院的学生成绩都是非常好的，一中也愿意接纳成绩好的学生，毕竟好的学生意味着升学率，升学率越高，学校受益就越多。

金柯朵拉高中部的特招生，从高一到高三，怎么说都有一百多个，一下子转来一百多个学生，而且大多是需要学校帮助的贫困生，对学校来说是不小的负担。

宋睢窈拿出了一张支票：“这批学生的奖学金、学杂费，全都由我这边单独负责，有部分情况特殊的学生，需要另外照顾。另外一中里成绩不错，但因为家庭缘故无法继续学业的，我也希望可以帮助他们继续上学。”

“这……”校长十分震惊，“你帮助他们到这个份上？”这笔钱可真不少。

宋睢窈歪了歪脑袋，微笑道：“我觉得那么多优秀孩子的未来，比这笔钱更珍贵。”

啊啊啊这张支票上的数字，刚好是宋睢窈这几天参加节目给的所有出场费啊！

天啊！她是不是一开始就这样打算？所以这几天才连轴转录节目？

她真的准备帮助所有的特招生？老天！

你自己明明跟他们年纪差不多，也还是个孩子啊！

她真的太善良了，柳滟他们拿走了她全部的钱，她并不是腰缠万贯的富豪啊！

前面骂她的人脸痛吗？

我以为她最多能让金钰改变主意，没想到，她居然准备把所有特招生都转走，这一招好绝！

宋睢窈的做法让一中校长十分感动，当即拍板表示一中愿意接收金柯朵拉学院的所有特招生。

周树琛刚要走到自己的座位，边上一只脚踢过来，一脚就将那张桌子踢翻了。

周树琛握着书包带的手一紧，看向动脚的学生。

“你已经被开除了懂吗？还不赶紧走，想赖在这里吗？”

周树琛没有说话，只是弯下腰去扶桌子，结果被一脚踹倒在地上。

周围响起一阵嘲笑。

“我懂了，你们还在等宋睢窈，等着她来帮你们继续留在这所学校对吧？哈哈哈哈哈……”

嘲笑声更响亮了。

“你们这些特招生在群里发的什么，我看看哈：‘等宋睢窈学姐回来’‘一定会好起来，宋学姐肯定会帮我们’‘大家不要放弃，坚持住，宋学姐会帮我们跟学校要说法’……”

那人用惹人厌恶的口气念着特招生群里的话，然后大笑起来：“你们以为宋睢窈是谁啊？她能让金钰会长收回成命？想什么呢？顺便告诉你们，宋睢窈不会回来了。”

什么？周树琛猛然看向说话那人：“你说什么？”

那人瞎扯道：“我们早就得到消息了，宋睢窈已经归队了，她早就去首都了，你们以为自己是什么东西，能比得上人家的工作？”

周树琛脸色惨白：“不可能……”

“你爱信不信，我看你不顺眼很久了，比我还会装，看着就烦人。”那人说着，指挥边上的特招生，“既然他自己不走，就请你们受累，把他给我扔学校外面去吧。”

什么？被指挥的几个特招生脸色难看，他们的神情挣扎抗拒，这怎么可以？

“嗯？”那人冷眼充满威胁意味地扫过来，他们一个激灵，终于抬脚上前。

“树琛……你走吧。”

“树琛……你……”

他们不好意思动手，希望周树琛能自己离开，脸上的挣扎像在说“我们也没有办法”。

周树琛看着昔日一起打球学习的同学，虽然他家境贫寒，但父母从小教他要做一个正直勇敢善良的人，他在自己能力范围之内，尽可能地帮助所有向他求助的同学，只是因为想到自己无助的时候，是多么希望有这么一个人来帮助他。

可是现在，他仍然还是那个无助的时候等不到援手的人，不仅等不到，他还得到了曾经帮助过的人的背叛、嘲笑，露出这种抱歉无可奈何的嘴脸，是希望他可以就这么原谅，甚至是通情达理一点儿，别让他们难做？事到如今，我难道还得照顾你们的情绪，体恤你们的无奈吗？！

周树琛脸上露出苍白的笑，一股火气也从心底涌了上来，有什么黑暗的东西蔓延上来，遮住了他的双眼。

“不，我不走，我凭什么走？我至少还可以在这里待半个月，就算是金钰，也没有让我立刻离开！”周树琛站起身怒道，倔强地转身去扶他的桌椅。

他的态度激怒了之前那个男生：“好啊！你牛！我看你能牛到什么时候！喂，你们几个愣着干什么？没用的东西，就这样还想留在学校给我当狗腿子？我要你们有什么用？”

几个特招生被骂得脸色涨红，也对周树琛有了些不满，立刻上前去拉扯他。

“周树琛，别逼我们，你快走吧！”

“放开我！”

他们将周树琛拖出班级，周树琛拼命挣扎，眼珠通红，好像他要挣脱的不是这些手，而是让他窒息的命运，可他挣扎不过，从教室到走廊，一路被人围观着。

“你们做什么？快放开树琛！”有特招生震惊愤怒地阻止。

“别再自欺欺人了，事情根本没有转圜的余地，宋睢窈已经归队了，她根本不会再回来了！”

“我们早就已经被抛弃了！”

“不可能！宋学姐为了我们去过校长室和学生会，她不可能就这样离开……”

“事实就是这样！谁有证据她会回来？反倒是她已经离开好多天这件

事我们亲眼所见！”

尽管有人不相信，可更多的人还是相信了。他们一直等，一直等，那么多天，都没有半点儿宋睢窈的信息。他们不知道她的行踪，实际上，也根本没有资格知道她的行踪，也许只是他们一厢情愿地把人家当成救世主，可人家根本没把他们放在心上。

“呜呜呜……别这样……”

“就是因为有你们这些奴颜婢膝的家伙，他们才会说我们没有骨气，才会瞧不起我们！”

“你们有骨气，你们有出息，为什么不赶紧走，要赖在这里？”

“快点儿走，我们不要骨气，现在骨气值几个钱？如果可以换我以后出人头地，给我爸妈过上好日子，现在跪着走我都愿意！”

场面一度混乱失控，从教学楼到操场，越来越多的特招生加入其中，一开始是因为周树琛，后来不知道为什么发展成了打群架，梨昭和明姝也被牵连其中。江白奇游离在人群外，想插入也插不进去，灰沉沉的小世界，仿佛跟那边格格不入。

别打啦呜呜呜呜……

急哭我了，窈窈快点儿来啊，他们真的快要崩溃了……

傻孩子们，你们根本不知道你们宋学姐为你们做了什么，快点儿住手吧！

宋睢窈真的想得很远，她就算帮特招生争取权益，帮助他们留在这所学校，又有多少好处？他们的心灵会被这里的冷酷和金钱至上污染，歧视永远存在，还不如直接给他们换一个平等的环境。

打架的地点距离校门口不远，宋睢窈刚从车上下来，就看到那边陷入疯狂打架的人群，她的瞳孔震惊地放大，连忙跑过去。

门卫见到宋睢窈，拿起桌上的座机给学生会打了个电话。

金钰脸上露出愉快的神态："好戏都开场那么久了，她可算是回来了。"

金耀从沙发上跳起来，手指无意识地摩擦着拇指上的牙印："我去看看。"

"我也去。"金钰冷笑，"我可不想错过她的表情。"

江白奇站在人群外，即便是群架现场，他也无法融入其中，没有人能一眼看到他，他从小到大都是存在感很稀薄的人，有时候连父母都会将他丢在商场半天，才慌慌张张返回来寻找。

就好像他的存在对于这个世界来说是多余的一样，没有人需要他，也没有人看得见他。

江白奇用那双灰扑扑的眼睛看着打架的人群，见有个人摔出来，往前走了两步想要把人扶起来，结果对方像是杀红了眼，不分青红皂白就要揍他。

那拳头没有砸到他脸上，被一只手接住了。

他愣了愣，顺着那只纤细的手望过去，看到一张精致美丽的侧脸，那脸上的情绪是震怒的。随后，那个少女扔开了那只手，将他拉到身后，挡在了他的身前。

"别对他动手！"宋睢窈怒道。

江白奇看着少女的背影，眨了下眼睛。

那个特招生看到宋睢窈，呆住了："学……学姐……"

宋睢窈："全都给我住手！"

她的声音压不过混乱的人群，但进入了边缘一些人的耳中。

"是宋学姐！"

"宋学姐回来了！"

"我就知道，那些人就是骗子，宋学姐不会丢下我们不管的！"

"快住手，学姐回来了！"

声音一个个传递过去，学生们茫然震惊地抬头，理智终于回归，一阵狂喜之后，凝滞的沉默又笼罩了下来。

宋雎窈看着他们脸上多多少少的伤，愤怒痛心又失望，让人不敢与之对视，他们纷纷低下了头。

“学姐！”明姝从人群中钻出来，她的白衬衫从裙摆里扯了一半出来，一头乱发像鸡窝，不知道被扯掉了多少根，“你总算是回来了！大家都以为你不回来了，你不知道这些天学校里都发生了什么……”

明姝噼里啪啦把情况跟宋雎窈说了一遍，宋雎窈深吸了一口气：“这些我已经知道了。”

她转头，看到学生会的一群人走了过来。

以金钰和金耀为首，这群人看起来金光闪闪，全身上下都充斥着上流社会的奢华气质，和他们这边这群衣衫凌乱狼狈不堪的少年少女，根本不是一个世界的。

“小鸡们可算等到母鸡了啊！”金耀露出那不羁的充满野性的笑容。

“可惜该被吃的还是得被吃，毕竟不过是区区母鸡而已。”金钰冷淡地说。

宋雎窈：“这就是你想让我看到的吗？”

“是不是很精彩？你所谓的穷人的脊梁，也不过如此，为了金钱，就算是恩人也可以背叛，可以袖手旁观，可以反目成仇。你所维护的人，不过是普罗大众里不值一提的人物罢了。”

“即便如此，你也还是要站在他们那一边？”金钰露出伪善的笑容，“实际上，以你的身份地位，早就可以跨越阶层，成为我们中的一员，何必跟他们这种不同阶级不同世界的人浪费时间？抛弃他们，到我们这里来吧。”

特招生们紧张地看向宋雎窈。梨昭看到周树琛一直垂着头，即便宋雎窈归来，他似乎也没有多少惊喜。

宋雎窈笑了笑，没有什么温度，充满了不屑：“滚。”

金钰脸色微变。

傅美玲怒极，她立刻上前一步："会长大人不过是绅士了一点儿，你就真当自己是什么大人物吗？有本事，你现在就带着你的这群同类滚出学校！"

宋睢窈看着她。

"怎么？我告诉你，求饶是没用的，就算跪下来，你们的膝盖也不值那个钱！"

宋睢窈转身看向特招生们："你们都去收拾东西吧。"

"什……什么？"

"这是……什么意思？"

"我已经跟一中谈妥，你们将全部转入一中，去收拾东西，我们离开这里。"宋睢窈说。

倒抽了一口冷气，有人不敢置信地捂住嘴巴，周树琛也抬起了头。

一中？哪个一中？是全市最好的公立高中，全国升学率排名第 11 的诺北一中？

"我们真的，可以离开这里吗？"

"不会无处可去，而是转入一中吗？所有人都一起去？"

"再也不用忍受这里的一切了吗？"

"我们的尊严，也不会再被人践踏了吗？"

梨昭捂住嘴巴，激动地落下泪来，她就知道，她就知道！有她在，就能看到希望。

这下反而轮到学生会的人震惊了，什么？宋睢窈居然准备把所有特招生都带走？

金钰握紧了轮椅扶手，脸色难看地看着宋睢窈。

他在等她求饶，看她为这些特招生低下可恨的头颅，结果她居然做得那么绝，想把特招生全部带走！

哈哈哈没想到吧！

还想让宋雎窈求饶，惊不惊喜，意不意外？

哈哈哈表情太精彩了，吓死你们！

宋雎窈真的太豪横了，我好爱！

哈哈哈！

金耀也震惊了，看着宋雎窈那双仍然对他们毫无畏惧的眼睛，闪过异彩。

明姝张大了嘴巴，她听到了什么？！她好不容易找到一点儿能发挥的地方，一直在群里给这些特招生洗脑，让他们把希望都放在宋雎窈身上，道德绑架宋雎窈，就是为了让他们在崩溃之后黑化，恨上宋雎窈，哪怕只有其中一两个黑化了，也许就能给宋雎窈造成什么麻烦，产生什么考验，结果？宋雎窈？你？

跪了！大佬，惹不起！

她是万万没想到，宋雎窈居然打算直接把所有特招生都从金柯朵拉学院转走！这操作太绝了吧！

金柯朵拉学院真的能一次性把所有特招生都开除吗？还有三个月就高考了，升学率不要了吗？死对头圣玛丽学院还在虎视眈眈，依靠剩下的这些纨绔子弟，能让他们学校排名高到哪里去？

金钰本来就算真的要清理掉这些特招生，也是一批批清理，高三的特招生绝对不在清理范围内，总得留些时间缓冲不是吗？

结果，宋雎窈居然……

金钰脸色难看，冷声道："你以为，他们是你想带走就能带走的？"

宋雎窈："让他们走的人不是你吗？"

金钰："我想让他们走的时候，他们可以走，我不想让他们走的时候，谁都不能走。"

特招生们顿时愤怒地看向金钰，打了一架，发泄了一顿，宋雎窈又出现了，崩溃的世界停止坍塌，他们被黑暗的情绪包裹的心脏，终于窥见了一点儿光芒，理智也回来了。他们终于意识到——金钰在耍他们，他故意让他们自相残杀，就像耍猴一样。

而他们陷入了这个圈套。

梨昭脸色苍白地凑到宋睢窈身边：“学姐，我们跟学校有协议……”

金柯朵拉学院给了这些特招生那么多钱，是为了升学率，而不是做慈善，所以为了确保这些特招生不会中途转学、成绩变差或者考不上好的大学，入学的时候是签了协议的，如果中途转学、成绩下滑得厉害或者高考考得太差，都是要面临赔偿的，要他们把这三年在这所学校里吃的拿的都吐出来。

所以，这所学校可以开除他们，却不允许他们自己退学。

“我知道。”宋睢窈从口袋里拿出手机，手机屏幕显示正在录音，她面无表情地看着金钰，“金柯朵拉学院对特招生做的事，如果被公众知道，这所学校和各位的家族都将面临舆论攻击。你们的协议确实具有法律效力，但你们对特招生做的事，已经涉嫌虐待、故意伤害、强迫伤害以及精神侮辱……到时候法官会做出怎样的判决，要不要试试看？”

那么多特招生，随便几个人出来作证，再加上宋睢窈以及录音，金柯朵拉学院的丑闻将传得全国皆知，闹到社会新闻版面上，损失更大的，当然不可能是本就一无所有的特招生。

金钰脸色铁青，冷笑：“就算你帮他们全部打点好，你以为，你就能把人都带走吗？你们，留下来的，奖学金翻倍。”

他知道这些人的弱点是什么，他们的弱点就是贫穷，一群贫穷的人，怎么能抵挡金钱的诱惑？就算他先前将他们戏耍了一顿又怎样？只要多给点儿钱，事情不就揭过去了吗？之前的种种，不也是因为离开金柯朵拉就没钱了吗？

直到现在，还在用金钱来羞辱人！金钰太讨厌了！

好想用钱砸他的脸啊啊啊！

可是这个诱惑真的很大，如果是我的话……可能会留下来。

千万不要留下来啊！挺直脊梁好不好孩子们？你们雎窈学姐已经帮你们安排好了！

宋雎窈："一中学杂费也可以免，奖学金也会有，只是自然不能跟这所学校比。虽然奖学金会少一点儿，环境没有这么好，或许生活会苦一点儿，如果家里很难，也需要你去做些兼职，但是你可以和同学平等地交流，有尊严地度过高中时代，在那里，没有人会因为你无法控制的出身而嘲笑你，随时随地让你走。"

特招生们面面相觑，可对视过后，尴尬难堪纠结的情绪又开始蔓延。他们这几天被金钰玩弄于股掌之间，互相背叛，为了自己的前程，不惜背信弃义，不久前还在互殴，一起转学去一中，应该也不会过上什么愉快的日子吧。

如果宋雎窈知道他们实际上是这样的人，也许她根本不会正眼看他们，也根本不会帮助他们。

真是……太羞愧了，连他们自己都被自己吓到了，他们本质上竟然是这么丑陋的东西吗？在危急时刻，竟然会做出这种事？

这时，在这让人窒息的安静中，宋雎窈转身，走上了主席台。

所有人都不由得抬头看她。

"各位，这所学校的本质，我无力去改变。我们每个人在人生中都会面临无数选择，我只是尽我所能给了你们另外一条路，至于怎么走，我不会替你们做决定。我不会一直待在金柯朵拉学院，你们也不能一直期待从别人那里得到帮助，有些机会只有一次，你们可以慎重仔细考虑过后再回复，我都可以接受。"

宋雎窈声音温柔，娓娓道来，充满了治愈感，像流水缓慢沁入众人心田。

"只是我希望各位可以记住：如果天空是黑暗的，那就摸黑生存；如果发出声音是危险的，那就保持沉默；如果自觉无力发光，那就蜷伏于墙角，但不要习惯了黑暗就为了黑暗辩护；不要因为自己的苟且而感到得意；不要嘲讽那些比自己更勇敢热情的人们，我们可以卑微如尘土，不可扭曲如蛆虫。”[①]

她说着，目光扫过某些特招生，那些人怔住，随即深深低下了头。原来她都知道，知道这些天他们为了自己，变成了什么样的怪物。可即便知道，她还这么温柔，没有因此就不管他们了……

少女站在阳光下，却比阳光还要灿烂几分，无论是摇晃的裙摆，还是被风撩动的乌黑长发，如同一处美景，纤细柔弱却又巍然屹立。

所有人都注视着她，世界一时仿佛寂静无声。江白奇灰扑扑的双眼里，也映出这个发光的人影。

我们可以卑微如尘土，不可扭曲如蛆虫！

天啊，宋雎窈真的会发光，她好棒！

啊啊啊我好爱她啊啊啊！

记笔记了！

会说出这种话的人，绝对不可能因为一时兴起去强奸他人，这种理由放在宋雎窈身上都是侮辱！

我不管，我要投票给宋雎窈，她不应该在牢里度过余生啊啊啊！

可是她又有什么资格给这些人一次机会呢？受到伤害的人是周树琛啊！太圣母了，应该赏罚分明，她对其他人的温柔，就是给周树琛的刀子啊！

周树琛真的好可怜。

可是那些人也有自己的困难啊！我一直记得那个说为了父母不只不要骨头，还可以跪着走的少年，在危急时刻，必须要做出取舍的时候，他们不过只是选择了更重要的人吗？为什么不能再给他们

① 此段落引自季业微博。

一次机会？也许经过这次教训后，他们反而会成为更好的人呢？

宋雎窈从台上走下来，顺着梨昭的视线，她看到了周树琛，那个少年在如此短的时间内，就像变了个人一样，整个人的正直气质都变得暗沉下来。

宋雎窈走到他面前："周同学！"

周树琛抬起头，面无表情地看着她。

"你真的很了不起。"

"你是在嘲笑我吗？"

宋雎窈讶异地看着他："为什么这么说呢？我只是有感而发，我第一次见到在群架里受到那么多人保护的人，连女同学都愿意为你挡拳头。"

周树琛怔住，顺着宋雎窈的视线，他看向不远处的梨昭，梨昭的脸颊青肿了一块，很不好意思地撇过头，用头发遮挡住。他的视线又转向身周的其他人，才发现自己站在人群之中，却是以被保护者的姿态。

周树琛只觉得心头遭到一次撞击，从心底爆发出来的酸涩感，冲灭了胸口燃烧的火焰，让他瞬间红了眼眶。

他习惯了以保护者的姿态站在所有人面前，父母、弟弟、同学、朋友，因此反而看不到别人对他的保护。所以，在这几天里，当他看到了背叛者，遭受了前所未有的打击后，反而忽略了那些知恩图报、拼尽全力挡在他面前保护他的人。

刚刚的群架，不也正是因为他们来阻止那些人，才掀起来的吗？是为了他啊。

"谢谢……"他声音沙哑。

"谢什么啦！真的是……怪不好意思的。"

"就是啊。"

天啊，突然感动！

崩塌的世界停止了，不要太在意失去的东西，这样反而会忽略掉自己还拥有的更珍贵的东西！

周树琛加油啊，付出是有回报的，好人是有好报的！

感动！被治愈了！

宋雎窈看着他们，也露出了温柔的笑容。

那些学生会的人站在另外一边，就像站在另一个世界，看着对面世界的人。

傅美玲双手环胸，不服气地哼了一声。这个女人说话一套套的，其实挺讨人喜欢的，偏偏那么不知好歹，登上上层的阶梯明明就在那里，却偏要去管这些不值一提的人。

金钰的目光死死地盯着宋雎窈的面孔，胸口激荡着一股情绪，不知道是愤怒还是什么，反正灼热得让他想要大发脾气，偏偏又什么也说不出来。

金耀转头看向双胞胎兄弟，看到他的表情、眼神，双胞胎之间的特殊感应让他瞬间明白了什么，他不由自主地摩挲着拇指上的咬痕，烦躁地垂下了眼眸。

“树琛，你怎么说？我们跟你一起！”

“对，宋学姐已经帮我们铺好了路，剩下怎么选择，是我们自己的事了。”这种事不能让宋雎窈帮他们决定，因为不能连他们的未来都要宋雎窈来背负，说出他们自己的决定，是他们现在要做的。

“我们一起！”

追随周树琛的人纷纷出声，以前他们是想走也走不了，现在有宋雎窈帮他们，他们可以不用赔偿金柯朵拉学院一分钱就能离开。他们想跟周树琛一起，一起考上心仪的大学，甚至未来也可以一起奋斗，一起创业。

周树琛就是拥有这样的力量，跟他在一起就会变得上进和努力，他是他们的精神领袖。

周树琛听到这些信任的、拥戴的声音，只觉得阳光突然变得如此温暖，眼中的黑暗已经被驱散得一丝不剩。

“各位，我……”

“等一下！”一声堪称凄厉的大吼打断了周树琛的话，众人转头一看，那个这几天一直不敢来学校的懦弱校长迈着肥胖的双腿，大步奔跑了过来。

校长满脸通红，唇色发白，他听说宋睢窈居然要把所有的特招生都带走，就吓得连滚带爬从家中赶来了。

“同学们，大家有事好好说，千万不要冲动！”校长着急忙慌地说，“这个转学的事，大家好商量，好商量……”他又哀求地看向宋睢窈，小声地说，“宋博士，你是我们金柯朵拉学院毕业的学生啊，这里是你的母校，你就，就稍微手下留情一点儿行吗？”

今年的升学率太难看的话，他的校长职位就不保了，学校也会被嘲笑的！身为贵族学院，升学率排名却在底下，太没有脸面了！总之他就是后悔，早知道宋睢窈把事情做得这么绝，他也得硬着头皮让金钰控制一下，不能做得那么过分。

“谢谢您百忙之中抽空过来。”宋睢窈讽刺了他一句。

“宋博士……”

“做选择的并不是我，有些话，您不该跟我说。”

校长就转头去跟那群特招生说，特招生们并不想理他这种人，他又去拉周树琛，最后周树琛被校长半拖着去了办公室，其他人只好先回宿舍等消息。

宋睢窈的任务已经结束了，剩下的是特招生们自己的事，她微笑着转头，目光下意识地落到了那个灰扑扑的少年身上，却恰好对上了他那双浅灰色的眼，一顿，她有些不自然地飞快转移开了。

一直关注着宋睢窈的明姝：……啊啊啊你们之间到底是怎么回

事？！好奇死我了！

啊啊啊这个到底什么时候揭秘！

宋雎窈为什么关注江白奇啊！

好了，刚刚爽完，我的好奇心又开始被勾得挠心挠肺了！

明姝上去问啊，上去问啊！我相信肯定不是什么见不得人的事，宋雎窈不是坏人！

现实世界中。

宋雎窈又上了热搜，引爆了话题，她的那小段演讲被四处传播。

说得太棒了吧！

好感动啊！

我们可以卑微如尘土，但不可扭曲如蛆虫！这真的是一个杀人犯说出来的话吗？本来对这档节目没兴趣，突然想去看看了。

求求你们快去看节目吧，你们也会爱上她的，为她投申冤票吧拜托了！

这种审判禁止拉票行为！宋粉能不能闭嘴？要不要投票是每个人自己决定的事，别把娱乐圈那一套放在这事上面！

第一期都还没结束，她到底是怎么样的人还不一定，人都是会变的。

宋雎窈的关注量还在持续上涨，节目收视率也一直在增加，曰冤票的数量也在缓缓增长。

霍森在书房内看着直播，目光盯着屏幕上宋雎窈的脸，忽然感到一阵烦躁。

居然是她，他万万没有想到，居然会是她。

初中的时候，学校里有一个特招生，在富家子弟群里显得格格不入，他们的学校当然没有这个金柯朵拉学院那么疯狂，只不过是孤立她罢了。只是她好像完全没有在意，根本没有融入的意思，整天书不离手，贪婪地汲取书中的一切，连自己被评头论足嘲笑了也完全没有注意，很快他们就觉得无趣了，不再戏弄她。

有一天下午，阳光正灿烂，斜斜穿过图书馆的落地玻璃窗，他看到那个女孩趴在桌上睡得香甜，突然间，无论是她的每一根发丝，还是每一次呼吸，存在感都变得十分强烈，他不由自主地一次次转头去看……

“……你好。”

“哈……你好。”

“宋雎窈，你的名字有点儿拗口。”

“是吗？我的名字是有典故的，出自诗经《关雎》，关关雎鸠，在河之洲，窈窕淑女，君子好逑。对了，你叫什么名字？”

“……霍森。《诗经》是什么？”

“我老家的东西，你不用在意。”

霍森伸手按住额头，该死的……

虚拟世界内。

因为校长的出现，特招生们是走是留这件事，还未出结果。

宋雎窈也觉得太强硬有逼迫特招生的意思，这种事应该让他们自己来选择，总之金柯朵拉学院暂时平静下来了。

明姝趁机来到了宋雎窈的公寓，跟她诉说这些天学校发生的各种情况。

“校长一次都没有出现，最后才出来，这种人怎么有资格当校长啊……”

宋雎窈正在铲猫屎，宋晚晚又缠在她脚边，跟着走来走去。

明姝也跟在她身边，眼珠子咕噜咕噜转，趁机打探：“学姐，你真的不会生气吗？你帮大家铺好了后路，如果他们最终还是不愿意离开……”

“有什么好生气的？你对他人的过去没有提供过任何帮助，就没有资格对人家的现在指指点点，更没有资格帮人家决定未来。”宋雎窈一边认真地铲猫屎，一边无奈地说，“而且我只不过是做了一件力所能及的事，怎么在你嘴里好像就成了救世主一样的角色了？”

明姝愣了一下。

“因为我亲眼看见，所以不能视若无睹，否则会良心不安，说到底，更多只是为了我自己。不要把我想得太伟大啊，我只是一个平凡普通的人。”

不！你不是，你会发光！

好豁达啊，好喜欢她啊！

好心疼，太成熟了，都是柳滟那群人害的呜呜呜……

铲屎的宋雎窈也好可爱哦，我想当那颗屎。

前面的朋友，可以但没必要啊哈哈哈哈！

终于铲完猫屎，宋雎窈把袋子打了个死结，将它扔进垃圾桶里，起身去洗手。

明姝其实是冲着江白奇来的，她看到了，宋雎窈保护了江白奇！她的好奇心已经达到了鼎盛，急切想要知道答案。

明姝准备小心翼翼地打探，她现在敢来打探，是因为已经打心底觉得宋雎窈是个好人，偷拍江白奇或许是有什么比较正面的原因……虽然偷拍这种行为本身并不正面。

然而万万没有想到，她亲眼看到宋雎窈拿出了望远镜，看向了对面的男生宿舍楼。

“学姐，你在做什么？”明姝惊呆了，下意识就问了出来。

终于不像梨昭那样当作没看到了！

终于问出来了！

我倒要看看宋雎窈怎么回答，光是这种偷窥行为，她前面再讨喜，我都不可能给她投申冤票。

前面加一，既然是杀人犯想要得到重新审判的机会，作为审判员的我们，当然要以最高的要求要求她，她必须做得毫无瑕疵！

而此时，男生宿舍楼那边，江白奇正坐在桌前，修长的手指拿着小小的螺丝刀，将一枚纤小的螺丝拧紧，一只小巧的机械蚊子就完成了。

他打开电脑操纵着，机械蚊子的翅膀扇动起来，从桌上飞起，飞出了阳台，穿过了男女生宿舍楼之间的空间，飞向了宋雎窈的公寓。

那是什么东西，好像有什么东西飞过来了？

我去！好大的蚊子！

好像是机械的？

咦？

好像是从江白奇那边飞过来的？不会是什么窃听器吧？可恶，为什么没有NPC视角！

出现了，很符合江白奇那种阴沉沉变态气息的行为！

观众通过上帝视角，能看到真人NPC看不到的空间内的景象，很多人都看到一只手掌大的蚊子在夜色中飞了过来，就趴在了露台围栏外面，刚好被柱子挡住了。

而宋雎窈因为明姝的问话，刚好将望远镜放了下来。

“我在看一个人。”

明姝：“谁啊？”不是，你为什么能这么坦率地说在偷窥一个人？

宋雎窈：“你不是看过我房间的照片了吗？”

明姝瞬间血液冻结，看着宋睢窈温柔的面孔，因为心理作用，都觉得好像蒙上了一层恐怖的色彩。她居然知道……

明姝心跳剧烈，觉得四肢冰冷，表情僵硬得像糊了一层水泥，连声音都无法发出了。

妈妈，我，好害怕！

宋睢窈微微歪了歪脑袋："所以你为什么进我的房间呢？"

"我……对不起，我实在是太好奇了，一时忍不住就……我……我其实有不进别人房间走一圈就会死的病，不对……"明姝语无伦次。

宋睢窈见她这样，反而有些无奈："不用这么害怕，我又不会把你怎么样。"

明姝一点儿都放松不下来，脑中已经闪过各种惊悚的片段，但她怕了一会儿，又有些冷静下来，冷静冷静，不用怕，这里是虚拟世界，她又不会真的被杀！顶多是回到现实世界而已！既然宋睢窈都知道了，那她肯定要问个清楚，要不然亏大发了！

明姝："对不起，我是对你太好奇了，这是坏习惯，我一定会改的！我也不是故意看到那张照片的……"

宋睢窈看起来并没有想要追究这件事的样子，只是看了她两眼："嗯，改掉就好。"

"但是，"明姝眼睛转了一圈，小声地问，"学姐为什么会有江同学的照片啊？他看起来普普通通的，存在感好弱，每次找他都好费劲……"

男生宿舍内，江白奇微微侧头，露出耳朵里戴着的耳机，机械蚊子趴在露台围栏上，双眼偶尔闪烁细微的荧光。

宋睢窈诧异地说："是吗？"

明姝更惊："不是吗？！"

"我觉得你在胡说。"宋睢窈认真严肃地说，"江同学明明闪闪发亮，是人群中最显眼的人，我总是一下子就被吸引住了眼球，他怎么会是你说的普普通通没有存在感的人？"

明姝：哈？

观众们：哈？

江白奇大大的灰扑扑的双眸有些呆滞。

“等等！”明姝一下子坐直了身体，震惊又茫然，“我们说的是同一个人吗？我说的是江白奇，高二年级（1）班的特招生，江白奇！”

宋雎窈严肃认真：“我是在说江白奇同学。”

“不，我觉得不是，江白奇明明存在感稀薄，阴沉沉的，眼神吓人，是个怪人，根本不是你口中说的那个人。”明姝严肃认真。

闪闪发亮，人群中最显眼，总是一下子吸引住眼球，这分明是宋雎窈吧，怎么可能会是江白奇？！

宋雎窈却有些生气起来：“你怎么能这样说呢？”

明姝：他本来就是这样的人啊！难以置信，宋雎窈她，莫非眼瞎了？

明姝：“对不起我错了，我不该这样说。但是学姐你为什么要收藏江白奇的照片，还用望远镜看他？”

宋雎窈的脸色忽然有些红起来，一副害羞但是又忍不住想要跟别人分享这份心情的样子：“因为他实在是太好看了，所以就忍不住想要一直盯着看……”

江白奇手上的水杯一下子滑落在地，开水溅了他一手。他连忙弯下腰去收拾，乌黑碎发下，一双耳朵红得好像要滴出血来。

明姝：……确定了，宋雎窈真的眼瞎了！

> 我的天！
>
> 我傻了……
>
> 啊？太阳觉得一颗小灰尘闪耀？
>
> 我不信我不信我不信这不可能这不可能！

观众们之前纷纷发挥推理能力，有人认为宋雎窈盯着江白奇是想把他作为猎物杀掉，有人认为江白奇是个隐藏的变态杀手，宋睢窈知道了所以盯着她，有人认为她和江白奇之间或许存在什么特殊关系……总之没有人觉得宋睢窈是喜欢江白奇。

凭什么？江白奇跟宋睢窈一点儿也不搭，就算是直播间的观众，也无法在一众 NPC 里一眼找到江白奇，没错，就是一个存在感那么稀薄的人，每次出场都自带“请在下图中找到江白奇”的游戏，比路人甲还要路人甲！

如果这是一部电视剧，金耀和金钰那种存在感强烈金光闪闪的人才是男主角男二号，江白奇那种人，顶多就是个默默暗恋女主角的角落里的无名氏吧！

宋睢窈闪闪发光，江白奇阴阴沉沉，两个人根本都不是一个世界的啊！

节目组也傻眼了，他们一直在等待宋睢窈偷窥江白奇这件事揭晓，看看宋睢窈到底在搞什么把戏，宋睢窈会不会因此露出观众无法接受的一面。他们想得非常复杂，却没有想到事情的真相是如此简单。

没错，真相就是宋睢窈眼瞎了，她看上了那个灰扑扑的小子！

宋睢窈：“抱歉，好像有点儿变态，但是，我有些控制不了我自己，就像人总是忍不住去注视闪耀的东西……”

有点儿消化不良的明姝：“所以，你喜欢他啊？喜欢……那个江白奇吗？”

宋睢窈把宋晚晚抱起来放在腿上不停撸毛：“这种心情，大概是……喜欢吧。”

“但是，但是！你喜欢他什么啊？！”

“全部啊！头发也很可爱，眼睛也很可爱，走路的姿态也很可爱……”

“那，那你眼中，金钰和金耀长得帅吗？”

“嗯？还可以。”很普通的口吻，一点儿也没有提到江白奇时的喜悦和羞涩。

明姝觉得自己需要去吹吹风冷静一下，于是她就起身离开了。回自己宿舍的一路上她都恍恍惚惚，脑子里都是宋睢窈喜欢江白奇这件事。

最后，她得出了一个结论：宋睢窈的审美跟大众不同啊！

第七章

直播间的弹幕刷到飞起，大片大片的问号和惊叹号，可以看出观众们的不解和崩溃。

正在看直播的霍森抿紧唇角，手指在桌面上敲击着。

结束窃听的机械蚊子跌跌撞撞地飞回了公寓，江白奇垂着爆红的脑袋进了浴室，然后抱着头在墙角蹲了下来。

……什么啊，他是疯了吗才会听见这种话？明明她才是闪闪发光的人，为什么这种人会觉得他……他可爱？

一直以来这么注视着他，是因为喜……喜欢他吗？

江白奇脑中浮现出过去的记忆，从小到大，父母总是将他忘记丢在商场、大马路和公交车上，连人贩子都不来拐他，跟小朋友们玩捉迷藏，他躲在货箱里，却迟迟等不到人来找，出来一看，天色已经暗了下来，小朋友们已经各自回家，他孤零零地站在路口，最后低着头看着自己的影子，慢慢走回家。

长大后这种事也没有得到改善，成绩再好也没有用，无法引起别人注意就是无法，还被别人当成了怪物。

“小奇越来越奇怪了。”

“我们带他去看看心理医生吧？”

“他最近老是在房间里搞那些实验。”

“跟他真的没办法交流，他为什么神出鬼没，走路也不出声，弟弟被吓哭好多次了！我的心脏病都要被吓出来了！”

“送他去寄宿学校吧。”

他就站在走廊上，听到情绪有些崩溃的母亲抱着弟弟跟父亲这样说道。

愿意跟他做朋友的人，也无法在人群中一眼将他找到，总是和别人一起嬉笑着从他面前走过……他就像一个不应该存在在这个世界上的人，是多余的。

真羡慕她，闪闪发光，永远不会被人遗忘和丢弃。

他盘腿坐在自己的卧室里，看着电视上播放的《我是大赢家》里那个干瘦黝黑的小女孩时，忍不住想。

因为很少被人看进眼里，所以对视线特别敏感，宋睢窈盯着他的时候，他就感觉到了。他以为她有什么目的，或许是知道了他的真实身份，想要他手上的技术。

结果，这个在主席台上比阳光还要闪耀的少女，居然跟她的朋友说喜欢他，觉得他可爱……

他是不是在做梦？他是不是疯了？江白奇不知所措，狂抓头发，浑身都红了起来，像只蒸熟的虾。

#宋睢窈审美#这个话题出现在了热搜上，对一路追着《正义审判日》的直播看下来的观众来说，尤其是对一直都在好奇宋睢窈对江白奇之间的秘密的观众来说，这件事具有太大冲击力。

江白奇？为什么？凭什么？不能接受啊！他们还期待着宋睢窈和金耀金钰展开偶像剧修罗场剧情呢！结果宋睢窈的审美观竟然如此异常！

正义审判秀演播大厅内。

唐山揉了揉太阳穴：“江白奇废了，柳滟、江白奇，两个看起来能成为宋睢窈致命黑点的东西不存在了。让真人 NPC 准备行动吧。”

只是偷窥行为本来就不能成为宋睢窈的致命伤，现在再加上爱情的借口，更加不可能成为致命伤了，观众就是这么肤浅的生物，如果倒过来是江白奇因为喜欢而偷窥宋睢窈，会被嫌弃至死大呼恶心。

可因为宋雎窈长得太好看，还如此审美异常地觉得江白奇这粒小灰尘闪闪发光，人们的注意力反而被彻底转移开，男观众们甚至都开始羡慕嫉妒起来，大约是觉得宋雎窈这种异常审美，应该会看上他们，结果现在便宜被江白奇给占了。

江白奇阴阴沉沉，是粒小灰尘吗？

宋雎窈给宋晚晚打开了一个罐头，小猫咪蹲成一团，埋头苦吃，宋雎窈蹲在边上，含着柔和的浅笑，玩着它翘起来的尾巴尖尖。小猫咪浑身雪白，只有尾巴尖是黑色的毛，这点儿尖尖在她的手指之间软软地绕来绕去。

这个虚拟世界的NPC数量，和全国的人口差不多，超过了50亿，除了特定的几个NPC，大部分NPC都是随机挑选的。在这里庞大的数量中，一个NPC两次出现在同一期节目里的可能性非常低微。

可是，在那个梦里，她的每一期审判里，江白奇都出现了。

在梦中的这一期里，他帮她报复她想要报复的人，如果没有他的帮助，光凭她一个人，也杀不了那么多个，无法数次从任家棋的手中逃脱。观众是怎么称呼他的来着？

——魔女的恶犬。

如果不是江白奇的计划，让她能够无罪逃脱虚拟世界中法律的惩罚，节目组也不至于弄出那个变态杀人狂魔来杀她。

江白奇为什么这么帮她呢？宋雎窈也不知道答案，是因为他毫无存在感，没有朋友，没有人能一眼看到他，而她做到了，所以对她产生了不一样的情感吗？

这真是令人困惑的一点，之前她对他并不算好，虽然她能一眼注意到他的存在，可是她活得太痛苦了，无数的恶意将她包裹，她已经没有余力去爱别人，也无法去相信别人。

所以那时的她根本不相信江白奇，她已经草木皆兵，害怕他只是又一个伤害她的陷阱，所以对他冷眼相待，恶语相向，但他仍然一直跟在她的身边，最后帮她复仇，为她杀人。

如果不是这是一场真人秀，他们的一举一动都暴露在观众和节目组的眼皮子底下，或许她真的能在他的帮助下，在报完仇后以无罪的身份生活在阳光之下，重新开始吧。

虽然她仍有困惑，但是她至少可以确定一件事：

江白奇是可以信任的NPC，得到他的心，他会给她忠诚，为她不顾一切，他可以做她最锋利的刀，且不只是这一期能使用。

宋睢窈将已经吃完罐头的猫咪抱起来，温柔地抚摸它柔软的毛发，那双眼睛里像盛着温柔却浓烈的酒，叫人看着都要醉了。

江白奇，这一次我会对你好的，你要像梦境中那样，把全身心都给我啊。

金耀听到金钰房间里传来东西砸落在地的声音，他走出自己的卧室过去一看，看到金钰还没睡，电脑掉在了地上。

“你怎么了？”金耀问，他弯腰捡起电脑，看到页面上是宋睢窈的相关资料。

“宋睢窈前几天是参加节目去了，就为了赚那点儿钱，给那些低贱的蠢货当奖学金。”金钰讥讽地说，“她是圣母玛利亚？爱心泛滥，多管闲事。”

金耀却看到他冷静表面下的火气，摩挲着手上的咬痕：“你管她前几天去了哪里。”

“知己知彼百战百胜，之前是我小瞧了她，下一次结果就不是这样了。”

“哪还有下一次？明天那些特招生一走，她肯定不会继续留在金柯朵拉，也许直接回首都归队了也不一定。”

宋睢窈是奥奖团队成员，一归队基本就是埋首在研究院，根本不是谁想见就能见的。如果不是宋睢窈刚好休假来校庆演讲，又接受了校长邀请住在学校里，他们根本都不会有交集。

金钰一怔，手指一下子收紧了。

金耀出去后，金钰打电话给傅美玲："你去找周树琛，带他过来找我。"

江白奇躺在床上，脑子里都是宋睢窈的话，都是宋睢窈那闪闪发光的样子。宋睢窈居然能在人群中一眼看到他，居然会觉得他可爱，她……她是不是疯了？

宋睢窈怎么会喜欢他呢？没有道理，而且她的眼睛明亮得像盛着星光，根本不瞎。一个不瞎的天使，怎么能看得上他这种怪人，甚至为了他不惜偷拍偷窥。

是为了他手上的技术吗？她的导师阿尔贝加派人来找过他许多次，他都没有同意，所以他们另辟蹊径，让宋睢窈来跟他要？

这比宋睢窈喜欢他更合理一点儿。

她能那么轻易注意到他，也许是因为她的敏锐性比普通人更高，或者她手上有什么高科技，就算他存在感稀薄，也不可能连面部识别系统都躲过。甚至她跟明姝说那些话，然后被他听到，也可能是她计划中的一环。

翌日，天空有些阴沉，像要下雨。

宋睢窈吃完早餐，刚把望远镜对准自己的双眼，明姝就来按门铃了。

"学姐，那个周树琛在楼下大堂。"明姝说。男生不能随便进女生宿舍楼，所以他见到明姝就请她帮忙来找宋睢窈。

宋睢窈点了点头，下去了。

明姝仍然有些精神恍惚，神情复杂地看着宋睢窈的背影。这个少女连背影看着都那么漂亮，都在发光，为什么审美会这么奇怪，居然喜欢江白奇！

大堂里聚集了一群特招生，以周树琛为首，他们是来告诉宋睢窈他们的决定的。

校长昨天拉着周树琛聊了很久，晚上他又被傅美玲强制押去金钰和金耀的独栋别墅，面对多重的威逼利诱，他会做出什么决定呢？

见到宋睢窈，他们面面相觑，周树琛深吸了一口气，走了出来："宋学姐。"

其实宋睢窈跟他们年纪相仿，如果她按部就班，现在跟他们应该是同学，但她身份不同，在同龄人眼里是难望其项背的值得尊敬的人，所以没有人觉得喊她学姐，把她当作前辈有什么别扭的。

周树琛一下子弯下腰："宋学姐，非常抱歉，我们决定留下来。"

天哪，不是吧！

事到如今，还要留下来？有没有搞错？

宋睢窈为了他们做了那么多，这群人是怎么回事？真的没有骨头吗？就为了多一倍的奖学金？

气死了，这些白眼狼，真的不值得帮，难怪金钰他们看不起他们！

其他人大概也觉得辜负了宋睢窈，没脸见她地低下了头。

周树琛不敢抬头，生怕看到宋睢窈失望责备的目光。

"抬起头来，周同学。"宋睢窈的声音仍然那么柔软动听，口气也还是那么温柔，充满了包容感，"我说过，我只是提供了一个选择，接下来怎么走，是你们自己决定的事，我都可以接受。"

周树琛抬头，对上那双眼眸，心脏颤动，生怕她误会，急忙解释："我昨晚想了很多，不只是为了我自己，同学们都希望我来拿主意，我想我应该做出一个对大家都有利的决定，所以，我的决定是，高三年级全体特招生，都留下来。"

宋睢窈点了点头。

“我们从高一年级入学，一直忍耐，坚持到现在，还有三个月就高考了，现在学校给出了更多承诺和升学奖金，我们有不少同学家境不好，非常需要钱，虽然一中也会提供奖学金，但这是金柯朵拉欠我们的，我们想要拿到。最后三个月，无论如何我们都想要坚持下去，不让过去的两年半的辛苦白费。”

他昨夜辗转反侧，一直在一时的意气和金钱之间做选择，最后他选择了后者。他知道这之后，他们会面临嘲笑，但是那又如何？真正有骨气的人，不会因为最后三个月的忍耐就没了骨气，他只是看得更远。

在社会上，拥有金钱才有更多选择，他们已经坚持了快三年了，难道在最后三个月放弃吗？升学奖金近在咫尺，学校还承诺翻倍，如果拿到，他们在大学就可以更专注学业，更有余力去照顾家里，更有可能在未来成为像宋睢窈这样能够帮助其他人的人。

其实，周树琛的选择不算错，都挨打挨骂了快三年，最后三个月了，再忍耐一下拿了钱走不好吗？而且经过这次事件，我觉得特招生的待遇应该会好上很多，至少这三个月的时间，是可以忍耐的。

成年人的世界真的很艰难，为了一点儿业绩，卑躬屈膝，忍气吞声，喝酒喝到胃出血是常有的事。金柯朵拉其实就是缩小的社会，周树琛他们现在就是在选择是在即将拿到甲方的钱的时候忍下去，还是把合同砸在甲方脸上转头走人。如果是我的话，我选择拿到钱后，再把合同砸在甲方脸上。

前面说周树琛没骨气的人，大概还没有被社会毒打过。

周树琛以前吃过太多苦了，看得远，如果是正常的 18 岁少年，很可能为了一时意气扭头就走了，但其实这对这些有钱人来说，你的骨气也没什么所谓，转头人家就把你忘了，所以尽可能选择对自己最有利的是好的。

宋雎窈点头:“我知道了，那么高一高二年级的学生呢？”

“昨天金钰找我，允许我们特招生建立属于自己的学生会，也承诺学生会不会再放任那些人欺负特招生……但是我不相信他，这所学校本质就是这样，就算组建属于特招生自己的学生会，又能怎么样？仍然是在他们的眼色下讨生活罢了。所以高一高二年级，除了一部分有自己坚持的学生，其余都会转学进一中。”

这样不错，高三生已经快忍到头了，高一二年级的就不一样了，及时止损挺好的。

总算没有让窈窈的努力白费！

舒服多了！

宋雎窈仍旧是那副温柔亲切的模样，对于他们的选择全盘接受，没有丝毫心意被辜负的神态，没有给他们增加丝毫心理上的负担。

“好，要转学的同学们可以到我这里来登记一下，我带你们离开。”

决心转学的学生们跟着宋雎窈到了边上排队，明姝梨昭和周树琛自发来帮忙，因为他们抢着做，宋雎窈反而没什么事情可以做，只好在边上跟他们闲聊。只是她很快就露出找寻的目光，在排队的学生中来回搜索。

明姝瞥了一眼，心想她该不会是在找江白奇吧？至于江白奇到底有没有在人群中，不好意思，她不知道，反正“请在下图中找到江白奇”这个游戏，对她来说实在是太难了。

“学姐，你会跟我们一起离开金柯朵拉吗？”

“大概率是会的。”

“学姐你休假多长时间？什么时候归队呀？”

“学姐……”

宋雎窈有些心不在焉起来，一副忧心忡忡的样子，没一会儿就起身拿上伞："明姝，拜托你们帮我记一下，我有点儿事。"

"好。"明姝应了一声，等宋睢窈稍微走远一点儿，她跟梨昭说自己肚子疼，起身快步悄悄跟上了宋睢窈。

天空已经下起了雨，豆大的水珠噼里啪啦砸在伞面上，从女生宿舍楼到男生宿舍楼的距离似乎都被拉长了不少。

明姝虽然也撑着伞，却觉得自己被雨打得有点儿狼狈，反观前面走路的宋睢窈，在阴雨天里，那背影看起来居然还别有一番意境。

太过分了吧！怎么能好看成这样子！

江白奇正在男生宿舍楼外的凉亭里，凉亭被周围的灌木和树遮掩着，他远远看到了宋睢窈朝这边走来。

江白奇看了看阴沉沉的天空，这种天气他的存在感会变得更稀薄，毕竟灰尘会跟灰暗融合在一起不是吗？而且……

他按了下他的手表，一瞬间，以他为圆心，方圆数里内的磁场全都被扰乱了。这样一来，宋睢窈就休想用她的科技仪器发现他了。

这样想着，江白奇灰扑扑的双眼蓦地与那双明亮如盛满星光的美眸对上。

江白奇呆了呆。

而那双明亮的眼睛很快像受到了一丝惊吓般转移开，随后才又转移过来，此时那双眼睛的神采已经变得不一样了，水润，明亮，欢喜又羞涩，少了一点儿平时的成熟，像个怀春的少女一样。

虽然觉得江白奇配不上窈窈，但是她看起来那么开心，我就接受了吧！

眼神好甜啊！哪个男人受得了！

江白奇觉得自己的脚好像往地面陷了几厘米，他惊慌地低头看，却发现那是错觉，再抬头，宋睢窈已经走到了面前，那双眼睛仍然注视着他。有那么一瞬间，江白奇从她的眼中看到自己，确实是闪闪发光的样子，不再是一粒灰扑扑的没有人注意的尘埃。

那像是另一个人一样，陌生极了。

等宋睢窈走到江白奇面前的时候，明姝才注意到了江白奇，心想宋睢窈果然是来找江白奇的！

正想着，明姝的肩膀突然被拍了一下，她吓了一跳，转头一看，是汤凯。

汤凯黑眼圈很重，眼神麻木飘浮："你在干什么？"

明姝吓坏了："汤老师！汤老师你怎么了？"

汤凯："啊……没什么，医生真是个很好的职业呢……"

明姝：……太惨了。

哈哈哈汤凯太惨了！

汤凯，一个被演员职业耽误的医生！

我第一次见到进这个节目的真人NPC，从考验官变成工具人，把审判节目搞成了职业扮演，哈哈哈！

本来对汤凯无感的，现在每天的乐趣就是去他的直播间看看他生无可恋的表情哈哈哈！

还别说，汤凯的技术已经突飞猛进了，搞不好出来真的可以考虑去考个医学院。

劝人学医，天打雷劈！

宋睢窈站在江白奇面前，目光温柔极了，盛满了遮掩不住的仿佛打从心底冒出来的欣喜："江同学……你就是江白奇同学是吗？"

"……有事吗？"江白奇微微蹙起眉头，不适地躲开了她的视线。明明已经偷拍偷窥过他了。

宋睢窈："江同学，我是宋睢窈，正在登记要转学去一中的学生名单，你……”

江白奇：“我不转。”

宋雎窈愣住，目光扫过他颧骨的瘀青，有些着急起来：“为什么？你也被欺负了不是吗？”

“与你无关。”江白奇转身走进了雨幕之中，走了没几步，忽然听到后面追来的脚步声，随后头顶砸落的雨被遮挡住了。

身边温暖的馨香逼来，江白奇浑身僵硬，他虽然瘦，但很高，宋雎窈高抬着手臂，才能将伞遮在他头顶。

“会感冒的，我送你吧。”口气里是浓浓的关心。

没有人这么关心过他，江白奇很不自在，越走越快，他想甩开宋雎窈，宋雎窈却像没有感受到自己的冷遇似的，小步地跟着跑了起来。

江白奇！你在干什么？居然让女神追着你跑？！

啊啊啊这是什么世道，我眼瞎了才看到这一幕！

前面别搞笑了，真以为宋雎窈是万人迷吗？江白奇不喜欢她还人神共愤了？

这审美真的超出我的意料，江白奇跟她现实中试图强奸的那人相差太多了吧？

没错，他们相差得太多了，所以，我不信宋雎窈真的喜欢江白奇，我直觉她别有目的。

宋雎窈不是那种默默承受的人，眼见着江白奇越走越快，她伸手拉住了他的袖子。

“走慢一点儿，江同学，我跟不上你了。”她声音温柔，轻轻地扯住了他的衣袖，江白奇却感觉好像有很大的力量，让他的两条腿都不由自主地僵硬起来，快要同手同脚了。

明姝用同情的眼神看着汤凯，太惨了，你还是带着引诱宋雎窈的目的来的，结果人家的审美非同一般，恐怕你是没有发挥的余地了，不如就退出节目吧。

汤凯：不，当医生真愉快，打死也不退出！

“汤医生，你在这里做什么？会长已经等你很久了。”

两人吓了一跳，转头看到傅美玲。

傅美玲的视线顺着两人看过去，看到宋雎窈和—— 一个男生？

汤凯是被叫来给金钰检查身体恢复状况的，但是比起他的身体状况，他的心理状况要更糟糕一些。

“该死的周树琛，不识好歹！”金钰听说了今天早上周树琛的决定，差点儿一把捏碎了手上的玻璃杯。

他主动让步，结果对方居然不感恩戴德接受，还拒绝了。比起少数留在学校的高三年级学生，显然那些转去一中的学生更需要宋雎窈的照顾，以她那圣母性格，肯定会跟着离开。

但有人比金钰更不愿意让宋雎窈离开金柯朵拉。

现实世界，《正义审判日》的演播大厅。

“宋雎窈要是离开金柯朵拉学院就麻烦了，得让她留下来。”唐山说。金柯朵拉学院是他们最初设计的舞台，所有特定的NPC都安排在这里，而且以这所学校为中心展开各种考验都比较方便，宋雎窈要是离开，节目组会陷入非常被动的状态之中，只能被宋雎窈牵着鼻子走。

“唐导放心，这次报名临时真人NPC的人里，有不少厉害的家伙，他们已经被放进去了，宋雎窈走不了的。”

江白奇进了男生宿舍楼，宋雎窈站在原地目视着他远去，直到他进了电梯，宋雎窈才转身离开。

江白奇靠在电梯冰冷光洁的墙壁上，他捂住胸口，深呼吸了好几下，又烦躁地抓了抓通红的耳朵。他低头检查自己的手表，怀疑是不是坏了，但是并没有，功能是正常的，电梯门再次打开，进来的那人还在骂骂咧咧这网络是怎么回事。

没有科技仪器的加持，宋睢窈为什么会看到他？眼前这个正在骂骂咧咧网络情况的人，完全没有注意到站在角落的他，如果现在出声，可以把他吓得蹦起把电梯顶打个洞。

很烦躁，不能理解，即便是经过专业训练的警察，也很难一眼注意到他，为什么宋睢窈可以？

还有，那种眼神……

不可能的，骗子。

宋睢窈想到了什么愉快的事，无声地笑了起来，眼眸都弯成了月牙。

还真是……叫人意外啊！因为这一次她的起点太高了，太主动了，所以他反而警惕了起来吗？

她能理解的，所以更加心生怜爱了。

现在的江白奇，不正是梦境中的每一期里那个被伤害过无数次、逐渐竖起心防害怕再次被伤害，所以干脆不去相信美好会降临的自己吗？

雨变小了一些，宋睢窈抬头仰望灰暗的天空，那上面的各种颜色都很纯粹，无论是白是红还是黑，她在黑暗中似乎更加明亮。

大概差不多到时间了吧，节目组派出的临时真人 NPC 搞事时间。他们怎么可能放任她离开这个舞台呢？会进来些什么样的人呢？

她嘴角勾起，眼中的笑意越发温柔。

节目组在直播间顶端跟观众们公布临时真人 NPC 即将行动、宋睢窈的真正考验即将开始的通知。

临时真人 NPC 观众们是知道的，在每一季节目开播前，节目组就会开通一个临时 NPC 报名通道，一开始的目的是为了应对宋睢窈这种情况，被审判者超出了节目组设定的路线，导致演员真人 NPC 无法行动，这个时候为了让审判能顺利进行下去，节目组就会另外安排临时真人 NPC 进去。

但因为像宋睢窈这种情况实在是太少了，基本上用不上临时真人 NPC，后来这个通道就成了某些人花钱进入虚拟世界惩罚被审判者（实际上是发泄情绪）的游戏。

这些临时真人 NPC 是把精神体灌输进虚拟世界中的 NPC 的身体里的，不像宋睢窈、明姝、汤凯那样是会以自己真实的形象出现，所以身份保密的他们能在虚拟世界里肆无忌惮地对被审判者做各种事，也不一定会听节目组的话。

因此一旦出现临时真人 NPC，就意味着剧情走向开始变得未知和刺激起来，同时被审判者也将面临最危险的情况。

本来这种临时真人 NPC 是会在最后时间段出现的，像这种这个时候就放进去的，前所未有。

以前在这种时候，观众们都会变得兴奋起来。

然而这一次，却出现了两极分化。

终于！

等好久了，看到杀人犯那么受欢迎难受死了。

她真的太顺利了，凭什么？其他被审判者哪有这样？这样怎么能拷问她的灵魂，看她是否纯洁善良？

冲呀，快把宋睢窈的真面目揭开！

什么叫真正的考验？那节目组初期给宋睢窈安排的是什么？

宋睢窈能有今天，是她自己一步步努力走来的！她过去吃了多少苦？什么是真正的考验？敢情之前那些不算吗？我不能接受节目组这种说辞！

我第一次为了一个被审判者掉泪，节目组好无情，她已经吃过那么多苦，居然还嫌不够吗？这一期审判快点儿结束吧！

不忍心看下去了！

很多不忍心看下去的观众都在催这一期快点儿结束，但是按照规定，每一期直播时长都是半个月，现在直播时长还不够，还有最重要的一点就是，怎么能让宋雎窈以真善美的形象结束第一期呢？

不可能的，这样的话，就是他们节目组的失职了。

第一个临时真人NPC进入的是教育局的一个官员NPC的身体，他低头看了看自己大腹便便的模样，有些不高兴地撇了撇嘴，美貌的秘书看到他突变的气质，愣了愣。

“看什么呢？过来。”他看到秘书的模样，眯了眯眼，朝她招招手。

女秘书有些害怕：“局长？”

他站起身，女秘书转身就想跑出去，被他一把从后面抱住了：“嘿嘿，来吧宝贝儿！”

真是太爽了！虽然他在现实世界中有钱、有老婆、有孩子，但是仍然会受到社会上的条条框框的限制，在这里就不一样了。

首都，奥奖团队研究院。

总理突然莅临，让研究院内有些忙乱起来，工作人员议论纷纷。

“好像是为了雎窈？”

“雎窈怎么了？上次因为工作太投入忘记吃饭，体力不支晕倒后，阿尔贝加博士不是强迫她去休假了吗？”

“是要她回来吗？”

“跟着总理来的那个少年是谁啊？”

院长办公室内，院长脸色有些难看，十分为难地看着眼前的国家领导人级别的大人物：“宋博士非常优秀，奥奖团队非常需要她，她也没有犯任何错误，把她开除是不是有些没道理？”

“怎么能说是开除呢？只是让她再休息一段时间，把她的工作暂时交给这位试试，相信我，他的优秀程度，不会低于宋雎窈。”总理和蔼可亲地说，目光与站在身边的少年对视，交换了一个彼此都懂的眼神。

“话是这么说，宋睢窈是阿尔贝加先生的学生，阿尔贝加先生的脾气您是知道……”

“阿尔贝加博士确实很出色，为我国科技发展做出了不小的贡献，但是你才是院长，有些事情，不要让他越权了。”

院长诧异极了，看着这个像是变了个人一样的陌生的总理。

《我是大赢家》节目组正在剪辑宋睢窈前几天来录制的节目，突然电视台台长过来了。

得到消息的彭嘉脸色难看地赶了过来。

“怎么回事？这是什么意思？什么叫把含有宋睢窈的画面都剪掉？台长，你知道有睢窈在，会给节目拉高多少收视率吗？！”

台长说：“副台长，你这是跟我说话的口气吗？”

“宋睢窈她……”

“宋睢窈确实能给节目拉高收视率，那又怎么样？她多久才露一次面？通告费还那么高！要不是我们，她能有今天？白眼狼一个。我相信观众们看她也看得差不多腻了，是时候培养一个新的人气王来取代宋睢窈了。当初我们节目能捧出一个宋睢窈，现在就能捧出第二个。”

彭嘉简直不敢相信，台长是不是疯了？他前几天才夸赞了宋睢窈一顿，喜欢她喜欢得不行，怎么突然间换了一副嘴脸？

在虚拟世界运行中，节目组无法控制NPC，却能“绑架”NPC，让外来者“夺舍”，取而代之。

任何一个NPC都可以，但大部分时候，节目组是不会让这些人进入虚拟世界中国家领导人级别的NPC身体里的，因为很危险。但是这一次宋睢窈的身份地位实在太牛了，尤其是奥奖团队成员这个身份，想要让她失去这个身份，最低也必须到总理级别。

人性七宗罪，傲慢、嫉妒、暴怒、懒惰、贪婪、暴食和色欲，每个人都有，宋睢窈不可能没有，如果看不到，只能说这个环境不足以让她露出这些。

那么，如果把那些让她引以为傲的倚仗都剥夺掉，让她一无所有呢？

直播间仍然只有三个，但是他们仍然能够知道发生了什么事。

宋睢窈突然接到了一中校长的电话。

“不好意思啊宋博士，具体情况我也不知道，是上头突然通知，我也没有办法，你……你是不是得罪了什么人？”一中校长口气尴尬又难堪，还有些生气和无奈。

他都已经跟老师们开过会了，得知马上有一批优秀的学生过来，老师们都已经开始抢学生了，结果突然接到教育局的电话，虽然说得比较委婉，但是其中的意思就是不允许金柯朵拉的学生转学过去。

宋睢窈刚挂了一中校长的电话，又接到了一个陌生电话，电话里传来一道充满恶意的男性的声音：

“喂？宋睢窈吗？有空麻烦你跟我交接一下工作，倒也不用专门回来，网上联系就行了。”

“什么意思？”

“还没有通知你吗？从今天开始，你在奥奖团队的位置，就是我的了。”

最后她接到了彭嘉导演的电话，他支支吾吾，不忍说出来，怕伤害到她，可是不说的话，节目播出当天，她毫无防备，也许会更受伤。

所以最终，彭嘉还是说了。

那种熟悉的感觉又出现了，像是从四面八方涌来的黑色的恶意，如同被压缩得紧密的空气一样压迫过来。

她打开手机，想要看看自己的社交平台，果然发现，无法登录，账号被锁定了，这是要禁止她在网络上发声，请求粉丝和舆论的帮助。

宋雎窈看着手机，看起来怔怔的，回不过神的样子，像是无法理解这突如其来的打击。

还是临时真人 NPC 牛，一出手就是大场面！

心疼！那些都是她靠自己一点点儿拥有的！

这才对嘛，人要在逆境中才能看出本性，宋雎窈一直这么高高在上的，怎么能知道她是什么样的人？

那些说她小时候吃过苦的，那是小时候的事了，现在她已经长大了，人都是会变的。

第一次这么讨厌临时真人 NPC。

突然有点儿讨厌节目组了。

宋晚晚担忧地小跑过来，仰着头看着她“喵喵”叫。

宋雎窈弯腰把它抱起来，安慰地抚摸着：“没事哦，我没事。”

是真的没事哦，她早就料到了，这是他们一贯的套路，先让人拥有，再让人失去，先让人见到美好，再让人亲眼看着这美好消失，人在这种时候最痛苦，也最能暴露出他们想要看到的恶的一面。

宋雎窈低头吻宋晚晚毛茸茸的脑袋，挡住嘴角勾起的笑容。

恶意啊，你们尽管来吧，不过是为我的舞台添砖加瓦罢了。

“这样一来，不就万无一失了吗？”覃威满意地靠到椅背上，这下那个女人不能再打电话过来骂他了吧！

节目组氛围有些僵硬，有些工作人员对于覃威总导演的这种做法感到不满，他们心里为宋雎窈打抱不平，觉得这种做法有些卑鄙。

明明以前他们对那些被审判者也做过类似的事，却并没有什么觉得不对的地方，用在宋雎窈身上却觉得很卑鄙。大约是因为迄今为止，她都是正面的，温柔，善良，努力，可亲，所以衬得他们变成了坏人一样？

一点儿也没有在惩罚坏人的感觉。

“这次送进去的都是什么人啊……”有工作人员小声嘀咕。虽然观众们看不到，但是他们在后台能看到。

那个进入教育局局长 NPC 身体的人，明明现实里是个看起来很老实的妻管严的人，结果进去后，就开始肆无忌惮地享受权力了。

“谁让他们有钱呢，闭嘴吧。”另一个工作人员说。他们自然不可能把这种事曝光给观众，否则这档节目的权威性会遭受打击，被调查出是他们往外泄露的，他们就惨了。

霍家，霍森正抽着烟，洛潮给他打电话：“你宅在家里做什么呢？出来喝酒啊！兄弟们给你庆祝你通过了内阁二试，快出来。”

“不了。”霍森看着直播间里的宋睢窈，拒绝了。

“怎么了？家里有比跟兄弟们聚会更好玩的事吗？”洛潮跃跃欲试，似乎随时准备狂奔过来跟霍森一起玩。

霍森犹豫了一下，说：“《正义审判日》真人秀……宋睢窈，你不记得了？”

“啊？”

“以前初中的时候，她是我们学校的特招生。”

“我去？真的吗？我说这个名字听起来这么耳熟！老是在食堂吃泡面的那个对吧？她长开了居然这么漂亮啊，早知道那时我就追她了！”

霍森听见这话，没了往下说的兴趣，烦躁地挂上了电话。

节目组对宋睢窈做的这些事，他可以干涉一部分，阻止一部分，但是……

该死！

宋睢窈走到落地玻璃窗前，瞄了眼对面的男生宿舍楼，将露台的驱蚊灯打开。

江白奇转头看向宋睢窈的公寓，灯光开着，露台上的那盏驱蚊灯也开着，往常这盏灯打开的时候，就意味着她要开始看书了，她会在手边放着一个望远镜，偶尔拿起来窥视他。

今天那盏灯已经打开，她却没有出现在露台，而是站在落地推拉门后，没有看他一眼。他不禁有些怀疑，是不是因为他今天的态度不好，她……生气了？

可是他本来就不需要转学，他这一次会被打只是意外，平时根本没有人会注意到他，而这种情况，他转学到一中后也不会有所改善。

有些在意，脑子里又浮现了那双盛满星辉的美眸，像有什么魔力一样，在脑海中挥之不去，那种脚在往下陷的感觉又出现了。

江白奇猛地晃了晃头，及时拉住了自己下陷的身体，让自己清醒一点儿，拍了拍自己没有表情的脸。

对一个人产生好奇，就是糟糕情况的开始，要解除对一个人的好奇，最简单的办法就是让对方在自己面前没有秘密，没有让人忍不住去想象的空间。

所以，既然是宋睢窈先开始的，那么他这样做，也没有人可以置喙了吧？

江白奇想着，拿出了望远镜，看向了对面那栋宿舍楼，宋睢窈的公寓。

这一眼，让他愣住了。

宋睢窈……在哭吗？不，她没有哭，只是那难过的表情看起来那么触动人心，让人打心底为她难过起来，以至于让人误以为她哭了。

出什么事了吗？像她这种人，人生里除了生离死别，任何事情都很容易得到解决吧。考虑到宋睢窈和她母亲柳滟现在的关系，柳滟死掉的话，她或许会难过，但是应该也不至于会这样。

这时，宋睢窈忽然有些痛苦地蹲下身子，纤瘦的背脊弓起，看起来脆弱极了。

胃痛吗？已经亲眼所见，看着少女纤细瘦弱的脊背弓起的弧线，置之不理好像会良心不安……

宋雎窈听到落地推拉门传来的撞击声，转头看去，看到黑乎乎大得吓人的虫子悬在半空中。

吓死我了！
好大的一只虫子！
啊啊啊恶心！

宋雎窈起身过去拉开门，眨了眨眼睛，并没有被吓到的样子。看着这只做得栩栩如生的机械甲壳虫，她的目光落在甲壳虫身上挂着的一个白色小袋子上。

她小心地把袋子取下来，打开，看到里面是一板胃药。

宋雎窈苍白的脸上露出点点笑容，她伸手摸了摸机械昆虫冰冷的触角，看向男生宿舍楼的方向。男生宿舍楼和女生宿舍楼之间大概有两百米的距离，用肉眼无法看清对面的人影，但是在那么多个小窗口之中，宋雎窈仍旧一眼就准确无误地锁定了江白奇所在的那一个。

好像她一下子就确定了这是谁的杰作。

“稍等一下。”她对机械甲壳虫说，好像它能听懂似的，转身去拿纸笔。

结果那机械甲壳虫真的振动着翅膀悬在半空中等着。

宋雎窈把字条放进袋子里，又挂在甲壳虫的身上，虫子这才飞了回去。

江白奇拿出字条，看到上面写着几个隽秀的字：

谢谢你，江同学。

江白奇拿着望远镜看，宋睢窈真的吃了他送过去的胃药。防备心太差了，他心想。

那只虫子很快又飞到了宋睢窈的露台上，携带着一张字条：

出什么事了？

江同学在关心我吗？

江白奇看着这张字条，耳尖微红，有些生气地把甲壳虫收起来了。

江白奇好像不简单耶！

江白奇肯定在盯着宋睢窈，要不然怎么可能知道她胃痛？

怎么回事？他们在互相窥视吗？

上次那只机械蚊子，就让我预感到江白奇不简单。

宋睢窈受到的打击太大了，希望她能够振作起来。

江白奇收起机械甲虫，听到隔壁公寓里传来一阵欢呼声。

这两层楼里住的都是特招生，现在他们正在庆祝明天就能转学离开这所充满噩梦的学校，开始新的生活。

这些都与他无关，也没有人在乎他转不转学，毕竟根本没几个人记得他。

他一愣，又想起了宋睢窈，至少宋睢窈在乎。她明天应该会跟特招生们一起离开吧。

梨昭和明姝带着整理好的高一高二年级的转学生名单来找宋睢窈，就等着宋睢窈交给校长，办好转学手续后，再提交给一中校长。因为有宋睢窈做中间人，手续很快就能办好，到时候学生们一起出发去一中就可以了。

梨昭也是要转学离开的，虽然不能和周树琛同学见面了，但是以后她会努力考上他的大学，再做他的学妹。

“宋学姐，大家都开心极了，从我们进入这所学校以来，从来没有这么开心过。”梨昭进来后，就笑容满面地说。

“宋学姐，你跟我们下去玩吗？大家在开派对，庆祝转学！”明姝说。

宋睢窈看着她们，脸上的表情非常勉强，沉默无言。

心疼！

这下怎么办才好？所有人都指望着她。

窈窈很难受吧，对着这些笑脸，怎么说得出转不了学了这种话？

节目组是不是太过分了？为什么要这样，太讨厌了！

前面说是不是太过分的是不是看直播看傻了？这是审判秀，宋睢窈是杀人犯！受害者家属还处于失去家人的悲痛中，宋睢窈凭什么在虚拟世界里过得顺遂没有挫折？支持节目组！

宋睢窈看着两人，忽然说：“很抱歉，可能转不了学了。”

梨昭惊慌失措：“怎么了吗？”

明姝也蒙了，特招生的事，不是应该到此结束了吗？最后转学这点儿收尾的事，不是应该动动手指就能完成？

她和汤凯都在想接下来不知道该怎么办呢，宋睢窈应该会离开金河朵拉学院，他们可能会成为真人 NPC 里面最没有成就的，没有给过被审判者任何一次考验。

结果现在居然又出幺蛾子了？

宋睢窈并没有说原因，但是很快，第二天所有人都知道了。

一早，金钰起床就忍不住火大，跟金耀一起去餐厅吃饭，听说特招生是今天离开，他脸色难看：“走，要走赶紧走，宋睢窈最好赶紧带着他们走！”

明明以前是他最想把特招生从金柯朵拉清除出去，现在真的清理了，他反而没有丝毫高兴。他长到现在，也是第一次被逼到这种束手无策的地步，宋睢窈真是好样的！

忽然，坐在对面的金耀猛地坐直了身体，看着手机上收到的信息："钰，你看看这个。"

金钰接过金耀递过来的手机，眼神瞬间变幻："什么？！宋睢窈被……怎么可能？"

金钰立刻去确认消息。

作为贵族，而且是跟政府关系微妙的贵族，他们时刻关注政府的风吹草动。宋睢窈是个大名人，在国家研究院里的人气也不低，因此关于她的动态，已经有风声传出。

奥奖团队没有公开说开除，但是谁都知道这是开除的意思。

职位和工作内容都被取代了，不是开除是什么？可能就等着宋睢窈自己识相地递辞呈呢。

金钰脑中思绪急转，拨打了个电话。果不其然，祸不单行，宋睢窈不仅被奥奖团队开除，一中接收特招生的事也告吹了。按照资本操作惯例，路不会只堵这一条，要堵就是全面封杀。所以恐怕不只一中不收，全国的好学校都不收，宋睢窈又不可能把学生塞进那些垃圾学校里。

"宋睢窈真牛，她到底得罪了谁？"

"连奥奖团队都能干涉，恐怕是最上面那几位之一。"

"现在宋睢窈怎么办？那些特招生全都指望着她呢，转又转不掉，没地方可去了。"傅美玲皱着眉头说。

"还能怎么办？只能留下来了。"金钰眼中闪过一丝兴奋的光芒，跃跃欲试。终于等到了可以反击宋睢窈的时候，这种时候，为了那些特招生，她该过来找他了吧，这一次，他非得让她好好低下她那颗高傲的头颅不可！她已经没有其他路可走了！

金钰等着宋睢窈来跟他低头道歉，求他对过往的事既往不咎，让留下来的特招生有好日子过。

这个消息是从校园 BBS 传出的，不知道是谁发出来的，像一颗炸弹一下子炸翻了所有学生。

“宋雎窈被奥奖团队开除？”

“天啊！怎么可能？”

“这是恶作剧吧？宋学姐怎么可能会被开除啊！”

“宋雎窈得罪了什么大人物，所以一中的事也……告吹了？”

“……我们不能转学了吗？”

有人立刻想要去找宋雎窈询问情况，被梨昭拦住了。

“是真的。”梨昭现在明白了，宋雎窈昨天为什么那样说。

已经准备好转学，开开心心庆祝过的特招生们蓦地沉默了下来。

江白奇震惊地站在原地，想起昨天宋雎窈的表情，原来如此，所以她才露出那种表情，才难受到胃痛？

明姝火速奔到汤凯身边。

汤凯神情严肃，点了点头：“如果没猜错，应该是有临时真人 NPC 进来了。”

“我去！”明姝震惊了，“进来多少个啊，都进了什么厉害的 NPC 身体里啊，居然转眼就把宋雎窈搞得一无所有？”

明姝之前也老是搞一些小动作算计宋雎窈，此时此刻居然觉得有点儿生气！

“既然进来了，肯定是要一击毙命的吧。”汤凯皱着眉头说。最近也看了太多关于宋雎窈的综艺、演讲和励志故事了——一开始看这些，当然是为了蹭宋雎窈的热度，勾引宋雎窈已经没戏了，甚至他还被困在这个校医室里，他要是不想白来这里一趟，自然得想办法提高一下直播间的人气和关注度，看宋雎窈的相关节目是唯一的办法，他相信肯定会有很多观众愿意切换第一视角来看宋雎窈的节目的。

但是因为看多了，他居然觉得这个少女真的很厉害，很有人格魅力，非常棒，甚至都有些崇敬起来，因此看到节目组这操作时，也觉得有些不适。

这种感觉怎么说呢？就是觉得——这种手段，真低级。

因为正面跟宋睢窈刚不赢，所以才开始耍这些卑鄙的手段，把成就过高的宋睢窈拉到与他们同一水平线上 PK，不是吗？当然，他得承认，他和明姝确实没有帮到节目组什么忙，但是这不是他们菜，而是对手太厉害。

但这是宋睢窈自己努力的成绩。

明姝只觉得一股火气冲上脑子，张口就要说出什么来，被汤凯及时地捂住了嘴巴。

别乱说话，知道有多少人在看这场直播吗？你想自毁前程吗？汤凯用眼神警告她。

明姝只好冷静下来，沉默不语地转身离开了，只是不知道怎的，她的眼眶微微红了起来。

第八章

黎明

金柯朵拉学院的氛围变得很古怪。

因为转学失败，特招生们只能继续留在金柯朵拉学院，富家子弟们因此对他们大肆嘲讽。

“笑死人了，之前不是还很得意吗？一副脱离苦海的样子，现在还不是灰溜溜回来了？”

“喂喂，你们怎么还有脸进来啊，不是瞧不起金柯朵拉，很不屑跟我们一起上学吗？”

“没了宋睢窈，你们还怎么嚣张啊？”

“要我说，你们就是扫把星，宋睢窈搞不好就是因为你们才招惹上什么麻烦，一无所有的。”

嘲讽无处不在，除了一开始就确定留下来的高三年级的学生，低年级的特招生所过之处，都是针扎一样的视线和嘲笑声。

因为之前闹得太大，导致险些出现全体特招生都转学的情况，金钰在宋睢窈那里吃了很大的亏，因此学生会对于霸凌特招生这事有些敏感，不少人都感觉到了这种微妙的气氛，因此没有再随意对特招生动手动脚。

但嘲笑也足够让特招生们涨红脸，尴尬又难堪极了。

“虽然我知道这不能怪宋学姐，她还被奥奖团队开除了，但是……但是……”

“无法保证能做到的事，就不要开口啊……”

“早知道一开始就选择留下来了，省得打脸打得那么疼。”

“果然，这个世界上除了自己，没有人能靠得住。”

有些特招生忍不住在私底下抱怨起来。

几个特招生正在一边上厕所一边说，身后的隔间门忽然打开，一只脚猛地将特招生踹得撞在小便器上，再跌倒在地。

他们惊恐地转头，看到金耀沉着一张俊脸，充满野性的双眼肉食动物般毫无感情地看着他们。

“砰”！

走廊上的学生纷纷转头，只看到几个学生被从男厕里踹了出来。哇，谁敢在这个时候欺负这些“娇贵”的特招生？哦，是金耀！

那没事了。

“金耀，我们做错了什么？”被踹的学生还不知道自己做错了什么，问道。他们只觉得自己好端端上着厕所，忽然就被打被踹了。

“我最看不惯没有骨头的人，更看不惯你们这种忘恩负义的白眼狼。”金耀说着，又猛地一脚踢了过去，“宋雎窈是没把你们带走，但你们以为为什么现在没几个人打你们？看来比起被嘲笑，你们更喜欢挨打一点儿。”

“对不起，我们错了！饶了我们吧……”

金耀把人踹了一顿，阴沉的脸色才稍微好了一些，他抓了抓卷曲蓬松的头发，抓着运动外套转身离开。

他们是说了宋雎窈的坏话吗？

我去，真的吗？牛啊。

宋雎窈对他们真是仁至义尽了，可惜有些人得到一点儿就想要更多，一不给他，反而怨恨上人家了。

让你多读点儿书，这句话可以用“升米恩斗米仇”来概括。

世界上像宋雎窈这种有能力又善良的人可不多了，这些人真不知道珍惜。

这两天都没有见到宋雎窈，她是不是在公寓里自暴自弃了？

她不会做傻事吧！

你是个假粉。宋雎窈不是会自杀的性格，虽然我也挺好奇她之后怎么办，但是总之不可能干傻事。

被奥奖团队开除，银行卡里的钱被冻结，被来钱的几档常驻节目开除，导师迟迟不回邮件……她现在一无所有，连吃饭都是个问题，确实给宋雎窈带来了很大的打击。她几天时间都在公寓里没有出门，饭也不吃，宿管每天上来敲一次门，得到她的回应才离开，像生怕她做什么傻事。

其他同学则不敢来敲门，见面说什么呢？是没有丝毫作用的苍白的“加油”，还是问她到底得罪了什么人这种更伤人的话？

一只甲壳虫每天挂着一个袋子从男生宿舍楼飞过来，袋子里面是各种打开就能吃的食物，其中包括三明治、切好的水果和一些健康小零食……

她像朵快要蔫掉的花，让人忍不住想要给她浇点儿水。

这就是你们想要看到的吗？

面对这种打击，谁受得了？现实中有人突然遇到这种事，搞不好都自杀了。

不，这不是他们想看的，他们想看的可不只是这些。

连生存都成了问题，宋雎窈怎么办呢？

她和普通人也没有什么差别，也是会自暴自弃的嘛。

哈哈哈反正她不笑我就开心了！

对，只要她别再给我笑就行了，最好给我哭，凭什么受害者家属在哭她在笑？

袋子上面贴着一张便利贴：

不要自暴自弃，振作一点儿。

他不擅长安慰人，说出来的话也就是这么干巴巴的一句。

宋雎窈却看着，嘴角勾了起来。

不是自暴自弃，我只是在困惑。

我怀疑我的人生是不是真实的。我觉得这个世界有点儿不对劲。

一瞬间，所有看节目的人都瞪大了双眼。

节目组，唐山只觉得一瞬间头皮绷紧了。

“难道她察觉到了？”

“这怎么可能？虚拟世界真实度百分之百，几乎没有任何漏洞，像宋雎窈这种被封印了记忆从小被投入世界再长大的人，不可能察觉到不对劲！”

节目组的人一时间有些慌了，是那种秘密好像被发现的心虚感。她为什么会突然说出这句话，什么时候，哪里让她感觉到了？

所有的事情都应该存在逻辑，但是这个世界有时候没逻辑得让人怀疑，怎么会有我父母那样的父母？总理阁下突然脾气大变，将我赶出团队，银行毫无理由冻结我的钱，教育局不让学生转学……没有逻辑，不合常理，就像是为了针对我而针对我。

原来如此，是临时真人 NPC 做得太过，确实很不合逻辑，但是也只有这种不合逻辑的强盗行为，才能让宋雎窈一无所有，陷入困境之中。好在她只是怀疑，怀疑又能怎样？没有证据，除非自杀，否则她也不可能离开这个虚拟世界。

而且量她怎么想，也不可能想到她确实在一个不真实的世界里，还进行着一场直播，10 亿观众在围观她的一举一动，对她评头论足，要她哭要她笑。

但是因为你在这里，所以我想这个世界应该是真实的吧。

这句话或许可以用另外一句话表达：这个世界只有你是真实的。

江白奇看着字条，这句几乎等同于表白的话，让他灰扑扑的双眸深处微微一动，他的耳朵迅速红了起来。

我想吃糖醋排骨。

她突然毫不羞耻好像他们很熟似的提出了要求。

自己去做！江白奇面无表情地想。结果上午放学后，经过超市，他想了想还是进去买了排骨。

看在她处于低潮期的分上……

宋睢窈用望远镜看到江白奇穿着围裙在厨房做饭，嘴角忍不住绽放出了笑容。

而江白奇知道她在看他，动作逐渐僵硬，偏偏厨房窗户又没有安窗帘。

这一天的午餐很丰盛，江白奇用了好几只甲壳虫一起送过来的。吃过午饭后，宋睢窈去厕所洗了个脸，看着镜子里的自己，说："该振作起来了，要不然如果被赶出去，就得露宿街头了。"

她打开电脑开始找工作，观众们以为她终于要体会一下找工作的辛苦了，没想到，她很快就找到了一份紧急的高薪的网上翻译文件的临时工作，她精通四国语言，这份文件里的专业术语又很少，翻译起来非常顺利。

眼看着宋睢窈不到几个小时就要赚到这笔钱，拮据的情况马上要缓解，节目组又往虚拟世界里塞了一个黑客，宋睢窈的电脑一下子黑屏了。

宋睢窈错愕地看着电脑。

好不容易再次打开，翻译好的文件已经被删得彻彻底底的了。

宋睢窈只好重新开始，结果在快要完成之时，电脑再次遭到了入侵。

“嘿嘿嘿，不好意思，这是节目组的要求，我也只是听令行事。”住在干净的公寓里，黑客自言自语道。

在听到节目组说宋睢窈居然不放弃，又开始翻译的时候，他都震惊了，这个女人太有毅力了吧？这还不放弃！于是再次去袭击。

这时他脸上的表情骤然崩裂：“什么？”

他才刚刚碰到宋睢窈的电脑，就立刻在网络上被一只骤然伸出的手掐住了脖子，意识到这是一个强劲的对手，他立刻挣脱就逃，清理痕迹，不料对方像狂犬一样，一路势如破竹追击而来。

他立刻去关电脑，不料关机键失灵，他连忙去扯掉电源插头，但因为是笔记本自带电池，电脑仍然无法关机。

电脑里的文件数据飞快被拷贝传输，黑客惊慌失措，像他们这种藏在黑暗里的老鼠，最怕被扯掉脸上的面具，露出真面目了。

传输结束。

黑客失魂落魄地坐在椅子上。

“导演，我不玩了，我退出，退出！”他对着空气喊起来。虽然暴露的只是他扮的这个 NPC，但是他现在就是这个 NPC 啊！他还是有一种被扒开一层皮的感觉。

“不行，进入虚拟世界后就必须完成工作，不能随意退出。”节目组冷酷无情地说，“非要退出，你可以选择自己退出，随后赔偿违约金。”

节目组那边不允许，自动退出的办法只有结束自己扮的 NPC 的命，想到合同上的违约金，黑客立刻就蔫了。合同上说随便他们做什么事，只要完成节目组的指令就行。

给他的指令就是让宋睢窈无法在电脑上完成工作。

这时，他的电脑屏幕上浮现了两个字。

找死？

江白奇合上电脑，拿起望远镜看向对面的宋睢窈。

因为是紧急翻译文件，是有时间规定的，本来对于她来说是比较简单的工作，因为黑客的入侵和捣乱，时间变得紧迫。

宋睢窈目光专注，手指在键盘上快速跳跃着，终于赶在最后一分钟的时候敲下最后一个句号。

“呼。”宋睢窈鼓起两腮，长长地吐了一口气。

工作顺利完成了。

江白奇莫名也跟着松了一口气，随即又看向电脑，陷入了沉思，但因为表情的缘故，看着像睁着一双灰扑扑的大眼放空脑袋发起了呆。

直到耳机里出现了宋睢窈的声音。

“谢谢你。”宋睢窈把桌上的机械蜻蜓捧起来，这里面有无线通信功能，是之前宋睢窈被黑客欺负的时候，江白奇操作飞过来问她情况的。

江白奇没有说话，只是按了下键盘，蜻蜓便扇动翅膀准备飞回来。

宋睢窈一愣，却伸手将蜻蜓抱住了。

江白奇：？

宋睢窈：“不想还你，送给我好吗？”

所以在点餐之后，连他的东西也要占为己有了吗？我跟你有那么熟吗？

“想到我随时随地都能跟你说话，就觉得很安心，送给我好不好？”宋睢窈又说，柔软的嗓音，带着一点点儿撒娇的感觉。

江白奇耳尖微微发红，冷声说：“……随便你，反正也没有什么核心技术。”

“嗯。”宋睢窈开心地露出笑容。

甜！

突然 get 到这对 CP 的萌点！

怪萌怪萌的。

江白奇好宠，突然魅力直飙！

呜呜呜江白奇好厉害，希望他照顾好窈窈，妈妈同意你们两个在一起了！

醒醒，现在好像还是宋雎窈单恋江白奇！

现实世界中，观众们仍然在热议着宋雎窈的怀疑，关于临时真人 NPC 这件事因此也越发有了争议。

说真的，看到宋雎窈怀疑世界的真实性，我吓到了。

一阵头皮发麻，我追看了那么多季《正义审判日》，第一次看到被审判者说出这种话，不像是开玩笑的，真的有一种心底的秘密被戳破的感觉。

节目组有经过仔细策划吗？还是因为完全拿宋雎窈没有办法，所以随便塞人进去？居然出现那么多 bug，让里面的人怀疑世界的真实性，要是被戳破了直播的真相，丢不丢脸啊！

我本来就觉得一下子进去那么多个临时真人 NPC，而且好几个还位高权重，实在是太过着急了，根本圆不起来，果然，宋雎窈怀疑了吧？

第一次觉得审判秀的节目组这么没用，有一种病急乱投医的感觉。

我现在有点儿好奇，宋雎窈会不会看破世界的真相了。

前面的想多了，宋雎窈顶多只是怀疑，我也整天怀疑人生呢，但你看我也就是说说而已，心里其实知道世界就是这个鬼样子！

看这档节目的快感之一，就是被审判者不知道自己正在被围观，他对世界的真实性一无所知，对自己被操控的人生一无所知，观看者因此有了一种上帝般的快感。而如果这一点被戳破了，快感将降低至少一半。这是很多观众不能接受的。

再就是宋睢窈这句话一出来，人们潜意识里就觉得高高在上的节目组没有以前那么牛了。在宋睢窈这一季之前，人们对于这档节目是有着很厚的滤镜的，高格调的正义的审判节目，给予那些杀人犯灵魂的拷问，帮助受害者家属们排解怨恨、治疗内心创伤，是个非常棒的节目。

但从宋睢窈这一季开播到现在，节目格调逐渐往下掉，现在居然还因为拿宋睢窈没办法，强行拉低宋睢窈的身份地位而出现大 bug，因此被宋睢窈怀疑了，这就让人感觉很微妙了。

上十亿的观众，评论两极分化，吵吵闹闹，热度和收视率倒是一直在持续上升。

宋睢窈从零开始 # 的话题一直高挂在话题榜上，人们十分好奇，从人生赢家突然因为肮脏的内部手段而一无所有的她，将如何面对接下来的人生？

任雨琳听到风声，风风火火打电话过来，将宋睢窈劈头盖脸地骂了一顿。

“你厉害了，出了这么大的事，你怎么不告诉我？”

宋睢窈柔声道：“不是什么大不了的事啊，预产期快到了，你平静一下。”

“这还不是什么大不了的事！上头那位是不是疯了？怎么会突然做出这种决定？”任雨琳口气里满是不可思议。天知道她得知宋睢窈居然遭遇这种情况的时候，都蒙了，因为太不可思议，甚至都产生不了愤怒的情绪。

现在愤怒，也主要是觉得这么多天宋睢窈都没有告诉她，银行卡也被冻结了，以她的性格，恐怕也不会去跟别人借钱，生怕别人受到自己的牵连，该不会饿肚子吧这傻姑娘？

宋雎窈垂下眼眸：“是啊，我也觉得很不可思议。”

这么不可思议的事情发生，会造成什么样的后果呢？她很期待呀。

任雨琳声音温柔下来，她现在在国外待产，没办法回来，想让宋雎窈到国外去。

“我有一种预感，我会在海关被拦下来。所以还是算了吧，我没事，我正在赚钱，我也找到了我想找的那个人，他在照顾我。”宋雎窈说着，看了对面的宿舍楼一眼，收回眼神的那一刹那，嘴角的笑容勾起，和低头垂眸的那一抹娇羞一起，甜得直击人心。

这个动图我可以截下来看个几万遍！

我醉了！

好了，这对 CP 我站了，我站了可以吗？！

所以，宋雎窈早就在找江白奇了吗？为什么？很早之前就认识他了？

这对 CP 互相窥探对方，但是彼此心知肚明，好像也毫不介意，甚至乐在其中……等等，居然有点儿萌？

江白奇用手背挡住了发烫的脸颊，觉得那种脚往下陷的感觉又出现了。他把耳朵里的耳机扯下来，用力揉了揉，过了一会儿才戴上去。

宋雎窈拒绝了任雨琳要提供帮助的提议：“我不想因为我牵连到你们家族，哪怕有一点儿可能性我都是拒绝的。相信我吧，是我自己成就了奥奖团队成员的身份，而不是奥奖团队的身份成就了我，我不会认输的。”

说得对！

有才华的人，出路多得是。

不是很懂那些以为让宋雎窈一无所有就能打败她的人的想法。

她最珍贵的财富是她的学识、智慧，而不是那些可以失去的东西！

有点儿感动，宋雎窈真的很励志啊！

奥奖成员、综艺、银行卡冻结这些只不过是刚刚开始而已，你们以为临时真人 NPC 只会干一票就结束吗？在更多打击到来的时候，还能保持这种心态我才佩服呢！

果然，节目组又行动了。

宋雎窈在网上翻译文件赚钱这件事，很快又在学校传播开来。

因为黑客无法突破江白奇的防守，为了不让宋雎窈赚到这笔钱，就让临时真人 NPC 把这事传出去。一时间，无数人涌进宋雎窈的工作号，隔着网络，乱七八糟的恶心言论出现了，宋雎窈根本无法再进行这一项工作。

而在网上做翻译赚钱，本来也不是什么丢脸的事，但是放在宋雎窈身上，就莫名让人感觉一阵唏嘘。

“那是宋雎窈耶，沦落到在网上接单，辛辛苦苦就赚这么点儿钱？我一周的零花钱都比她赚得多。”

“好惨……”

“怎么有点儿心酸呢？”

“谁让她得罪的是那种大人物啊。她现在也只能做点儿这些事饱腹了吧。”

“其实，我不介意养她……如果她愿意做我女朋友的话。但是她得罪的人物太大了，我怕会被连累。”

金钰吃着晚餐，闻言瞳孔微动，他好像找到了报仇的机会，宋雎窈那个女人，到现在还没有过来跟他低头道歉，想想他就觉得火大。

他的石膏已经拆掉了，颈托也不再需要了，他又恢复成了以往那个高挑英俊挺拔的帅哥模样，头发仍然梳得整整齐齐，架着眼镜，凤眸冷漠。

他找到宋睢窈公寓座机的号码，响了几声后，电话被接了起来。

“喂？”

“宋睢窈。”

“你是？”

金钰眉梢一跳：“金钰。”

“有事吗？”口气并没有什么变化，还能听到那边传来的声音，她好像在看电影？

“宋睢窈，如果你跟我道歉的话，我不介意帮帮……”

“金钰，不好意思我有点儿忙，没事的话我挂了哦。”说完就挂了。

金钰看着被挂断的手机，额头青筋冒了出来。

为什么这么生气？为什么？不知道，反正就是气急了。这个女人，是在瞧不起他吗？明明就在看电影，说什么在忙，忽悠谁呢，当他是傻子吗？！

金钰很生气，直接就去了女生宿舍楼。

无视女生们的惊讶和激动，金钰一路直达宋睢窈所在的楼层，用力按门铃。

里面传来被门铃声催得快步赶来的脚步声，金钰冷眼看着，已经想象到宋睢窈衣衫不整，邋里邋遢，明显消瘦很多，气色不好的模样，结果门一打开，他看到的却是一个和往常无异，还是那么闪闪发亮的少女。

她抱着猫，穿着白色的薄款羊毛衫，一头长发披散下来，唇红齿白、眼眸清澈，五官还是那么清晰漂亮，乍一看，简直像笼罩着一层光晕的天使，美得没有攻击性，却又十分有冲击力。

金钰只觉得大脑一片空白，所有的声音和画面都远去虚化了，只有眼前的宋睢窈是清晰可见的，从头发丝到衣服上的线头，都是清晰的。

“金钰？”宋睢窈很诧异。

金钰回神，他莫名地恼怒起来，表情越发沉了下来。

“你脸……好红，发烧了吗？”宋睢窈越发诧异了。

“你的诅咒我记住了。”金钰冷声道。

宋睢窈：“……你有事吗？”

“听说你最近开始为了钱奔波了，真辛苦，帮助了那些特招生，结果在你需要帮助的时候，他们根本提供不了任何帮助。”金钰讽刺道。

宋睢窈面无表情地看着他：“你就是为了说这些特地过来的？我还以为你至少是来赶我离开的。”

金钰表情有些僵，他本来是来嘲讽宋睢窈，逼迫她低头道歉的，但是这会儿嘴巴好像有些不受控制：“倒也不用把我想得那么小气，我听说你在做翻译，作为校友，我可以提供一份工作给你。”

“不用了，谢谢，我已经不做翻译了。”

金钰的目光越过她，落在正在播放电影的电脑屏幕上：“看电影？新工作？”

“我是在找视频素材。”

“什么东西？”

节目组直接出了狠招，将她所有的路都堵死，她不能做任何需要在政府相关部门过路的事，好像认为这样就可以让她穷困潦倒，但她准备让他们看看，什么叫打不死的小强。因此她早有准备。

“我最近有一个想法……”宋睢窈看着金钰，眨了眨眼，笑道，“你想看看吗？”

宋睢窈第一次对金钰笑，毕竟他们的关系是以很不美好的情节开头的。他怔了怔，回过神来已经进了宋睢窈的公寓，坐在了她边上。

宋睢窈打开了自己做好的一个视频，想起了什么，又拿出耳机插上戴到了金钰耳朵上。

金钰一愣，随即被耳机里的音乐和电脑屏幕上的画面转移了注意力。

视频画面是从多部电影里截取的，搭配着合适的让人一听就想配合的超强节奏感的音乐。最妙的是，画面里演员的动作刚好和歌曲音乐踩点一致，搭配观看，让人忍不住想要摇头晃脑，有一种莫名的爽感。

宋睢窈做的是弹幕网站里很受欢迎的踩点视频，技术上做起来并不难，难的是素材挑选、剪辑、音乐搭配和转场效果，如果能加上一个完美的主题就更好。

这些对宋睢窈来说都不难，而且更重要的一点是，这个虚拟世界里，没有这种东西。毕竟这个虚拟世界是多年前完成的作品，建模团队总是有一些缺漏，不可能完美得与现实一致。

接近4分钟的视频，金钰看得颇为投入，宋睢窈一低头，就发现他的脚在轻轻踩点，她不禁笑了起来。

金钰转头看到她，发现自己的小动作，表情绷紧："创意不错。"

"你觉得把这种视频发在你家的视频网站里可以吗？"宋睢窈说。金家旗下有国内最大的弹幕网站，流量很大，各种视频层出不穷，非常合适放这种视频。最重要的是，金钰已经接手家族生意，这个网站就是他在管理。

金钰就是这个网站的天花板，而且金家对政府的忌惮不像普通人那么多，甚至隐有敌意，除非节目组把金钰也给穿了，否则这笔钱，她赚定了。

节目组不敢穿金钰，因为她怀疑世界真实性的那句话出现，让节目组被不少观众骂了，所以他们已经不敢再轻举妄动了。

UP主是她，金钰会很关注这件事，网站底下的人也无法捣鬼，所以，你们要怎么来阻止我呢？被你们安排来折磨我的boss，成了我的助力，你们会气死吧？

宋睢窈看着金钰的眼神越发温和，笑意更浓。

男生宿舍内，正在做晚饭的江白奇看着对面女生宿舍内的场景，低头看着自己手上的刀和肉。

宋睢窈之前说要吃什么来着？

"砰"！刀卡在菜板上，江白奇扯下围裙转身离开了。

金钰在宋睢窈的目光下感觉阵阵眩晕，陷入了一种奇怪的轻飘飘的状态之中。

“金钰？”金耀奇怪地喊了一声。

金钰这才猛然回过神来，原来他已经身处自己的宿舍之中。

金耀探究地看着他：“我听说你去女生宿舍找宋睢窈了？”

“嗯。”

“找她做什么？”

“没什么，她想在我们网站上发视频，跟她聊了聊。”金钰打开电脑，一本正经地说。他都忘记自己原本去找宋睢窈是要找她麻烦的，想到宋睢窈对他的笑，金钰不禁心想，莫非她是在对他施展美人计？呵，女人。

金耀看着嘴角浅浅勾着，似乎心情不错的金钰，眼眸眯了眯，心里感到一阵烦躁。

宋睢窈做了一会儿视频，感觉到肚子饿了，一看时间，已经 8 点多了，而她的投喂者还没送粮来。

宋睢窈抱起蜻蜓，走到露台，看到江白奇不在客厅。

“阿奇？”宋睢窈柔柔地喊了一声。

正在卧室玩游戏的江白奇动作顿了顿，翻了个身当作没听到。

可宋睢窈的声音直接传到了他塞在耳朵的耳机里，怎么可能没听到呢。

“你在哪里？吃晚饭了吗？我饿了，你在哪里啊？”那厚颜无耻的少女喋喋不休，温温柔柔地不停唤着。

“……怎么金钰没有请你吃饭吗？”江白奇被扰得不胜其烦，坐起身，低哑的声音里有些烦躁。他觉得他最近不太对劲，意识到自己好像正在被驯养。

明明之前一直在告诫自己，宋睢窈不可能真的会喜欢他，但是因为她突然一无所有，自己也在震惊之下因为对她产生的怜悯有些失去防备，结果被对方抓住机会一下子缠了上来，不知不觉之下，就变成了现在这个样子。

但她和金钰坐在一起的样子，给了他当头一棒，他们都是闪闪发光的人，看起来那么般配，他们才是一个世界的人。

或许宋睢窈本来就有这样的才能，她就是这样的人——她能看到这个世界上的所有人，无论那人再渺小，再灰暗，而不是他有什么特别的。

宋睢窈有些惊讶，随即开心地笑起来："吃醋了吗？"

"你很烦。"

"我只是在跟金钰谈公事啊，得赚钱才行啊。"

江白奇下意识想说什么，但很快克制住，没有说。

"阿奇，我好饿啊……"宋睢窈又开始念叨起来。

江白奇被烦得不行，起身去厨房，一边做饭一边生气。搞什么，他为什么要做这些？

宋睢窈在露台欣赏着江白奇低头做饭的贤惠模样，眼角眉梢都是甜甜的笑意。

甜啊！

这对 CP 我嗑爆了！

总觉得被宋睢窈这么注视着，江白奇的存在感也没有那么低了。

宋睢窈用望远镜看江白奇，江白奇用监控器看宋睢窈看他……双向偷窥可还行？

偷窥是不对的，但是他们互相窥探对方又彼此心知肚明毫不介意甚至好像很享受被对方盯着看的相处方式，实在太戳萌点了！

果然宋粉都是一群三观不正的人，偷窥就是偷窥，偷拍就是偷拍，冠以喜欢之名，就没事了吗？

宋睢窈偷窥这一点在我这里是洗不白的，无论如何都洗不白。

弹幕区的评论永远处于两极分化之中，有人反感有人喜欢，这一点宋雎窈早有预料。这个世界上不存在万人迷，她表现得再完美，也永远会有人挑刺，甚至从人性的角度来说，真正意义上完美的人并不受欢迎。

人们大多喜欢接地气、有缺点的人，因为完美会造成距离感，不亲切，无法产生认同感。但她也不能表现得太过平庸，或许平庸可以得到比较多的观众缘，但是对于正处于这个审判世界中的她来说，路人粉那种无足轻重的爱没有丝毫用处，他们不会为她投票，不会为她疯狂，不会为她披荆斩棘。

她需要的是坚定的、强烈的、疯狂的爱，她知道这种爱正在滋生，哪怕看起来还不显眼，还不足以掀起海啸，但是它已经在形成，正在海面下细细涌动，总有一天，可以为她冲破藩篱，掀翻这个世界。

而她，还需要耐心地蛰伏，要温水煮青蛙，不可以一下子表现得太有攻击性，在他们沦陷之前，就引起他们足够的警惕和防备。

宋雎窈亲自跟金钰这个老板谈妥后，就注册了一个账号，很快后台就发来了签约邀请。

金钰特地通知了相关部门，给宋雎窈的视频上首页的推荐。在金钰亲自盯视下，节目组果然没有办法搞小动作。

这个虚拟世界里的第一个踩点视频，宋雎窈剪得很好，又燃又爽，堪称视觉和听觉双重盛宴，果然一登场就引起了一阵热议，播放量点赞投币收藏都过了百万，再加上网站给的潜力新人奖励，宋雎窈当天收入超过了 10 万。

这点儿收入，当然不能和宋雎窈以前参加节目的出场费相比，但是对于现实世界的观众来说，一天赚这么多，简直不要太爽，代入宋雎窈视角的人简直爽翻了。

金钰答应给宋雎窈现金，所以，宋雎窈口袋里很快就有了钱，叫节目组好一阵抑郁。

宋睢窈并没有一直做视频，她做了两个，成为镇站之宝，引发众多UP主跟风之后，又跑去直播区玩游戏，因为悦耳动听的声音和超溜的技术，而且还有一个沉默寡言但是技术更牛的护花使者，很快成了游戏区最受欢迎的主播之一，打赏比视频赚得更多。

玩了几天游戏，赚了一笔钱，宋睢窈又换了赚钱方式——她去参加世界网络围棋大赛，一路过关斩将，赢得了冠军。与此同时，她去世界物理辩论论坛混迹，跟人辩论，因为简洁清晰直击重点，又峰回路转以温柔温暖让人会心一笑的方式结尾的风格，获得了大量人气，A级学术杂志刊登了她发表的几篇论文……

因为在网上有江白奇的保驾护航，黑客无法破坏，宋睢窈在网上如鱼得水……

低可做视频搞直播，高可搞学术科研上A级杂志……

观众们看傻眼了。

天才为大家表演一个，金钱不过是一串数字，她有一百八十种方式成为富婆。

以宋睢窈第一视角看这个直播，简直不要太爽。

天哪……赚钱居然这么容易！

宋睢窈为你演绎，赚钱的一百零八种姿势！

宋睢窈太坚强了，现在做的事，对比她的过去真的不高大上，这样大的落差之下，她仍然很认真地对待，不因身处高处而傲慢，也不因身处低谷而自弃，她的内心太强大了！

看到她这样，忽然泪流满面，已经在公寓里自暴自弃半年了，体重增长50斤，可是仔细想想，我遭遇的对比宋睢窈遭遇的，又算得了什么呢？重整心情，我要重新开始了！

“想让宋睢窈变成穷光蛋怎么这么难？”节目组、唐山头疼极了。

送临时真人 NPC 进去导致宋雎窈怀疑世界真实性，已经让他们被骂了，现在居然根本没有把宋雎窈的路完全封掉，或者说，他们根本就封不掉！

看观众反应，宋雎窈的人气仍然在不断增长，这不是得不偿失吗？

“她做的都是不需要经过政府审核程序的事，黑客的技术又比不上江白奇，根本无法阻止……”工作人员说。

霍家。

元蔓枝的表情越来越恐怖了。

距离她在看到宋雎窈一无所有从云端跌落而哈哈大笑过去并没有多久，而此时，她看到宋雎窈没有如她期待中那样变得悲惨，甚至似乎因祸得福获得了爱情，连笑容都变得那么甜那么幸福。

宋雎窈越是这样，她的恨就越扭曲，想到自己死去的儿子，她整张脸都要扭曲成鬼怪的模样了。

“苏情，我们雇的真人 NPC，到底什么时候才行动？”元蔓枝声音冷得让苏情打了个哆嗦。

苏情在电话那头说：“主要是因为宋雎窈一直在学校里，那所学校的安保很好，真人 NPC 不太好行动……”

“那就让她离开学校！”

“这……我跟覃导说一下看看吧。”

元蔓枝挂上电话，冷冷地看着屏幕上的宋雎窈。她已经受够了，她不能忍受这个女人脸上的笑容再多一秒，她要她哭泣，要她痛苦，要她受尽折磨！

宋雎窈跟金钰的关系变得缓和，这一点学生会隐隐感觉到了。虽然不知道是为什么，但是金钰对待学校内特招生的态度比以前要温和了一些。

傅美玲："刘乾乾说他鼻子被打歪了，请求必须开除那个特招生。"

刘乾乾是贵族，以往这种时候，金钰都是直接开除处理的，这会儿听到这话，他却问："为什么被打？"

傅美玲顿了顿，说："……刘乾乾逼他学狗叫。"

金钰脑子里忽然出现宋睢窈的脸，她听到这话时，眉头一定也会不适地紧拧起来："跟刘乾乾说，再做这种没品的事，滚出去。"被打歪鼻子都是轻的，换作是他，脑袋都给他打飞掉。

傅美玲讶异了一下，没说什么，转身出去了。

金耀正在看宋睢窈做的视频，点了个赞，打了一笔赏，闻言分神了几秒。拇指上的牙印还清晰可见，被咬得那么深，除非去医美，否则这印记恐怕得留一辈子。

这种改变，很快学生群体感受到了。

纪委部不再对特招生被欺负的事件视若无睹，学生会各部门招新，周树琛鼓励特招生们提交的申请，居然不像往常一样如石投大海悄无声息，有人被选中了。

"天啊……"被选中的特招生惊呆了。

因为转学失败而逐渐清冷下来的特招生群里，开始热烈起来。

"真的吗？！真的吗？！被选中了？还是纪委部？"

"我被宣传部录取了！"

"老天，为什么？"

"是宋学姐啊！她最近跟金钰走得有点儿近，她是不是跟金钰谈判了？"

"没有其他可能了，金钰那么傲慢的人，那么瞧不起我们，如果不是宋学姐跟他从中斡旋，怎么可能会这样！"

"哭了，她自己遭遇了那么惨痛的打击，居然还惦记着我们吗？"

"大哭，可是我们能为她做什么呢？"

"她已经在尽可能地帮助我们，她并不欠我们什么，相反我们受到她太大的恩惠了，某些白眼狼以后说话最好注意一点儿，否则我见你一次打你一次！”

“这个世界上怎么会有这么好的人啊，我以后一定也要成为像她那样的人。”

金柯朵拉学院的改革，在过高的傲慢贵族自尊中，低调无声地进行着。

“原来他们吃软不吃硬啊！”明姝跟汤凯聊天，感叹道，随即一愣，“不对啊，金钰这……好像是爱屋及乌的体现……他不会是喜欢上宋雎窈了吧？”

汤凯已经很佛系了，彻底把这个节目当成了他的角色扮演游戏，正在认真看医学书，闻言一点儿也不意外。之前他每天都去双胞胎的别墅给金钰换药检查身体，次次都能听到金钰在咬牙切齿念叨宋雎窈的名字，少年慕艾，很正常嘛。

这所学校里，任何人喜欢上宋雎窈都不是什么值得意外的事。

明姝想明白了，顿时垂头丧气：“看来偶像剧剧本，也不是谁想拿都能拿的嘛！”

她精心策划，结果被金耀打得半死，而宋雎窈让金钰骨折坐轮椅，结果人家恋慕上她了。不过想想，她也是心服口服，她已经打定主意，出去就要给宋雎窈投申冤票了。

这时，手机里又有了新信息，明姝低头一看，愣住了。

正午时分，一辆豪华轿车停了下来，一个穿着紫色西装黑色高跟鞋的中年女人从车内走了下来，她高昂着下巴，看起来傲慢极了。

她带着保镖，扭着腰肢一路走进学校，抵达校长办公室。

校长刚刚挂了电话，脸色发白，满头大汗。大门猛地被打开，他抬起头，看着女人。

“还坐着干什么？起来，没用的东西，这位置不是你的了。”

校长抖着脸上的肉，缓缓地站起身来。

金柯朵拉学院校长换人的消息很快传遍了学校。

“好啊，那个校长本来就没有资格当校长！”

“对，有什么事找他永远只会躲，什么事都推给学生会，让学生自己去解决。”

“不知道新来的校长是什么样的人，希望能负责任一点儿。”

对于特招生来说，更换校长是比较重要的事，校长的存在关乎他们在学校的命运，他们的奖学金也是由校长决定并发放的，虽然之前校长因为怕学生会，基本上权力都被学生会架空了，但是如果校长硬气一点儿，是可以有话语权的。

看着梨昭他们兴奋地议论着新校长，幻想着新校长是个比较负责任、能够保护特招生的权益的人，明姝却有一种不太好的预感。

节目组已经派出临时真人NPC，这意味着宋雎窈将面临最糟糕的全面围剿，这个新校长的到来，有可能带来好的正面的东西吗？

这么想着，她就听到有生病请假在宿舍、没有来上课的一个特招生在群里发消息说，这位新校长来了女生宿舍，去找宋雎窈了。

宋雎窈正在给宋晚晚铲屎，听到门铃起身去开门，看到一个陌生的中年女性。

“你好，你就是宋雎窈吧。”这位女士看着宋雎窈，“我是这所学校的新校长，我姓夏。”

“您好。”宋雎窈疑惑地看着她。

夏女士面带笑容，自顾自地走进了屋，肩膀撞开了宋雎窈，目光扫了屋内一圈，说：“我们金柯朵拉学院的住宿环境很不错吧，在国内所有学校中，都是首屈一指。”

正在教室上课的江白奇微微侧了侧头，耳朵里塞着的无线耳机若隐若现。

“是的，这里毕竟是金柯朵拉学院。”

“是啊，大概是因为太好了，所以你才赖在这里不肯走吧。”她笑着说，神情轻蔑富有攻击性。

“我们学校虽然也不差你这一点儿水电费，学生宿舍也一直有空余，但这里毕竟不是旅馆。我知道是前任校长邀请你住在这里的，但是现在我才是校长，我有自己的一套标准。可以请你离开吗？”

哪里冒出来的女人？

一来就指手画脚？金钰都没说什么！

骂她的人有病？宋睢窈本来就该走了，又不是学生，住人家宿舍那么久占便宜啊？

免费豪华公寓住得可真爽，连吃喝都有人伺候！

前面柠檬的嘴脸真难看！

宋睢窈是受邀请住在这里的好吗？这个新校长是个真人 NPC 吧？那嘴脸真难看。

学校水电费是学生在出吧？特招生那么贫困，她好意思用人家的钱？

特招生全都是免学杂费的，宋睢窈根本没有花人家的钱！

正在外面偷听的学生，猛地瞪大眼睛，连忙拿出手机。

特招生群：

新来的校长把宋学姐赶走了！@全员

宋学姐要走了！@全员

手机纷纷振动，特招生们瞄了一眼，脸色一变，一下子从椅子上站起身，椅子与地面猛地拉扯出尖叫，把正在睡觉的学生都吓醒了，全班都看了过来。

以往特招生们总是避免被注意到，上课专心认真，惧怕成绩下滑，为了不缺席，生病也不敢请假。可是此时此刻，他们在其他同学诧异的目光中，纷纷从教室里跑了出去。

宋雎窈的东西很少，因此收拾起来也只是几分钟的事。她拖着小小的行李箱，抱着猫，在新校长迫不及待的相送下，已经搭乘校内的代步车到了校门口。

现实世界中，元蔓枝看到这一幕，终于露出了笑容，节目组也松了一口气，总算给宋雎窈一点儿难看了。

宋雎窈刚刚走到校门口，忽然听到后面传来的呐喊：

“宋学姐！”

宋雎窈转头，看到一群特招生快步跑来。

梨昭跑得很快，不知道什么时候已经泪流满面，气喘吁吁的。

宋雎窈惊讶地看着他们，拿出手帕给梨昭擦眼泪：“怎么了？”

“宋学姐，不要走。”梨昭就像看到要跟他们永别的挚友，眼泪掉得停不下来。

“宋学姐，留下来吧！”

“就住在这里，跟我们一起好吗？”

“我们还什么都来不及为你做，你不要走！留下来吧，宋学姐……”

特招生们将宋雎窈团团围住，她的行李也被抢走藏在了他们身后。特招生们纷纷挽留，感性的都眼泪哗哗的，他们都知道宋雎窈现在遇到的困境比他们还要难，她的离开并不是荣誉归队，想到宋雎窈一个人拖着行李无处可去的样子，他们的心都要碎了。

她为他们做了那么多，他们却根本帮不上任何忙，能做的也只是挽留她。

夏女士原本就要完成任务了，见这群特招生突然跑过来挽留，顿时脸色沉了下来。

“现在是上课时间！你们在做什么？集体旷课吗？”她冷声呵斥，“看来前校长确实失败得很，你们原本就已经违背合约要转学，后来又反悔，把蓝血贵族学院的尊严踩在地上，我看你们是受人蒙蔽才准备当作无事发生，现在看来，我还是太宽容了一点儿！”

学生们想到是这个突然冒出来的人把宋雎窈赶走的，纷纷怒目而视。

“看什么看？回去上课！否则作为惩罚，你们下学年的奖学金将全部取消！”真人 NPC 被瞪得很没有面子，怒道。

“你说取消就取消吗？有胆你就取消！”特招生们却一反常态，纷纷强硬出声。

“奖学金是白纸黑字写的，你敢取消，我们就敢闹到董事会！”

“在我们受到伤害的时候没有提供任何帮助，一来就想指手画脚，你以为你是谁！学生会允许了吗？！”

“金钰会长说什么了吗轮到你在这里说？！”

学生们愤怒极了，前校长没说话，学生会也没让宋雎窈走，她凭什么赶宋雎窈离开？说着说着他们就逼近了她，好像气氛再紧张一点儿就要扑过去围殴她一样。

夏女士气疯了，想到现在自己正处于直播范围内，不知道多少人在看直播，哪怕披着一层 NPC 的皮，她也觉得没面子极了。

“好啊！反了天了！开除，全都开除！”

“谁给你的权力开除学生？”金钰冷怒的声音骤然响起。

金钰、金耀等一众学生会成员快步赶来，脸上的表情都十分不爽。

看到这些气质金灿灿的学生，夏女士的表情有些僵硬：“我是校长，董事会给我的权力。”

“是吗？那我说，你没有这个权力。”金钰冷冷地说，气得声线都隐隐有些颤抖，他看向校门口不知所措的保安，“给我把她扔出去！”

保安在这里工作多年了，早就知道在这所学校，金钰和金耀才是实际领导者，学生会才是真正的管理者，这群贵族和富豪子弟，根本不会听什么校长的话，学生不听话，校长又能怎样？而且金家是上流家族的天花板，所以听他们的话，准没错！

于是保安当下就上前抓住这位新来的校长，不顾她的挣扎，直接把她丢出了校门。

爽！

就该这样，哪里冒出来的女人在这里指手画脚！

如果能把其他临时真人 NPC 也这样扔出去就好了！

哭了，宋雎窈真的很好，从曾经的敌人都为她撑腰这件事就能看出来！

那些说宋雎窈赖着不走的人，脸疼不疼？人家巴不得她一直住在这里！

特招生们也因为宋雎窈变得昂首挺胸起来了，太棒了！就是要这样，要勇敢，才能保护想要保护的人啊！

尊严真的得靠自己挣，而不是别人给的，特招生们成长了。

被扔出校门的夏女士气到崩溃，节目组更是傻眼，瞬间只觉得一只无形的手狠狠甩在了他们脸上。

给宋雎窈难看？难看了吗？难看的是他们啊！

弹幕里有人在骂节目组了：

节目组怎么回事？是不是换导演了？太差劲了吧！

本来是节目组的粉，现在我只想脱粉了，派的是什么临时真人NPC？

一直在被打脸，憋屈死了，脱粉了。

对不起，我有点儿爱上宋雎窈了，对节目组粉转路了！

一直站在节目组角度充满敌意看待宋雎窈的，很多《正义审判日》

这档审判真人秀的粉丝有些躁动起来，发出了一些忍无可忍的声音。

从他们的角度，他们要看的自然是宋睢窈被节目组耍得团团转，结果他们现在只看到了节目组被宋睢窈无形中打压着，好像毫无反击之力。之前放了个大招，把宋睢窈搞得一无所有，好像封死了她的所有路，他们还兴奋得要命，以为节目组要开始反击了。

结果就这？吐血。

与此同时，他们对宋睢窈的感觉也有了些微妙的变化，粉节目组的人并不一定是出于正义，也有不少是出于慕强心理，节目组这种把犯罪者玩弄于手中的感觉，让这些慕强者心动。

而现在，这个曾经在他们眼中强大无比的节目组，好像拿宋睢窈没办法耶……

当然，20 季的王牌节目，积累的粉丝数量非常多，目前沉默的还是大多数观众，他们比较有耐心，相信节目组就是如来佛祖，孙悟空闹得再厉害，也逃不出那五指山，总会被镇压的。

元蔓枝更是气炸了，脸上火辣辣的，好像被宋睢窈扇了几个巴掌一样。这个杀人犯，明明罪无可赦，结果在虚拟世界里，居然被人如此崇拜，好像她是个什么救世主一样！

“伯母，别急，虽然过程跟我们想要的不一样，但是我们的目的还是达到了。”苏情说。

是啊，可是怎么还是那么憋屈呢！

虚拟世界中。

宋睢窈感动又欣慰地看着这些昂首挺胸挡在她面前的学生：“谢谢你们。”目光又落到金钰身上，“谢谢。”

金钰胸中剧烈翻涌的情绪稍稍平静，连他自己都没有想到，在听说这个新来的校长跑到女生宿舍把宋睢窈赶走的时候，他会如此暴怒，前所未有地暴怒，好像底线突然被暴踩。

此时回想起来，他蓦地明白了这是什么样的一种心情，他看着宋睢窈，有些不自然起来，绷着脸说："行了，没什么事了，该干吗的干吗去。我在的一天，金柯朵拉就轮不到别人来管。"

傅美玲从那个夏女士的包里找到了刚刚被她没收的宋睢窈的公寓钥匙，递给宋睢窈。

宋睢窈却没有接，微笑地看着他们说："其实，就算没有这位女士，我也打算离开了。"

"为什么？！"

"不要啊，宋学姐！"

虽然跟宋睢窈真正接触的时间并不长，但是他们觉得跟她已经像挚友一样亲近，如果说周树琛是他们的榜样，那么宋睢窈已然成了他们的精神领袖。他们从她身上感受、学习到了太多的东西。听到她要离开，就觉得十分不舍，仿佛都要哭出来了。

"宋睢窈，你现在还能去哪里？"金耀说。她不知道为什么得罪了那种大人物，似乎有点儿被针对的意思，待在金柯朵拉学院是一个很好的选择，校董会都是贵族成员，他们不怕那位，甚至于如果能找到一点儿机会，他们还会拼命攻击，将那位从那个位置上拉下来，换自己的人上去。

待在这所学校里最安全，有他们的庇护，她可以不必管外面的风雨。

"怎么这样说，天下之大，会有我的容身之所。"宋睢窈却豁达地笑道，"不要把事情想得那么严重，我相信这是我人生必经的道路。同学们，你们也不要因为我而对国家和未来失去信心，感到沮丧。相信我，没有一段经历是无用的，不必纠结当下，我们一直走，天一定会亮。[①]

"我也会一直走，直到走进黎明。"

阳光之下，少女的裙摆轻荡，乌发微扬，笑容依旧温柔，眼眸依然

① 此段落引自村上春树《1Q84》。

清澈，没有被那从天而降的打击和幕后可想而知的黑暗所污染，即便她现在已经没有了那些曾经的光环，她依然闪闪发光。

那是她灵魂散发的光辉，不是他人给予的东西能够影响和动摇的。

江白奇灰扑扑的双眼中映着那颗太阳，他的心剧烈跳动，快到几乎无法呼吸。

我们一直走，天一定会亮，哇……

我也会一直走，直到走进黎明。为什么听着又感动又难过？

又从宋睢窈身上感受到力量了，被鼓舞了。

泪目。

我的申冤票留不住了！

直播已经进入到最后的时段了，除了宋睢窈喜欢一个人的方式比较特别，她没有伤害到任何一个人，甚至改变了很多人，连金钰和金耀都被改变了，她真的会在现实中诱奸一个少年不成，恼羞成怒将其杀害吗？现在听到这种理由，不觉得很荒谬吗？

现实中荒谬的事很多，宋睢窈身上或许确实有非常棒的特质，但是不代表她在现实中不会犯错吧？

会不会宋睢窈其实有精神类疾病？她那天只是凑巧病发了？

宋粉现在想到用精神病来洗宋睢窈了是吗？

病什么病，我就相信宋睢窈是被冤枉被陷害的，她根本没杀那个受害者！我倾家荡产也要让国王的审查团出动！重审宋睢窈这个案件！

弹幕又一次进入高速互骂争执阶段，这场直播观众们的弹幕反应，就像一个病人的心电图，起起伏伏，从不间断。

申冤票的数量一再增加，从未停过。

元蔓枝看到那些要让国王的审查团出动的弹幕，心头一跳，居然感受到了恐惧。国王陛下平时不理国事，国家基本上由总统和政府机构管理，国家也有着几乎完整的法律系统，但是国王的命令高于法律，这个事件一旦引起国王的注意，审查团出动，霍家……

她连忙看向申冤票数量。

378 万票……还好还好，距离 5000 万票还有不小的距离，距离一亿票更是遥不可及。

国王的审查团？那是白日做梦！

虚拟世界中。

这一刻没有人能说得出话，众人又一次被她身上的光芒所折服，学生会的人也缄默了，内心有什么被触动。

宋睢窈抱着猫，带着行李，还是离开了。

她一走，所有人都觉得阳光好像暗淡了下来，空气中弥漫着一种难以言说的寂寞感。特招生们垂头丧气地往回走，周树琛见他们这样，几步跨上了升旗台。

“各位，振作起来，宋学姐那样的人，一定不会被辜负，她一定会得到属于她的公道。我们还只是学生，没有办法为她提供任何帮助，我们现在能做到的，只有一件事，那就是记住她的话，努力学习，在未来成为一个更好的人！成为一个像她一样的人！”

——我希望各位可以记住：如果天空是黑暗的，那就摸黑生存；如果发出声音是危险的，那就保持沉默；如果自觉无力发光，那就蜷伏于墙角。但不要习惯了黑暗就为了黑暗辩护；不要为了自己的苟且而感到得意；不要嘲讽那些比自己更勇敢热情的人们。我们可以卑微如尘土，不可扭曲如蛆虫。

——相信我，没有一段经历是无用的，不必纠结当下，我们一直走，天一定会亮。

——我会一直走，直到走进黎明。

他们的眼中燃起璀璨的光芒，握紧了拳头，充满了斗志。对，要努力，要勇敢，他们有幸，生命中出现了这样的人，只有努力才能走向成功，才算不辜负她。

明姝没有跟上那些特招生，而是和汤凯站在一起，微微眯起了眼，那些特招生身上，好像也有了光芒，让人感到莫名的震撼。她有预感，他们日后一定会成为了不起的人物吧。

明姝觉得自己有些格格不入，自惭形秽起来。

她叹了一口气："前辈，现在怎么办？"

宋雎窈走了，他们没有跟上的理由了。

汤凯觉得自己这一趟，虽然和预想中的完全不一样，却并非没有收获。

"我决定离开了。"汤凯说，他说的离开，自然是离开这个虚拟世界。他们是拥有自己直播间的真人 NPC，不是临时真人 NPC，是有权利自己决定退出与否的。

"那我也走吧。"明姝说。

他们是这档真人秀有史以来，第一对直播还未结束，主动选择退出的明星玩家。

第九章

绑架

从生物舱中醒来，明姝在工作人员的帮助下摘下头盔，身上的传感触手也纷纷退开，明姝看着这个现实世界，有一瞬间的恍惚。

隔壁的生物舱内，汤凯也被扶了起来。

两人在虚拟世界里已经很熟了，但是现实中这么见面，明姝还是有一种跟网友见面的感觉，有些尴尬，不知道说什么。汤凯已经在娱乐圈浸淫多年，对她笑了笑，很快消除了这种距离感。

明姝的经纪人有些不开心地絮叨："好不容易争取到的机会，还没结束呢，出来做什么？宋睢窈离开了，你想办法跟上去啊……"

明姝一听就火大："你行你上啊！真是站着说话不腰疼！还有，我问你，信息卡是怎么回事？你们给我安排的什么偶像剧剧本是什么垃圾玩意儿？"

要不是宋睢窈，她已经体会到被打残是什么感觉了！

经纪团队早就在那时去调查是怎么回事了，得知金耀和玉佩的设定后，还去质问了节目组，节目组给的回复很敷衍，说他们也不知情，虚拟世界不是他们建模的，让他们要找找建模团队去，甩得一手好锅。

明姝一听，因为宋睢窈而对节目组产生的恶感又上升了不少。

退都退出来了，也不可能再返回去，经纪人也不说了，立刻笑容满面地跟明姝分享好消息："过去的事就不提了，你看看，你粉丝涨了一千万！"

明姝连忙接过手机一看："怎么会这么多！"不是吧？她表现得有那么出色吗？居然涨了一千万！

“你表现不算很差，在网球场那种不服输的韧性吸了一拨粉，不过最重要的是，这一季的审判真人秀太火了，国民关注度非常高，昨天节目组公布的数据已经超过了第一季，你也跟着受惠了！”

简直等于躺赢了。

“前辈涨了多少啊？”明姝转头问。

汤凯比了个数，近两千万，这个数据他挺满意的，甚至有些超出他的意料，只能说，宋睢窈受到的关注太大了。他虽然没有什么表现机会，但借他的视角看宋睢窈参加的那些综艺的人很多，顺势关注他的人自然也就多了。

明姝虽然跟宋睢窈接触得比较多，但脑子还是不够聪明。

两个明星玩家对自己的收获都挺满意，起身离开。

只是他们走过隔壁房间的时候，不由自主地慢下了脚步。

这个房间很不一般，门口有警方看守，里面很安静，不像他们生物舱所在的地点，工作人员进进出出。

他们知道，里面有一架生物舱，宋睢窈的本体正静静地躺在里面。

宋睢窈……在虚拟世界中，亲眼见识过她是怎么样的人，他们比直播间的观众感触更多，即便是有人按住他们的脑袋，他们也无法说出宋睢窈的罪名没有任何疑点这种话。

希望你真的能一直走，然后走进黎明。

他们默契地，在心里为她祈祷。

离开金柯朵拉学院，就等于出了象牙塔，危险会向她靠拢。

宋睢窈自然知道，但也正是因此她才要离开，因为，差不多到时间了啊，那个人该出现了。

宋睢窈靠着椅背，眼眸弯起。

宋睢窈坐的出租车开了没多久，就被一辆超跑拦截了。

宋睢窈讶异地降下车窗，看着追上来的金耀。

金耀一手撑着车顶，弯腰看着她："下车。"

"嗯？"

"不回学校就不回，你总得找地方住吧？"他家房子多的是，宋睢窈一天换一个住，一年都住不完。

宋睢窈却拒绝了："谢谢你，但是我自己可以的。"

金耀看着她的双眼，却明白了什么，神情微变，有些咬牙切齿："你不愿意站在我们这边？即便他们这么对待你？"

贵族和政府之间的拉锯战一直在持续，宋睢窈国民度很高，在政府那里受了委屈，如果加入贵族阵营，他们可以帮助她，利用舆论，利用他们在政坛上的人等等，对那位进行全方位打击，将其拉下马，很快就能帮助她回到奥奖团队，这不是报复成功吗？明明捷径就在这里。

"金耀，我只站在历史正确的一方。"宋睢窈说，"现在的政府很好，国民过得比过去好，比贵族横行当道的时候要好。它是一艘巨轮，必然会存在一些蛀虫，就像你们贵族里，也存在肮脏的东西一样。把它除掉就好，为什么要因为这一点点儿蛀虫，就干脆彻底抛弃掉它呢？"

"哪怕它已经抛弃了你？"

"我没有被抛弃，我相信它。"

心情……突然好复杂。

如果宋睢窈是被冤枉的，那真的很讽刺了。

还没有证据之前，就不要打这种比方了。

某些人看到她这样说，不觉得羞愧吗？

宋粉现在是已经不听不看，坚信宋睢窈是无辜的了？

没错，就是信了，你怎么的？来咬我们啊！

即便是光明伤害了她，她也不会因此便堕入黑暗。

关于这场直播的战斗一直没有停歇，由于太火爆，国民的关注度太高，逐渐蔓延向了各行各业，有些人确实受到了不小的影响。

即便是王都公安局内，氛围都隐隐有些古怪起来。

而虚拟世界内，金耀看着宋睢窈的双眼，说不出话来。他眼中的少女，逐渐登上更高的地方，成了让他仰望的女神。

搭载着宋睢窈的出租车，终究还是远去了。

宋睢窈离开金柯朵拉这件事，让节目组看到了扳回一局的希望。

导演组紧急召开会议，商量在这一期直播最后这三分之一的时间里，如何挣回一点儿颜面。

“没有多少时间了，必须得搞个大事，将她人性阴暗的一面逼迫出来！”每个人都有阴暗面，但是观众不会允许宋睢窈有，只要她在这一期最后关头表现出不够完美的地方，就可以将她前面的所有完美推翻了！

“这个时候，最好的办法，就是让她选择自己死还是让别人死。”

这个主题有些微妙，宋睢窈无论做出什么选择都讨不到好。宋睢窈选择自己活，让别人去死，她之前的美好就有了污点，而她如果选择自己去死，人们会忍不住皱起眉头，觉得她太过圣母。总之就是一个无论做什么选择，都讨不到好的题。

“设计一个恐怖事件如何？”

“可以，但是要小心一点儿，不能当着宋睢窈的面做出太没有逻辑的事，如果宋睢窈再冒出一句怀疑世界的真实性，我们又要被观众骂了。”

“挑个聪明点儿的临时真人 NPC 去做这件事。”

霍家。

元蔓枝在客厅里转来转去，用人偷窥一眼，发现她的表情是一种扭曲的兴奋，他们面面相觑，觉得元蔓枝可怕极了。

元蔓枝刚刚得到了一个好消息，她雇佣的另一个临时真人 NPC 终于派上用场了。

霍海是她的心肝宝贝，就算宋雎窈动手之前，他喝酒嗑药，身体状态已经很不好，但如果不是宋雎窈推他那一下，他会死吗？！所以，宋雎窈就是杀害她儿子的罪魁祸首，真是白眼狼啊，她花钱雇她来当家庭教师，她就是这样回报她的！

这个临时真人 NPC 是她特地让人找来的有变态倾向的人，在现实中或许还不敢动手，可进入这个虚拟世界后，因为里面的一切都只是数据，因此无论做什么，都不需要背负法律责任，又披着 NPC 的皮，什么本性都可以被释放出来。

要求以你能想到的最残忍的手段折磨和杀死宋雎窈，可以做到吗？血腥画面会被马赛克，因此你具体做了什么，观众也看不到，可以放手去做。

可以。

就这样，他们达成了协议。

现在，宋雎窈已经离开学校，那个临时真人 NPC 也该行动了。

宋雎窈离开了，毫不犹豫地，就像这个学校没有什么值得她留恋的东西。

江白奇回到公寓内，下意识看向对面的女生宿舍楼，宋雎窈的那间公寓笼罩在黑暗之中，夹在上下两边明亮的窗口里，存在感很强烈。

因为宋雎窈带走了他的机械蜻蜓，他的耳机里总是传来一些奇奇怪怪的声音，这声音使得画面感极强：她买了一个煎饼，她在给外国人指路，她在被人搭讪……

她的声音温柔明快，时常含着笑意，看起来和往常无异，离不离开这里，似乎对她的心情没有丝毫影响。

苍白的手按住薄薄的胸膛，江白奇觉得心口像破了个洞，冷风呼呼穿过，身体下陷的感觉再次出现，已经没过了他的腰间，他应对得十分疲惫，像在徒劳挣扎。

你看，他明明早就知道，她怎么可能会喜欢他？他不过是一粒灰扑扑的小尘埃，她一开始的接近应该只是因为她的导师阿尔贝加，后来她因为不知名原因遭到背叛，情绪低落，恰好需要一个人照顾，跟他关系疑似亲密起来，也只是顺势而为罢了。

她的导师迟迟没有回复她的信息，或许她也不需要完成交代给她的任务，也或许是他的防备心太过，她觉得拿到核心技术的可能性不高，所以干脆放弃了。

早知道这样的话……

江白奇怔了怔，垂下眼眸，他快要变成被小王子驯养的狐狸了，可是小王子爱的是他的玫瑰。

他躺在床上，看着天花板，翻来覆去，这时耳朵里忽然没了宋雎窈的声音，任何杂音都没有了。

他一愣，想到她可能遭遇危险，立刻坐起身，跌跌撞撞下了床，打开电脑。蜻蜓内核有定位器，他很快就锁定了位置，甲壳虫从露台飞出，振动鞘翅，往远处飞去。

江白奇紧张得心脏怦怦直跳，看着屏幕上代表甲壳虫的红点快速接近代表蜻蜓的绿点，这速度对于一只虫子来说已经很快了，但是在此时显得如此缓慢，江白奇有些后悔没把它做得再大一些，可以放更大功率的发动机，这样它就能飞得更快了。

好不容易，它终于抵达了蜻蜓所在地，发现这是一家酒店，蜻蜓被搁在桌面上，宋雎窈不在房间里，难怪突然没了声音。

甲壳虫在附近转了几圈，终于找到一个打开了一些的窗口，飞了进去。这个空间水汽氤氲，江白奇看着，忽然觉得有些不对。

宋雎窈正在淋浴，看到镜子里映出来的飞进来的甲壳虫，她还没有吓一跳，那甲壳虫像被她吓了一跳，猛然转身飞走，因为惊慌失措，先砸在了窗台上，又摔在地上四脚朝天地转了好几圈，然后才翻过身一边撞墙一边往上爬，跌跌撞撞逃走了。

宋雎窈看着甲壳虫这一系列动作，顿时失笑，几乎能想象到江白奇整个人在一把椅子上缩成一团，脑袋埋进双膝间，头顶都要冒烟了的模样。

她很快转头继续悠然自得地沐浴，系统会自动屏蔽这种画面，这一点即便是节目组也无法改变。所以，此时直播间一定正处于白茫茫的马赛克状态，自然也听不到声音。

宋雎窈仰着头感受着水珠砸在肌肤上时轻微的打击感，这种轻微的疼痛更让她清醒，有助于思考。她知道那只甲壳虫不会飞远，它会一直跟在她的身边。她嘴角勾了勾，睁开的双眼清澈却没有温度，像冰封的澄澈的湖。

现在直播时长应该已经过了三分之二。直播总时长半个月，这是此前规定的。时间一到，第一期就会结束，直播间会自动关闭。节目组可以选择直播通道打开时间，却不能控制它关闭的时间，被审判者也会在通道关闭的时候被弹出虚拟世界。

这一点节目组无法改动，所以最后这三分之一的时间，节目组如果不想丢尽颜面，以输家的姿态结束这一期，只能争分夺秒，在直播通道关闭前，逼迫她露出人性丑陋的一面，那么，他们会使出什么样的招数呢？

很显然，一个危险的、让她做出什么选择都讨不到好的恐怖计划是最合适的。绑架？嗯，绑架，绑架后再让她做选择题，让对方死还是自己赴死让别人活。

绑的不能是小孩子，因为为小孩子奉献自己，是能够让很多观众理解并且感动的，人类有愿意为后代的延续和生存而奉献自己的基因。

所以得绑架大人，观众们会产生“凭什么我要牺牲，你怎么不牺牲”

的想法，所以这种时候，她如果选择牺牲自己，很多观众会觉得很不爽，比起觉得她是个好人，更觉得她圣母，没有脾气，而她如果选择让别人死，观众们也会觉得不舒服……

那个人……在那场预知的梦中杀死她的那个人，会在这个时候出场吧。

真叫人期待啊。

宋睢窈嘴角的笑容深了深，关掉水，仔细擦干身上的水珠，涂上润肤乳，不急不缓地收拾好自己，穿好睡衣，开门出去。

直播间的马赛克也消失无踪，宋睢窈再次进入上 10 亿观众的眼中。

她看起来对节目组的恶意毫无察觉，和猫咪在床上玩了一会儿，便抱着它入眠了。

甲壳虫又从浴室飞了进来，鞘翅振动的声音嗡嗡响，最后趴在了墙角，眼珠转动，将卧室内的场景尽收眼底。

那是江白奇的甲壳虫吗？肯定是了，这么大的一只虫子，吓死人了！

是我们阿奇的虫虫！太好了，我以为我家 CP 就这么散了呢！

现在轮到江白奇跟踪偷窥宋睢窈了吗？

怪咖 CP。

江白奇看到宋睢窈，不安的心脏稍稍平静下来，盯着她看了一会儿，一直在想她刚刚有看到甲壳虫吗。他太紧张了，根本没有注意到宋睢窈的视线，或许有，或许没有，如果有的话，她看起来根本不在意，也没有拿起蜻蜓喊他一声。

这样想着，心脏那种不舒服的感觉又出现了，他想，就姑且认为她没有看到吧。

毫无睡意，他盯着宋睢窈的睡颜，直到窗外天空渐渐亮起，他才渐渐合上眼皮睡去了。

只是这一觉睡得十分不安稳，宋睢窈洁白如瓷的肌肤和那凹凸有致美如艺术品的身躯，在梦里晃来晃去，他浑浑噩噩，最终浑身燥热地醒来。

他浑身僵硬，在浴室墙角足足待了半个小时才出来。

宋睢窈离开学校后，就开始在这座城市里四处走动起来。白天她背着行李带着猫四处走动，晚上再换一家新的酒店住。

与此同时，任家棋所在的公安大队接到了多起报案，失踪者皆是女性，年纪最小的只有 18 岁。

他心有不安，打电话给宋睢窈。

“最近治安不好，你不要在外面乱逛。”任家棋说。他知道宋睢窈离开金柯朵拉了，虽然她的遭遇让他很心痛，但是，现在他也必须忍耐。

“好。”

宋睢窈挂上电话，看了看天气，决定今天去爬山。

甲壳虫在高空中，跟着宋睢窈上了山。甲壳虫跟了宋睢窈好几天了，江白奇像个偷窥者一样默默盯着，也不出声。

他觉得如果自己主动出声，显得自己像个傻子一样，像在告知宋睢窈自己已经被她驯养的事，可是她会怎么想？会露出很惊讶的表情，然后跟他道歉？光是想想这种场面，心脏就像被一只手捏紧了。

一粒灰尘，居然会相信太阳看上了他，任何人听到都会嘲笑灰尘想得太美吧。

江白奇在上课期间瞄了掌上电脑一眼，看到宋睢窈今天去爬山，正要收回目光，忽然，一顿，他放大了监控页面，看到有个人好像在跟踪宋睢窈。

他没了上课的心情，干脆起身离开。

老师正在讲台上讲课，然而他就这么起身离开，堪称嚣张，偏偏他存在感极低，直到后门因为被他打开而灌入风来，才有同学转头看了看，疑惑地想刚刚是不是有人出去了。

江白奇一直盯着那个可疑人，发现他确实在跟踪宋睢窈，鬼鬼祟祟的，但是宋睢窈好像也发现了自己正在被跟踪，她不动声色地混入爬山的人群，快速离开，甩开那个可疑者。

甲壳虫主要是跟着宋睢窈，监视范围有限，宋睢窈甩开人后，甲壳虫也跟着她飞走了。但是让江白奇有些心惊的是，无论宋睢窈将人甩开多少次，很快都会有另一个人跟踪上宋睢窈，就好像有一群人在盯着宋睢窈一样。

这种危险而诡异的情况，引起了江白奇的高度重视，一连数天，他都在观察宋睢窈和她的跟踪者。他也帮宋睢窈报了警，然而那些吃干饭的警察没有丝毫动作，他怀疑是宋睢窈得罪的那位高位者搞的鬼。

与此同时，失踪的女性人数一直在增加，任家棋忙得焦头烂额，每天他都要打一个电话给宋睢窈提醒她注意安全，并且开始劝她返回金柯朵拉学院。

“不用担心我，我会保护好自己的，我的防身术可是你教的呀。”宋睢窈很无奈地说。

江白奇默默黑了宋睢窈的手机，把女警、防身术教练被杀的新闻推送给她。

宋睢窈瞄了一眼，没当回事一般，把推送的新闻关掉。

江白奇：……

夜幕降临，宋睢窈却并没有回酒店的意思，她在一个小镇的老街上逛着，老街道路狭窄，青石板路潮湿，偶尔有一间小店冒出来，来往的人很少，白天看起来宁静致远，晚上就显得有些阴森恐怖。

宋睢窈刚在一个小店里买了个手串转身离开，小店老板表情忽然变得有些奇怪，一下子冲过去从后面抱住宋睢窈，将她往小店里拖。

宋雎窈剧烈挣扎起来，手肘猛击行凶者弱点处，那人痛得松开了手，宋雎窈连忙跑出去，那人立即起身追上去。

啊啊啊吓死人了！

这是临时真人 NPC 吗？

我去！快跑啊！

刺激了，节目组终于开始搞事了。

我就知道，直播时长进入倒计时阶段了，节目组再不行动就没时间了。

让我看看节目组在搞什么事？

长长的街道本就不亮的路灯骤然熄灭，周围陷入黑暗之中，宋雎窈只能听到自己的呼吸声和心跳声，还有身后越来越近的脚步声。这一切本就在计划之中，可她的心头还是不受控制地涌起了恐惧感。

她脑子里浮现起梦中这一期自己最后的遭遇，那个变态杀人魔是如何抓住她、折磨她的，刀子切割过她肌肉那尖锐的痛，鲜血流淌出来，那扭曲恶心的笑容……

那个时候，她内心在呼唤着一个名字……

脑袋有些眩晕，她呼吸不稳，也开始耳鸣了，那脚步声好像就在身后，近在咫尺，那人好像伸出了手，就要扯住她的头发。

“阿奇！阿奇！”宋雎窈大叫起来。

黑暗中，天空中的甲壳虫忽然碎开了，分成数十只小小的甲壳虫，就像蜂群一样射向了那个男人的面孔。

“啊！”身后传来男人的痛叫声。

灯光亮起，宋雎窈转头，看到那个男人的脸上覆盖着一大群蜂群一样的小小的甲壳虫，那些虫子有着小巧却锋利的圆形刀片嘴，一啃就是一块肉，眨眼间，他的脸上鲜血淋漓，已经没有一块好肉，正连滚带爬狼狈地逃走。

原来如此，不愧是宋睢窈看上的男人！

牛啊，我想要一只！

我再也不嫌弃虫子长得恶心了，有这么一只虫子在身边，太有安全感了吧！

宋睢窈喘息了好一会儿，咽了咽口水，声音有些颤抖："阿奇，可以了，够了。"

但江白奇还是放任那些小甲壳虫又啃了一会儿，才让那些虫子飞回来。

小甲壳虫从那张变得坑坑洼洼血肉模糊的脸上飞起，又组合成大甲壳虫，但是身上沾了血，它飞进路边一个小水洼里翻滚了两圈，才飞到了宋睢窈面前。

宋睢窈把它捧进手心，抱在怀中，手还在微微颤抖。

这一切快得不可思议，宋睢窈扶着墙站起身来，甲壳虫从她手上挣脱，飞到高处检查了下四周，才飞下来，趴在宋睢窈肩膀上。

"你知道我在？"江白奇低哑的声音从甲壳虫里传出来，隐藏着一点儿让人不易察觉的喜悦。

"我知道，阿奇一直在我身边。"宋睢窈转身离开。

"……不报警吗？"江白奇揉了揉滚烫的耳朵，心忽然变得轻盈起来，只剩下一点儿刚刚看到宋睢窈被袭击时冒出的戾气。

"没关系。"

没关系？

"阿奇，你能出来吗？"宋睢窈说，"我想见你。"

江白奇怔住，察觉到她的声音中隐藏的一点儿颤抖，心脏像被针扎一样。等他反应过来的时候，他已经翻墙离开了学校。

金柯朵拉距离宋雎窈所在的位置，有两个多小时的车程，江白奇一路牵挂着宋雎窈，宋雎窈也一直坐在公交车站牌处等着他。

远远地，江白奇就看到坐在那里的纤细瘦弱的少女，她垂着头，脖颈白皙纤弱，好像很容易就能折断，让人打心底升起一股怜惜。像是心有所感，她抬起头来，期盼地看了过来。

就像丘比特的箭，那一瞬间将他击中。

宋雎窈见他下来，一下子起身跑了过去，扑进他的怀中，将他紧紧抱住。

江白奇浑身僵住，双手微张不知所措，心脏好像要从咽喉里蹦出来。

她身上的光芒好像也笼罩了江白奇，这个看起来阴沉沉的存在感很低的灰扑扑的少年，好像都发起了光。

绝美爱情！

这两个人锁了，钥匙我吞了！

想到这一期快结束了，我的 CP 要拆了，心痛！

别那么真情实感，下一期宋雎窈也许就喜欢上另一个人了。

我现在仍然觉得宋雎窈喜欢江白奇是有其他原因的，不是真心的！

所以，垃圾节目组刚刚是行动又失败了吗？

节目组惊呆了，因为直播范围有限，江白奇的甲壳虫大多时候都在直播范围外，更重要的是，他们根本就没把江白奇当回事，也没把那只甲壳虫当回事，谁知道居然会有这种威力？这是什么路人甲？如果是重要角色，不是会自动生成人物卡片的吗？可是他们根本没有江白奇的人物卡片！

而且最最重要的是，刚刚袭击宋雎窈的那个人，并不是他们的临时真人 NPC 啊！

"刚刚那是怎么回事？！"

"这、不知道啊，也许就是一个看上了宋睢窈的 NPC ？"

"跟观众解释一下！"

根本不是他们派出的人，凭什么他们背锅，还被骂垃圾！他们这一次可是精密策划过，不可能随随便便就出手！

节目组连忙跟观众解释刚刚那起事件不是他们设计的，与他们无关。

江白奇的情绪有些激动，他带着宋睢窈去了他家。

江家就在这个城市，甚至于距离金柯朵拉并不远，一般这种距离的学生都会选择走读，就像他在一中就读的弟弟一样，可江白奇却选择了住宿。

他的父母看到突然回来的儿子，露出了惊讶的神情，尤其是他居然带着一个女孩子回家，这个女孩子还是有名的国民闺女宋睢窈！

"叔叔阿姨好。"宋睢窈牵着江白奇的手，有些不好意思地跟他们打招呼。

江白奇却迫不及待地拉她去了地下室，地下室是他的地盘，被他用自制的锁锁住，江家其他人没有办法下去查看，他们也没兴趣就是了。

看着江白奇将宋睢窈拉进地下室的身影，一家三口面面相觑，露出了同样惊恐的神情。

地下室里有很多东西，江白奇的机械虫子们就是在这里做出来的。

江白奇从架子上拿了工具，走到墙角蹲下，撬开了角落里的一块地砖，拿出了一本笔记，塞给了宋睢窈。

宋睢窈不明所以，低头翻看，发现是机械虫子的设计图。

"这是阿尔贝加想要的东西。"江白奇说。他以前做机械虫子的时候，在论坛与人交流，宋睢窈的导师阿尔贝加发现了他做的东西的令人惊叹之处，想要跟他交易，被江白奇给拒绝了。

因为在阿尔贝加调查他之前，他已经先一步调查到了阿尔贝加的身份，虽然是科学家，可家世背景是国外的军火大亨，他的机械昆虫技术与奥奖团队的研究内容无关，因此阿尔贝加想要，无非是为了他的家族。

军火商出售的东西，只可能是为了战争而不是和平，所以，他拒绝将核心技术卖给阿尔贝加。

而现在，他将所有的东西都翻出来给宋睢窈了。

“相信我，我比这些东西更有价值。”他说，低哑的声音里有几分急切，像是怕宋睢窈拿了这些东西就不要他了一样。他一直在后悔，宋睢窈离开金柯朵拉前，他没有给她那些她可能需要的东西，所以，她才不愿意跟他说话了。

宋睢窈一愣，本来有些生气的，但是看到他那双灰扑扑的大眼睛里隐藏的不安和恳求，心又软了下来：“我不是为了这个才注视你的。”

她把笔记本塞回他的手中，注视着他的双眼：“你是这个世界上最特别最闪耀的存在，在我的眼中，没有比你更吸引我眼球的人了。”

江白奇看着她的双眼，那种身体下陷的感觉再次出现了。

但他还尚存一丝理智，他觉得比起那缥缈的过于梦幻得像泡影的东西，真正的有理有据摸得到的东西或许更好，他不会有踩不到地的恐惧感，他也不介意。

“我看到了。”他忽然说。

宋睢窈一愣：“什么？”

江白奇：“在你来金柯朵拉学院之前，你导师发给你的邮件。他让你想办法从我手上拿到他想要的东西，你本来没有打算接受校长的邀请，收到邮件后，才给校长肯定的回复。”

这是江白奇在为宋睢窈的网络保驾护航的时候意外看到的，和自己的猜测相差无几，宋睢窈就是为了他手上的东西来的。

“刚刚那个人，其实也是你们设计的一场戏，为了引出我。”江白奇看着宋睢窈，灰扑扑的大眼睛看起来很平静，平静底下又藏着什么疯狂的东西，而他清楚地看到了自己的变化，清醒地看着自己深陷下去。

他痴迷她的目光，沉醉于被她注视的感觉，反正太阳总是会照耀其他人的，他只要能一直是其中一个就可以了。至少这样的愿望，可以实现吧？

宋雎窈看着他，骤然沉默了。

我去？

绝美爱情突然反转？

不会吧！

宋雎窈默认了！

我惊了！

哈哈哈！我就知道宋雎窈肯定不可能真的喜欢江白奇！果然如此！

小灰尘真可怜，被渣女欺骗了感情。

节目组：我们也惊呆了！

比起莫名其妙地觉得他闪耀，注视他，为了他手上的东西而注视他，显然更符合逻辑。

宋雎窈垂着眸，抿紧了唇瓣，好一会儿，她才抬起眼眸，看着他说：“我们现在想要的是另一个东西。”

她承认了！

哇！我哭了呜呜呜……

我在审判秀里被爱情虐到了！

江白奇感到有些失落，却也松了一口气。这样很好，他终于不用患得患失了。

“什么东西？”

“在机械昆虫之前，你做了一个头盔，我们要那个的核心技术。”

“好。”江白奇没有丝毫犹豫，从角落里翻出了皱巴巴的设计图，还有一个优盘。他递给宋睢窈：“作为交换，无论你去哪里，我要一直跟着你。”

宋睢窈复杂地看了他一会儿，拿着东西转身上去了。

江白奇看着她的背影，有一种好像自己做错事了惹了宋睢窈生气的感觉，张了张嘴又说不出话，只能愣在原地，看着她消失在视线之中。

楼上，一家三口还一脸紧张，往地下室探头探脑，他们看到宋睢窈上来，明显放松了一些，但仍然十分紧张。

“宋小姐……你，你是被他绑架了吗？”

宋睢窈讶异极了，表情都有些僵硬：“什么？”

江母表情有些不自然，握着手机：“你不用担心，如果他对你做了不好的事，我们会帮你的。”

“请不要胡说。”宋睢窈表情严肃，“阿奇很好，他没有绑架我，他帮助了我。”

“这样吗？那就好。”他们松了一口气。

宋睢窈暂时没空理他们，她拿出手机打了个电话，在江家门口等了一会儿，一辆车子开了过来。

“宋博士。”一个穿着黑西装的男人跑了下来。

宋睢窈将东西交给他：“刚刚那位伤得怎么样？”

来人苦笑：“幸好他戴的本来就是义眼，要不然大概要瞎了，脸上的治疗也已经在进行了，我们会给予足够的补偿和医疗。没有涉及生命危险，请放心。”

主要是他们根本没有想到那区区一只甲壳虫居然会有那么大的威力，本来他们觉得穿上防弹衣已经是过于谨慎了，结果江白奇根本不按常理出牌，那只甲壳虫攻击人的方式实在是叫人防不胜防，可怕极了，根本就是凌迟处死嘛，难怪之前阿尔贝加想要他的核心技术，这种武器如果用于战争，可不得了。

宋雎窈情绪不佳，点点头，把宋晚晚也交给他："这段时间请帮我照顾一下它。"

"是。"

之后请来人传达她的慰问之情，宋雎窈转身回江家。

江白奇正站在门口，见她没有要跟着那人离开，灰扑扑的大眼睛里亮起了光芒。

因为夜很深了，宋雎窈和江白奇直接在江家住了下来，江白奇的房间有一些灰，看起来很久没有人打扫了，江白奇似乎已经习惯了，他让宋雎窈去客厅里待一会儿，自己吭哧吭哧清扫起来。

"宋小姐，喝杯果汁吧。"江母满脸热情地走了过来，身后跟着个少年，她把少年推上前，说，"这是白奇的弟弟白洛，正在一中念初三呢。"

宋雎窈打量江白洛，他看起来和江白奇非常不一样，江白奇肤色苍白像个吸血鬼，气质阴沉沉的，像粒灰扑扑的灰尘一样不起眼。而江白洛昂首挺胸，是个再正常不过的阳光少年，相貌俊秀，想必在学校里是个受女生欢迎的校草级人物。

"阿洛，你不是刚好有题目不懂吗？赶紧请教一下学神啊！"简单地礼貌性拉扯几句后，江母就道。

江白洛脸有些红："可以吗宋学姐？"

"可以。"

江白洛立刻去拿来了卷子，应该是不久前月考的试卷，满分 150 的卷子，他考了 145，只错了一道 5 分的大题，学习成绩算很好了。江母显然也这样觉得，倒了果汁切了水果过来，嘴上说："我们阿洛啊，从小跟他哥不一样，他哥喜欢搞那些乱七八糟的东西，阿洛学习很用功，一直把你当作偶像呢，只是每次考试还是会错一两道题，真叫人发愁。"

江白洛很不好意思，他的成绩在学校名列前茅，但是在宋雎窈面前就是在班门弄斧了，而且母亲想让他跟宋雎窈攀上关系的意思也太明显了，虽然他确实很想，但是这么直白，也怪叫人尴尬的……

宋睢窈礼貌性地笑了笑，江母见她脾气好，更加笑容满面，直接在沙发上坐了下来：“宋小姐是怎么跟我家白奇认识的？刚刚真是把我们吓了一跳，那孩子从小孤僻，性格古怪，没有朋友，那双眼睛也不知道是遗传谁的，以前就经常捡一些动物尸体回来解剖，我们一直很担心他会做出什么犯法的事，突然带回你这样的姑娘，我们还以为他做了我们害怕的事呢，没想到居然能帮到你……”

“妈，哥只是为了做实验，别说得好像他是个变态一样……”

“可是，他还是个孩子，哪家孩子会这样？也不知道是跟谁学的……”

这是什么母亲？有这样说自己儿子的吗？

偏心得不要太明显！

可怜的小灰尘，没人疼没人爱！

这个弟弟是个白莲花吧？

心疼！

江白奇站在楼梯拐角，听着楼下的对话，按在墙壁上的手缓缓收紧。母亲不是第一次说这样的话，她不喜欢他，觉得他是个怪胎，她说这些话不是故意奚落，而是她真的发自内心这么觉得，以前他对此从不在乎，但是此时此刻，他胸中燃起了愤怒的火焰。

她为什么要在宋睢窈面前说这些？刻意地抹黑他的形象，用来衬托她的另一个儿子，她想要抢走宋睢窈？宋睢窈听了这些话会怎么想？会像以前那些人一样，远离他吗？连亲生母亲都这样评价他，他一定是个很可怕的人，会这样想吗？

宋睢窈听着他们的话，捧着玻璃杯的手越来越紧，好像都要把杯壁给捏碎了。

之前宋睢窈根本没有时间也没有心情去了解江白奇具体是个什么样

的人，他生长在什么环境之中，现在看着他的家人，她忽然感到心酸和愤怒。

原来如此，连家人居然都觉得他是怪胎，回家一趟，还得自己打扫卧室，带个同学回家借住，居然被怀疑是他绑架诱拐了对方，得知是朋友后，也要多嘴说这些话，好像在提醒她远离他一样。江白奇从小到大，有几个朋友是因此被吓跑的？

难怪他会如此不安，警惕心如此之高。

宋睢窈抬眼看向江母：“阿奇是你们收养的孩子吗？”

“不是……”

“那为什么你们对他这么不了解呢？”宋睢窈站起身来，情绪激动地为他争辩，“他非常优秀，各科成绩基本满分，在金柯朵拉学院拿的是最高等级的奖学金；他的心地很善良，经常喂流浪猫流浪狗，他不可能会单纯为了试验杀死小动物；他每个月都会向慈善机构捐钱，不知道有多少人因为他的捐助而获得希望；年纪轻轻就研发出了让奥奖团队导师心动的作品……他明明又聪明又善良又可爱，根本不是你们口中说的那样！”

母子俩目瞪口呆、表情僵硬，觉得宋睢窈口中说的那个人像是另外一个人。

宋睢窈生气地转身上楼，看到拐角处呆呆的江白奇，一把扯住他拉着他上了楼。

“……是这个房间。”眼见着宋睢窈拉着他往主卧跑，江白奇拉住她小声地说。

宋睢窈脚下一拐，拉着他进了他的卧室。

卧室不大，充满了男孩子的气息。

一进屋宋睢窈就扔开了他的手，背对着他，背影看起来都气鼓鼓的。

江白奇心跳得很快，酸酸涩涩的感觉挤满了身体，无处发泄，他贪恋地看着宋睢窈纤细的背影，脑子里都是她刚刚说的话，他多希望这是她发自内心的看法……

房间里安安静静的，这时江白奇忽然听到了一声极轻的声音，他一怔，立即过去拉宋睢窈。

只见少女美丽如花的面孔上，那双眼眸红红的，含着泪光，突然被他拉过来，她羞恼地甩开：“走开。”

江白奇只觉得时间都停滞了，心脏遭到了重击，宋睢窈哭了吗？因为他？她连被奥奖团队开除，得知她一无所有的那天都没有掉过一滴泪，现在却因为他……哭了吗？

他觉得自己好像犯了不可原谅的错，小心翼翼地去拉她的手，声音越发低哑：“对不起……我错了，你不要哭。”

“我没哭。”少女倔强地说，扯回自己的手。

“你想要什么我都给你，好不好？”江白奇又去拉她。

“不稀罕。”

“我错了。”

“你错哪儿了？”

江白奇说不出来，反正让她难过，就是他的错。

宋睢窈见他居然说不出来，气呼呼地转过身来，推了他一把。江白奇小腿撞到床垫，一下子坐了下来。

“你不相信我是真的喜欢你，不听我的解释，擅自把我的感情当作利益交换！老师让我来找你的时候我拒绝了，因为我根本没有空，我要去找人，后来答应是因为他发了你的照片过来，你看邮件为什么不看全？”

宋睢窈把包里江白奇那几张被偷拍的照片塞给他，那是阿尔贝加扫描给她的，她特地打印出来的。

“我本来要找的人就是你，很久以前我就对你一见钟情，我发现老师让我找的人就是你，所以就去了，难道不行吗？”

江白奇陷入了一个奇妙的美梦中，因为过于美好，所以反而不敢相信，甚至都不敢动弹，僵坐在原地，生怕稍微动一下，梦就醒了。

宋睢窈情绪激动又这么直白地袒露心情，虽然在其他方面温柔又成熟，但对于在感情方面并没有经验的少女来说十分不好意思，她脸红了起来。

“……对不起。”他无法组织语言，只能机械地重复这句话。

“对不起。”宋睢窈突然说，尖锐的情绪瞬间温柔了下来。

“……什么？”

“我应该早一点儿来找你，这么多年来，很寂寞吧？”宋睢窈弯下腰，一只手抚上他的脸，将它轻轻抬起来，难过地看着他，“但是，我又有点儿开心。他们都看不到你，看不到你的优秀、你的善良可爱，这双眼睛明明那么漂亮，他们都看不到，只有我一个人看到了。”

他终于意识到，这不是梦境，他与宋睢窈的双眼近距离地对视着，瞳孔颤动，身体滚烫，心脏胀得像要爆炸了一样。

“阿奇，可以只让我一个人拥有吗？他们不要，我要啊。”

宋睢窈弯下腰，柔顺的头发潺潺滑落，她怜惜地吻了吻他的额头，他的双眼，又捧住了他的脸。

救命啊！快给本宫把那头发撩开！

我的 CP 又活了啊啊啊！

是绝美爱情啊啊啊！

啊啊啊我哭了，江白奇凭什么啊啊啊！

弹幕区内一片尖叫。

霍森猛地将烟摁灭在烟灰缸中，胸中妒意涌动，他看了看直播倒计时，看到这一期已经进入了尾声，才按捺住想要动江白奇这个 NPC 的冲动。

夜深人静，江家客厅的灯熄灭了。

江白奇的卧室灯也熄灭了，可是他们毫无睡意。

江白奇躺在地铺上，心脏还在快速跳动，一下下震动耳膜。他侧躺着，看着他的床，少女正躺在他的枕头上，有一缕长发从床单上坠了下来。

他无意识地碰了碰自己的脸，浑身臊得通红，偷偷将脚伸到被子外面，好热。

“你睡了吗？”江白奇小声问。

床上的少女翻了个身，将手伸出床外：“嗯？”

咽喉动了动，江白奇将目光从那手上挪开，克制住想要握上去的冲动：“你以前……在哪里见过我？”

“就在这儿附近。”

江家离金柯朵拉不远，宋雎窈进金柯朵拉学院上初中的时候，已经颇有名气了，那时候有几个大人盯上她，觉得她有钱，想要绑架她，就跟踪了她。宋雎窈当然发现了，只是她还没有采取什么措施，那几个大人就被吓跑了。

气质阴沉又存在感稀薄的男孩，在黑夜里神出鬼没般突然出现在本就做贼心虚的人身边，用那双诡异的大眼盯着他们，吓得他们以为见到了鬼，当即四散而逃。

宋雎窈转头看到他，认出了他，只是那个时候，还不是认识他的时候，那不在她的计划之中，于是她转头离开了，就像所有因为他存在感稀薄而忽视他的人一样。

有一点儿无情呢，所以这一点，她当然不会如实地告诉他。

而那个时候的江白奇，没有看清宋雎窈的脸，她的态度也是他习以为常的，所以他很快就将这件事丢到了脑后。现在宋雎窈提起，江白奇根本想不起来这件事，但是他相信宋雎窈的话，现在无论她说什么，他都会相信。

就算是谎言，他也愿意当真，愿意迷失在她为他制造的梦里，再久一点儿，永远也不要叫醒他。

宋雎窈动了动手指，像在催促。

江白奇心跳如雷，终于缓缓伸出手，将她的手握住了。

啊啊啊甜死我了！

我在审判秀里吃狗粮！

呜呜呜甜甜的爱情什么时候才能轮到我。

江白奇没有回学校，一来放心不下宋雎窈，担心她遇到危险，二来也不想回学校，他们像陷入热恋的少年人，每天都黏在一起，根本不舍得分开。

江家那一家三口从一开始的见一次震惊一次，到后来沉默地接受了这个让人难以置信的事实。

直播进入倒计时，却因为江白奇一直在宋雎窈身边，他们的临时真人 NPC 迟迟无法动手，在亲眼见过江白奇那些甲壳虫的威力后，想对江白奇动粗显然是做梦。

“不能让第一期直播就这样结束，宋雎窈的申冤票一直在涨，弹幕都在喊甜甜甜，好像都快忘记了我们这档节目是审判秀！”覃威怒道。

“我们干脆让人穿了江白奇吧，这对宋雎窈的打击会非常巨大！”

唐山一听这馊主意，就想发火：“现在观众对江白奇很有好感，这样做是想让观众骂死我们吗？”节目组的权威在这一期里，已经掉了好几个档次了！

“可是再这样下去，临时真人 NPC 抓的那些人质，都要被任家棋他们给找到了！”

唐山一愣：“等等……有了！”

江白奇和宋雎窈刚从超市回到江家，江白洛看到两人目光躲闪，小声打了招呼后，就埋头吃碗里的水果。

江白奇看见他碗里五颜六色的切块水果，也去厨房给宋睢窈切了一碗。

江白洛不怎么敢跟江白奇说话，但是对宋睢窈还是很亲近，见江白奇进了厨房，便往宋睢窈的方向挪了几下，说："学姐……我哥做的那些东西，是不是都是些危险品？"

宋睢窈："嗯？你怎么会这么觉得？"

江白洛就支支吾吾说了他去地下室碰了一个头盔的事："就这么一下，我就晕了，感觉魂都被吸走了一样，好邪门啊！"

不过这么邪门的东西，想想倒是跟江白奇的气质有些搭，他本来就是个怪咖，做奇奇怪怪又危险的东西，跟他才比较般配。

宋睢窈讶异，随即失笑："没有的事。"

这时，宋睢窈的手机振动了两下，她低头一看，发现是任家棋发来的信息。

我在江家门外，出来见一面吧。

宋睢窈起身打开门，看到一辆警车停在门口，任家棋从车窗内跟她摆了摆手。

江白奇从厨房出来了，宋睢窈跟他说："我出去见一下家棋哥，他就在门口。"

江白奇看了眼，低声应了一下，看着宋睢窈出去，然后上了车。

"家棋哥。"

任家棋将烟灰弹落在车窗外，看了眼在窗口看着他们的江白奇，说："他就是你在找的人？"

"是的。"

"他一直盯着我，好像我会把你怎么样一样。臭小子，真让人感到不爽。”任家棋皱了皱鼻子，伸手去揉宋雎窈的脑袋，“你可是我看着长大的妹妹，那小子还晚了两百年呢。我们换个地方聊，被盯着真不爽。”

宋雎窈无奈地理了理被揉乱的发，应了声好，又发短信给江白奇，跟他说自己跟任家棋去前面一点儿的地方聊，让他不用担心。

警车总是让人看着就有一种安全感，宋雎窈也跟他说过任家棋，是特警大队长，和他妹妹任雨琳一起给了她很多关照，是个可以信任的人。

然而，江白奇看着远去的车子，却莫名有一种不安感。

任家棋问着宋雎窈跟江白奇的感情状况，宋雎窈有些不好意思，但是又非常坦率，因为是很信任的哥哥，警惕性也比之前弱了很多。

任家棋听着，忽然手机响起，宋雎窈静下来，只见电话那头十万火急地说了什么，任家棋眉头一皱，蓦地转了方向盘，车子往另一个方向拐去。

“雎窈，队里找到绑架犯了，我必须过去一趟，等下你在车里不要出去。”

宋雎窈愣了愣：“好。”

虽然一开始是要找个地方聊聊，途中突然有紧急任务要出，立即改变目的地也是正常的，毕竟有时候逮捕犯人必须分秒必争，否则机会稍纵即逝。

这辆警车很快就离开了繁华的市区，进入了荒无人烟的地界。

弹幕里，观众们发出了不安的叫声。

啊啊啊，我有不祥的预感！

任家棋为什么带着宋雎窈出任务，把她放在路边有多难？

垃圾节目组不会把任家棋穿了吧？

什么事都办不好，根本无法给被审判者所谓的灵魂拷问，只能依靠穿一个又一个 NPC？节目组到底行不行啊？

任家棋看起来怪怪的，窈窈小心啊！

你们是不是有毛病？要节目组跟一个杀人犯讲究手段吗？像这种杀人犯，对她用什么手段都可以吧！

江白奇心里的不安越来越强烈，可是宋雎窈和任家棋离开的时间还不到半个小时，他如果在这么点儿时间里就跑过去打扰，会不会显得很黏人很烦人？任家棋是宋雎窈的朋友，她也许有什么话要跟他聊，他不能压榨得她没有私人空间……

这么想着，江白奇抑制着自己，可他的烦躁感把江白洛吵到了。

江白洛小心抱怨："哥，宋学姐不是跟警察出去了吗？难道你连警察都不放心吗？"占有欲也太强了。

江白奇没有说话。对，他为什么这么不安？任家棋是宋雎窈信任的人，还是一名颇有名气的警察，他没有理由这么不安，好像宋雎窈会受到什么伤害一样。

江白洛心里嫉妒江白奇，想着忍不住嘀咕道："自从跟宋学姐在一起后，就跟变了个人似的，差点儿都不认识了……"当然，这种变化是好的，正因为如此，所以才让人嫉妒嘛。

就像变了一个人似的……

江白奇脑中劈过一道闪电，整个人定在原地，随即冲上了楼。就像变了一个人似的……宋雎窈曾经说过，那些人，那些突然针对她的人，曾经都对她热情喜爱，只是突然某一天，就像变了一个人一样。

那么任家棋呢？他有没有可能也发生这种突变？江白奇的脑海中浮现出任家棋那张脸变得扭曲如鬼怪的场景，强烈的恐惧感将他攫住了。

江白奇拿出甲壳虫，却在看到桌上的蜻蜓的时候如遭雷劈。对了，这段时间他们一直在一起，用不着蜻蜓，所以……宋雎窈出去的时候，根本没有带上它，他现在无法定位宋雎窈了。

他很快想到办法，无法定位宋雎窈，那他就定位任家棋。一年前警方系统就加入了警车跟踪定位功能，每辆警车内都有定位芯片，他只要侵入系统，就能锁定任家棋那辆警车的所在位置！

途中，任家棋又接了一个电话，这个电话让他表情越发凝重，他看向宋睢窈：“我本来打算事情结束了跟你聊聊的，但是现在情况有变，会拖到很晚，也比较危险，我把你放下来，你给你那个小男朋友打个电话，让他来接你。”

“好。”

任家棋将车子往路边靠，把宋睢窈放了下来。

冤枉节目组了吗？

任家棋没被穿？

但是，把女孩子丢在这种地方也不好吧？

他到底有没有被穿啊？

任家棋叮嘱道：“你自己小心点儿，那边有个加油站，你去那边等那小子。”

“好的。”

任家棋的车子很快离开了。

宋睢窈看向任家棋指的方向，望了几秒钟，抬脚走了过去。拐了个弯，就看到任家棋说的那个加油站，加油站看起来很冷清，一盏昏黄的灯，一个很小的小卖部，周围人迹罕至，再过去还有一座小桥，隐约能听到流水声。

但站在路边也不行，去那个加油站是唯一的选择，宋睢窈走了过去。

小卖部老板是个中年人，见宋睢窈拿了瓶水过来结账，说：“小姑娘怎么一个人在这里？”

宋睢窈：“不是一个人，朋友马上到了。”

“是吗？”中年人点点头，收了钱。

这时，宋雎窈忽然听到身后响起一阵卷帘门猛地被拉下来的声音，她转头一看，小卖部的门已经被关上，随即后脑勺传来一阵撞击的痛感，她眼前一黑，便失去了意识。

江白奇很快定位到了任家棋那辆警车的位置，却发现那辆警车正停在一个废弃工厂前，除了任家棋，现场还有不少警察和特警，正在与废弃工厂里面的绑匪对峙着。

他给宋雎窈打电话，电话响了，却没有人接。

怎么会这样?

他如坠冰窟，整个人都战栗起来。

这时，他的手机响了起来。

第十章

虚假

抓到宋睢窈后，导演们纷纷松了一口气，距离第一期直播现实时间只剩下不到五个小时，虚拟世界时间还有三天，这点儿时间现在看来足够节目组扳回一局。

太好了，终于抓到宋睢窈了！

而且这次计划已经尽可能地做得合情合理符合逻辑，还迷惑住了江白奇，让他不至于来坏事。

让临时真人 NPC 动作麻利点儿，注意演技。

因为宋睢窈被袭击的事，弹幕区的动静又开始大起来，惊恐的，谩骂的，期待的，善意的，恶意的，无数言辞充斥其中，所有人都知道，这一期的最高潮来了。

元蔓枝也终于等到了她期待的。

“宋睢窈，这一次，我看你还怎么笑！”元蔓枝笑容扭曲地说。给我痛苦地死去吧……所有恶毒恐怖的酷刑在她的脑中浮现，不只是这一期，下一期，下下期，她都要让宋睢窈痛苦！

今天是周六。

金家照例在这一天共进晚餐，只是家主晚归，所以这一餐也进行得比较晚。

富丽堂皇的贵族餐厅里，铺着红桌布的长桌上摆着美味佳肴，然而有人吃得味同嚼蜡。

“你们兄弟是怎么回事？脸色这么臭？”美丽的贵妇关心地问。

“没什么。”金耀说。他们能说是因为失恋？宋睢窈离开了金柯朵拉学院，也拒绝站在贵族阵营这边，但这反而让他对这个少女更加念念不忘，觉得她在这个世界上独一无二，与众不同。他知道金钰的心思，本来作为双胞胎，他向来是后退一步的那一个，本来他也想把宋睢窈让给金钰的，只是想是这样想，真这么做就不容易了。

至少有些行为他是无法控制的，比如让人找到宋睢窈去了哪里，然后偷偷坐车去看。

结果跟他做出同样行为的，还有他的双胞胎兄弟，两人在街头撞见，尴尬得无以复加。

然而比这更惨的是，他们看到宋睢窈跟另一个男人手牵着手从公交车上下来了，让他们更受打击的是，调查后发现，这个人居然是金柯朵拉学院的学生，一个存在感稀薄、家境普通、灰扑扑的，看起来一无是处的家伙！

这是今天中午的事，他们还没有从打击中彻底缓过来，因此脸色都不好看。但生长环境家世背景给他们带来的自信，让他们并没有把江白奇放在眼里，宋睢窈的眼光让他们震惊，但这个对手根本不叫对手。

“老公你也是，这么晚回来不饿吗？心不在焉的。”贵妇又转头看向丈夫。

金钰抬起头，看向主位上的父亲，见父亲神色凝重：“是计划中的事出了什么纰漏吗？”

要说金家最近在忙碌的事，自然是利用宋睢窈将那位大人物拉下马了，这件事金家联系其他贵族已经谋划多时，确保一出手就可以一击毙命，并且拉下那一派系一连串的人马。

金父的表情讳莫如深：“计划暂时搁浅了。”

“为什么？”金钰皱了皱眉头，他还希望他们这一次行动后，能让宋睢窈返回奥奖团队。

金父对金柯朵拉发生的一切心知肚明，尽管金钰在同龄人里已经是出类拔萃的，但是跟父亲这种老狐狸相比，还是太年轻了，他早就看出了儿子的心思，此时想到今天刚得到的消息，不禁摇头。

“虽然给了你们挺多历练，但到底是温室里的花朵，比不上傲雪凌霜的梅花。”

金钰一愣，金耀也停了动作，抬眸看过来。

“你们真以为宋睢窈是没有爪子的猫吗？”金父说。虽然是个平民，但是她的智慧和能力可以弥补她血统上的不足，金家非常乐意有她这么一个儿媳妇，可惜这两个儿子要配她似乎还差了点儿。

“她可用不着你们帮助。”

宋睢窈被一阵呜呜哭泣的声音吵醒，她缓缓睁开双眼，入目的是一个灰暗冰冷的空间。她清醒过来，立即查看自己所处的环境，发现自己被关在一个四四方方的空间里，双脚被铐在地上，脚边有一把匕首，和一支不知道装着什么液体的针筒。

除了她，还有一个女生，这个女生躺在地上，无法动弹，正怕得嘤嘤哭泣。

怎么回事？

宋睢窈用力扯了扯锁链，锁链纹丝不动，她又凑近那女孩：“冷静一点儿，你怎么样？”

“我、我浑身被麻醉了，根本就动不了。”女孩惊恐地抽抽噎噎地说。

“我怎么会在这里？”

“我不知道，我一睁开眼，就是这种情况了呜呜呜……你看你头上呜呜……”

宋睢窈抬头，看到自己头上吊着大得惊人的电锯。电锯显然是特别制作的，像个吊扇一样挂在天花板上，没有任何可以徒手触碰的地方，八片硕大的锯片组合成花的形状，可怕的锯齿闪烁着冷厉的寒光。

宋雎窈正想着，这时，空间墙角传来一道声音。

“你好啊，宋雎窈，接下来，我们要进行一个有趣的游戏，你看到墙上的计时器了吗？还有30秒，游戏就开始咯。游戏开始后，你头顶的电锯会打开，缓缓落下，当倒计时结束时，如果你不能从原地逃开，下场你可以自己想象哦。你的双脚被铐在地上，不能挪动一步，除非你能够拿到钥匙。”

啊啊啊，这种变态的感觉！

这个是临时真人NPC吧？

终于回到审判真人秀的画风了！

期待节目组的招数，把宋雎窈不为人知的一面都逼出来吧！

垃圾节目组，就算宋雎窈真的露出了人性丑恶的一面，也改变不了你们垃圾的事实！

宋粉开始怕了？之前不是还很嚣张，一直坚信她无罪吗？

宋雎窈保持冷静：“你是谁？”

那人却并不回答宋雎窈，继续说：“钥匙在哪里呢？钥匙在你前面那个女生的肚子里哦，如果你想要解开脚铐，得剖开她的胃，拿到钥匙。看到那扇门了吗？门没有锁，你解开脚铐就能离开。”

被麻醉的女生吓得拼命喘息，满眼恐惧。

“这个针筒是什么？”宋雎窈问。

“这个是解毒剂，如果你把解毒剂注射进这个女生的身体里，大约10分钟后，她的麻醉就会消失。”

10分钟，计时器上的时间，恰好就是10分钟。

所以这道选择题，宋雎窈如果选择给女生注射解毒剂，10分钟后女生可以离开，而双脚被铐在地上的宋雎窈，只能活生生地被电锯锯碎，哪怕她拼尽全力扑倒在地上，让身体远离电锯，她至少也会被截掉两条腿，而且是以最痛苦的方式。

但她要是救自己，必须用刀子剖开眼前这个没有反抗能力的女生的肚子，从她的胃里找到钥匙。

这是什么恐怖片啊！

宋雎窈会做出什么选择呢？

是个人都会选择让自己活下来吧？

这个招数是参考了某部恐怖片里的吧，我记得恐怖片里面临这道选择题的主角，最后剖开了对方的肚子，找到了钥匙，想想都还头皮发麻。

人都是自私的，宋雎窈也是人，生死关头，肯定会选择自己啊！

倒计时已经开始了，女孩惊恐极了，哀求地看着宋雎窈，拼命眨眼睛："不要，不要……"

宋雎窈双脚无法动弹，双手却可以动，刀子、解毒剂和女孩都在她的触手可及之处。

30 秒结束，倒计时开始，宋雎窈头顶的电锯猛然启动，锯片滚动起来，发出可怕的野兽般的声响，以缓慢的速度降落下来。

女生被刺激得眼睛一翻，吓得晕死了过去。

宋雎窈脸色煞白，她深呼吸了两下，手在针筒和刀子之间没有动弹。

"这些，是为了我精心准备的吗？"宋雎窈问那个不在现场的绑匪。

绑匪很放松，任务已经完成，他确实没有什么好紧张的："没错，这个八瓣电锯不错吧？我费了不少时间才做出来的，为此我还不小心锯掉了几次手呢。"

不小心锯掉几次手？被锯掉的是 NPC 的手吧？

真恶心，虽然是NPC，但是在虚拟世界里NPC也是活生生的吧，他锯掉人家的手后，又换一具继续做吗？

宋粉不要在这里转移注意力，居然在为数据打抱不平，真是笑死人了！

转移注意力，也改变不了你家正主完美形象崩塌的事哦。

倒计时已经开始了，她没有立刻拿起针筒，之后应该也不会拿起来了。

宋睢窈好像没有注意到他这话的奇怪之处："之前就是你吧，一直在跟踪我，无论怎么把你甩掉，你都有办法继续跟上来。"

"没错，就是我。"那人得意扬扬地说。

"你是怎么做到的？我明明把你给甩开了。"

"你管我怎么做到的。"

"你有帮手对吧？而且不是一个两个，而是一个组织，这个组织一直在盯着我，针对我，我做错了什么？"

"死到临头，你的废话还那么多。"

"你现在在哪里？是在屋外面吗？我怎么能确定，不会出去后立刻又落入你的第二个陷阱？"宋睢窈仍然十分冷静。

"哈哈哈你现在以为自己还有选择权吗？你只能选择现阶段谁死谁活，还是要同归于尽。"

"你的声音真难听，一定长得很丑吧，因为你一事无成，不受人重视和喜爱，碌碌无为，甚至恶心丑陋，所以才会想出这种办法来伤害别人。"宋睢窈一反常态，用刻薄尖锐轻蔑的口气说。

那个声音骤然沉默下来，却让人感觉到气氛瞬间变得紧张起来，那个人一定生气了。

"真可怜，这个世界就是这么残酷，即便是变态，都有三六九等之分，有长相出众、家境优渥且高智商的精神病态者，而你一定是又丑又没用的那一类，所以你就算是在门外，也不敢开门让人看到你那丑陋的真面目。”

宋睢窈说完，头上的电锯猛地往下掉了好一段。

啊！

我的妈呀，吓死我了！

宋睢窈也猛地颤了颤，但她很敏锐地听到了外面传来的一道愤怒的声响，像是有人一脚踢飞了什么东西。

“原来如此，你就在外面。”

“我后悔了，时间缩减为 5 分钟，你最好快点儿做出选择！”那声音阴鸷地说。

八瓣电锯下降得更快了。

宋睢窈深吸了一口气，低头看着刀子和针筒：“好，我选择……”

节目组下意识地将探头凑得更近，想看宋睢窈的手到底选择哪一样，观众们也忍不住屏息等待。

然而，忽然间，宋睢窈抬起了头，刚刚好，她的双眼直视镜头般，看向了直播间外的所有人。

节目组工作人员们只觉得心脏被射中般传来一阵幻痛。

“老师，行动吧。”宋睢窈不知道在对谁说。

什么？

节目组还未反应过来，外面兴奋地想要见宋睢窈流血的变态也没反应过来。

“砰”一声，门被踢开，玻璃窗碎掉，特种士兵瞬间将绑匪制住，一个头盔扣在了他的脑袋上。

与此同时，总理府内。

正在享受纵横捭阖，一人之下万人之上的权力美妙滋味的男人，正像模像样地和宾客侃侃而谈，在他的眼里，这些人都只是NPC，没有脑子，不值一提。

他享受着众人的恭维，肆意许下承诺，收下贿赂，这些都是他现实中不可能享受到的，这就是当掌权者的美妙吧！

一队穿着黑色军装、面容严峻的军人踏着铿锵有力的步伐，闯进了大厅。

“你们干什么？谁允许你们进来的？”他顿时不悦地斥责。

“拿下。”为首的军官面如寒霜。

“什么？你们怎么敢……”

他被毫不留情地压制在地上，一顶头盔扣在了他的脑袋上。

而现场的高官，却没有露出多么意外的神色，方才的谄媚，全都变成了厌恶，冷冷地看着这位“国家领导人”。

奥奖研究院。

刚刚从实验室里心满意足出来的少年，迎面撞上了门口的军官。

“好狗不挡……喂？！你们要干什么？”

“带走。”

教育局。

色欲熏心的局长正在对学生家长威逼利诱，他已经完全沉浸在这个虚拟世界里，享受着放纵所谓人类天性的快感，并且下定决心第二期的时候还要再花钱进来玩玩。

这时，办公室门被打开，他不悦地抬起头，看到来势汹汹的军官，吓了一跳，但也没当回事。

“这是怎么……”

还轮不到他问完话，他就被拿下了。

《我是大赢家》节目组。

“不好了！”

“你们快去看看！”

彭嘉心烦意乱地抽着烟，从宋雎窈镜头被剪那天开始，他日子就不好过，台长针对处处打压是一方面，内心对宋雎窈的担心是另一方面，听到这动静，他不耐烦地抬起头：“干什么？”

“台长被抓了！”

“什么？”彭嘉连忙起身跑出办公室，刚好看到台长脑袋上戴着一顶奇怪的头盔，被一队气势惊人的军人押走的模样。

他心脏猛跳，预感这一切可能跟宋雎窈有关。

所有还在虚拟世界里的临时真人 NPC 都被一网打尽了。

节目组惊呆了。

“这……这是怎么一回事？”

唐山心头猛然蹿起一种极其糟糕的预感，直觉让他大吼出声：“把临时真人 NPC 撤出虚拟世界！”

负责这一部分工作的工作人员立刻行动，这是个很简单的操作，只要按下生物舱的按钮，临时真人 NPC 的精神体就会被弹出来，回到他们的身体里。这个发明经过 20 季的使用，从未出现过任何问题。

然而……

工作人员脸色一变：“怎么回事？没有反应？”

“磨磨蹭蹭干什么？让他们立刻退出来！”唐山吼道。

“……导演，不行。”

“什么？什么不行？”

“撤不出来……临时真人 NPC 的精神体，无法从虚拟世界里撤出来啊！”

观众们也惊呆了。

我的天？

天？！

我蒙了！

这反转？！

霍家，元蔓枝傻眼了，什么？什么东西？怎么回事？为什么？！

虚拟世界中，被全身麻醉躺在地上的女生也惊呆了，一双眼睛都顾不上流泪了，这种大场面，她只在电视里看过！当然，她被绑架这种事，她也只在恐怖片里看到过！

穿着迷彩服、高大强壮的特种士兵迅速进来，蹲下身快速解开了宋雎窈的脚铐，带她远离了头上那可怕的八瓣电锯。

“博士，您没事吧？”一位军官见宋雎窈摸了摸她的后脑勺，连忙紧张地问，问完又转头喊来军医给她看。这颗脑袋可是国家的重要财富，不能有半点儿差池。

“没事。阿奇呢？”宋雎窈关心地问。

问完，江白奇就进来了，他存在感之低，等抱住宋雎窈的时候，刚刚问话的军官才吓了一跳，我去！突然冒出来，差点儿就拔枪了！

几个小时前，江白奇正在想方设法地寻找宋雎窈的时候，接到了一个电话。

“江先生，请到楼下来，是关于宋小姐的事。”电话里的男人说，口气听起来很刚正。

他快速下楼，看到家门口停着一辆黑色越野车，车门打开，几个男人的身影露了出来，他们身上有着同样的神秘气息，又有一种杀伐之气，像从枪弹雨林中出来的兵王。

江白奇立刻想到了宋雎窈得罪的那个大人物，双眼充满警惕和敌意：“你们把她怎么了？”

“请放心，宋博士没事，一切都在她的掌握之中。为了防止您插手坏事，江先生，请您跟我们走一趟，等事情结束后，您也能第一时间见到宋博士。”

他们看起来这样不凡，口气里对江白奇的态度却十分尊敬。这位江白奇实在太厉害了，反而成了计划中可能出现的唯一变数，因此得立刻接过来看住不让他乱搞才行，刚刚警方系统被入侵，引起了好大骚乱呢。

节目组怕江白奇找到宋睢窈，特地用任家棋迷惑他，拖延时间，却没想到虚拟世界的人们比他们更担心江白奇提前找到宋睢窈，坏了计划。

江白奇并不信任他们，但是想到宋睢窈可能会在他们手上，他只能上车。然后他被接到了另一辆车上，从屏幕里看到了宋睢窈被绑架的场景，那悬在她头顶的电锯，把他吓坏了。

江白奇颤抖着将她紧紧抱住，眼眶发红。军人们或偷看或不好意思地转开目光，里面有不少年轻人，脸上都是抑制不住的艳羡，甜甜的爱情什么时候轮到他们呀？

宋睢窈像安抚受惊的大狗一样抚摸他的背脊：“没事的，别怕。对不起，为了不让计划暴露，没有提前告诉你。”

一个棕色卷发高眉深目的中年男人哈哈大笑着走进来：“刚刚三个士兵都险些拦不住他，这小子不错，看着瘦得没几两肉，还以为就脑子好使，没想到他的爆发力还挺强。”

“老师。”宋睢窈神情有些无奈。这个中年男子正是她的导师阿尔贝加。

阿尔贝加笑容爽朗，一双眼睛却非常锐利具有压迫感。他是个科学家，却有大佬的霸道气质，尤其是他此时收敛了笑容，看起来就很凶狠了：“老鼠都逮到了，该去看看，那里面都是些什么东西了。”

“是啊，是什么东西呢？剖开来看看吧。”宋睢窈乌黑的眼中有锋芒，不再是平时温柔无害的模样了。

现实世界中，正义审判秀的演播大厅乱套了，每个人都不知所措，又忙碌得像无头苍蝇般四处乱撞。

“生物舱出问题了？快把维修人员找来！”

“K先生？快去找K先生！跟他说虚拟世界系统好像出问题了，快！”

“别乱动那些人的身体，如果出事了，你负得起责吗？！”

“到底是系统出了bug，还是宋睢窈搞的鬼？”

“宋睢窈搞的鬼？你疯了吗？这怎么可能！她能从虚拟世界搞我们真人？”

“这个消息给我压下去，绝对不能让观众知道，应该只是系统出了什么问题，或者生物舱出了问题，别想太多，宋睢窈怎么可能有这种能耐！”

不能把临时真人NPC无法退出和宋睢窈联想在一起，也不敢把二者联想在一起，所有人都坚信，一定是因为系统或者生物舱出了问题。然而，敏感的人心里却在打鼓，充满了不安感。

真的只是意外事故吗？

“哇！霍森，这位老同学好像很不得了啊！”会馆包厢里，一群公子哥儿不喝酒玩乐，反而看起了《正义审判日》的直播，这还得归功于霍森告诉洛潮宋睢窈是他们的初中同学这件事。

初中的时候，他们曾经试图戏耍过宋睢窈，比如幼稚的、老掉牙的追求游戏，结果一个个惨遭滑铁卢不说，还有几个反而喜欢上了宋睢窈，只是大家碍于颜面和家族规矩都没说出来，因此作为某些人的初恋，听洛潮这么一说，纷纷忍不住去关注了一下。

然后就被刚刚那突然的反转惊呆了。

“人家是王城首都大学的高才生，能不厉害嘛！”

有人忍不住低声道：“我去给她投张……”

话未说完就被扯了扯，那人的声音戛然而止，他瞥了霍森一眼，情绪复杂，不再说话。

霍森表情看起来没有什么变化，仍然是那么平静无波，不动声色。

虚拟世界中。

周日一早，餐桌上，金钰的刀叉险些没抓住，刀尖在骨瓷盘上敲出了清脆的声响。

金钰惊愕地看着父亲，刚刚晨跑回来的金耀端着水杯的手也僵住了。

金父也是刚刚收到的消息，抽着烟，情绪复杂："所以，将那位拉下马的计划作废了，派不上用场了。"

"所以……一切都是宋睢窈的计划，所有人都在演戏，就等着将他们一网打尽的时机？"

"没错。"

"怎么会？没有丝毫风声传出，什么时候开始的？什么时候设计的？总理又是怎么回事？您昨天就知道了，为什么没有说？"金钰的情绪有些激动。

亏他还想着怎么帮宋睢窈，结果居然一切尽在她的掌握之中。那个女孩，嘴角总是含着笑意，眼眸温柔清澈，看起来纤瘦脆弱，在他的脑子里，是朵叫人忍不住想要为她撑伞，以免她遭受风雨暴打的花。

然而此时此刻，这抹温柔的影子嘴角的笑容好像变得有些意味不明，眼眸深处也暗藏着什么东西，变得神秘莫测且危险，却仍然有着一种致命的吸引力，让人好奇，忍不住去探究。

像个魔女一样。

金父讳莫如深地说："人基本上是无论什么时候，都不可能团结一心的生物，除非当这件事严重影响到他们的共同利益。"

"您是说，这件事也影响到了我们贵族的利益？"

"没错。"

飞往首都的专机穿过云层，头等舱内。

“老师一开始惦记你的机械虫子技术，是为了他的家族，总理变得不对劲后，他就放弃了，你知道为什么吗？”

江白奇：“机械虫子代表人类之间的利益，头盔技术代表……人类共同体？”

“对，”宋睢窈笑起来，拉住他的手，轻轻吻了他一下，“人类出现了不得了的外敌，哪里还有工夫去想内部的战争和利益？”

他们在说什么？我听不懂。

头盔？什么头盔？

是宋睢窈从江白奇手上拿走的那个头盔吗？

刚刚那个临时真人 NPC 被抓的时候，脑袋上好像是有一个头盔，看起来还挺滑稽的。

还好意思说头盔，之前深情款款，说什么是冲着江白奇来的，结果还不是拿了江白奇的东西。

人类出现了了不得的外敌？难道这个世界还有外星人吗？

因为直播间只跟着宋睢窈，根本不知道这个世界的其他地方发生着什么事的观众们，不明白他们在说什么，头盔又是怎么回事。他们之前震惊的是临时真人 NPC 给宋睢窈拷问灵魂的选择题，宋睢窈非但没有做出选择，反而好像早就知道了什么一样，密谋着什么惊天计划，让他们此时此刻充满了好奇，想要知道到底是怎么回事。

宋睢窈不是已经一无所有了吗？不是已经被政府抛弃了吗？不是导师都不回邮件？结果突然来这么一下反转？不明觉厉，牛！节目组又失败了，垃圾！

这时阿尔贝加走了进来，宋睢窈不好在导师面前跟男朋友卿卿我我，想要把手抽出来，不料刚抽出来一点儿，就被江白奇紧紧抓住了。

阿尔贝加笑道：“不用在意我，你们聊你们的。”

这么大一盏电灯泡在这里，怎么聊得下去？

见小情侣不说了，阿尔贝加大手拍了拍江白奇的肩膀，被他嫌弃地躲了开，阿尔贝加也不在意，说：“小兄弟，你很了不得啊，怎么会想到做那个头盔？”

当然，他的学生也很了不得，当他只看到江白奇的机械虫的宝贵之处的时候，宋睢窈却发现了头盔的奥秘，并且展开了大胆的假设，提出了非常有用的提议，最终推动这场没有硝烟的战争的胜利。

看在这个男人是宋睢窈的导师，非常关照宋睢窈的分上，江白奇没有不理他：“没什么特别的想法，随手就做了。”

阿尔贝加神色复杂，想他也是知名的天才级人物，可是在这个少年面前，却还是感到了被碾压的打击感。

算了算了，至少他比对方帅！

他们还在说头盔，越听越蒙，头盔咋了？

听得满头雾水，是说江白奇做的头盔很牛吗？但是，这跟宋睢窈突然好像变得很牛有什么关系？

啊啊啊好奇死了，有没有课代表，给我几句话捋清楚？

没有课代表，因为剧情还没有到解密环节……

解密环节很快就到了。

飞机抵达首都机场，一支昂首挺胸、气势汹汹的军队正在等候，见他们下来，一个军官级别的人走上前。

“阿尔贝加先生，宋博士，目标都已经被抓获并送达研究院。”

“好。”

江白奇其实也还有一些困惑，但宋睢窈就在身边，他也不急着问。

像只忠诚的有主人在身边就万事大吉的狗一样，他一路从家里跟到了首都，现在又跟着她上了车，来到了奥奖研究院。

奥奖研究院建在半山腰上，守卫森严、占地广阔、建筑宏伟，江白奇透过车窗看，忍不住想宋睢窈在这里工作，一旦归队，外人无法随意进出，想要见到宋睢窈很困难。

事到如今，她一定会归队的。

正如他所想，她的队友们对她的归来发出了热情的欢迎，将她团团围住。江白奇被挤了出去，灰扑扑的小尘埃站在热闹的人群外面，看着他闪闪发光的太阳被拥住，唇瓣紧抿，身周的磁场好像更加阴沉了。

这时，他看到他的太阳挤出了人群，跑到他面前，笑着拉住他的手，与他十指相扣，将他拉进了人群之中。

“各位，这是江白奇，我的男朋友。”她大大方方、笑容满面地跟队友们介绍。

“他就是江白奇！做出头盔的那个人？”

“英雄出少年，我好酸。”

“兄弟，你厉害啊，以后请多多关照哦！”

热情的友善的声音朝他涌来，江白奇看向宋睢窈，世界里却没有其他的声音，只有她的笑靥，只有她的声音。或许曾经他很渴望这些善意，但是现在，他只要她。

短暂的会面后，大家进入了主题，江白奇虽然做出了头盔，是初始技术创造者，但是，他毕竟没有参与后面的改进计划，也不是奥奖团队的成员，没有足够的身份参与后面的事，暂时被安置在了宋睢窈的办公室里。

白袍衣角在空中扫过一圈，掀起一阵微风，纤细柔美的手从袖中穿过，穿上工作服的宋睢窈就像穿上了战袍，一瞬间气场都变得严肃凌厉起来。

宋睢窈走进大实验室，大实验室里聚集着好些位世界著名的科学家，既有本国的，也有外国的奥奖团队成员。

“欢迎回来，宋博士。”

“谢谢您，先生。”

大实验室前有一面很大的屏幕，上面被分成了几个小画面，正是那些被抓获的临时真人NPC，正分别在审讯室里接受审讯。

他们的双手被铐在靠椅扶手上，头上戴着头盔，表情看起来非常嚣张，有人甚至还在睡觉，完全无视了审讯人员。

“这些人果然非常不正常，他们不仅能‘夺舍’，好像还能封闭五感。”一位博士跟宋睢窈解释说。

我去？！

我好像有一点点儿明白了！不是我想的那样吧！

这些人都是临时真人NPC？全都被抓了？

垃圾节目组，穿了太多人了，NPC们又不傻，崩了人设能不引起注意吗？

节目组还不把人给撤出来，难道还有什么后招？

那个头盔的作用到底是什么？是辨别他们是不是临时真人NPC的道具？

宋睢窈盯着那些临时真人NPC，他们有恃无恐，那就是节目组做了什么。他们虽然因为江白奇的这个精神体扣押发明，无法离开虚拟世界，但是，虚拟世界毕竟是虚拟世界，进入这里的真人，能感知多少，全都是通过生物舱来控制的。所以，节目组仍然可以通过生物舱来降低他们的痛觉、听觉等，让他们免于受苦，因此，这些人也有恃无恐。

反正不会痛，不会死，你们爱怎么样怎么样，不爽来咬我啊！他们露出的表情好像就是在传达这样的信息，并且兴致勃勃地看面前的研究员拿他们束手无策的样子。

“他们的样子好恶心！”宋睢窈身边一个比较年轻的研究员气愤地说，“总理先生为人民做了多少事，至今很多老百姓提起他都泪眼汪汪，感激不尽，却被这种家伙取代了，用他的身体和名号做了那么多缺德事！”

“这个取代教育局局长的家伙更恶心！真的该死！”

“还有那个少年，虽然确实很聪明，但完全就是个疯子，之前故意把强腐蚀性药水泼到我们一个清洁工阿姨身上……”

研究员咬牙切齿，听的人也愤怒极了。他们到底是什么东西？为什么能够随意进入他人的身体？连一国总理都如此轻易悄无声息地被取代，更何况是其他人？这种事发生在这个国家，就有可能发生在其他国家，甚至某一天会发生在自己身上。

正是因此，他们在极短的时间内齐心协力，研究和改进这个头盔，等待时机，终于将这些人一网打尽！

“那让我们来看看，藏在这些人身体里的，到底是什么样的东西。”宋睢窈说，“老师，精神体折射成像技术的研究怎么样了？”

阿尔贝加：“刚好，虽然还没进行过实验就使用在人体上不符合规定，但对这种敌人，不用太讲究。”

现实世界中，导演组心里升起一种不祥的预感，精神体折射成像？听起来很不对劲，该不会……

那些临时真人NPC，被转移到了另外一个房间，看到宋睢窈，他们眼中都升起奇异的光芒，十分恶心。

宋睢窈推着精神体折射成像仪走到第一个临时真人NPC面前，也就是那位“教育局局长”。

“小宋，你长得真好看，叔叔可喜欢你了，只是没机会跟你一起玩玩。”他笑容油腻地说，“不过别担心，叔叔肯定会找到机会跟你一起玩的。”

宋睢窈面无表情地看着他，手上操作着仪器：“事到如今，你难道一点儿都不怕吗？”

“我怕啊，我好怕哦。”他笑嘻嘻地说。

“是因为觉得披着这一层皮，没有人能知道你的真面目，所以才这么有恃无恐吗？”

那当然，这就是他们进来这里玩的原因啊！无论做什么都可以，因为都是数据，所以不是犯罪，而且除了节目组的极少数人，这里没有人知道他们的真面目，无论在这里多么禽兽，出去后，他们还是他们，没有丝毫名声影响，谁也不知道他们做了什么！多么爽啊！

宋雎窈嘴角勾了勾：“既然如此，就让我来看看，你的真面目吧。”

宋雎窈按下了确认键。

什么？

“教育局局长”的表情有些僵住，随即他又放松下来，差点儿被她唬住了。

然而，就在下一秒，头盔上的灯光闪烁，有白光出现，朦胧的光芒中，头盔射出了光芒，宋雎窈前面的成像仪也射出了光芒，两边光芒汇聚，一道人影缓缓成形。

一个赤身裸体、身材中等的中年男子形象出现了，这张脸如此清晰，连因为头发太少而秃出的头皮都能看到。

“教育局局长”表情彻底凝固，这不是NPC的模样，而是现实世界中自己的模样！

喂……不是真的吧？这绝对不是真的吧！我一定是在做梦，这不可能……

“教育局局长”再也没有之前扬扬得意的油腻的笑，他刹那浑身湿透，汗如雨下，脸色煞白，脑子里浮现出他可怕的妻子、冷漠的孩子的形象，还有他的同事们……

我去？！

天哪！这个是临时真人 NPC 现实世界的模样吗？

长得像个老实人，结果在虚拟世界里都干了什么？他老婆知道这些事情吗？

宋睢窈都做了什么啊！

观众们惊呆了，他们此时此刻终于大概明白发生了什么事情。宋睢窈和这些虚拟世界里的 NPC，早就发现了临时真人 NPC 的存在，一直在筹谋计划，终于将他们全都一网打尽，还发明出了科学机器，把他们的真面目从 NPC 的躯壳里拖了出来！

天啊！

我跪了！

妈妈问我为什么跪着看审判秀！

宋睢窈……太牛了吧？这么长时间以来，她不动声色，在我们这么多观众眼皮子底下也没有露出丝毫端倪……这是国家级人才啊！

这些临时真人 NPC 彻底完蛋了，看看他们在虚拟世界里做的事，既恶心又恐怖，人面兽心，谁还敢跟他们往来啊……

节目组已经不由得停了动作，傻在了原地。

他们前一秒还在着急忙慌地联络人来修理生物舱，找人看看虚拟世界系统是不是出 bug 了，不相信这是因为宋睢窈在虚拟世界里做了什么才导致临时真人 NPC 彻底暴露的，结果现在，宋睢窈狠狠地扇了他们一巴掌。

他们被震住了，说到底，节目组也不是什么科学团体，就是普普通通一群人组成的工作团队，普通的导演，普通的编导……做的也不过是一场真人秀罢了。他们头一次遇见这种事。

从来都是被审判者被他们掌控在手掌心，被玩得团团转，现在第一次有被审判者如此凶残地、在他们的程度无法理解的领域，反击了他们。

现在……该怎么办啊？

豪华会馆里，霍森一伙人也傻眼了。

刚刚还能喊出“牛”这个字，此时却已经瞠目结舌，难以发出言语。

这……太强了吧！

宋睢窈……不愧是那个宋睢窈……她真的被霍海给害惨了，如果不是霍海，她在现实世界中该有多闪耀啊！

这么想着，他们看向霍森的眼神越发复杂了。

霍森看着屏幕，屏幕里的宋睢窈是如此闪耀夺目，令人心驰神往，好奇不已。

在虚拟世界中，坐在“教育局局长”身边，原本也嘻嘻笑着看着这些他们没有放在眼里的 NPC 的几个人，在反应过来发生了什么事后，脸色终于变了。

他们满脸惊慌，什么？不是吧？不可能吧？

“教育局局长”已经陷入了某种惊吓过度的状态之中，浑身抖如筛子，衣服湿透了，似乎下一刻就会尿出来。

“这就是你的真面目吗？”宋睢窈歪了歪脑袋，“是长得像人的禽兽呢。”

宋睢窈按下一个按钮，光线消失，那个人影也消失了。然后，她推着成像仪走向第二个人。

第二个人正是那个少年。

他看到宋睢窈过来，顿时目眦欲裂，整个人往后拼命躲去，嘴上惊恐地大吼：“我要退出！快让我退出！节目组！节目组快放我出去！啊啊啊啊！”

如果被知道真面目就完蛋了，现实中有多少人在看节目？其中肯定有他的父母亲戚、同学老师……他不敢想象自己的真面目被看到后，以后自己该怎么办，太恐怖了，他是在做噩梦吗？！

然而他拼命挣扎呐喊，节目组却没有给他任何回应，直播通道打开后，关闭时间就不是节目组能控制的了。

宋睢窈按下按键，在少年绝望崩溃的目光中，又一道赤身裸体的身影出现了，虽然隐私部位被系统自动打上了马赛克，可他的脸却完完整整地暴露在了直播间里。

然后，轮到“总理”、电锯变态……

他们同样发出了惊恐崩溃的惨叫，大声呼唤着节目组，甚至鼻涕眼泪都崩溃地奔涌了出来，然而他们也无法逃脱这恐怖的命运。

一张张真面目出现在了所有观众面前。

……我也报名了临时真人NPC，幸好没被选中！

我记住这几个人的脸了，希望别在路上遇到他们！

妈呀，那个少年是我们学校的学长，成绩很好看起来很乖巧，结果心理这么变态吗？这真是太可怕了！

电锯变态居然是我邻居……我们业主群现在已经疯了，同一栋楼里住着这么一个人，谁家睡觉能安稳？至于我，谢谢关心，我已经在去投奔朋友的路上了。

话说节目组为什么不把人撤出来？任由宋睢窈把他们的真面目给曝光？

节目组死了吗？这都不把人撤出来？

我做一个大胆的猜测，不是节目组不把人撤出来，而是他们根本就撤不出来，那个头盔就是原因！

推测之前宋睢窈他们不立刻把那些临时真人NPC抓起来，是因为发现他们可以随时跑路，所以在拖延时间，背地里快速研发制作那个头盔，确保万无一失后，才立刻动手将他们一网打尽！

观众们终于彻底搞懂发生了什么事情，在新一季《正义审判日》真人秀第一期直播即将结束的最后两个小时里，节目迎来了最大高潮，无论是收视还是话题都爆炸式增长，彻底反超第一季。

这高潮里让人在意的要素太多，热搜榜话题榜完全被屠了榜。

#正义审判日#

#史上最强被审判者宋睢窈#

#临时真人NPC真面目被揭发#

#审判秀事故#

那些被揭露真面目的临时真人NPC都纷纷上了榜，只因为其中有些人，是企业家、企业家的孩子、著名作家，等等……

虽然说是虚拟世界，但是他们也太放肆了吧？他们内心就是渴望做这种事吧？

那个电锯变态是不是应该被公安局抓起来？他在虚拟世界里就这样，现实世界中难保不会杀人！

宋睢窈太过分了吧，把人都公开，其中还有一个孩子，这是逼人家死吗？

圣母能不能滚？把强腐蚀药水泼到清洁工阿姨脸上笑嘻嘻看着人家毁容的孩子，这种孩子趁早去死哦！

宋睢窈的心机好深，在15亿观众眼皮子底下都能做出这种计划，她也挺恐怖的。在现实中，我不会跟这种人交朋友。

前面的，就是你想跟宋睢窈这种级别的人交朋友，也得看看自己配不配！

网上闹得很大，沸沸扬扬，社交网络平台险些崩溃，不得不把休假的员工都喊回来加班，维护服务器。

明姝看傻了，连连给汤凯发信息。

“前辈你看直播了吗？宋学姐太牛了！”

汤凯正在工作之余看直播，看到信息就回她：“你还叫她宋学姐？”

“啊啊啊！我好后悔提前出来了，我为什么要提前出来，我傻了吗？我应该想办法跟在她身边，就能亲眼看到这些事情了啊！这是平凡的我在电影里才能看到的情节，啊啊啊啊！”

汤凯：“冷静。”

“啊啊啊！”

汤凯：“……”

好吧，其实他也很想亲眼在那个世界里看到这些事情发生，一定非常震撼，也是一种全新体验，但是明姝有可能能看到，他却不行，毕竟他只是区区一名校医……

这么一想，汤凯看着明姝那后悔不迭的尖叫，感到有些舒服了。

这时，明姝又发了信息过来：“前辈，你知道第二期的明星玩家是谁吗？”

第一期马上要结束了，第二期的明星玩家一定已经定下了，只是还没有公布，因为娱乐圈里的人都抢着上这档节目，因此，到底谁中奖了，还真不好猜，不过以汤凯的咖位和人脉，应该已经知道第二期是谁了吧。

“不好说，应该会有变动，宋睢窈不好对付，那些经纪公司汲取到我们的教训，会重新做计划，甚至有可能退出。”

“肯定有蒋蜜吧？”明姝说。这个蒋蜜之前内涵过她，大概就是说她没用的意思，也在给她的粉丝带节奏，是宋睢窈的黑粉，讨厌得很。

汤凯默认了。

明姝心想，好哇，太棒了，到时候可以让宋睢窈收拾她了！

第一期现实直播时间还剩下最后一个小时，收视率攀上最高峰，直播间人数即将达到 20 亿。

还有一个小时，但是节目组已经失去了斗志，他们面临着非常大的麻烦。被宋睢窈曝光的临时真人 NPC 的家属打电话过来咒骂和问责，并且要求他们立刻马上把家人的精神体从虚拟世界里撤出来，他们丢了那么大的脸，怎么可能会放过节目组？

可是他们根本就撤不出来，甚至还担心直播结束后，他们能不能被虚拟世界系统自动弹出，如果不行，那这档节目就完了。

连一开始根本不把宋睢窈的高人气放在眼里的覃威总导演，脸色都已经变得非常难看，不知所措地坐在椅子上，看着工作人员无头苍蝇般跑来跑去，烟都抽不下去了。

直到 K 先生匆匆赶了过来，他才连忙站起身来，像找到了救星一样。

“K 先生，系统一定是出了什么问题，求你快点儿看看！”

K 先生不是一个人来了，还带着一个同伴，毕竟如果是系统出了问题，导致真人留在虚拟世界里无法出来，事情就很严重了。

同时，覃威心里还害怕着另外一件事，小心翼翼地问：“K 先生，王宫那边……陛下没有被这些乱七八糟的事叨扰到吧？”

K 先生：“陛下没空管这些，但是如果事情再闹得大一点儿，可就不一定了。”

覃威抖了抖。

此时正是夏天，现实世界天气很热，王宫内的人们却嫌天还不够热，不仅没开冷气，还开了暖气。

“暖气加大，无法更大就把地炉烧起来，壁炉也点燃！”

穿着西装戴着眼镜，看起来精明能干的内务官浑身汗湿，手帕三两下就湿透了，却还严肃地指挥女仆和男侍，所有人都忙得奔来跑去。

“慢一点儿，不要惊扰到陛下！”

“大人，不好了，暖气管坏了……”

“怎么会坏了！还不快叫人来修！”

几个上了年纪的神使泪眼汪汪，就差抱头痛哭了。

“陛下情况越来越严重了……”

“再这样下去，会引发各种自然灾害的，国家灭亡也是迟早的事。”

“最近老得好快，你看你满脸都是皱纹。”

“你以为你不是吗？！”

“她到底在经受什么样的痛苦，才会让陛下感受到如此痛苦？其他国家也在帮忙搜索，因此还解决了数十万起囚禁犯罪案，但是就是找不到。”

“我国幅员辽阔，要找一个不知姓名不知年龄不知长相的人谈何容易……只是再这样下去，就糟了……”

“说到底陛下实在是……怎么能因为觉得受到影响就把‘心’扔了……”

“唉，闭嘴吧，过去的事情不要再说了，当务之急是把命定之人找到……”

对于王宫内发生的一切，人们一无所知，现在全国各地，各行各业，都不乏议论和观看这场审判秀的人，人们的注意力都在这场直播上。

虚拟世界内。

江白奇打量着宋睢窈的办公室，办公室整洁明亮，柜子上摆着她的奖杯和证书，空气里飘荡着淡淡的清香。

他能想象到宋睢窈趴伏在桌上工作的样子，一定认真极了。

他在这里已经坐了快三个小时了，却丝毫没有感觉到无聊和不耐烦，他只是静静地坐在这里，想象着她在这里工作的画面，知道她就在这个屋檐下，就觉得非常安心。

手机里，江白洛发来数条短信。

江白洛：哥？怎么回事？你在哪儿？

江白洛昨晚是看着江白奇被带走的，到现在还没回来，宋睢窈也不见踪影，他难免害怕又好奇。

江白奇没理他，直到父母也发短信过来问，他才随手回了一句，告诉他们自己所在的地点，随即更多震惊好奇的短信轰炸过来，江白奇直接把手机关机了。

他起身走出办公室，途经一个敞开着门的办公室，脚步蓦地一顿。

“你们见到窈窈那个男朋友了吗？”

“见到了，但是很奇怪，记不住长什么样……好像存在感很稀薄。”

“我也是这样觉得！我就说我明明过目不忘，怎么会想不起他长什么样呢，这人体质特殊？”

“但是存在感那么稀薄，应该长得不帅吧？帅哥不是都自带光芒？”

“不是我说，窈窈长得那么好看，又聪明，江白奇虽然也是个天才，但是世界上天才那么多，总有又帅性格又好的……他跟我们窈窈一点儿都不般配。也不知道看上他什么了。”

“你别说，能做出让阿尔贝加先生都心动的东西的天才，可不是一般的天才……”

就算是在这个地方工作的人也是人，也有喜爱八卦的天性。

江白奇站在走廊上，有人从他身边经过，却并没有注意到他的存在，看着文件就过去了。屋内的工作人员很快换了一个话题开始聊了起来。

他垂下眼睑，长长的眼睫毛在苍白的面颊上笼下两片剪影，高挺鼻梁下的薄唇紧紧抿起来。

为什么会做那个头盔？他并没有认真回答阿尔贝加这个问题。他曾经怀疑过这个世界的真实性，怀疑过自己为什么会存在在这个世界，像个局外人，像个误入者，所以，他的存在感稀薄，与这个世界格格不入。

因为这个怀疑，他鬼使神差地做出了那个东西，但实验结果并不符合他的预期，顶多是让人昏迷几个小时罢了，他睁开眼睛，看到的还是这个让人绝望的世界。宋睢窈的出现，让他感受到了自己存在的意义，这个世界尽管灰暗，但只要有宋睢窈，就有了光。

但是原来这样还不够，在别人眼里，他的存在会影响到宋睢窈的光芒吗？会有其他闪闪发光的，譬如金钰金耀那类的人，因为瞧不起他而妄图抢走她吗？

有人从他身边走过，走了好几步，骤然停下来转过头：“江白奇？！你这存在感……真是不可思议。”

正是阿尔贝加。

从小在军火商家庭长大形成的惯性思维，让阿尔贝加脑子里瞬间出现了两个很适合江白奇的非法职业，间谍和杀手，江白奇这神奇的存在感，搞不好一偷一个准。

之前他看上对方的机械虫子技术，派人去调查，那位著名的私家侦探就是因为江白奇存在感太低，花费了好长时间才完成任务，拍到那么几张照片，结束后他大呼这笔生意亏大了，每天瞪大眼睛玩寻找江白奇的游戏，找得眼睛都要瞎掉了。

不过再仔细想想，这样挺悲哀的。

阿尔贝加返回来走到江白奇身边，豪迈地一巴掌拍在他背后：“你想找我学生吗？她有点儿忙，拜托我先带你去吃饭，走吧。”

“她现在工作的地方，我不能去吗？”

“哦，当然不能，那涉及最高机密。”

“奥奖团队缺人吗？”江白奇忽然问。

阿尔贝加一顿，充满压迫感的视线对上江白奇的双眼，江白奇浅灰色的大眼睛平静无波地与他对视。

江白奇：“你家的军火生意，接受技术入股吗？”

明明是疑问句，他说出来却给人一种陈述句的感觉，似乎非常笃定自己想要的能够得到。他知道自己的能力，只是一直以来都没有把它当回事罢了。

阿尔贝加忽然就感受到了这个小子身上的魅力，平时看着不起眼，实际上有一种深藏在身体里的傲慢和霸道。那双平静无波的灰色眼瞳像在说他想要得到的，必然能够得到，他要做的，必然能够做到。

而事实是，他确实完全没有理由拒绝这么一个天才，无论是奥奖团队，还是他的家族。

阿尔贝加瞬间露出一个豪爽霸气的笑容，朝江白奇伸出手：‘合作愉快。”

江白奇伸手跟他握了握。

世人多肤浅，只要他拥有超过大部分人的财富、名望和权力，就可以抵消他的大部分缺陷了，不会有人再置喙他为什么可以待在她的身边，质疑她的眼光了吧？

江白奇回来的时候，宋雎窈已经在办公室休息了，她正在思考，手上的钢笔在本子上写下了三个字。

节目组

写完还重重画了一个圈。

节目组看得胆战心惊，观众们也看得紧张不已。

虽然之后节目组已经立刻通过生物舱，把那些崩溃的临时真人 NPC 的五感调到最低，让他们进入了麻醉状态，话也无法说清了，但之前那些临时真人 NPC 大吼大叫，还是透露了一些信息。

此时此刻，第一期直播结束倒计时 20 分钟，节目组已经没有办法对宋雎窈做出什么反击了，他们只希望，至少不要更难看了。

宋雎窈应该不至于猜到这个世界的真相吧？

如果她连世界真相都能猜到，我当场给她跪下。

应该顶多怀疑外星生物或者超能力这类的。

宋雎窈真的太厉害了！

垃圾节目组！成事不足败事有余！

那些临时真人 NPC 怎么样了？

看到江白奇，宋睢窈朝他露出灿烂又温暖的笑容。江白奇看到她眼底的疲倦，如果早知道会这么爱她，他一定会早早加入奥奖团队，守在她的身边，为她分担压力。

“先吃饭好吗？”江白奇把从食堂打包回来的饭菜摆出来。

宋睢窈发现江白奇打包的饭菜有点儿多：“你也没吃？想和我一起吃吗？”

“嗯。”

“才几个小时没见到我，就觉得寂寞了吗？”宋睢窈笑弯了眼眸调戏他。

江白奇很经不起调戏，耳尖一下子就红起来，他给她盛了一碗饭，声音低哑：“吃饭吧。”

宋睢窈走到他对面坐下，看着他低头端菜的样子。第一期马上要结束了，她很快就会离开了。真人离开后，虚拟世界是什么状态呢？仍然自动自主运行着，还是所有的 NPC 都进入睡眠状态，直到第二期开始才醒来？

如果她突然在江白奇面前消失，他会怎么样呢？

她无从得知，也没有时间去在乎。

还有多久呢？ 10 分钟？ 5 分钟？

得在第一期留下一个充满悬念的结尾，就像一部优秀的电视剧，一定要在每一集末尾抛出一个钩子，让观众充满好奇和期待，只有这样，他们才会迫不及待地看接下来的一集。

第一期结束倒计时 5 分钟……

“我想一直留在你身边。”江白奇说，他告诉宋睢窈自己也要进入奥奖团队这件事，希望她不要觉得他太黏人。

“你会一直在我身边的。”第二期，你也一定会出现在我身边。

第一期结束倒计时 3 分钟……

“你觉不觉得，有些不对劲？”宋雎窈心不在焉地吃了两口，忽然问江白奇。

这个时候，节目组成员心跳如雷，头皮瞬间绷紧，观众们也不由得紧张得握紧双手。

江白奇抬头看着她。

第一期结束倒计时 1 分钟……

“关于那些‘夺舍’的人的推测，他们觉得也许是某个组织掌握了某种科技武器，可以杀死他人的精神体后附身……我的脑子里却冒出了一个让我觉得毛骨悚然的可能性，我们……或者是我，正在被戏弄，正在被观察……”

直播间右上角，倒计时进入最后 10 秒钟……

宋雎窈垂着眸看着碗，幽幽的声音好像在讲述一个恐怖故事，听得节目组的人满头大汗，头皮发麻。

“我觉得，这个世界……”

5、4……

“快快快！”节目组的人忍不住站起身，紧张地瞪着那数字，一种强烈的、不祥的预感，让他们迫不及待想要这一期立刻结束。

快快快！结束啊！别让她说出来！快住嘴！

3、2……

宋雎窈忽而抬眸，直视向那无形的镜头，乌黑的眼眸里满是肯定，毫无疑问，直击人心。

“——不是真实的。”

1。

倒计时结束，直播间骤然陷入一片黑暗，只有大片的弹幕从上面飘过。

第十一章 二期

《正义审判日》演播大厅一片寂静，所有人瞠目结舌，表情空白。

弹幕也出现了片刻的空白，过了几秒，才骤然爆发出排山倒海的尖叫。

这个世界不是真实的！

我汗毛竖起！

刺激得我肥宅快乐水都泼床上了！

我要疯了！

满屏的尖叫似乎从文字化作了声音，刺激得人们耳膜发痒生痛。

这个结束卡点是如此精妙绝伦，所有人的情绪都被推到最高峰，迫不及待想要看下一期，满腹的与人一吐为快的冲动。

已经黑屏的直播间里，观众们仍在疯狂刷屏，弹幕速度快到根本看不清说了什么。社交平台迎来了大爆炸，尽管之前已经把休假的员工喊回来加班，也无济于事，服务器终于还是承受不住观众们太强烈的情绪波动，彻底卡了。

人们到处谈论，抓住身边的任何人，不吐不快。

“我是审判秀的老观众了，第一次看到这种被审判者！”

“我现在想到头皮都在发麻！”

“太牛了！你说这种人如果真的是犯罪分子，不会犯这么低级的罪吧，这不扯淡吗？”

"看到我根根竖起的汗毛了吗？！什么？你没看直播？我去，你只能等录屏版出来看视频了。"

"宋雎窈真的太可怕了……"

申冤票在第一期最后那一瞬间，狂飙到了 1000 万张，如果不是结束后不能再投票，票数或许还会继续增加。

审判秀演播大厅内，却是与外界不同的一片寂静，每个人神色各异，但导演组基本都是满脸失败者的颓丧。

简直一败涂地，宋雎窈居然在最后揭穿了世界的真相，说出了那句对他们形成暴击的话！

——这个世界不是真实的。

虚拟世界如此完善，出自国王陛下的手，被压制记忆投放进去的人，不可能察觉到异常，而宋雎窈说出这句话，这代表什么？这代表这一切都是节目组决策的失误！他们做了多余的事，才会导致漏洞出现，被宋雎窈抓住了！

不用看他们也知道，《正义审判日》节目的忠粉们骂他们骂得有多凶残恐怖，他们甚至都不敢上网了。

"导演，临时真人 NPC 都安全被弹出了！"这时，一个工作人员跑过来说。

这个好消息给凝固的气氛带来了一丝松动，至少人安全出来了。

"砰"！一声充满愤怒的东西被砸坏的声响。

随后，浑身是汗、面如金纸的男人冲了进来，正是在虚拟世界里被宋雎窈揭穿了真面目的"教育局局长"。他变得疯狂起来，内心强烈的恐惧和愤怒，让他只想要找到一个发泄口。

"这都是你们做的好事！我要告你们，我告死你们！"

"王先生，请冷静一……"

"我冷静？你们让我冷静？！我跟你们同归于尽！"

男人冲向覃威，疯狂殴打，其他人连忙去阻止，但发狂的男人情绪激动，力气也变得很大，场面一片混乱，好几台昂贵的仪器都被摔坏了。

这个时候，一个打扮高贵面相刻薄的中年妇女带着几个保镖走了进来，保镖快速将人拉开，那男人看到老婆，吓得腿都软了，狰狞的表情瞬间变得可怜起来。

“啪！”他被狠狠抽了一巴掌，脸颊上瞬间出现数道指甲刮出来的血痕。

女人看向节目组：“这笔账，之后我会好好跟你们算算！”

妻子带着让她丢尽颜面的丈夫离开了，丈夫的表情如此惊恐，仿佛已经知道自己接下来会面对什么可怕的事情，终于失禁了，尿液淌了一路。

其他几位临时真人 NPC 的家人也很快来把人接走了，他们无一例外，对节目组满是愤怒和怨气。

“呵……”覃威抹掉嘴角的血，做导演做到他这个咖位，今天是他脸丢尽的一天。

“导演，现在怎么办？我们节目会不会……”

“怕什么？人不是没死吗？没死节目就不会有事。把东西收拾好！”覃威怒极反而冷静下来，这档节目可是贵族控股，这些临时真人 NPC 想找麻烦？也不掂量掂量自己的身份，这个哑巴亏，他们注定只能咽下去。

警方把守的房间里，一台孤独的生物舱静静放置在空间中心。

生物舱内的女人缓缓睁开了双眼，因为脸上没有多少肉，一双眼睛显得格外大，双唇因为水分不够而起了皮。

“你醒了？”一个女警走到生物舱边上，见她醒来，弯下腰帮她把设备从身上解开。

宋睢窈对上她的双眼，她记得这位女警对她一直很冷淡，此时对方的眼神却有些复杂，将她扶起来的时候小心翼翼。

她垂下眼眸，看着自己瘦得只剩下一层皮一样的双手，眼底闪过一抹冰冷的笑意。她的努力很有成效。

虽然在生物舱里躺了半个月，但是因为生物舱带有按摩功能和营养液供给功能，所以宋雎窈的身体没有产生任何不适。

除了有些渴。

“走吧。”女警说。

半个月后才会开始第二期，这半个月时间，宋雎窈要回牢里继续待着。

这种干渴的感觉，双腿无力的感觉，都让宋雎窈再次体会到，活着的感觉。

走廊上已经聚集了不少梦工厂的工作人员，他们神色各异地围观着宋雎窈。差距真是大啊，虚拟世界里的宋雎窈博士美丽强大，人人崇拜，现实世界中她是个阶下囚，形销骨立，肤色苍白，头发随意地在脑后扎成了一束，和虚拟世界里的她看起来就像两个人一样。

但当她抬起眼，他们看到她那双乌黑的清澈的双眼，又恍然觉得，两个影子重合在了一起。

太可怜了，如果她的案子真的有冤情，她本来应该像虚拟世界里那样闪闪发光的。

在一路各异目光的注视下，宋雎窈离开了梦工厂大楼。外面阳光正烈，夏日的热浪瞬间席卷而来，照在没有丝毫防护的皮肤上，让她感到阵阵痒意。

宋雎窈眯起双眼，看着这片蓝天，恍惚了一下。

“咔嚓！”是快门按下的声音。

“宋雎窈！”

一大群记者冲了过来，警方的人立即上前，只见他们手上的枪射出了数枚银色的小球，小球在空中炸开，变成一张铁丝网，拦住了冲过来的记者。

“让我们采访一下宋雎窈！”

“宋小姐，请问你对自己的案情有什么想说的？”

“宋小姐……”

“别理他们，快上车。”女警催促道。

宋睢窈弯腰进了警车，那些激动的记者们仍然不死心，操控着飞行摄像球追了过来，在车窗外对着车内一顿狂拍，哪怕车子启动后也不依不饶，直到被警方击落了，才总算消停下来。

“这些该死的狗仔……”击落摄像球的警察咒骂了一声。以前每一期审判秀结束，有时候也会有记者出现，但是都非常少，像这种一窝蜂拥过来的真是没见过，害得他们准备不足。

不过仔细想想，这倒也正常，是他们没有考虑周全，他往后瞥了一眼。

宋睢窈正看着窗外闪过的街景，她在狱中遭受心灵上的折磨，痛苦不堪，此时下巴尖瘦，望着窗外的眼神深邃悠远，也不知道在想什么。

他想到她在虚拟世界中的种种，心脏微微一缩，有些难堪地转回头。

宋睢窈的眼珠子转到眼角，瞥了斜前方那位年轻的警官一眼，又看向窗外。

窗外高楼林立，街道清洁机器人在街上转来转去，整座城市纤尘不染，高楼上的 LED 广告牌正在播放某战斗明星的内裤广告，他是个下半身是机械的半机械人。

在这里，内脏衰竭、身体机能衰弱等问题，都不再是人类恐惧的东西，如果心脏坏了，那就换一个机械的；如果手臂需要截肢，那就截肢，反正机械肢体轻便灵活，不会影响日常生活；眼睛坏了也可以直接换义眼，如果有特殊兴趣的话，还可以加入喜欢的滤镜，让眼中的世界变得更美丽一些……

宋睢窈一直相信，科学的尽头是神学。

她在这个世界看到的，确实是带着一点儿神学性质的科学。

这个世界很特殊，主宰者不是人类，而是王族，王族不是人类，而是这片土地的主人。

传说人类的祖先踏足这片土地的时候，和土地的主人签订了契约，人类生活在此，而王族成为人类的庇护者。当土地的主人诞生的时候，每个人心里都会产生奇妙的感应。

数万年时间里，王族们和自己领土上的人类一起建立了属于各自的国家。王族们各有性格，有的喜欢原始的丛林，因此就有丛林之国阿卑斯，阿卑斯这个国家的国民生活非常原始，但各个骁勇善战、体格超群，像宋雎窈所在这个国家的国民，如果不使用科技武器，阿卑斯的国民1个能打他们50个。

她所在的这个帝国的王族，国王陛下是个科技狂魔，在他的带领下，这个国家发展迅速，最富饶、最强大。他制造的东西，为这个国家的人民带来了远超于其他国家国民的寿命，在其他国家还时不时闹个饥荒的时候，这个国家的人类早就已经吃穿不愁。

对比这个世界的其他国家的国王，他们这个国王其实不错，火国的国王疯狂残暴，将国家变成了炼狱。

而他们的这位，让人类拥有自己制定规则的权利，允许他们建立自己的政府，或许这只是因为他懒得管理，但事实上，通过以往的种种案例可知，如果他看到了不公正的事，他是会插手的，虽然不知道为什么近年来他变得阴晴不定，惩罚的手段越发残暴。

国王的存在，震慑着这个国家的所有有权有势者，让渺小的她有挣扎的余地。

一亿票是她与他见面的门票，当然，如果她产生的影响更大一些，或许可能在票数到达前就引起他的注意，国王审查团会提前出动，重审她的案件。

宋雎窈不知怎的，忽然想起王族和人类的另一个传说，但随即她就将其抛到脑后，事关生死，哪有时间想这些无关紧要的事。

“宋雎窈，有人找。”

宋雎窈坐在冰冷的牢房之中，闻言抬起头。

玻璃外面，一个西装革履身材高大的男人正站在那里，看着她。

宋雎窈盯着他，有些疑惑。

霍森瞬间明白，宋雎窈不记得他，这让他不由得抿紧嘴角，但没有更多情绪流露。

“我是霍森。”

霍家人……霍海的那位哥哥。

宋雎窈面无表情地看着他。

牢门被打开，霍森走了进来，坐在了她的对面。

“今天过来，是想跟你谈一个条件。”

宋雎窈做出请讲的表情。

“你很聪明，应该知道从来没有一个犯人能通过《正义审判日》这档节目成功获得减刑。你第一期反响不错，但那只是节目组太大意了，小瞧了你的结果。接下来你不会有这么幸运的时候了。”

“所以呢？”

“我可以帮你，让你的刑期缩短到五年内，只要你放弃继续参加《正义审判日》。”

从无期徒刑缩短到五年有期徒刑，而且还不用冒险去参加《正义审判日》，被那么多观众评头论足，将命运交给他们，看起来确实是一笔非常划算的买卖。

如果是一个普通的犯人，哪怕内心再不忿，或许也只能咬咬牙忍了。比起一条遥远的充满不确定性的路，眼前的是一条捷径。

宋雎窈：“元蔓枝恐怕不会让我活着出去。”

霍森：“我不会让她伤害你。”

这话里包含的意思，让宋雎窈愣了一下，随即笑了起来。霍森看着她的笑靥，怔了怔。

“霍先生，你喜欢我。”宋雎窈肯定地说。

霍森并没有否认的意思：“五年后，我会接你离开，你不用担心跟不上时代，你的生活我会照顾。”

“但你更喜欢的是自己。”宋雎窈没有理会，接着说，“你只是怕我引起国王的注意，霍家背地里做的一切会被发现，迎来灭亡。你来说这些话，与其说是喜欢我，不如说是为了保证霍家的安全。”

望着宋睢窈那双看透一切的眼眸，霍森拳头收紧：“你应该知道自己面对的是多么庞大的敌人。你的案件，除了霍家，还牵连多少人？就算霍家不出手，其他人也不会让你好过。”

“庞大的敌人？”宋睢窈微笑起来，“那么，请问我庞大的敌人们，能阻止我参加第二期节目吗？”

霍森一愣。

“《正义审判日》背后是贵族，霍家费尽千辛万苦才获得投出一点儿钱的机会，成了投资商之一，但是你们霍家根本连话都插不上吧？我虽然不知道我在第一期表现得如何，但是从那些追着要拍我照片的记者来看，我至少非常非常受关注，比以前所有被审判者都受关注，也就是说，我给大股东们赚了不少钱，谁会不喜欢摇钱树呢？

“在那些贵族眼里，你们霍家，或者和你们霍家狼狈为奸的家伙的死活，关他们什么事呢？”

宋睢窈笑着，却让霍森感觉到从上至下的蔑视和嘲讽，像是在嘲笑他自以为是，她根本轮不到他来保护，《正义审判日》的股东们，不会允许她在虚拟世界以外的地方受到伤害。

霍森脸色难看起来。

霍家，元蔓枝看着宋睢窈的申冤票数量，还有网上疯狂的讨论，甚至有网友开始扒起了霍海的身份背景，还有一些自称是霍海同学的人出来说她儿子怎样，虽然她已经立刻让人删除了这些言论，但删了又出现，永远也删不完。她气得额头青筋直跳，决定立即弄死宋睢窈，她已经等不及了，凭什么让她在虚拟世界里多活那么多年！

“随便什么手段，总之我要她死！”她如此命令电话那头的人。

然而那边的人却沉默了。

“喂？你怎么回事？你倒是说话啊，这很难办吗？”

“确实……很难。”对面的人说，“如果我帮了你，下一个死的人就是我，所以，非常抱歉，帮不了你。”

电话被挂断了。

元蔓枝难以置信，立刻又拨打了几个电话，结果得到了同样的回应。

“宋睢窈确实还是犯人，但已经不是普通的犯人了。”有人好心提醒她，“我劝你最好也收敛一点儿，否则搞不好就得罪什么大人物，因此受到他们的报复。”

霍家是普通上流社会首屈一指的家族，但上面还有贵族，贵族不在乎宋睢窈是不是冤枉的，但现在她是摇钱树，在第一期给他们赚了很多钱，那么霍家对她动手，就是侵犯贵族的利益和尊严，谁敢动她？

元蔓枝血液一下子冲上大脑，咽喉里涌上一阵血腥气，整个人眼前一黑，终于气昏倒地。

星梦梦工厂，《正义审判日》真人秀会议室。

节目组正在商议关于宋睢窈第二期的事。

正如覃威一开始所想，那些临时真人 NPC 没能掀起什么浪花，全都默默咽下了这个哑巴亏，第二期节目也会如期开始。

“第一期小瞧了宋睢窈，第二期的世界背景要更危险更黑暗，让她根本没有发挥的余地！”覃威说。他脸上还有伤痕，而这些伤提醒着他，宋睢窈给了他多大的难堪。

网上在骂节目组，他作为总导演，自然被骂得更狠，还把他和《正义审判日》的前几任总导演做比较，说他是最没用的那一个，气得他吃了好几粒速效救心丸。

副导演之一的唐山却有不同意见：“直接提高虚拟世界的难度吗？不少网友都认为我们会这样做，因为觉得我们没用，所以必须用这种办法才能给予宋睢窈灵魂拷问。”

覃威一听，脸色更难看了。

“通过网络调查，我们发现，有超过百分之五十的网友觉得，宋睢窈这一期这么优秀，与她的运气是有关的。”另一位副导演说。

“幸运地参加了《我是大赢家》，幸运地遇到了对她很好的彭嘉，幸运地交到了任雨琳、任家棋兄妹，幸运地成了阿尔贝加的学生，连她喜欢的江白奇都是个厉害角色……她第一期的人生轨道里，出现了太多的贵人。他们觉得下一期宋睢窈不一定会有这么出色的表现。”

覃威闻言，脸色稍缓了一些。

唐山又说：“观众已经熟知我们审判秀的节奏，世界难度都是从正常世界到高危世界逐步升级的，一下子跳过中间步骤，直接进入高危世界，恐怕观众会觉得，我们就是输给宋睢窈了。”节目组将彻底从神坛跌下。

覃威逐渐被说服，输给宋睢窈，听起来就让人愤怒。没错，她在第一期的表现，很可能只是一时的运气，他们给她设置的家庭背景，也不是不可解的。

气得晕头转向地给她安排观众一看就知道是后期才会给被审判者安排的世界，就算宋睢窈被收拾得惨兮兮，节目组恐怕也难逃被观众讽刺的命运。

她只不过是在第一期里得意了一下罢了，第二期保不准就变成丑恶讨人厌的家伙了。这样一来，节目组才算真正地扳回一局。

一个名为“天会亮”的论坛，需要特别邀请码才能进入，此时整个论坛正在展开群聊天室，这是一个会进入所有论坛会员眼中的聊天框。

在线人数已经高达 2 万，当然，相对于全国 50 亿的人口来说，这不过是九牛一毛，每天因为各种原因死亡的人数，都不止这些。

但这 2 万人，是论坛创建者和管理员们通过重重筛选和调查后，陆陆续续邀请进来的绝不会背叛的铁粉。

全都是为宋睢窈投过 2 张票以上的成员。

投票了吗？没投的快去投，全部投“第一期宋睢窈只是全凭运气”。

已投。

已投。

有空的去各个话题下发言带节奏，辱骂节目组是废物，第二期肯定得靠提高虚拟世界背景难度来为难宋睢窈，不要粘贴复制，要显得像不同人的发言。

已发10条，精分到快疯掉，但是为了窈窈，冲呀！

发了发了，把我全家的通信号码都用来注册小号了。

节目组吃了那么大一个亏，一定会想在下一期给我们窈窈很难的世界，虽然这样的世界一定会来，但我们作为守护者，一定要尽我们最大的能力去保护她！

守护窈窈的笑容！

今天发工资了，但是我信用点不够，买不了票了，有谁信用点多私我，我转钱，你买票。

我信用点多，我私你。

2万论坛会员，每一个活跃度都很高，屏幕上映出他们的面孔，或男或女，年纪不等，他们忠诚，疯狂，像对待信仰一般付出时间、金钱和情感。

下一期，她一定也不会让我们失望。

大家，我们在做一件非常艰难的事，但我们要相信，一直走，天一定会亮。

我们要协助那个人，走进黎明！

论坛淡淡的背景图，正是宋睢窈在第一期时，站在升旗台上，为特招生演讲的画面。少女发着光，照亮了他们所有人。

半个月的时间，眨眼便过去了。

网上关于第一期和宋雎窈的热度，才刚刚要下去，第二期相关的消息便登上了热搜。

#正义审判日第二期#

#明星玩家名单#

这一期的明星玩家比第一期多了好几个啊，看来节目组知道两个恐怕很难奈何宋雎窈了。

审判秀本来就是每一期明星玩家逐渐增多好么？什么都要往宋雎窈很厉害上扯？我倒要看看她第二期能不能像第一期那样。

希望他们不会像汤凯和明姝一样毫无作为！

上一期情况那么特殊，汤凯和明姝什么也做不了很正常好吗，你行你倒是上啊！

啊啊啊终于要开始了，我等得好辛苦！

又到了追直播的时候了！

快开始吧！

《正义审判日》演播大厅，第二期开始前一天，工作人员进行最后的器材检查，节目组也在进行最后的计划确认。

“这一次，也从宋雎窈 18 岁开始直播吗？”

他们通常不会从被审判者小时候开始直播，因为幼童受到虐待或者伤害，会引起一些观众生理心理上的不适，也会引起怜悯，再加上直播时长固定只有半个月，小朋友时期通常没什么看头，所以直播通常从被审判者长大后开始。

但是宋雎窈第一期出场给他们的刺激，还历历在目。

覃威看了看剧本，脸上露出得意的冷笑："从 18 岁开始，我还不信了，这一期她还能像第一期那样。"

翌日。

第二期直播间刚开，哪怕还未正式开始，观众们已经疯狂涌了过来，右上角的观众数量一直在增加。

主持人照旧开始前情回顾，然后介绍几名明星玩家，而宋睢窈已经提前被投入了虚拟世界中。

《正义审判日》真人秀，每一期都是一个全新的人生，这一期宋睢窈仍然会被压制记忆，投入虚拟世界中，以一个全新的个体重新生长。

按照惯例，节目组不会给宋睢窈好日子过，他们拼尽全力要激发宋睢窈丑恶的一面。观众们要看到的是一朵在黑暗泥沼中生长，却洁净无垢的花，哪怕明明只要稍微宽容一点儿，以己度人一点儿，就能理解这种事不可能有人能做到。

第二期节目组给宋睢窈安排的剧本，是老套但一直以来都相当具有争议和张力，存在天然冲突的真假千金剧本。

宋睢窈是从小被暗恋男主人的女佣调包的真千金，女佣养了真千金几天就没了耐心，想要陪在自己的亲生女儿身边，于是将她扔进了孤儿院。孤儿院很黑暗，为了一口吃的要抢，小朋友小小年纪就要钩心斗角，院长还是个人渣，让小朋友们去乞讨、骗人、熬夜做手工赚钱。

10 岁的时候，宋睢窈会被收养，她以为自己终于解脱，但实际上她只是脱离了第一级地狱，去了第二级地狱。

养父是个恶心的恋童癖，女主人收养宋睢窈只是怕丈夫对外面的小朋友下手会引起麻烦，所以，她干脆收养一个让丈夫可以没有后顾之忧的玩具。可她一边这样做，一边又愤怒嫉妒难当，将宋睢窈当成了情敌动辄打骂羞辱虐待。

终于，宋睢窈 18 岁的时候，第三级地狱到来。

亲生父母找到了她，她被接回家，在她以为终于要感受到人世的温暖的时候，却看到全家人都偏心疼爱着保姆生的假千金，她什么都比不上假千金。这家人、学校和周围邻居等所有人，从言语，从神态等一切上对她进行精神虐待，鞭笞着她，让她嫉妒、愤怒、仇恨、疯狂、扭曲……最终做下节目组期待她做出的事。

从这个剧本来看，宋睢窈不黑化才奇怪，而且难度比上一期要大一些，第一期宋睢窈要在第二级地狱的时候才被禁锢人身自由，柳滟也是个性格懦弱容易被掌控的家伙。而这一期从一开始，宋睢窈就被强势的孤儿院、强势的养父母给囚禁了，她无法逃脱，更别说去参加什么《我是大赢家》这类的节目了。

第二期宋睢窈受到的伤害，会比第一期多很多。

而这一期，节目组会从宋睢窈 7 岁的时候开始录屏，因为知道这一点，有明星玩家选择在直播开始前提前进入。

“我想跟在宋睢窈身边，提前了解她是什么样的人，方便我的行动。”蒋蜜微笑着说，整个人身上焕发着一种知性的光辉。她是因为学校文艺晚会的一段表演视频而出道的女星，处于二线上升期，演技好唱歌也不错，经纪公司挺捧她的，立的是多才多艺、知性才女的人设。

这一期节目组吸取了第一期的教训，会录屏，而且肯定会给观众看，她可以趁机多露脸，利益最大化。

有这种想法的可不止蒋蜜一个人，其他几位明星玩家也纷纷出声。

“我很看重这一期，也想提前进入。”

“提前进入比较有安全感，我们不想重蹈汤凯前辈和明姝小姐的覆辙，被震在原地什么也干不了。”

“我也是这样的想法……”

节目组自然不介意，他们愿意提前进入了解宋睢窈，给宋睢窈制造痛苦和麻烦，对他们有利无害。以前的嘉宾都是不愿意提前进入的，首先提前进入，节目组录不录屏还不一定，其次放不放是一回事，最后观众看不看又是另一回事。基本上付出的时间精力和收益不成正比，所以，直播开始再进入比较合适。

但是谁让宋睢窈不一样呢，以她现在的人气和关注度，相信节目组放出录屏后，很多观众都会去看她小时候的经历。

不过因为分配的角色不一样，蒋蜜扮演的是宋睢窈在孤儿院时的闺蜜，长大后会一直给宋睢窈吹耳旁风，叫她去做坏事。而其他嘉宾 有扮演假千金的，也有扮演跟宋睢窈指腹为婚的未婚夫的，所以能不能蹭到宋睢窈的热度，还得靠他们自己的脑子。

这个消息，自然也告诉观众了。

这次稳了！宋睢窈不可能再像第一期那样出人意料了！

哇哇哇，我太期待这一期了，快点儿开场吧！

最后这一个小时好难熬啊，我已经迫不及待了，都无心写作业了，只想看直播！

蒋蜜加油，蜜蜂永相随！

灿宝这傻白甜……有点儿担心他耶！

上一期根本就是宋睢窈的个人秀，无语死了，不知道迷惑了多少三观未成熟的孩子，希望节目组这一次别再让人失望了。

前面就你三观最成熟哦，毕竟都一把年纪了，是不是啊，大妈？

有什么好骄傲的？怕宋睢窈脱离掌控所以让明星嘉宾提前进去控制她，这从侧面说明，节目组无能，宋睢窈牛！

什么鬼，第二期都还没开始，就有人开始投申冤票了？宋粉不怕打脸是吧？

呵呵，不知道到时候打谁的脸哦！

弹幕区激烈争吵，已经不再像第一期时一窝蜂地谩骂宋睢窈了，她是有粉丝守护的人。

“天会亮”论坛，管理员们组织会员们给宋睢窈投申冤票，在社交平台控评，还要在弹幕区与人杀得腥风血雨，同时还在论坛里和同好们一起痛骂节目组的无耻，又一起抱头为宋睢窈痛哭，好像对她的痛苦感同身受一般，凄风苦雨的，可以说非常忙碌了。

节目组太可恨了，我们窈窈好可怜，心疼死我了，大家加把劲！

但是该上课该上班的都去上，不可以因为这件事而耽误了，否则如果她知道，一定不会开心的！

对，好好工作读书，要不然没钱没信用点买票了！

一直很吝啬没去献过血，为了两点信用点去献了，我是稀有血型，因为我的血获救的人真该好好谢谢我们窈窈！

霍家，霍森打开了直播间。

他脸色难看，对宋睢窈跟他说的那些话耿耿于怀，介意极了她那轻蔑瞧不起人的眼神，甚至介意到晚上睡觉都睡不好。

他对权力本来就是追逐状态，只是经此一事后，瞬间膨胀狂热了。

如果那个时候，霍家已经晋升为贵族，他已经是内阁大臣，深受国王的倚重，宋睢窈还会是这个态度吗？还会瞧不起他吗？

他深呼吸，看着漆黑的直播间里那些暴乱的弹幕，等着吧，马上就是内阁三试，等宋睢窈第二期结束的时候，她就该对他用另一种态度了。而第二期，面对这种围追堵截，她又能怎样？等她在这一期里受够了教训，她就该知道人不能太刚硬，该低头的时候就要低头。

他愿意再给她一次机会，他还没有给过谁这样的脸面，放低过自己的自尊，她应该觉得荣幸。

霍森绷紧的冷峻的面孔稍稍放松。

这时，楼下传来不小的动静，很快，管家就上楼来敲门。

“少爷，夫人回来了。”

“又开电视了？”

“是。”

“不怕死，随她吧，看好她，不准再搞什么小动作。”霍森说。他对这个继母没什么感情，霍海死了，父亲又躺在病床上，她这辈子没什么指望了，只是因为父亲有时候会问元蔓枝的情况，他不好在这种时候把元蔓枝给扫地出门。

“是。”管家应声。

元蔓枝气急攻心，吐血昏迷，险些中风，在医院躺了好些天，听说第二期开始后，爬也要爬起来看宋睢窈受折磨。

她坐在沙发上，脸色苍白，仇恨地盯着前方的大屏幕。

虚拟世界。

这个剧本，已经不是宋睢窈记忆中经历过的任何一期了。

宋睢窈在孤儿院醒来的时候，就发现了这一点。她原本以为会从婴儿时期开始，也担心自己这一期会不会记忆被压制了，重蹈覆辙。结果看来，正义是站在她这边的，不过没有从婴儿时期开始，就不能知道节目组安排的剧本了。

很显然，虽然节目组没有立刻给宋睢窈安排跨度太大的世界背景，但是也进行了调整，不过宋睢窈已经对节目组的套路了如指掌，并不在意。他们再如何变化，万变不离其宗。

宋睢窈已经将整个孤儿院都翻遍了，被安排出去当乞丐乞讨的时候，也特地观察了四周的小朋友，都没有找到江白奇，她有些失望，但是没关系，她知道他一定会出现。

孤儿院进来那个叫蒋蜜的小女孩的时候，宋睢窈就知道她是明星玩家了，倒不是因为她知道有蒋蜜这个明星，而是这一切早就已经在她的预料之中。

经过第一期的教训，节目组肯定会录屏，人类大概从 7 岁开始记事，逐渐有成熟的一面，同时也进入不会再随便让人类母爱父爱泛滥的阶段，大概就是，萌度降低了。

所以，节目组如果要录，应该会在 7 岁到 10 岁这个阶段开始录屏。

既然录屏，为了利益最大化，以后是会放出来给观众看的，既然如此，各大经纪公司肯定要占到这个便宜。而蒋蜜的演技不错，可眉宇间还是偶尔会露出轻蔑和居高临下的神态。

“窈窈，这个好难，我做不完，晚上就没有饭吃了。”蒋蜜凑到宋睢窈身边，可怜兮兮地说。

小朋友们正在串珠珠，就是拿着一根针，穿着线，用针在盘子里划拉几下，串起一定数量的珠子，再去串其他形状和颜色的珠子，串成长线后，大人会用它来钩头花。

这个工作很枯燥，院长接了一大堆活儿，小朋友们要一天到晚地串，串不到规定的数量晚上就没有饭吃。为了能吃饭，小朋友们很努力，有些睡觉后，手都会无知无觉地在空气里串。

宋睢窈已经快要完成规定的数量了，蒋蜜却才串了不到一半，她骨子里是个养尊处优被粉丝宠着的大人，根本坐不住，也不想饿肚子。孤儿院里的小朋友大多面黄肌瘦，她还白白净净，像个小公主一样。

这当然是她故意保持的，她是女明星，想到录屏会给观众看，就会下意识在意形象，谁不喜欢白白净净漂漂亮亮的小朋友？因为她白白净净、漂漂亮亮，孤儿院里很多小男孩都喜欢她，愿意帮她干活儿。

但她还是喜欢让宋睢窈帮她干。

宋睢窈看了她一眼，把自己串好的抓了一把给她：“这样就好了。”

“这样窈窈怎么办？”

“没关系，我很快的，肯定能赶在阿姨们下班前做完。”宋睢窈说，又专心地去串珠子。

“谢谢窈窈，你真好，我最喜欢你了！”蒋蜜抱着宋睢窈说，并在宋睢窈专心串珠子的时候，去抓了抓她盘子里的珠串，像只是好奇看看而已，实际上，她悄悄把线给扯断了。

等宋睢窈拿起给阿姨检查的时候，阿姨一抓起来，珠子“乒乒乓乓”地一下子从线的另一端滑落了，她被拧着耳朵骂了一顿，瘦骨嶙峋的小身躯弯下来，把珠子从地上捡起来后，回去重新串了。

其他小朋友都在食堂吃饭，宋睢窈小朋友一个人在屋子里继续干活儿。

蒋蜜谨慎地在门外偷偷往里看，见她老老实实地在串珠子，没有什么异常，才去吃晚饭。

因为宋睢窈第一期表现太出色，人们普遍认为她的高智商或者她骨子里的某些特质会带进虚拟世界，所以，蒋蜜为了不让宋睢窈又去参加什么节目一飞冲天，一直都牢牢盯着她，与她寸步不离。

哪怕是出去乞讨的时候，虽然她并不干这么丢份的事，而且因为她长得不够惨，孤儿院也免了她去乞讨，但她也没忘记以陪宋睢窈为由在后面跟着她。

宋睢窈看起来没有什么超于常人的地方，老实得很，让她讨饭，她就拿着个破碗穿得破破烂烂的出去。

前面捡破烂的老爷爷三轮车上的蛇皮袋松开了，他自己没有发现，瓶子掉了一路，宋睢窈一边捡一边追，总算把老爷爷给喊住了。一老一小合力把瓶瓶罐罐捡起，老爷爷见宋睢窈可怜，拿出皱巴巴的钱给她，宋睢窈拿着个破碗转头就跑了，不收。

老人家站在后面望着宋睢窈好一会儿，才抹了抹眼睛，骑上三轮车离开。宋睢窈跑了一会儿，一辆车子停下来，车上的人朝她招招手，车主看到她之前的举动，从钱包里掏了钱给她，说了什么才开车离开。

不过宋睢窈实在太好欺负了，就算因为种种原因很多次都讨到了很多钱，最后却都被孤儿院里强势的孩子们抢走了，并且威胁她不准说出去。她还真的都没说出去。

因为蒋蜜说：“就给他们吧，他们好可怜，什么都没有讨到，院长会打死他们的。帮助别人以后会有好报的哦！”

“虽然他们这样做不对，但是窈窈要是报复回去，不就跟他们一样了吗？不要变成恶魔，我们要当个好人，这样才会有好报。”

“让给他们吧……对别人宽容一点儿，我们是在积福报，会有好报的……”

蒋蜜给宋睢窈灌输着这种话，让宋睢窈坚信好人有好报，她说的时候仿佛散发着圣母光辉，心里却想，对，以此为信仰，然后发现，没有什么好报，只有一层更深一层的地狱，信仰崩塌后会怎样呢？老实人黑化起来，才是最恐怖的。

因为孤儿院里除了蒋蜜没有人愿意跟宋睢窈做朋友，所以宋睢窈很听蒋蜜的话。

而因为蒋蜜，宋睢窈被各方吸血，长得比孤儿院其他小朋友都要瘦小难看，比第一期有过之而无不及，毕竟节目组跟蒋蜜交代过，要毁掉宋睢窈的颜值，不能让她再像第一期那么漂亮。

深夜，蒋蜜站在宋睢窈的床边，手上拎着热水壶，思考着要不要倒在宋睢窈的脸上，但随后，蒋蜜放弃了。

如果宋睢窈现在脸毁了，第二级地狱就展不开了，恋童癖养父不会喜欢一个毁容的姑娘。蒋蜜想要高效完成节目组给的任务，想要讨好节目组，成为受节目组喜欢的嘉宾，这对她来说有极大的好处，毕竟这档节目的背后可是贵族。

蒋蜜遗憾地转身离开。宋睢窈睁开双眼，黑暗中那双眼睛清明，发出如狼般幽幽的光，随即又闭上了。

第十二章

反转

总会有一些爱心人士来孤儿院做义工，或者给小朋友带衣服鞋子书本之类的礼物。这天来了一家四口，坐着豪车，带着保镖和女佣，一看就非常有钱，院长热情洋溢地出来迎接，把所有小朋友都喊了出来。

那兄妹俩，跟孤儿院里的孩子差不多大，打扮得像童话里的王子和公主，让孩子们艳羡极了，他们给小朋友们分发了糖果，拉着小朋友们一起玩。

宋雎窈也分到了一把糖果，但她没有收到一起玩的邀请，她站在树荫下看着那边让人艳羡的兄妹，听到不远处院长和那对夫妇的谈话。

“我家女儿从小就很善良，问她想去哪里玩，她说想来孤儿院做义工呢。”夫人非常自豪和慈爱地说。

“你们的家庭教育真的非常出色，先生和夫人都是优秀的人，才教出这么优秀的孩子啊。”

“哈哈哈……过奖了过奖了。”

这个时候，蒋蜜过来了。

“好羡慕哦，为什么我们被父母抛弃，可是有的小朋友却过得这么幸福？如果我是她就好了，窈窈你觉得呢？”蒋蜜羡慕地说。

“嗯。”宋雎窈应了一声，随即看到蒋蜜和那边那个小公主对视了一眼。

这一家四口之后又来了一次，一起来的还有一个白马王子一样的小男孩，小小年纪长得非常英俊帅气，见宋雎窈没有过去跟他们一起玩，还特地来找宋雎窈搭话，对她进行温柔的摸头杀，偷偷给她几颗巧克力。

“你藏起来吃，不要被其他小朋友发现了。”小男孩笑容温柔地说。如果是一般的小姑娘，她的芳心已经立刻被俘获了吧。

不久后，蒋蜜又过来满眼艳羡地说：“你知道吗？他是那个小公主的未婚夫，听说是指腹为婚的那种。好羡慕哦，以后可以嫁给这种人，如果我是她就好了，你说呢？”

“嗯。”宋雎窈有些艳羡地点头，摸了摸口袋里的巧克力。

虽然宋雎窈沉默寡言，但言语间还是透着天真稚气，只是个比较成熟的孩子，蒋蜜自认为对宋雎窈了解透彻，没发现有什么不对。她偷偷和两位圈内同事见面，放松地聊了聊，并且约定等宋雎窈 10 岁被领养后，他们帮她一把，让她被条件好点儿的家庭收养。

节目组规定，进入虚拟世界后就不能出来，出来就等于退出，不可能再进入。所以直播开始前这 8 年时间，她也想在好点儿的家庭里生活，还可以趁机学点儿东西，充实自己。

宋雎窈坐在自己床边，看着手上的巧克力。

三个明星玩家，倒是出乎她的意料，不过也在情理之中，都想蹭热度，利益最大化。那么让她来推理一下，他们在给她埋下嫉妒的种子，这个种子要有最大用处，这一家四口包括小公主的未婚夫，必然要与她有着很紧密的关系，否则埋这种子就显得多余。

那就很好猜了，要么她会被他们家收养，要么，这就是个真假千金的剧本。

论张力的话，收养剧本比不上真假千金剧本，要让她黑化到最严重的地步，真假千金剧本更能激发她恶的一面。

所以，这应该是真假千金剧本，那么理所当然的，她是真千金。

先在她年幼的心里埋下嫉妒的种子，等她后面经历过一系列的折磨，被找回去后，才会更恨假千金，再看到他们对假千金的偏爱，她才会痛苦、嫉妒，扭曲得发疯。

多亏了他们的出现，让她这么快知道节目组的剧本了，真是多谢了。

宋雎窈嘴角勾了勾。

“你有巧克力！”一个小朋友看到宋雎窈手上的巧克力，顿时大叫起来。

其他小朋友立刻赶来，很快将宋雎窈的巧克力一抢而空。

宋雎窈本来也不想吃，无所谓。

蒋蜜回来，看到小男孩献给她的巧克力，就知道宋雎窈没守住她的巧克力，宋雎窈在孤儿院里最瘦弱，总是被压着欺负。蒋蜜想着第一期宋雎窈那样，第二期肯定不会了，毕竟她现在根本看不出任何厉害的苗头，就是个普普通通的小女孩。

“窈窈，你看。”蒋蜜献宝般把巧克力递给她，“我帮你抢回来两块巧克力，你快点儿吃掉，不要又被抢了。”

“谢谢你蜜蜜，你人真好。”宋雎窈惊喜又感动地握住巧克力，“你吃一块。”

“好，我们一起吃。”

蒋蜜含着巧克力，觉得事情进行得很顺利，没有看到宋雎窈垂眸间闪过的意味不明的笑。

这天，宋雎窈照例被分配了出门乞讨的任务，蒋蜜仍旧远远地跟着宋雎窈。忽然，她注意到了一个人。

那是一个中年男子，四四方方的脸，长得有点儿凶恶吓人，一双眼睛直勾勾盯着宋雎窈。莫非他就是那个变态恋童癖？不对，形象跟人物卡不符。

蒋蜜想着，忽然发现那人看向了她，蒋蜜吓了一跳，只觉得毛骨悚然，心里笃定，这应该是另一个变态，杀人狂魔什么的，盯上了宋雎窈，必须得小心，她可不能受到牵连。

接下来一段时间，蒋蜜越发笃定这是个盯上了宋雎窈的变态。他神出鬼没，一开始只是在宋雎窈出门的时候出现，后来居然在孤儿院外面也出现了。

原本蒋蜜怀疑过这个男人盯上的会不会是自己，结果发现他盯的确实是宋睢窈无误。

宋睢窈外出乞讨的时候，这个男人还凑上去问过路，故意的姿态不要太明显。宋睢窈对此一无所知，老老实实地给他指路，还给他带过路，一点儿都不怕死。

但蒋蜜没有告诉任何人这个男人的存在，她有点儿好奇这个男人盯着宋睢窈是想干什么，如果宋睢窈在直播开始前就被变态给抓走了，那之后剧情会怎么发展下去呢？不过出乎蒋蜜的意料，这个男人的计划好像周密过头，只是在观察宋睢窈，没有出手。

日子在不断的工作、假千金一家四口及未婚夫偶尔过来做义工中一天天过去了。

陆陆续续有人来孤儿院收养小朋友，因为宋睢窈长得瘦小，看起来又乖又可怜，也有人想要收养她。这时蒋蜜就会及时地冒出来，在宋睢窈耳边说些这些大人的坏话，让她拒绝被领养。

“窈窈，这对夫妇有点儿奇怪，我感觉他们是坏人，你拒绝吧。”

“窈窈，你被领养走了，我怎么办呀？你要丢下我吗？我们不是好朋友吗？”

“窈窈，这对夫妇已经有孩子了，你被领养的话，处境会很尴尬的，被欺负不能还手，还手的话人家是一家三口，你跟人家格格不入……”

“窈窈，我劝你不要……”

这些大人们一见孩子强烈拒绝被领养，就不会勉强，毕竟他们是想要收养孩子享受天伦之乐，而不是给自己找麻烦。

有时候宋睢窈不听话，蒋蜜就会冒出来站在宋睢窈身边，将她衬托得瘦小丑陋，所有大人的目光就会都落在她的身上，想要领养蒋蜜而不是宋睢窈了。

蒋蜜心里得意地看着宋睢窈，第一期那么光鲜亮丽，第二期在她的光芒下，还不是灰扑扑的，这个时候，她倒是和江白奇很般配了呢！

说到底，宋雎窈第一期能那么闪闪发光，只是因为周围出色的女性太少了，明姝就是个废物，只是运气好遇到了个财大气粗的老板，被花钱捧出来的，不是她自己有多出色。这一期，宋雎窈就没第一期那么好运了，蒋蜜会把她衬托得像粒尘埃，也叫观众看看她蒋蜜闪闪发光的样子。

宋雎窈失落极了，一个人蹲在墙角抹眼泪。蒋蜜再带着糖到她身边去抱着她："你看，我说的是不是对的？这些大人根本不是真心想要领养你的，那么容易就把你跟其他孩子对比，然后觉得其他孩子好，这种养父母，以后也会对你挑挑拣拣，觉得你不如别人的孩子好，我说得对不对？你仔细想想。"

蒋蜜说得有道理，宋雎窈信了，之后她也很听蒋蜜的话，拒绝了几对想要领养她的夫妻。

直到这天，出现了一对夫妇。

这对夫妇看起来很有气质，男的斯文，女的温柔，宛如一对璧人。男人据说是一位大学教授，很有涵养，女的则是瑜伽老师，身材非常好。他们家庭环境不错，就是一直没有孩子，因为工作都比较忙，所以他们想要一个懂事、成熟、好养的孩子。

这样一来，孤儿院里年纪比较大的孩子就可以出来列队被挑选了，包括基本已经很难被领养的 8 岁以上的孩子。

蒋蜜兴奋地拉着宋雎窈，把自己漂亮的裙子也拿出来给宋雎窈穿上，还给她扎了两根羊角辫。

"窈窈，我看这对叔叔阿姨很不错！跟之前那些叔叔阿姨不一样！你要好好表现，争取让对方把你领养走！"蒋蜜拉着宋雎窈叮嘱道。

宋雎窈对着手指，没什么信心："真、真的吗？可是……他们也会更喜欢蜜蜜的吧。"

"你放心，我不出去。"蒋蜜说，"我虽然也很喜欢那对夫妇，很想被他们领养，但是难得遇到好的，我要让给我的好朋友！"

蒋蜜当然不会出去被挑选，她又不傻，知道自己水灵漂亮很容易被对方看中。

宋睢窈愣了愣："蜜蜜……你很喜欢他们，但是要让给我吗？"

"当然，我好吧？"蒋蜜昂首挺胸，"所以你要好好表现，不要辜负我知道吗？等下对上他们的视线的时候，一定要笑，知道吗？"

这时，阿姨的声音传来："孩子们，快出来！"

"快去快去。"蒋蜜兴奋地把宋睢窈推出去。

而蒋蜜因为嘴巴甜，很受院里阿姨的喜爱，阿姨对她很宽容，她不想出来被挑选，自然也不会逼她出来，毕竟她们也不想这个小甜心被人挑走。

宋睢窈和其他大孩子一起出去，看到了那对夫妇。

她打量着他们，从蒋蜜的态度可知，节目组的剧本里，她是应该被这对夫妇收养的，也就是说，这个家庭是她的第二级地狱。他们看起来是人模狗样的知识分子，家庭却是比这个孤儿院更难熬的第二级地狱……

那对夫妇的双眼扫过一个个孩子，当落在宋睢窈身上的时候，那个男人的目光顿了顿。

为了确保这个男人看上宋睢窈，程序员应该在这个 NPC 的程序里植入了一点儿东西，比如他看到宋睢窈的时候，会有些不一样的感觉，以此来诱使他选中宋睢窈。

"这个小女孩怎么样？"院长笑眯眯地问。

男人盯着宋睢窈又看了一会儿，发现妻子脸色不太好，想了想说："我们需要考虑一下。"

孩子们在出来转一圈被那对夫妇一一看过后，就在后院里忐忑地期待着自己是那个幸运儿。

"怎么样怎么样？"蒋蜜立刻冲上来问宋睢窈。

宋睢窈说："他们还在考虑。"

蒋蜜愣了下，有些急了：“考虑？考虑什么考虑？窈窈你这么好，应该一眼就看中你才对！”

“哪有……我又脏又丑，算了啦，我也不想离开你。”宋雎窈低下头。

蒋蜜瞬间懂了，那对夫妇居然没有一眼看中宋雎窈，很可能是因为宋雎窈现在发育太过不良，面黄肌瘦，看起来像只猴子一样，就算是恋童癖，恐怕看着也没什么兴致吧。有点儿失策。

但是他们还没下决心，可见还不知道挑选哪一个，既然是节目组安排的第二级地狱，那个男人肯定对宋雎窈是有些心动的，所以这个时候如果宋雎窈去自荐，肯定就会被选中。

这么想着，蒋蜜催促宋雎窈去自荐，见宋雎窈不去，还有些发火了。

宋雎窈见蒋蜜真的生气，惊慌又不解：“可是蜜蜜，你不是说不要跟我分开吗？如果我被收养了，你怎么办？”

蒋蜜：“我之前都是怕你被收养后受欺负，我又不在你身边！现在这对叔叔阿姨看起来很不错，你的缘分终于到啦！你看你在孤儿院过得不好，我好歹还能吃饱，你被领养后，经常回来看我不就好了？再给我带点儿好东西吃呀。”

宋雎窈：“可是……”

这几年相处里，蒋蜜已经占据了主导地位，宋雎窈很依赖蒋蜜，很听她的话。

“别可是了，要不是为了你，我就自己上了，能被他们收养多好啊，以后肯定能读很多书，也能变得像那位阿姨一样美丽。他们看起来温柔又和蔼。”蒋蜜推了她一把，“你快点儿主动一点儿，去跟他们说你想被收养。”

宋雎窈走了几步，回头，犹豫不定地看着蒋蜜：“你真的觉得他们那么好吗？”

蒋蜜肯定地说：“当然，我可是因为你才让给你的，快去吧，等你好消息。”

“好……好吧。”

“那我把空间让给你们，你们好好商量一下。”院长办公室内，院长跟夫妻俩说完就出去了。

每一个孩子被收养，他就会得到一笔不菲的收入，反正有孤儿源源不断地送进来给他压榨，他并不介意把一些孩子像货品一样卖出去，因此他不会特地去考察收养者是什么样的人，只要是个有钱人就行。

而院长离开后，这对璧人一样的夫妇之间的气氛就变得古怪起来，妻子脸上温柔的笑容收敛了起来。

“怎么？我看你不是看中了一个吗？”妻子阴阳怪气地说。脑子里冒出宋睢窈的脸，她顿时妒火中烧，对方只不过是一个面黄肌瘦的小鬼头，她居然输给了这种发育不良的小孩！

男人一脸无奈：“我说了，不用这样。”

“不用这样？等你对别的……下手，然后某天东窗事发吗？”妻子顿时有些激动起来，“今天你就在这里挑一个，喜欢那个就带走她！不准再对外面的虎视眈眈，听到没有！”

“哎，知道了，你别生气了，生气了就不好看了。”男人抱住妻子，妻子顿时委屈得掉下了眼泪。她怎么会喜欢上这种人，偏偏除了这件事，他对她那么好，她都已经离不开他了。

“咚咚咚”，门被轻轻敲响。

两人做贼心虚，吓了一跳，看到是个小朋友，这才松了一口气，小朋友应该听不出什么不对劲。

“小朋友，你有什么事吗？”男人弯下腰，笑容温和地看着宋睢窈。这个小朋友好像有点儿魔力，戳中了他心里的什么，让他有些心动。

宋睢窈怯怯地看着两人：“叔叔，阿姨，我……我有话想跟你们说。”

蒋蜜在院子里翘首以盼，心里想着等宋睢窈被带走，自己立刻给在豪门享受好日子的同行打电话，让他们安排一下。

终于，她看到宋睢窈回来了，宋睢窈身后还跟着那对夫妻和院长，宋睢窈一看到她，立刻笑容满面地和她挥手。

蒋蜜一看，就觉得这事肯定稳了，宋睢窈肯定是把自己自荐出去了，所以才这么开心，她当下也开心了，举高手笑容灿烂地挥了挥。

蒋蜜在孤儿院里凭本事受宠，穿得也比孤儿院的其他孩子要好，是阿姨从家里带来的小裙子，头发也被编得整整齐齐，皮肤白净，脸上的肉细嫩饱满，又注重清洁有好好刷牙，这一笑，在阳光下像个天使一样。

那个男人本来是漫不经心的，目光也聚集在宋睢窈身上，抬头的瞬间看到这样一张笑脸，骤然就像被击中了一样，镜片后的双眼呆滞了片刻。

他停下脚步，转头跟院长说了什么，女人脸上的笑容僵了僵，看向蒋蜜的眼神充满了敌意和警惕。

NPC 程序里确实被写入了一些东西，但是运行后，他们就完全像个真正的人了，而人类，最擅长三心二意，因此，那并非是不可动摇的东西。

宋睢窈跑到蒋蜜面前。

蒋蜜拉着她："成功了吗？"

"嗯嗯，我觉得肯定没问题的！蜜蜜你太好了，我真舍不得你。"宋睢窈说着说着，哽咽了起来。

"没关系的，就算被收养了，我们也可以经常见面啊！"蒋蜜开心极了，这孤儿院她也待腻了，可算等到今天了。

"嗯嗯，蜜蜜你要经常回来看我。"

"会的会的……什么？"蒋蜜忽然反应过来，顿时呆住了。

宋睢窈只顾着悲伤地掉眼泪。这时，院长带着那对夫妇，笑容满面地过来了。

他走到蒋蜜面前，大手将她推到那对夫妻面前，慈爱地说："孩子，你真是命运的宠儿，从今以后，他们就是你的爸爸妈妈了。"

蒋蜜浑身僵硬。

斯斯文文看起来书卷气很重的男人蹲下身，按住她的肩膀，温柔慈爱，眼含炙热地说："以后跟我们一起生活吧。"

女人也温柔地说："我是妈妈哦。"只是她的眼里没有温度。

如果是宋睢窈，她更多的是愤怒，是蒋蜜的话，她就是嫉妒更多了。比起一个瘦猴子一样的小孩子，蒋蜜这种更让人有情敌感，女性的直觉让她觉得这女孩不简单，心眼多。

蒋蜜想到这对夫妇是什么样的人，只觉得胃部翻涌，恶心透了。但她震惊过度，失去了言语的能力，只能眼神恐怖地看向宋睢窈。

宋睢窈掉着眼泪："蜜蜜，你对我太好了，明明很喜欢叔叔阿姨，还要为我考虑，要让给我，这怎么可以？所以我就跟叔叔阿姨说了，他们果然很喜欢你。"

"我不要……"

"你在说什么呢？"院长慈爱但是有些压迫性地按住蒋蜜的头，一双眼睛充满威胁地看着她，"谁会不想要一个家呢？你喜欢他们，他们也喜欢你，你们以后会一起过得很幸福的。要懂得感恩，蒋蜜。"

因为蒋蜜是孤儿院里最漂亮的孩子，院长也看出了这个男人对蒋蜜的狂热，他不理会这狂热代表着什么，只知道男人愿意为蒋蜜给他更多的钱，是宋睢窈的三倍！院长觉得把蒋蜜给他领养非常值得。

院里对她那么好，给她养得白白净净漂漂亮亮像个小公主一样，报答他不是应该的吗？

蒋蜜看着院长的双眼，害怕了，脑子里浮现出院长鞭打不听话的小孩子的画面。她仗着长得好看，没有被院长打过，却见过不少院长打人的画面。这一次她就算留下来，恐怕也不会有好日子过了。

蒋蜜的拒绝没有用，她不死心地提出希望能把宋睢窈也一起领养的事："我离不开她，求求你了，叔叔，把窈窈也给领养了好不好？"她下意识撒娇。

男人有些拒绝不了，然而女主人却笑着说："不行哦，我们只能收养一个孩子。"

蒋蜜急了，她连连哀求，然而即便男人不舍得拒绝，但他们毕竟心怀不轨，只打算领养一个，领养两个的话，麻烦就翻倍了，所以她的这个要求被无情拒绝了。

蒋蜜害怕极了，可是她很有偶像包袱，做不出撒泼打滚大哭大闹的举动，因此很快就被强制带上了车。她坐在车里，看着车外一脸不舍哭唧唧的宋睢窈，恨得咬牙切齿，她没有想到，终日打雁居然被雁啄伤了眼！

感受着前面开车的男人通过后视镜落在她身上的目光，蒋蜜觉得浑身冰冷，胃里翻涌，顿时干呕了好几声，差点儿把隔夜饭都吐出来了。

推宋睢窈出去的时候，她没有任何感觉，发生在自己身上的时候，她倒是反应激烈。

宋睢窈痴痴地看着那辆车，直到尾气都看不到了，被阿姨牵回去时还在频频回头。

"蜜蜜一定会幸福的！"宋睢窈说。

"她肯定会幸福，你就没人要了。"宠爱的女孩被领养走了，阿姨不开心，说话也带刺。

"没关系，我已经习惯了，只要蜜蜜幸福就好，而且蜜蜜也会经常回来看我的。"宋睢窈说，露出有些傻白甜的笑容。

"你这个傻孩子。"阿姨见她这样，心也软了，傻孩子，很多孩子被领养的时候都说会经常回来，但实际上大多都不会再回来了。

宋睢窈又回头看了一眼，转回头难过地垂下头。

第二级地狱为她准备了什么呢？蒋蜜既然这么想让她去品尝，应该是很美味的东西？敬谢不敏，无福消受，您自己享用去吧。

接下来，该轮到她的剧本展开了。

那个盯了宋睢窈好一段时间、被蒋蜜怀疑是变态的中年男子，在同一天下午，走进了孤儿院的大门。

蒋蜜一路心惊胆战地被这对夫妻带回家，但在回家之前，她被带到商场去购置了一些衣物和床上用品。

蒋蜜一路都在告诉自己忍耐，她可是明星玩家，现在这种情况，如果是宋睢窈的话只有死路一条，但是她不一样，首先她可以随时退出，但是这个选项她不可能选，因为退出就不能再进来了，直播都还没开始，她怎么可能轻易放弃这个机会？要知道，为了上《正义审判日》她费了多大的劲，牺牲了多少？！

而且观众们已经知道她进来了，直播开始前她就退出，不是等于告诉观众，自己居然废到连儿童时期的宋睢窈都斗不过？

除此之外，她还有别的路可以选，等到这两人的家后，就给假千金打电话，向她求助。大家都是娱乐圈里的人，以后抬头不见低头见，这点儿忙她肯定会帮的。

这么想着，她按住翻涌的胃部，跟在这对夫妻身边。

那个男人非常热情积极，甚至有些难以顾及妻子的感受，他给蒋蜜挑的一切物品，都是粉色的、可爱的东西，经过儿童内衣店的时候，他还偷偷观望了几眼，蒋蜜反胃得更厉害了。

心里不由得更恨宋睢窈，该死的，这一切本该她来承受的！这是她的命运！

而女主人的脸色越来越难看，看着蒋蜜的目光越来越可怕。

“蜜蜜脸色不好，应该是晕车，吃点儿晕车药，休息休息我们再回去。”因为蒋蜜脸色太难看了，男人心疼地说，体贴地去商场药店里买了药。

他一坐下来就紧贴着蒋蜜，肩膀碰着她的肩膀，蒋蜜顿时就觉得头皮发麻，整个人快要从椅子上跳起来了。

她忽然意识到，自己为什么要跟着他们回去？为什么要忍受？她可以现在就找人借电话，打电话给假千金啊！她是不是傻？！

这么想着，蒋蜜不再忍受，拍开男人的手：“不好意思，我想自己一个人逛一逛。”

蒋蜜迅速起身离开。

男人愣住，看着自己还隐隐有些痛的手，看着蒋蜜的背影，脸色阴沉了下来。

蒋蜜走了好一段，转头一看，发现男人跟在她身后，顿时又开始恶心恐惧交加。她故作镇定地走了一段，发现男人还跟着她，于是走向一个妇女，想要借手机。

“阿姨，我能不能借你的手机打一个电话？”

“当然可以。”妇女拿出手机递给蒋蜜。

蒋蜜连忙伸手想要接过，不承想，一只男人的手比她更快一步接过来。

“不好意思，我女儿跟我闹脾气呢。”男人无奈地说，一只手按在蒋蜜肩膀上。蒋蜜让人不设防备，而男人同样如此。

蒋蜜感觉到肩膀上的手，忽然产生了一种强烈的危机感，对上男人的眼神，只觉得他好像要吃人，强烈的直觉让她甩开他的手，惊恐地跑了起来。

男人立刻追了上来。

“救命啊！帮帮我，他是坏人，他是恋童癖！救救我！”蒋蜜边跑边惊恐地大叫起来。

商场里的人惊诧万分，蒋蜜很快获得了帮助，瑟瑟发抖地躲在保护者身后。警察也很快过来了。

蒋蜜大松了一口气。

然而，事情却出乎她的意料。

她说男人是恋童癖这件事无凭无据，警方找不到男人任何前科，而且蒋蜜今天才从孤儿院出来，她之前根本没有见过男人，男人的行车记录仪和商场监控都能看出来，男人从离开孤儿院到来警局这段时间里，没有对蒋蜜有过任何超出正常范围的动作。

而男人的妻子是这样一位美丽、温婉、大气的女性，一直在两人身边，无疑更显得蒋蜜的话不可信。

蒋蜜脸色难看，转身就要跑出警局，却很快被人拉住。

“放开我，快放开我！”

“先生，夫人，你们可能需要带她去检查一下精神状态。”警察和男人握了握手说。

男人无奈又包容地看了看蒋蜜，揽着妻子的腰肢说：“既然已经领养了，我们就会把她当成亲生女儿，对她不离不弃，就算她有病，我们也不会抛弃她的。”

“你们真是好人啊。”

蒋蜜又惊又怒，疯狂挣扎，觉得眼前的一幕怪诞不已，却被强硬带上了车。

“放我下去，放我下去！”蒋蜜疯狂拉车门把手，车门纹丝不动。

然而前面的夫妻，眼神怪异又可怕地看向了她：“你是怎么知道的？”

蒋蜜如坠冰窖，这下彻底完了。她终于意识到，因为自己一念之差，一时沉不住气，究竟犯了多么可怕的错误，接下来等待自己的不知将是什么。

两名警察目送着车子离开，然后看向彼此，严肃地说：

“得去暗访一下那家孤儿院了。”

“嗯！”

那家孤儿院也不知道对孩子做了什么，居然把这个孩子给刺激成了这样，精神都不正常了，想到孩子们可能在遭遇什么，他们就觉得愤怒极了，必须去调查个一清二楚！

现实世界中。

节目组虽然给第二期录了屏，但是为了尽快推到宋雎窈18岁的时候，虚拟世界内时间流速调得很快，画面连成串，他们在现实世界中无法通过肉眼看到里面发生了什么的，只能等之后放慢了速度再看。

但因为这一次明星玩家提前进去了，还有蒋蜜就跟在宋雎窈身边，他们感到很安心，越发笃定这一次宋雎窈不可能再像上一期那样了。

这么想着，忽然间，猝不及防地，他们听到了蒋蜜退出虚拟世界的提示。

明姝也在休息期间抽空盯着直播间的状况，表情下意识就严肃起来。经纪人也讨厌蒋蜜，因为她之前为了蹭热度，一直发小作文贬损明姝，还说得有理有据让人无法反驳，一反驳就显得自己在无理取闹，着实让人憋屈得很。

"圈里人谁不知道她什么样子，一副知书达理淡泊名利的样子，实际上为了红无所不用其极。这次有了机会进虚拟世界，还不使劲讨好节目组？"经纪人阴阳怪气地说。

想到讨厌的人会更火，明姝心情烦躁。

"她讨好也没用，搞不好还会被黑，上一期节目组还不是被宋雎窈啪啪打脸。"明姝说。

"上一期是上一期，这一期节目组肯定做了更多的安排，我觉得蒋蜜这一期下来，肯定得往一线去了，曝光率明摆着在这里，就算是黑，那也有黑红一说……"

"你帮谁说话呢？"

"这不是知己知彼嘛，认清现实……"

忽然，明姝一下子坐直了身子，瞪着双眼看着直播间。

明星玩家出局的时候，直播间里是有提示的，刚刚她没看错吧？蒋蜜出局了？还是自动退出的？

看来她没看错，弹幕区里都蒙了。

哈？

直播还没开始，蒋蜜就 out 了？

我想知道里面究竟发生了什么！

蒋蜜不是很牛吗？第一期的时候一直在发小作文告诉网友遇到明姝这种困境要怎么解决，怎么轮到她，直播还没开始，就出局了？难道她只会纸上谈兵？

哈哈哈翻车了！早就看不惯蒋蜜了，蹭热度踩明姝，粉丝还说她知书达理高智商！

节目组蒙了。

“怎么回事？蒋蜜是出什么意外了，还是说连小孩子都对付不了？”

蒋蜜的突然退出，惊呆了节目组和观众，人们议论纷纷，节目组立刻赶到生物舱区。

蒋蜜脸色极其难看地从生物舱里出来了。

“蒋蜜，这是怎么回事？”覃威压抑着火气问她。搞什么，自己主动说要进去，直播都还没开始，她就主动地要退出来？

“对不起导演，都怪我没用，宋睢窈实在是太可怕了！您不知道，她……”蒋蜜怒不可遏，觉得自己被迫在直播开始前就退出，都是被宋睢窈害的，当下将宋睢窈一通抹黑。

覃威一听，火气瞬间散了，这次安排的剧本看来确实让宋睢窈变成了和第一期完全不一样的人，她在黑暗孤儿院里变成了一个心机很深的孩子，居然连有着大人灵魂的蒋蜜都斗不过她，可见有多可怕。

看来，这一次节目组可以一洗上一期的耻辱，扳回一局了！

“导演，能不能再给我一次机会？我发誓下一次我一定……”

覃威笑着拍了拍她的肩膀：“这一次辛苦你了，不过节目组的规矩观众都知道，你已经退出来了，再让你进去，以前退出的嘉宾会怎么想呢？

我们也不好办是不是？”

“可是……”

“好了好了，别心急嘛，你还有大好时光，我们不愁找不到机会再合作。”

蒋蜜到底没能二次进入虚拟世界，《正义审判日》这档节目红了 20 季，从来没有一个嘉宾上过两次，再次合作？根本不可能！

蒋蜜和经纪人及助理脸色难看地从梦工厂出来，“咔嚓咔嚓……”快门响起的声音一连好几下，蒋蜜下意识看过去，难看的表情瞬间被拍了个正着。

#娱乐圈才女蒋蜜不敌宋雎窈，直播未开始便出局，人设崩塌？#

各大营销号、八卦新闻纷纷以此类似的标题作为噱头，果然各个赚到无数点击和热度。

不是吧？蒋蜜不是以高智商、高情商著称吗？居然连个小朋友都打不过？

笑死了，还教明姝怎么对付宋雎窈，现在连 10 岁的宋雎窈都没打过！

高智商才女人设崩塌？

哈哈哈笑死了，明姝好歹在直播里存活到三分之二时间段，蒋蜜居然还没开始就结束哈哈哈！

明姝的粉丝之前早就不爽蒋蜜了，但是由于蒋蜜很懂话术，她们怎么反驳都像在无理取闹，给明姝招黑，所以只能憋着。此时反击的机会送上门来，她们会不要？

当下连同蒋蜜的黑粉们一起狠狠嘲笑，带了好一波蒋蜜人设崩塌的节奏，狠狠反击。

休息室里，响起明姝猖狂的大笑声，她甚至笑得都没力气了，躺倒在了沙发上，看一眼手机，再大笑到捶沙发。

“我就知道哈哈哈！宋学姐肯定能收拾她哈哈哈……”

“咳咳，我知道你开心，但是收敛点儿。”一个女艺人，居然笑出了猪叫！

“哈哈哈……不行，我收敛不了，我去点个赞。”

经纪人吓得连忙去抢她手机。明姝终于笑完了，揩掉笑出来的眼泪：“这个蒋蜜，我还不知道吗？嫉妒我呢，嫉妒我老板有钱公司就我一个艺人，小肚鸡肠得很，现在翻车了吧？搞笑！”

“行了行了，你别笑了，别把嗓子笑坏了，等下还要录歌，老板花了大价钱给你请来的团队，在会上可是发了话的，一定要让你登上奥莱拉合众国的各项音乐榜单！”

“别提这个行吗？尴尬死了！”明姝顿时笑不起来了。她老板真的是个财大气粗的暴发户，对娱乐圈根本丝毫不理解就一头撞进来，现在居然连让她登上奥莱拉的音乐榜单这种话都说得出来！

要是被同行听到，她恨不得把自己埋起来。

“太尴尬了，你闭嘴，别说话了，我要再看看蒋蜜的笑话缓一缓。”明姝说着，发现蒋蜜发了博文。

蒋蜜坐在保姆车上，表情阴沉眼睛要滴出血，她知道机会难得，错过就没有，所以虽然被那对恶心的夫妇带走，她也想狠下心，咬牙忍耐，等待时机。

然而她没有想到，那对夫妻居然如此谨慎，一到家立刻将她囚禁在地下室里，地下室里一扇窗户都没有，更不用提电话手机。男人当晚就想对她施暴，但实在是太疼了，是个正常人都无法忍受，她挣扎反击，随手拿起一个木雕砸在了男人的头上，鲜血刺激了男人，引发了残暴的一面，她被一顿暴打。

女主人就站在门口冷眼看着，嘴角噙着一抹冷冷的笑。

最终她看着这个地下室，觉得自己恐怕很难找到机会逃离，脑子里忽然想起节目组给宋雎窈安排的第二级地狱，这个命运恐怕是落在了自己的身上，强烈的恐惧和绝望感一瞬间将她淹没，她最终选择了退出。

她深呼吸了一口气，看着网络上的评论，手指在键盘上快速敲动。

很快，蒋蜜发了一篇长博文。

蒋蜜 V：

对不起，我花费了一些时间来平复心情，你们不知道在现实世界不到一个小时的时间里，我在虚拟世界里度过的三年时间，都经历了什么。如果可以我不想去回想，因为实在是想起来就觉得毛骨悚然。

宋雎窈，那个上一期俘获了那么多人的心，拥有史上最高申冤票数量的女孩，在这一期终于露出了可怕的真面目，我拥有大人的灵魂，却根本斗不过她一个小孩子。没错，很抱歉，我没用，我居然斗不过一个小女孩！

你们能想象到一个孩子心机深沉、演技天衣无缝的模样吗？她察觉到养父母的不对劲，居然将我推出去，用我当挡箭牌，让我被收养，眼睁睁看着我被残忍对待，使我不得不退出节目……

最后，我将捐出 100 万给儿童保护协会，用于帮助所有受到不该遭受的虐待的孩子们。恋童癖该死，我呼吁社会关注儿童身心健康，呵护帝国的花朵！

蒋蜜这篇博文一出，瞬间扭转了人们的关注点，将“蒋蜜没用”转移到“宋雎窈心机太深”上，人们当即觉得言之有理，对啊，一个小孩斗倒了大人，这小孩得有多恐怖？

小孩耍心机，比大人使坏更让大人感觉可怕和反感。

而且文章最后还为儿童保护组织捐款，一下子站在了道德制高点上，当下评论风向立刻扭转了。

抱抱蒋蜜，太可怜了，说蒋蜜崩人设的有病吗？高智商有才华和天真善良不能共存？

真是可怕，小孩能把一个大人算计死，简直跟惊悚片一样！

我就知道！宋雎窈在第一期里闪闪发光，只是因为她运气太好，基本上处于顺境之中。处于顺境之中的人，有几个会变态？有几个会露出丑恶的一面？所以，宋雎窈才没有露出真面目的机会！

终于刺激起来了，我好奇面对这种劲敌，文珠怜和卫言能坚持到几时！

蒋蜜姐姐加油，永远支持你！

啊啊啊，我好想看看啊，录屏能不能马上放出来啊！

心痒难耐啊。

口说无凭，除非节目组放出录屏，否则我不信。

宋粉滚好吗？

蒋蜜看着扭转的舆论风向，开始狂涨的粉丝，脸色终于缓和了下来，眉宇间露出轻松和些许得意，就算没能参加直播，她至少也要把宋雎窈的利用价值都榨光，蹭到所有她能蹭到的热度，这也算是帮宋雎窈攒人品吧。牺牲她一人，幸福千万家。

“赶紧回公司。”

她得赶紧去找老板，让他跟节目组沟通一下。她当然知道自己在颠倒黑白，宋雎窈在里面是个什么样的人她清楚得很，有这种下场，她心里也知道是弄巧成拙，但她就是不愿意承认，也不能承认。

因此有些镜头需要剪辑，而这得费点儿钱，好在老板不至于不给，节目组也不会拒绝，毕竟他们不想宋睢窈受欢迎。所以要把她剪辑成纯洁天真可爱的小天使，将宋睢窈剪成心机叵测的恐怖女孩。

天会亮论坛。

蒋蜜一定是在胡说八道！

我手上有很多蒋蜜的黑料，这就放出来！蒋蜜谎话连篇，女神根本不是这样的人！

等等，现在先别放，她现在风头正盛，黑料放出来，大众会觉得是对家故意打压的，起不到太大作用。

那我们现在怎么办？那黑心肝的节目组肯定会剪辑录屏，就算直播开始后，窈窈是另一个面貌，因为蒋蜜，观众都会用恶意的眼光看她，觉得她做什么都是别有用心，每一句话都暗藏杀机！

对啊！

气哭了！

窈窈真的，太可怜了，好心疼！

冷静一点儿，事情可能有转机。

这时，论坛创建者突然艾特全体成员：

所有人都去各个话题下发言，就说想要看宋睢窈小时候能多有心机，能做到什么程度，想要看宋睢窈是怎么天衣无缝地表演的。

创建者是个神秘的人，话少，平时基本不出声，只默默地寻找宋睢窈的铁粉，给他们发邀请码，把他们给拉进来。所以创建者一开口通常都是决定性的话语，因此他一出声，会员们立刻像找到了主心骨，纷纷响应：

收到！

收到！

覃威接到蒋蜜老板的电话，双方达成了一致，那边给钱，他这边之后把蒋蜜的形象剪得好一点儿。这笔钱是他的额外收入，本来他们也会剪辑的，上一期是因为回溯，无法剪辑，所以才让宋睢窈和柳滟的那些事暴露在观众眼前，这一期就不一样了。

本来就要做的事，还能赚到一笔钱，何乐而不为？

这时，他的手机响了起来，他接起电话的瞬间，表情和口气都变得谄媚起来，没有丝毫总导演的架子。

“老板？”

“直播开始前这段时间，你把之前的录屏放出来，观众都很想知道里面发生了什么。”某贵族年轻的声音传来，口气里隐隐有些好奇，这个贵族肯定也看了直播，也和观众一样，非常好奇里面到底发生了什么。

宋睢窈真的变成了惊悚片女主吗？

覃威一愣，现在放出来？现在放的话，还怎么剪辑？他当即立刻说：“老板，我觉得现在吊着观众胃口比较好，等直播结束再……”

“直播结束后，谁还好奇过去发生的事？除非那个蒋蜜撒了个弥天大谎，宋睢窈其实根本不是她说的那样。蒋蜜撒谎了吗？”

覃威也是被蒋蜜骗过的人，当即说：“应该是没有。”

“既然没有，更应该现在放出来让大家看，在直播里看过宋睢窈更深的恶，谁还在乎她小时候的恶？”

覃威相信蒋蜜没有胆子骗他，但是既然她提出要剪辑，肯定也做出了一些会让观众不适的举动，他这么放出来，这钱……

“可是，老板，这样跟我们的计划不同，会有很多突发事件，也许不能有最好的效果，给予宋雎窈灵魂拷问……国王陛下……”

“那是你的事，如果你不能完成工作，我可以找一个人来帮你。’那边的贵族冷漠地说。

覃威顿时脸色苍白，这话的意思是要换掉他。也对，对于这些贵族来说，赚钱是首要的，他们才不管节目组被怎么骂，他们只看结果，结果不让他们开心，他们就把节目组换掉，反正铁打的审判秀，流水的节目组。

覃威不敢再多言了，算了，那笔钱没了就没了，也好过工作丢了。结束通话后，覃威立刻从孙子变成了暴君，朝着工作人员吼：“你们没听到吗？赶紧去办！”

总导演下令，其他人立刻动起来。

因为时间比较紧，根本没有空进行剪辑，只能将原版全部呈现在观众面前。

这时，蒋蜜得知老板已经跟覃威说好，心情放松地回到休息室，看着涨得越来越多的粉丝数，嘴角勾起。

无凭无据，光凭蒋蜜一张嘴，就给人定罪？难不成她是法官吗？

宋粉不要垂死挣扎，节目组又不是没有录屏，蒋蜜如果瞎说，不怕被打脸？

呵呵，就好像录屏不会被剪辑一样！

有病吗？怀疑节目组颠倒是非黑白？节目组颠倒是非黑白的话，上一期还能回溯宋雎窈的过去，让她圈那么多粉？

上一期节目组是不剪还是没法剪还不一定呢！

我相信蒋蜜说的话，要不然她为什么会出局？

三观不正的人真多，不过是第一期因为顺境表现好点儿罢了。

宋雎窈上一期顺境？你去试试，看看是不是顺境？

直播间的腥风血雨比其他地方要多，毕竟这里实时互动，更引发人激动的情绪，你来我往，吵得很凶。连众多博彩公司都顺势推出了“蒋蜜 vs 宋睢窈”的押注选项，一时间买的人数量飞起，押蒋蜜的人比押宋睢窈的多很多，怎么看都是蒋蜜稳赢，蒋蜜不可能会说谎，要不然，她怎么会在直播开始前就退出？

不少博彩公司背后都有大人物当股东，看到这么多的钱，都忍不住垂涎，忍不住要打电话催节目组把那段录屏放出来。

然而他们还没动电话，节目组就自己动了。

直播间突然冒出另外一个框的时候，观众们惊呆了，随即知道是节目组真的要播放录屏后，激动极了。

天啊，节目组突然？

看来节目组还是很听人话的，挽回我的一点儿好感了。

哈哈哈，宋粉等着哭吧，节目组出来打脸了，开心吗？

宋粉呢？不敢吱声了？呵呵。

节目组突然播放录屏，确实有些震慑到了不信蒋蜜话的人，毕竟节目组跟宋睢窈是对立面的，他们在闹得这么凶的时候把录屏放出来，这架势确实像被他们嚷得不耐烦要打他们的脸，一时间除了决心头破血流也要相信宋睢窈的人，都不太敢出声。

“终于闭嘴了，一群傻子，粉谁不好，粉个杀人犯！”蒋瑶瑶畅快地说。

蒋瑶瑶是一只小蜜蜂，刚好跟蒋蜜一个姓，因此更加喜欢蒋蜜，她觉得蒋蜜聪明知性优雅，是她非常憧憬的形象。她跟为宋睢窈说话的人厮杀得眼睛充血，键盘都敲坏了一个，此时见节目组放录屏，和其他人一样都认为是节目组出来打脸宋粉了，开心得在粉丝群里疯狂撒花庆祝。

节目组给力啊！我猜节目组里是不是有大佬暗恋我们蜜蜜？

肯定吧！要不然节目组会突然这样？但是能吩咐动节目组的人，肯定是贵族了吧？

天啊，不愧是我们蜜蜜！魅力无限！

太棒了，宋粉等着哭吧！

开始了！

小时候的蜜蜜，太可爱了吧！

小天使说的就是她了！对比之下宋雎窈真的丑，丑得像只猴子。

哈哈哈，真的像猴子！

蒋蜜的数个超大粉丝群里，粉丝们扬眉吐气，一边看一边在群里讨论吐槽，刷得飞快，然而渐渐的……

……是不是有哪里不对劲？

我怀疑节目组恶意剪辑过！

恶意剪辑……吗？

三年时间的录屏并不算长，首先里面时间流速调快了，其次系统会自动跳过无用的情节，比如所有真人 NPC 和他们身边的 NPC 都进入睡眠状态的“无人搞事”的时间段。而这些右上角是有提示的，节目组没办法在这上面搞鬼。

再说了，也有一些专业人士在看，节目组是不是剪辑过，他们都能看出来。现在面对很多人的质疑，那些专业人士都冒出来说节目组没有剪辑过，这就是原版。

热闹的粉丝群刷屏的速度逐渐慢了下来，一种难以言说的尴尬感几乎从对话框里弥漫了出来。

同样在关注录屏里的剧情的节目组，覃威的表情逐渐僵硬，心先是往下掉，随即被噌噌上涨的怒火顶起来。

这就是蒋蜜说的，宋睢窈心机深沉？

宋睢窈，心机深？我眼瞎了才没看到吗？

这剧情跟我想的一点儿也不一样，说好的宋睢窈是惊悚片里的恐怖小孩呢？心机在哪里？恶毒在哪里？我怎么只看到了蒋蜜的恶毒？

只能说蒋蜜演技真好，我被恶心到了！

对不起，一不小心代入了宋睢窈，我气爆了！

请勿将角色上升到演员，蒋蜜只是在扮演节目组给的人设而已，而且她是明星玩家，这样做是应该的！

宋睢窈在里面是真的孩子，而蒋蜜是有大人灵魂的，她做这些，还真的一点儿都不觉得不适吗？蒋蜜居然还想半夜拿开水淋宋睢窈，有够恶毒的！

蒋蜜是明星玩家，把宋睢窈逼入逆境是她的任务，其他嘉宾也都这样做，凭什么现在她要被这么骂？

其他演员可没有出来后倒打一耙，抹黑被审判者哦！宋睢窈是犯罪了，但罪犯也是有人权的！不是可以平白无故被抹黑的！

宋睢窈帮老爷爷推车不要钱跑走，另一个大人叫住宋睢窈，然后给她钱那里，看哭了，好温暖的一幕。

宋睢窈真是个小可怜，被领养失败的失望眼神太心疼了，真想抱抱她。

这正是节目组一般要从成年后开始直播的原因，小孩子受欺负，太容易引起观众的恻隐之心，明星玩家一般不在这种时候进去，也有因为对小孩子下不了手的缘故，而且播出来，对自己的形象可能会有影响。

只能说蒋蜜之前太过贪心了，理所当然地认为节目组肯定会剪辑，黑的也能帮她剪成白的，所以她肆无忌惮，却没有想到，节目组居然在这一天，将录屏完完全全放了出来。

大众被她引起了极大的不适，对她产生了强烈的厌恶。

尤其是后面，那对恋童癖夫妇出现，蒋蜜明知道内情，还激动兴奋地推宋睢窈出去，看得人们忍不住皱起眉头。

这就是蒋蜜说的，宋睢窈推她出去？

对蒋蜜粉转路了，她怎么能这么兴奋地把一个孩子推进火坑？

啊啊啊，傻孩子信了，真的去自荐了，我不敢看了！

“叔叔阿姨，我有一个好朋友，她很喜欢你们，非常想和你们做家人，但是因为我，所以没有出来给你们看，你们能去看看她吗？如果可以收养她好吗？”瘦小的小女孩小心翼翼地看着眼前那对光鲜亮丽的夫妻，紧张地说。

“那你呢？你不想让我们收养吗？”男人温和地问，双手搁在女孩瘦弱的肩膀上，拇指无意识地摩挲了几下。

女孩没有感觉任何不对，闻言乌溜溜的大眼中流露出些许想要个家的渴望，她犹豫了几秒，用力摇了摇头：“我不想。”

谁都能看得出来，她是想让给好朋友。

然后，她就带着那对夫妇和校长去看蒋蜜了，看着蒋蜜先是以为自己得逞的笑容，继而在得知真相后的骤然僵硬，直播间的观众们爽死了。

这反转！我爱死了！

哈哈哈我爽了！

偷鸡不成蚀把米，说的就是蒋蜜！

蒋蜜的表情变化太好笑了哈哈哈！

爽！爽得我头皮发麻！

哈哈哈，不是让宋雎窈要善良吗？够善良了吧？哈哈哈！

所以，这就是蒋蜜说的宋雎窈推她出去？

呵呵，原来蒋蜜是真的人设崩塌！

蜜粉出来啊，说说看，节目组是在打谁的脸？

第十三章

哥哥

蒋蜜离开公司后，就没有再关注《正义审判日》了，反正老板已经跟覃威总导演谈妥了，那就稳了，没什么可担心的了。所以，她直接让经纪人安排了她喜欢的美容院，去做全身 SPA。

等她舒舒服服地出来，发现前台的几个工作人员凑在一起说着什么，见到她，眼神奇奇怪怪的，让她感觉很不爽。

“怎么？我身上有什么不对吗？”她扯出虚假的笑容。

“没有的事，蒋小姐今天光彩照人，做完我们的水光 SPA 后，更是整个人好像都在发光呢！”

“是吗？”

“是啊是啊。”

蒋蜜将信将疑地离开了，拿出静音的手机一看，才发现经纪人打了十几个电话过来，心下有一种不祥的预感，她连忙回拨过去。

“蒋蜜，你上网看看！”经纪人有些愤怒又焦头烂额的声音传来。

蒋蜜连忙登上社交平台，发现自己上了热搜：

#蒋蜜人设崩塌#

这个帖子不是在她发了长博文后就掉下去了吗？怎么又上来了？而且还直接去了热搜第一。

蒋蜜奇怪地点开看了看，随即脸色煞白，天旋地转。

她万万没有想到，转眼工夫，节目组就把录屏完完整整地播放了出来！她发出的抹黑宋睢窈的博文，成了砸向自己脚的石头。

骂蒋蜜的人特别多特别凶，因为有很多人之前相信了她，花钱下注了，钱的损失，再加上面子的丢失，让人们瞬间对她转黑，把一腔怒火都发泄在了她的身上。

蒋蜜颤抖着手，飞快转动脑筋，努力思考怎么才能挽回局面。

然而情况还有更糟糕的时候。她落了水，肯定有人要趁机痛打落水狗，“天会亮论坛”的成员们，当即顺势放出了她的各种黑料，且条条锤得都非常实，让吃瓜群众惊得瓜都掉了，一个又一个“爆”挂在了一个个帖子后面。

蒋蜜粉丝群成员们沉默地看着这一切，蒋瑶瑶和少数粉丝还在努力呼吁大家相信蒋蜜，去控评，却也阻止不了一个又一个退出的成员。

你们自己去控评吧！就当我之前眼瞎看错了人！

蒋蜜，真恶心，连基本的诚实都没有，我粉转黑并且回踩了，再见！

最终，蒋瑶瑶也无力地放下了键盘上的手。

蒋蜜终于在这一天获得了全帝国最大的关注，可惜这是烟花坠落前炸开的闪耀，眨眼就会消失无踪，而她也终将迎来最黑暗的时刻。

蒋蜜懊悔不已，恨不得时间能倒流，早知道，就不要太贪心，就不要发那条长博文了！

霍家，霍森看着事情的发展，缓缓吐出一口浊气。

他就知道，宋睢窈那个女人，不会是蒋蜜说的那个样子，她骨子里有种很特别的东西，正是这种东西，才让她吸引他，也让她拒绝了他。如果只是一个蒋蜜，就能让她改变，那就显得他太可笑了。

楼下又传来了砸东西的声音，他能想象到元蔓枝那被气得捂着胸口直喘的样子，想必她是真的信了蒋蜜的鬼话，还开心了好一会儿，结果又被打脸了。

霍森很快把注意力转开，捏着下巴思考起来，节目组为什么会突然放出录屏？太巧了，好像在帮宋雎窈一样。要知道，如果不放录屏，在直播期间，会给宋雎窈造成很大的麻烦。宋雎窈或许能够依靠自己的实力澄清，但是直播前播放录屏给观众看个究竟，到底给她省了不少力气。

霍森拿起手机，给覃威打了个电话，问他怎么回事。

“云炀？”

贵族云家的小少爷，那还真不好说他是不是别有用心了，这位少爷玩心一直很重，任性自我，偏偏还受宠，因为好玩做出什么决定都有可能，曾经因为一时好奇而做出的可怕又荒谬的事也不少。

人们骂着蒋蜜，却也不妨碍他们一边骂，一边看直播。他们十分关心后续，那个盯着宋雎窈很长时间的像个变态一样的男人，在蒋蜜被带走后，就进了孤儿院，说要领养宋雎窈。那个院长就是个垃圾，这个人长成这样，居然也就不顾宋雎窈的意愿，把她给卖了。

也不知道那个男人要对宋雎窈做什么，他们很想知道，可是直播开始的时候，宋雎窈已经 18 岁了。

好紧张啊，18 岁的窈窈要出来了！

那个男人到底要对宋雎窈做什么啊，天啊！她不会是才出了狼窝就进了虎穴吧？

总觉得那个男人很有杀人犯的感觉，不知道他会对宋雎窈做什么？

快快开始吧！

好担心，她不会被折磨得不成人形吧？

在观众们的兴奋尖叫中，正式直播终于开始了。

直播间分了四个，一个是宋雎窈的主直播间，其他三个是明星玩家的直播间。

一如既往，人们先奔涌去主直播间看宋雎窈的面貌，第一期宋雎窈的出场给观众带来了很大的冲击，这和审判秀史上从来没有这么光鲜亮丽出场的被审判者有关。但是因为记忆太深刻，他们难免会设想第二期的出场，宋雎窈会不会再出人意料。

画面里，宋雎窈正骑着一辆自行车在下坡，乌黑的长发被风吹开，穿着白 T 恤和牛仔裤，皮肤洁白透亮，眼睛乌黑清澈，耳朵里塞着白色的耳机，嘴角含着浅浅的笑。

镜头正对着她的面孔，美得叫人移不开眼。

这初恋的感觉！

该死的甜美！

和第一期有点儿不一样，但是又有点儿一样。

看着不像受了虐待的样子，莫非那个长相凶恶的男人其实是个好人？

也许只是表面光鲜亮丽，内心满目疮痍哦。

不过好像比第一期朴素了一点儿，看来她第二期背景没有第一期好哦。

今天应该是回豪门的日子吧？

节目组相当扼腕，果然应该想办法毁掉宋雎窈的脸，这张脸太美丽了，穿得再朴素都不影响美貌。不过第一期她坐着豪车，有司机接送，穿着名牌，这一期却骑着自行车，穿着看不出牌子的朴素衣服，应该不像第一期那样背景厉害，让他们没法下手。

虽然不像剧本里他们设计的那样，但也好过了第一期。

看着宋睢窈骑着自行车是往文珠怜所在的大豪宅的方向去的，确定事情有按照剧本安排走，今天确实是宋睢窈回豪门的日子，他们都松了一口气。

此时，另一个直播间内，文珠怜正在豪门内，垂头丧气的，父母心疼得不得了，对她又搂又抱连连安慰。

“宝贝别害怕，你才是我们的心肝宝贝，没有人可以取代你的。”母亲黎欣心疼万分地说。

“孩子，你要知道，人心都是肉长的，我们把你当亲女儿疼到大，不会因为没有血缘关系就对你感情淡了，听话，笑一笑好不好？”爸爸文国华也疼爱地摸着她的头。

文珠怜被连连安慰，才咬了咬唇，抬起头朝他们笑了笑：“好啦，我知道了爸爸妈妈，我只是有些难过，我不是你们亲生的。你们像以前一样爱我的话，我是不介意你们也爱睢窈的。”

“好孩子。”夫妻俩十分欣慰。

这时，一个相貌英俊的年轻人走了进来。

黎欣和文国华转头一看，见只有他一个，问：“怎么只有你一个？那个……你妹妹呢？”

文英霆手上拿着本刚买来的书，闻言伸手揉揉文珠怜的脑袋：“我妹妹不是在这儿吗？”

黎欣拍了他胳膊一下：“怎么回事？不是让你去机场接人吗？你就出去买了书？这屠龙公主的书你都买多少了！真是气死我了。”

文英霆把书往身后挪了挪，避开母亲的手，冷哼了一声：“我想了想，还是不能理解爷爷的这个决定，都 18 岁成年了，给点儿钱不就好了？非要接回来做什么？接回来他倒是让宋睢窈住在老宅啊，还非得跟我们一起住，培养感情，简直可笑。”

“哥，你怎么这样啊？”文珠怜顿时急了，“她一个小姑娘，人生地不熟的，说不定现在还在机场傻兮兮等你呢！走，我跟你一起去。”

“你去的话还得了，你粉丝能把机场淹没。”文英霆宠溺地捏了捏她的脸颊，提到宋雎窈时神态便冷了下来，“她最好是从我的态度里看出对她的不欢迎，麻溜的自己从哪儿来回哪儿去。”

唔……虽然我知道这是节目组故意设置的，但是，果然真假千金剧本很有张力，我觉得这家人有点儿那个啥。

别跑题了，重点不是批判 NPC，而是看宋雎窈应对这些偏心的反应！

如果我是宋雎窈……想想都要气得上天，算了算了。

宋雎窈如果是上一期的条件，这家人应该就会是另外一种态度了吧？

可惜，宋雎窈不是。

文珠怜面上着急生气，心里却十分得意。她在虚拟世界里过了那么多年，被这家人宠爱着长大，说不对他们产生占有欲是不可能的，因此，此时对宋雎窈，除了完成任务的必要，还有打心底想要跟她比个高低的想法。

她想了想这一期里自己的人设、成就、人气，怎么想都觉得稳赢，就算宋雎窈还是第一期的国民闺女，她也能跟她有得一拼。

这么想着，这时，门外响起了门铃声。

不一会儿，保姆匆匆跑进来，说：“先生，夫人，少爷，小姐，外面那位……那位好像是……宋小姐。”

一家四口一愣，文英霆没去接，宋雎窈自己过来了？

“还真是迫不及待。”文英霆越发不屑。他记得调查资料里显示，宋雎窈是有养父母的，结果听说自己是豪门抱错的女儿，别人不去接，自己就迫不及待地跑来了，这吃相真难看，就差没直接说她爱钱了吧。

他还就不信了，如果他们家一穷二白，她还会这么迫不及待地往回跑？

过了一会儿，黎欣出声：“快把她请进来吧。”

保姆连忙出去请宋睢窈，心里忍不住觉得宋睢窈有点儿可怜，怎么说都是有血缘关系的亲女儿，都到门口了，他们也不愿意走几步亲自去接一下，她这回来，怕是没有好日子过。

她刚刚虽然有被宋睢窈的美貌震慑了一下，觉得宋睢窈比文珠怜好看，可是光有一副好皮囊又有什么用呢？文珠怜是歌坛天才美少女，15岁她自己原创的歌曲就横扫各大榜单，甚至给别人作的歌曲也无一不火，还给国外大牌歌手作词作曲，得奖无数，才 18 岁就获得了足以载入史册的成就，国内外粉丝无数，光辉闪耀至极。

这些光环一加成，宋睢窈的美貌就没什么用处了，在绝对的才华面前，美貌的魅力会无限降低，毫无用处。

这么一想，如果她的养女是这么优秀的孩子，而亲女儿是普普通通的一个人，她也会忍不住更偏心养女的。

宋睢窈像是没有看到保姆眼中的怜悯，神态自然地跟着她走进大铁门，穿过前院，进入豪华大别墅。

那一家四口珠光宝气地坐在沙发上，见到她，母亲一样的女人站起身，露出笑容，但因为过于灿烂，显得有些假了。

“窈窈，快过来！你怎么自己来了？我本来让你哥哥去接你的，只是没想到没有接到人，他就自己回来了。”

文英霆靠着椅背，闻言扯了扯嘴角，并不看宋睢窈，而是翻看着新买来的偶像的小说。

“嗯嗯，是因为这样，姐姐你千万不要误会。”文珠怜很紧张似的接了一句，倒是显得欲盖弥彰起来。

她打量着宋睢窈，脸还是第一期那张熟悉的脸，很漂亮，衣着打扮挺文艺田园的，但有点儿朴素，也不是什么大牌的样子，和调查资料显示的一样，就是被一对普普通通的老夫妇收养了，家境一般般，就是平民级别。

她心下悄悄松了一口气，几年前不知道怎么了，蒋蜜和宋雎窈同时失踪了，孤儿院也被警察查封了，院长和几个阿姨被抓，孤儿都被转移进了另外的孤儿院，她一直在等蒋蜜跟她联系，却一直等不到人。

她虽然自认为自己现在的成就可以和宋雎窈第一期时一较高下，但她毕竟不是真正有才华的人，所以其实心底还是有些虚的，见宋雎窈确实是普通人的样子无误，她那点儿心虚才消失无踪了。

宋雎窈看着这明显不是她能融入的一家子，笑了笑："我在机场并没有见到文小先生。"在黎欣尴尬的时候，宋雎窈又说，"不过这都无所谓，我其实是有话跟你们说才特地过来的。"

"我跟我养父母的感情很好，他们也对我很好，我也已经 18 岁了，可以自己决定关于自己的任何事情，所以，我并不打算来加入你们的家庭。"宋雎窈说。

宋雎窈又不按常理出牌了！

如果不回豪门，那真假千金的剧本还怎么展开？

节目组又该头大了，宋雎窈淡泊名利，看不上豪门咋办呢？

我不信宋雎窈是真的看不上，她当了普通平凡的人这么久，还在孤儿院吃了那么多苦，她肯定发现这对夫妇是她小时候去孤儿院发过糖的夫妻了，看到这一幕，不信她内心毫无波动。

只是在假装不在乎吧，真可怜。

文家都以为宋雎窈是迫不及待赶着来当豪门千金的，文国华先前打好腹稿敲打宋雎窈的话，什么虽然她是亲女儿，但是他们对文珠怜的感情也很深，抱错的事不关文珠怜的事，让她不要想太多，如果不能跟文珠怜好好相处，他们只好送她走，而且他们不打算对外声明文珠怜是非亲生，让她也不能在外面乱说之类的话，一个字都还没来得及从嘴里蹦出来，就卡在了肚子里。

文英霆也愣了愣，抬起头不可思议地看着宋雎窈，欲擒故纵？想以退为进，让他们对她产生愧疚的心理？

文珠怜一愣：“什么？你的意思是，你不回来了？”

宋雎窈看向她，眼中没有丝毫敌意，神色平淡：“是的，我想跟我的家人待在一起。我想你们一定可以理解吧？养恩比生恩大。”

宋雎窈这样一说，黎欣和文国华有些内疚起来，总觉得是不是他们表现得太明显了，才让她这样说。

“这怎么可以？！”文珠怜立即说。宋雎窈不住进来，她怎么让她嫉妒到扭曲？而且她为了跟宋雎窈斗准备了那么久，宋雎窈这不是临阵脱逃吗？

文珠怜一把拉住宋雎窈的手：“你是这个家的一分子，是因为我你才不回来的吗？如果是这样的话，我现在就走……”

文珠怜这话一出，文家其他三人脸色都变了变，夫妻俩眼中的愧疚消失，文英霆一下子站起身来，满脸的不耐烦。

“你的房间在楼上，都特地飞回来了，再说这些话有意思吗？”真不愿意，电话里说不就好了，专门从国外飞回来，就说这两句话？笑死人了，其实，心里还是对文珠怜有意见，想逼走她吧？

黎欣冷淡地看向保姆：“李妈，你带二小姐上楼去看看房间。”

“不用了，我并不是为了你们回来的，请不要多想。”宋雎窈说，目光在文英霆手上的书上顿了顿，随即便转身离开了。

“姐……”文珠怜立刻想去阻拦，不料一下子被文英霆拉住了手。

文英霆冷笑着看着宋雎窈的背影：“我劝你别搞这些小套路，很烦人。你这次出了这扇门，就别想再进来了。”

宋雎窈意味不明地摇了摇头，脚步没有停下。

文珠怜追上去的时候，只看到了宋雎窈的自行车尾，眨眼便消失在了拐角处。

“还真走了？”文英霆眯起双眼，满眼怀疑。

“哥！都怪你，你怎么这样啊？快去把姐姐给找回来！”文珠怜气得直跺脚，然后被文英霆拉着往回带。

“你白在娱乐圈里混那么久，你没发现宋睢窈不对劲吗？我觉得她背后有高人指点，故意这么做的。”文英霆说。

“什么意思？”

直播间的观众们也纷纷竖起耳朵，好奇地听文英霆分析。

“首先，你是什么人？歌坛独一无二的天才，国际巨星，她看到你，居然眉毛都没有动一下，这很不合理。她肯定早就知道你就是跟她抱错的人，但是她一个常年住在国外的平民，从哪里知道这个消息？”

文珠怜觉得很有道理，连连点头：“然后呢？”

“从她眼里看不出对我们的丝毫感情，正常人会这样吗？多多少少总得有一点儿吧？期待、喜欢、厌恶，什么都该有一点儿，她却什么都没有。所以，我的结论是，她背后有高人指点，想用这种反其道而行的办法，引起我们的注意、内疚，从而达到其他目的。所以我们且等着吧，她肯定会回来的。”

文英霆信誓旦旦，文珠怜被说服了，对啊，宋睢窈见到她也太平静了，她可是国际巨星！

他说得好像有点儿道理！

宋睢窈确实平静过头了。

文珠怜是国际巨星？这么牛吗？我才反应过来，文珠怜这么厉害吗？她在现实世界出道几年了，感觉外貌和业务能力就是中上水平，居然在虚拟世界混成了国际巨星？

哇，我开始好奇文珠怜都做了什么了！

……你们代入一下宋睢窈的视角，就知道文珠怜做了什么了，无语。

代入宋雎窈的视角，不只是看到宋雎窈眼中的东西而已，还可以听到宋雎窈听到的东西，此时宋雎窈正塞着耳机听歌，这条弹幕一出现，很多人纷纷好奇地转向宋雎窈视角。

宋雎窈在听杨天后的歌啊，杨天后的歌那么好听，这有什么不对吗？

又换了一首，这一次是尤晚樱的歌，是我们帝国极少数在国外火了的歌，是歌坛荣耀，听有什么问题吗？

……等等，都是文珠怜的声音？

文珠怜翻唱吗？果然是中上水平的业务能力，有些高音上不去，降了调，虽然不难听，但还是感觉少了点儿味道。

很多人还没有反应过来发生了什么，直到宋雎窈的自行车在一个咖啡厅门口停下来，她走进咖啡厅，前台两个服务员正对着电脑在小声争议放哪首歌。

“我喜欢这首，反正都是文珠怜写的歌，就先放嘛！”

“我喜欢那首，反正都是文珠怜写的歌，先放它有什么关系？”另一个服务员拧回去。

看到宋雎窈，他们才停止争吵，其中一个来给宋雎窈点单，另一个趁机把自己喜欢的那首先放了出来。

然后……

不是吧？这是尤晚樱的歌啊！

文珠怜写的歌，放出来是尤晚樱的？

我去！我有点儿明白怎么回事了！

文珠怜拿了现实世界里有名的歌，假装是自己写的，然后在虚拟世界里爆火了？

作为樱花，我气炸了，这是尤晚樱写的好吗？她自己作词作曲呕心沥血5年写出来的！

从来没有发生过这种事，观众们震惊极了，文珠怜这也太无耻了吧？连抄袭都不算，这是直接盗窃了！

文珠怜像是有感应一样，回到房间后就对观众们说："不好意思大家，我拿了很多前辈的歌说是我写的，我不是故意的，我在虚拟世界里红也没用不是？我是想说宋睢窈第一期那么厉害，第二期不知道会不会又是什么厉害角色，想要跟她势均力敌……

"同时我也是有点儿好奇虚拟世界NPC的审美啦，看看我们现实中大红大紫的歌，在这里会不会也红，结果好歌真的不分真假世界，果然每一首都大红大紫了……前辈们真的太厉害了，我们作为后辈，一定要向他们看齐。

"有一些我非常喜欢的老歌，现代很多年轻人都不听了，请你们务必要听一下，真的非常出色，绝对是经典中的经典……"

文珠怜一番话，让观众们的注意力转移到了其他地方，不再抓着她拿别人的东西说是自己的这事了，毕竟这是在虚拟世界，又不是现实世界中剽窃。

而那些被她拿来用了歌的歌手们也不会介意她这种行为，毕竟这么高的曝光度，有助于歌曲的传播，想必他们的歌在接下来的时间里会迎来下载高峰。

看来宋睢窈这一期真的要被碾压了，文珠怜这等于是集齐了歌坛精华啊！

文珠怜开挂，太过分了，这谁打得过？

这一期宋睢窈完蛋了！

哈哈哈哈，我可算不用看到宋睢窈再那么高高在上了，明明就是个杀人犯，在虚拟世界里当什么天使！

有什么可开心的？用这种方式赢宋睢窈很光荣吗？

因为团队已经预测过观众们的反应，所以文珠怜并不担心，说实话，谁没有幻想过天下名作皆出自自己手，自己是个全能天才这种事呢？只是她做到了，相信观众也会很愿意代入她的视角去爽一爽，自己的直播间一定会有很多观众留下来的。

这时，文珠怜手机里弹出一条新消息，她连忙拿出手机，同时跟观众们介绍。

“我跟你们讲，我本来以为我拥有现实世界这么多前辈的心血，一定能在这个世界称霸的，结果，你们知道吗？有个 NPC 超级牛，他的音乐风格，我们现实世界里也没有出现过，太特别太好听了！当然在虚拟世界里也是独一无二，因此我虽然在虚拟世界里是国际巨星，但是他才是国际乐坛当之无愧的王！开辟了一种新的音乐类型……不久后我就要跟他一起参加一档真人秀了……”

直播间的观众们也看到了她口中那个男人的照片，黑头发，一双眼眸幽碧深邃，帅得惨绝人寰。

另一边，宋睢窈打开了电脑，点开了一个文档，她正在创作，很明显，最前端用了书名号，后面则是笔名，她已经创作了几章了，正在继续。

等下，那个笔名好像有点儿眼熟？

我也觉得有点儿眼熟，好像在哪里看到……

等等，我想起来了！屠龙公主！这不是那个谁手上那本书的作者吗？

哪个谁啊？

文英霆啊！他刚刚爱不释手，他妈要碰都不给碰的那本书的作者，我好奇看了眼，就叫屠龙公主！

喂喂，不是吧？宋睢窈是作家，文英霆刚好是她的书粉？

这时，咖啡厅门上的铃铛响了起来。

一个高大的身影走到专注创作的宋睢窈对面坐了下来，那人的脸遮得很严实，墨镜口罩鸭舌帽。

他摘下眼镜，露出一双幽碧深邃的双眸，口罩下的声音低沉迷人。

“妹妹。”

宋睢窈的视线从电脑屏幕上抬起来，看到来人，眼睛瞬间弯成一双月牙：“四哥。”

这双眼睛，好美啊！像绿宝石一样！

这个人一看就是个帅哥！

四……四哥？前面还有一二三吗？

等男人把脸上的口罩扯下来，露出一张惨绝人寰的帅脸的时候，弹幕疯了。

啊啊啊，我愿意带上全部家产倒贴当宋睢窈的嫂子！

我可以我可以！

重点是他帅吗？重点是，这不是刚刚在文珠怜那里看到过的那个歌坛之王埃文斯？

我去？

啊啊啊，我又被高高吊起了好奇心，宋睢窈现在到底是什么身份啊啊啊？！

刚刚还觉得宋睢窈完蛋的节目组，脸上的笑容也僵了，什么？文英霆热爱的书是宋睢窈写的，文珠怜崇拜的世界级巨星，是宋睢窈的哥哥？

“又是怎么回事？！”覃威气疯了，说好的宋睢窈这一期比不上第一期呢？结果她又出现这种让人摸不着头脑的神神秘秘的情况！

可是谁又能给他答案？每个人都很蒙。毕竟谁让他们要跳到宋睢窈18岁后，中间隔了8年，什么事都可能发生。

这时咖啡厅又进来一个人，气喘吁吁地快步走过来坐在埃文斯身边：“你这家伙也跑得太快了吧！腿长了不起啊！”

抱怨完，他转头看向宋睢窈，谄媚地笑：“妹妹，你在写《夜莺》第二部吗？给我看看存稿好不好啊？”

“不是你妹妹。”埃文斯的眼睛顿时像箭一样射向周野放。

“小气鬼。”

“哥哥和野放哥的关系还是那么好啊。”宋睢窈笑容温柔，看人的眼神总是有一种纵容的包容感，一不小心就会被人误会是被她宠爱着，心便会忍不住狂跳起来。

周野放一只手无意识地捂着胸口，心里暗暗告诉自己这女孩看任何一个她不反感的人都是这样，别瞎想。

“我没有跟滥情的人关系好。”埃文斯说。

“喂，我是正经交女朋友，你别在妹妹面前抹黑我！”周野放连忙说。

周野放是有名的富家子弟，被网友戏称国民老公，是个换女朋友跟换衣服一样勤的花花公子。

埃文斯：“不是你妹妹。”

“妹妹真的要陪埃文斯上求生岛乐园吗？这样就暴露在公众面前了，真的没关系吗？”周野放正经起来。

求生岛乐园是繁星集团的一个大项目，周野放家也投资了，是耗资超过200亿尤金币建造出来的一座海岛游乐园，主旨是要让人们通过这个乐园珍惜生命，热爱生活，促进家庭关系。

在正式开园前，他们决定先推出一档综艺，邀请数名国内外娱乐圈顶流及其家人一起参加这档节目，给这座游乐园打广告。

传说繁星集团坐拥半个世界的财富，由此可见，传言可能不虚。

埃文斯也在受邀行列中，但是他们家庭特殊，其他家人和兄弟们不能来陪埃文斯参加，那就只能宋雎窈来了。

正好不是吗？真是个出人意料的好舞台啊。

宋雎窈嘴角的笑容更深了。

手机响起来，宋雎窈见是妈妈，起身去卫生间接电话，妈妈肯定是来问跟文家那边说清楚没有，而且爸爸和其他哥哥搞不好就在边上，而埃文斯是不知道这件事的，因为他刚好在这边工作。

家里人一致认为这事解决了，就没必要告诉埃文斯了，省得影响他工作。

在咖啡厅闲聊了几句，三人起身去餐厅，周野放殷勤地拿过宋雎窈的粉色小背包，却被埃文斯一把抢了过去，那眼神就好像在说你也配给我妹妹提包？

周野放：……妹控真可怕！但他真的想给偶像提包啊！

三人上了车，没有注意到，躲在一辆面包车后面的狗仔“咔嚓咔嚓”拍了数张照片。

“周野放新女友”这个帖子，在当晚就上了热搜，因为埃文斯包得太严实，狗仔们没能认出他是哪位，于是选择了一看就会上热搜有钱赚的周野放的情感八卦，并且为了防止网友注意力被转移，还把埃文斯给P掉了。

周野放以前女友最多两个月就换一个，最近这一个却持续了三个月，很多网友都在想莫非是真爱，天天等着看他们分手，这会儿终于有新女友的消息了。

照片被放了数张上来，有周野放和宋雎窈在咖啡厅对视的，周野放帮宋雎窈提包的，周野放和宋雎窈上了同一辆车的，宋雎窈的正面和侧脸都被曝光了。

这次好像不是网红！

小姐姐也太好看了吧！我有一种水灵灵的大白菜被猪拱了的感觉！

这么好看你出道吧，别被花花公子给玩啦！

这绝对是周野放所有女友里长得最好看的一个了。

说什么呢？这位小姐姐跟那些网红都不是一个级别的，这颜值放娱乐圈里都是顶流。

看起来年纪很小啊，但是既然周野放敢下手，应该是成年了。

网友们纷纷沉迷宋睢窈的美貌，因为已经习惯了，所以多嘴说讨人厌的话的人很少，说出来就一股子酸味，反而会被人嘲笑。

文家。

文家人正在吃晚饭，文英霆刚在屠龙公主社区打了卡，就看到这个热搜，当下嗤笑了一声。

“难怪这么硬气，小小年纪就交了有钱男朋友，以为自己拥有了全世界。”

其他人听他这么一说，连忙拿出手机看新闻，文国华和黎欣顿时眉头拧了起来，感觉十分丢脸。

周野放那什么名声，任何一个好女孩都不会跟他交往，宋睢窈才18岁，刚刚成年就跟周野放搞在一起，就算别人不知道宋睢窈是他们亲女儿，他们也觉得丢脸极了。所以说，女孩真的要富养，在穷人家里长大，随随便便给点儿钱就被人骗走了，文珠怜就不会。

文珠怜也有些不高兴，那些评论里太多人说宋睢窈长得好看了，还有那种专门引战让别人点进他的账号赚钱的黑号，居然说“只有我觉得这个小姐姐比文珠怜好看吗”这样的话，虽然被她的粉丝骂了几百楼，但是骂的都是这个黑号，而不是骂宋睢窈。

她知道这个黑号是故意这么说的，但是，她确实没有宋睢窈长得好看，又对宋雎窈有发自内心的敌意，想要彻底碾压她，因此，很容易被这种言论影响心情，觉得自己输了宋雎窈一筹。

她忍不住用小号评论了一句：

那么多人说，一看，不就长那样？

很快有人回复，她一看：

年纪轻轻眼就瞎了？
吃了多少颗柠檬啊这么酸？

文珠怜气得饭都吃不下了，随即脑中闪过一个想法，她看向同样吃不下饭的父母，说："所以说把姐姐接回来吧，再不然，也教她一些规矩道理，这是父母家人的责任不是吗？让她不要在外面被人骗了。"

文英霆皱了皱眉："管她那么多干什么？人家听你的吗？"

"想想她之前那态度，应该是不会听我们的话。我们也没养她，就要去给她讲规矩，也不好吧。"黎欣说。见了这个新闻，她是很想把宋雎窈接回来了，到底是自己的女儿，想到她被花花公子玩弄几个月抛弃，就觉得不舒服，很在意。

"难道就因为这样，所以眼睁睁看着不管吗？周野放对女朋友很大方，她又没见过多少钱，由俭入奢易，由奢入俭难，以后被周野放甩了，她可怎么办呀？万一误入什么歧途……"

这下连文英霆也不说话了。确实，他们见多了因为长得好看被富二代养了一段时间的女孩，被甩后因为被金钱迷了双眼，怎么也无法回归平凡，最终用身体混迹在有钱男人身边，走向堕落。

"她现在主要是因为我才跟你们赌气，爸妈，你们交给我吧！"

我都替文珠怜感到尴尬了。

宋睢窈哪里是没见过多少钱，人家有个那么牛的哥哥，还能缺钱吗？

无语死了，没养过别人，还想给人讲道理教人做人？凭什么？凭他们脸比较大？

别把角色上升演员，我们珠珠现实中不是这样的人，她只是入戏了，这是演员的职业素养。

突然想看宋睢窈打脸这一家子的场景，期待打脸！

期待打脸的有病吧？这是审判秀啊！

期待珠珠给予宋睢窈灵魂拷问！

繁星集团总部。

总裁和部分高层正在面试一批新员工。

作为世界第一的大公司，能通过笔试来到面试的人，必然都是非常优秀的。

正在应聘的一位男士面容自信，侃侃而谈，在他认为面试官也对他十分满意的时候，总裁忽然问：“你有女朋友吗？”

“呃……有的。”

只见几个面试官互相交换了一个眼神，说：“如果这份工作需要你保持单身，你……”

应聘者蒙了，这表情一看就知道，他对公司的一些特殊情况没有了解清楚。

“谢谢，我们没有问题了，请回去等通知吧。”

应聘者满头问号从里面出来，外面等候面试的熟人立刻过来问：“怎么样？”

“不……不知道。”

“不知道？你不是最会看人表情的吗？”

“本来我觉得他们对我挺满意的，但是突然问我有没有女朋友……”

朋友一下子紧张起来：“你就说有了？”

“这又不是什么见不得人的事。”

“哎呀，这本来就是见不得人的事！……我的意思是……”朋友立刻把他拉到一边，小声说，“你真是个呆子，我不是跟你说过除了要看这家公司的方方面面，还有一个不能忘的就是八卦区啊！你是不是没看？”

显而易见，否则刚刚那个问题，他就该是另外一种回答了。

关于繁星集团，最让人觉得不可思议不像是真的的八卦，就是这个集团神秘的幕后老板，讨！厌！情！侣！绝对不允许办公室恋情，如果被他撞见有人在他眼前谈恋爱，该员工危矣！

因此，每个应聘者在面对是否有男女朋友这个问题的时候，如果真的想要这份工作，最好都说没有。

至于为什么会这样？外界议论纷纷，普遍认可的理由就是，老板曾经被恋人伤透过心，所以才见不得别的情侣好。

“这么大一家公司，怎么能就因为这种理由拒绝人才的加入？”应聘者愤愤不平。

朋友表情一言难尽：“谁让人家各种产品走在世界前沿，世界各地人才削尖了脑袋也想挤进来呢？”

应聘者青着一张脸，不说话了，心里犹豫着要不要回去说，他可以跟女朋友分手。

两人说着，忽然感觉身边有一阵风吹过，迟钝了两秒，猛然转头看去，刚刚，是有人从他们身边走过了？

定睛一看，看到一个高瘦的背影，穿着科研白袍，像是刚从实验室里出来，走路很轻，但是从他身边经过的人，不是根本没发现有人经过，就是像他们这样后知后觉才反应过来。

两人忽然觉得背后凉飕飕的。

“不过……这个人会不会就是老板？”传说繁星集团老板存在感很

低，神出鬼没，吓到过好些个员工。

背后有人嘀嘀咕咕，江白奇灰扑扑的双眸毫无波动，他已经习惯了被人无视和把人吓到。只是不知道为什么，他内心有一种强烈的感觉，有一个人，他一直在等待一个人，这个人能够一眼就注视到，尘埃一样没有存在感的他。

他走进求生岛项目组办公室，员工们非常忙碌，压根儿就没注意到进来的江白奇。这个项目是公司近 10 年来的最大项目之一，甚至还出了一个综艺做广告，邀请的还是各国顶流，因此绝对不容半点儿差池。

“求生岛乐园最近试运行的数据给我。”江白奇直接走到组长身边。

组长被吓得从椅子上弹起来，差点儿哭出来：“老板，您让秘书来拿行吗？”被老板吓出心脏病，绝对是工伤没错吧！

“我想走走。”他睁着一双灰色的大眼睛盯着组长，组长连忙加快速度，把他要的资料交给他，目送他离开后，才松了一口气。

嗯，天才，天才都是特别的，尤其是他们老板这种，天才中的鬼才。

周野放吃饭的时候，被女朋友连环夺命 call 才知道自己和宋睢窈上了热搜，顿时吓得小心肝颤了颤，连忙打电话让人设法撤了热搜。妈呀，要是被埃文斯或者他们家其他兄弟姐妹看到，他怕是要惨！

随即他在社交平台上发言澄清：

周野放 V：别胡说，那是妹妹，哪个狗仔想害我？

发完了，看到底下评论扭转了，周野放才出去。

见埃文斯依然专心给妹妹剥虾，没有动手机，宋睢窈还是保持着吃饭不碰手机的良好习惯，他这才把心放回肚子里。

“来来来，多吃点儿多吃点儿，妹妹太瘦了……”

“不是你妹妹。”

“是是是。”

通过调查周野放的行踪，文珠怜很快找到了宋睢窈的居住地，刚好就是周野放名下的房产之一。

她一连几次来找宋睢窈，宋睢窈不是对她避而不见，就是见面没聊几句就将她打发了，反正台词基本上就是“我要跟我家人在一起”“大家各过各的就行了”之类的，油盐不进。

文珠怜不相信她真的平静无波，如果是，那她也要撕破宋睢窈那淡然的嘴脸，占据主动权。

这一天，繁星集团推出的在求生岛乐园进行的求生综艺即将开始，受邀嘉宾们开始进行先导片录制。

先导片是要拍受邀嘉宾去邀请家人和自己一起去求生岛乐园参加求生综艺，而且当天录制时是直播，隔天还会放出一个剪辑后的版本，因为这档综艺是直播，不是录播，先导片只是预热。

文珠怜坐上节目组的车。

“珠珠要邀请的这位家人是？”

文珠怜说：“我的这位家人非常特殊，求生岛乐园主旨之一是促进家庭关系，我希望通过这档节目，能让她明白我们的心情，跟我们和解，回家来。”

“是位离家出走的亲人吗？”节目组其实想要的就是这种，如果文珠怜邀请的那个人不愿意，节目组是会派人去劝说加利诱那位亲人的，这样进入求生岛乐园后才能看到明显的效果。

面对这句问话，文珠怜沉默了一会儿，眼眶慢慢红了起来：“其实，最近有一件事对我的打击特别大，我其实并不是我爸妈的亲生女儿，而是被抱错的。”

直播间内，观众们一片哗然。

文珠怜要做什么？

哇，文珠怜反套路啊！

我有预感，宋睢窈遇上强敌了，虽然是个作家，但是作家的影响力哪有明星大啊！

刺激起来了！

“我不是我爸妈的亲生女儿，他们真正的女儿也已经找到了，但是她被收养的家庭环境，没有我生活的那么好，所以她心里对我有怨气，不愿意回来。我感到很抱歉，非常羞愧，好像盗取了她的人生一样……”文珠怜一边说一边强忍着眼泪，却看起来更加让人心疼。

“她的想法我能够理解，无论怎么样，她在受苦的时候，我在享受着属于她的父母兄长，我是既得利益者。但是我被家里人爱着长大到现在，也爱着他们，要我和他们断绝关系，不再见面，实在是太难了。我希望我们全家一起去求生岛乐园，能够缓和关系，互相理解，成为一家人。”

哇，这个可真够劲爆的！负责文珠怜这边的编导和摄影师对视了一眼，觉得他们这组非常稳了，搞不好比其他组都有看头！

各组之间是竞争关系，关系着奖金，编导当即决定，立即剪出这一段放网上做先导片的预告。

说做就做，在载着文珠怜去找宋睢窈的路途中，他们就把这一段放到了网上，果不其然，立刻引爆了网络。

巨星、真假千金，这两个元素加起来太有戏剧性了，而视频里文珠怜红着眼眶说的话，也让粉丝们心疼极了。

珠珠好可怜啊，这件事对她打击那么大，她还想着让那个女孩回家。

关珠珠什么事呢？她只是个小婴儿，被抱错又不是她的问题！

那个真千金也太咄咄逼人了吧？居然要珠珠跟养父母断绝关

系？她当谁的心都像她一样硬吗？

不是我说，我觉得这个真千金是见到我们珠珠这么有名这么厉害，以为是家里培养得好，觉得如果她没被抱错的话，现在她就是巨星了吧？

搞笑，我们珠珠是天才好吗？这种天才根本不是家庭能培养出来的，是天生的。要我说，珠珠搞不好其实亲生父母是很牛的人物，要不然能生出基因这么好的珠珠吗？

说句三观不正的话，我愿意用我亲女儿换文珠怜这个假女儿。

等不及了，快点儿到明天吧，让我看看那个真千金到底嫉妒成什么样子了！

人们狂热议论，很快评论就超过了 20 万条，放眼看去，都是站在文珠怜这一边或者看似中肯，其实也非常谅解文珠怜的话。

文珠怜就是知道这个，所以才主动爆出来的，她的人气、名声摆在那里，人们对于天才是非常包容的，尤其是她这么谦逊的天才，被抱错，可怜的也是她这个假千金，而不是宋雎窈这个真千金。

而宋雎窈看到这些评论的时候，会是什么心情呢？她不信她心里能毫无波动。

车子抵达宋雎窈居住的别墅区。

文珠怜紧张地深呼吸了两下，上前按门铃。

门打开，摄影师立刻把镜头对准大门，想要看看这位真千金的尊容，如果长得丑的话，那她可就要被网友们嘲死了，想想也有点儿可怜呢。

大门打开，露出了一张不施粉黛却美得发光的面孔，肌肤在阳光下晶莹剔透，眼眸乌黑清澈，唇瓣红润，鼻梁高挺，扑面而来的是一股淡淡的香气，沁人心脾。

很美，而且是有辨识度偏偏又没有攻击性的美，让人一眼就能记住。

摄影师透过镜头，一时看呆了。

宋睢窈看到文珠怜和摄像头，愣了下。

“睢窈。”文珠怜忐忑地出声，“他们是求生岛乐园节目组的工作人员，你知道的吧？繁星集团推出的综艺，我想请你和我们一起去求生岛乐园，爸爸妈妈和哥哥也会去的，我相信我们会在乐园里互相理解 增进感情……行吗？”

宋睢窈表情有些微妙：“你没有提前跟我说过你想邀请我参加这个节目。”

文珠怜：“抱歉，因为我怕你拒绝，我嘴巴又笨，没办法说服你。那你参加吗？”

“外面太阳很大，你们先进来吧。”宋睢窈转身进去。

一行人纷纷跟进去，编导看了看环境，觉得宋睢窈能住得起这个别墅，不像是收养家庭环境不好的样子。

文珠怜追问：“睢窈，你跟我们一起去求生岛乐园好不好？爸爸妈妈他们……”

“我的意思是，你没有提前跟我说，要不然我就会告诉你，我已经有约了。”

“什么？”

“求生岛乐园，我会和其他人一起去。”

文珠怜立即追问：“莫非是周野放——”随即她像是意识到自己说漏了什么，一下子捂住嘴巴，“睢窈，这档节目是要跟亲人一起参加的……”

“那是我的亲人。”

文珠怜急得跺脚：“睢窈，你不要这么天真……”

此时，门外一辆和节目组一模一样的商务车，停了下来。

编导看到自己公司的车，愣了一下，不明所以，怎么有公司的车在这里？

不过，在埃文斯从车上下来后，编导就没心思想这些了，她兴奋极了。埃文斯的家庭背景一直都非常神秘，但是谁都知道他有一个妹妹，因为他是个妹控，无论上什么节目，他都是话很少的，只有提到妹妹的时候才会侃侃而谈，眼角眉梢都在透露着他对妹妹的溺爱。

而现在，这位神秘的妹妹终于要露面了！在她把车上他说要邀请的家人是妹妹那一段发上网后，一下子就在国内外各大社交平台上引爆了，连文珠怜那个真假千金的帖子都被压到了下面。

“妹妹最近在赶稿，她可能在睡觉。”埃文斯说，直接拿钥匙开了门。

这时，文珠怜说：“睢窈，如果你是恨我，参加完这档节目你还是恨我，我发誓我就离开，我再也不跟爸妈见面，行吗？”

宋睢窈眉头拧起来，她被文珠怜这几句说来说去，不停纠缠的话搞得不耐烦了，甩开了她的手。

“我会和我的家人一起参加，请你离开。”

“你在这里，能有什么家人？别……”

这时，门开了。

屋内的人听到动静纷纷转头，看到一个高大的男人站在门口，混血的长相，乌黑卷曲的头发，幽碧深邃的双眸，看起来高贵孤傲，极具辨识性。

不可能有错，这分明就是那位乐坛之王！

屋内的摄影师险些没能抓稳摄像机，编导傻眼了，文珠怜也呆住了，埃文斯，怎么会在这里？

埃文斯淡淡地扫过这些人，迈步走了进来，迷人的声音响起：“妹妹。”

跟着埃文斯进来的编导和摄像师看到两个同事和文珠怜，也蒙了。啊？他们为什么在这里？文珠怜有家人在这里？

宋睢窈看到埃文斯，脸上冷淡的表情瞬间变得温暖起来，像刹那间冰雪消融：“四哥。”

文珠怜猛然转头，难以置信地瞪着宋睢窈。

埃文斯站在宋睢窈身边，冷冷地盯着文珠怜：“她是谁？”

哈哈哈终于等到了！

爽啊！文珠怜真的太让人火大了，说来说去就那几句话，想给她一巴掌！

哈哈哈爽了爽了！

惊不惊喜，意不意外？

文珠怜很蒙，完全搞不懂，他们又不是没有调查过宋睢窈的收养家庭，不就是一对普普通通的外国老夫妇吗？老夫妇也没有其他孩子，所以才收养了宋睢窈，所以现在是怎么回事？

宋睢窈看着文珠怜说："我家里对我保护比较严密，如果有人要查我的资料，只会查到假信息。"

文珠怜脑袋嗡嗡作响。

埃文斯还在追问："她是谁？"

"晚一点儿我再告诉你。"

跟埃文斯相比，文珠怜也算不上什么大咖了，毕竟这个国家本来在文娱方面就比较落后，文珠怜剽窃的那些经典在这个国家内爆红，但在国际上还排不上号，她这个国际巨星本就有水分，埃文斯却是实打实的。

她难堪又惊慌，只能转身离开，满脑子都在想接下来该怎么办。

而她的编导却兴奋极了，这可真是太有戏剧性了，这反转厉害了，明天她的先导片发上网后，不知道要震瞎多少双眼睛！尤其是现在，那些人还一窝蜂站在文珠怜这边，各种恶意地推测这个真千金内心有多恶毒、多嫉妒！

第十四章

乐园

文珠怜在第一时间就让公司撤了热搜，可这根本没用。

网上真假千金的消息还在发酵，文珠怜圈内好友众多，至少看起来娱乐圈的人都是她的朋友。像她这种随便给人写首歌就是一首爆款的天才，多的是人巴结捧着她。

于是，那个视频发布后，很多娱乐圈明星都出声了。

旷馨V：抱抱珠珠，你的优秀是属于你自己的宝藏，像你这样的人，本也不需要这种阴差阳错，这不是你的错。

刘鑫杰V：我认识的文珠怜是一个聪明、坚强、可亲又勤奋的女孩子……短暂的痛苦只是考验，不要听嫉妒者的话，你是最棒的。

乌菲菲V：什么真千金假千金，有些人的珍贵不是看出身的，珠珠比什么都要真！

半个娱乐圈的明星都来安慰文珠怜。

“文珠怜 人缘”又上了热搜，虽然仍旧压在“埃文斯妹妹”之下。

吃瓜群众吃得很开心，先是去“埃文斯妹妹”下面疯狂尖叫，表示终于可以看到老公和传说中的小姑子了。

然后又回到文珠怜这边，对那个不知道长什么样的真千金指指点点，既然文珠怜说她收养家庭情况不好，真千金还那么恨她，那肯定是过得不好，长得应该也不怎么样。

丑人多作怪，没见识的人，难怪心胸狭窄。

文珠怜额头青筋直跳，对这些帮她说话的人丝毫没有好感，他们不就是为了蹭她热度吗？可恶！她现在都没搞懂到底是怎么回事，宋睢窈居然是埃文斯的妹妹，查到的还是假消息，她被那么厉害的家庭领养了？蒋蜜是怎么做事的？！

文英霆看着网上这些言论，心里略感不适，这些网友什么都不知道就在那里瞎扯，居然还有人把宋睢窈的心路历程都说了一遍，说得信誓旦旦的，好像宋睢窈肚子里的蛔虫一样。

不过转念一想，这也是宋睢窈自找的，珠珠都去找过她多少次了，要不是她不听劝，珠珠也没必要用这种办法逼她面对。

“儿子，快来帮我们看看我们带的这些东西够不够。”黎欣的声音传来。

文英霆将宋睢窈抛到脑后，站起身来，走出去。看到两个大行李箱，他说：“爸妈，按照我的经验，你们带的这些东西，最终能带进岛里的，只有三分之一。”

“啊？”

“求生岛乐园，有乐园，但你们也别忘记前面的‘求生’两个字啊，带一些轻便保暖的衣服和压缩速食食品就行了。”文英霆说。

夫妻两人从来没参加过综艺节目，因为宠爱文珠怜，见别的嘉宾也要带家人去，就抱着全家一起去海岛旅游的想法答应了，兴奋得很。

现在还加上一条，要趁机在海岛上教教宋睢窈一些为人处世的道理，如果她能趁机融进这个家庭，那么以后一起生活也可以，如果不行，他们也算尽到一点儿家长的责任，剩下的路，她怎么走都不关他们的事了。

埃文斯平时不上网，宋睢窈又怕他看到这些，所以没收了他的手机，盯着他吃了药上床睡觉。

她看到网上的言论，摇了摇头，像在看一出与自己无关的闹剧一样平静，很快又投入创作之中。

接近凌晨，与她身处不同时区的出版公司老板给她打电话。

“亲爱的，我们之前有过约定，你成年后就可以开签售会了！”出版公司老板一直觉得宋睢窈不能开签售会是巨大的损失，现在说话的口气好像宋睢窈开场签售会能多卖出一百万本书一样。

宋睢窈无奈：“万一没有多少人来的话，我可就……”

她还没说完，老板就夸张地大叫起来：“你怎么可以这么小看你自己！老天，我可不能原谅你这么小瞧自己！你是我们的瑰宝，给我们的幻想世界带来了冲击和希望！别忘了，由你小说改编的电影票房有多高，全世界的影视公司都在争抢你的版权！就连繁星集团，都为你的版权一掷千金！我听说那个求生岛乐园，好像参考了你书中的部分幻想和设计……”

“请不要这么夸我。”宋睢窈闻言，垂下眼眸笑了笑，柔和的光线下，她的肌肤细腻，笑容羞涩甜美，像一幅油画。

没人看到她眼底意味不明的笑容。

直播间的观众们的注意力只在宋睢窈好牛、好奇她都写了什么书上面。

翌日。

等待了很久的网友们，终于等到求生岛乐园节目组将先导片放出来了，总共有 7 名受邀嘉宾及其家人，时长近三个小时。近一半的受邀嘉宾和家人关系都有些问题，节目组剪辑得非常好，让人格外期待他们在求生岛乐园中关系会发生什么变化。

但是最让人关注的，当然还是埃文斯和妹妹，文珠怜和真千金了。

很多人暂时不看其他嘉宾的，专门跳到了他们那一段，因此，这两段的弹幕最多。

那个真千金不是家境不好吗？为什么住在这个别墅区？这里寸

土寸金耶！

珠珠家里应该给钱了吧，所以才住得起这里。

报复消费吗这是？真是一言难尽。

出来了，让我看看传说中的真千金……天！太好看了吧！

……说句实话，真千金比文珠怜好看多了。

等等，好像有点儿眼熟……这不是前两天说是周野放新女友的那个小姐姐吗？

周野放澄清啦，说是妹妹。

情妹妹吧，要不然，他怎么说狗仔想害他？她养父母家世那么不好。

这话才说完，后面埃文斯的突然出现，那声“妹妹”，惊掉了他们手上的瓜和键盘。

我去！天塌了？

说好的收养家庭条件不好，所以嫉妒愤怒占据了她的人生的人呢？

被啪啪打脸的不止网友，还有娱乐圈那些支持文珠怜的人，他们各自的经纪人纷纷打来电话，他们一听，顿时脸色煞白，接二连三地删掉了昨天为文珠怜说的话。

真是尴尬死了，他们内涵宋雎窈上不得台面见识浅薄心胸狭窄，结果，人家是埃文斯那位传说中的妹妹！

然而他们删得快，网友们截图更快，风向一转，嘲讽起来。

这波打脸有够疼的。

这反转！电视剧都不敢这么演！

本来事实就是文珠怜是既得利益者，本来就亏欠了真千金的，说得这么委屈，还把真千金推到人前来，不就是想让人网暴她吗？

笑死，你们以为她是根草，没人爱，其实人家被天王巨星捧手心里。

难怪周野放说狗仔想让他死，跟妹控的妹妹传绯闻，怕不是要被妹控打死。

谁？谁说我家小姑子坏话？！

文珠怜被嘲出了天际，她的委屈、她倾诉的希望宋睢窈回家来、言语间透露出的宋睢窈养父母家的贫寒、宋睢窈对她的嫉恨等，在宋睢窈的哥哥是埃文斯这件事曝光后，都成了反击向她的石头。

文珠怜心里气疯了，面上因为还记得自己正在审判真人秀中，有些僵硬地笑着对看不见的观众说：“哇，被反将了一军，宋睢窈真的很厉害，我已经很警惕了，没想到还是被她算计了一把。我跟她接触那么多天，她一点儿都没有透露过自己养父母的情况……”

文珠怜这么一说，直播间内嘲讽她的声音里就多了不少帮她说话的，认为宋睢窈是故意的，就等着这一天让文珠怜难堪，那淡然的表面下，心思深得很，总算扭转了一些风评。

节目组见此，觉得文珠怜还是比较聪明的，至少不像第一期那两位，也不像愚蠢的还没开始就出局的蒋蜜。观众们可以期待她的表现。

文珠怜又给直播间的观众们打预防针：“幸好我也没小瞧她，为此还借用了那么多前辈的经典好歌，总算站在了能跟她一拼高下的层面。我会加油的，尽我所能，将她不为人知的一面都压迫出来！”

珠珠加油！

三观不正的人真多，这是审判秀，当什么爽文秀在看，明星玩家被欺压，应该是让人愤怒的事啊！

珠珠放开手脚干吧!

给宋睢窈好看!

呵呵,不想让人嘲讽,首先文珠怜就不该用现实世界里的歌去虚拟世界立天才人设,看着感觉真怪。

文珠怜已经做好反击的准备,但她忍耐着等待最好的时机。

而这时,另一位明星玩家出手了。

进入求生岛前,宋睢窈去了一趟孤儿院旧址。

这么长时间下来,这个孤儿院并没有改建,一直保留着当初的模样。当初警方来卧底了几天,看到了院长虐待小朋友,人证物证俱在,这个孤儿院就被一锅端了。

她知道蒋蜜在虚拟世界已经死了吗?

说实话,蒋蜜在里面的死,她得负责吧?

关宋睢窈什么事?蒋蜜搬起石头砸自己的脚好吗?

蒋蜜自作自受是一回事,但是她该内疚是另一回事,任何人都会内疚的吧?

宋睢窈确实应该内疚,按照剧本,她 18 岁的时候文家找到她,也会将那两个变态绳之以法。现在蒋蜜死了,这 8 年的时间里,他们不知道又祸害了几个无辜孩子。

每次看到圣母言论,都能让我怀疑人的脑回路怎么能差别那么大。

道德绑架言论的出现,让直播间内又争吵了起来。

虚拟世界内。

宋睢窈走到秋千上坐下,慢慢晃着,阳光洒散,她的影子投在地上有些孤寂。

蒋蜜怎么样了呢？虽然不知道具体情况，不过作为直播还没开始就出局的人，或许会倒打一耙说是她心机叵测来引导舆论，这个可能性很大，所以这一期观众很可能是戴着恶毒滤镜来看她的。

当然，也有一些概率出现对她有利的情况，比如有些什么厉害的人出手帮助，让录屏提前播放。

但是这个概率太小，她当然不能寄希望于这个。

所以，有些东西需要收一下尾，才能进入下一个阶段呢。宋睢窈的手指在秋千绳上动了动。

这时，孤儿院的门被推开，宋睢窈抬头，和一个高大英俊的男人的双眼对上。

双方皆是一愣。

“你好。”男人随即出声。

“你好。”宋睢窈点点头。

“你也是这个孤儿院的熟人吗？”卫言靠近她几步，但仍然绅士礼貌地保持了安全距离，他侧头看向一处，用怀念的暧昧口吻说，“在这个孤儿院被关闭之前，我经常来这里做义工，有一个小姑娘让我印象特别深刻，她被排斥在外，给她的巧克力总是藏不住，可是看着她的双眼，又忍不住想投喂她……”

他说着，笑着摇了摇头。

宋睢窈微微怔住，明显是记起他来了。

“我可以坐在那个秋千上吗？”卫言问道。

“当然可以。”

那个秋千就在宋睢窈边上，超过了安全距离，一个女性的警惕心是不会这么快让一个出现在这种荒凉地方的陌生男子坐在她身边的，除非她已经卸下了警惕。

她认出了他，并且对他有好感。

卫言嘴角勾了勾。

宋睢窈不会掉进卫言的温柔陷阱吧?

有一说一，卫言好像比不上埃文斯帅……

但是卫言小时候做过铺垫，宋睢窈喜欢他也正常。

“对了，请问你是……”卫言问。

“我以前是这个孤儿院的。”宋睢窈说。

“抱歉。你现在是在想念小伙伴吗?他们都被转移到另一个孤儿院了，你不知道吗?要我给你地址吗?”

宋睢窈摇了摇头，低落的情绪，让她需要向他人倾吐:“我以前有个好朋友，她像天使一样，后来她被领养了，但是……”

宋睢窈被养父从孤儿院里带走没两天，听说要出国后，她就向他提出请求，请他带她去找蒋蜜，跟她道别。养父同意了，他开车载她在路边停下，让她自己去跟小伙伴道别。

宋睢窈敲响了门，门打开，露出那个男人脸色不太好的面孔。他看到宋睢窈，怔了一下，眼中闪过奇异的光彩。

蒋蜜死后，他对宋睢窈那种奇异的感觉又出现了，他弯下腰，温和地问:“你不是孤儿院的小朋友吗?怎么到这里来了?”

“叔叔，我想蜜蜜了，来找她玩。”宋睢窈朝他露出乖巧又天真的笑容。

“原来如此，特地从孤儿院找过来的。”男人眼中的光芒更甚，嘴角的笑容也有些诡异起来。

“进来吧。”

宋睢窈毫无防备地走了进去。

为了防止真人 NPC 在虚拟世界中运行的时候突然离开的情况发生，系统会在她选择退出后立刻复制一个 NPC 形象代替，因此蒋蜜一走，她的身体并没有消失，只是没了气。

蒋蜜那小小的尸体，还躺在地下室里，被分尸分了一半。

因为杀过一次人了，这个男人心性上也隐隐有了变化，以前有些胆小，现在沾过一次血，胆子和欲望都开始无限放大。

他看着宋雎窈的背影，觉得这种小姑娘很好下手，从那种孤儿院出来找朋友，就算被他怎么样了，回去之后被阿姨发现，阿姨也会选择多一事不如少一事，当作无事发生。他只要小心一点儿，别把人弄死了就好。

他在牛奶里下了安眠药，端给宋雎窈，宋雎窈防备心却有点儿强，她并没有喝，而是把牛奶放在了桌上，一直追问蒋蜜的去向。

“她跟妈妈出去了，等一下就回来。你先喝点儿牛奶吧。”

宋雎窈站起身：“那我晚一点儿再过来找蜜蜜吧，叔叔再见。”

宋雎窈要走，男人没了耐性，表情一下子沉了下来，拉住宋雎窈的胳膊将她丢在了沙发上，扑了上去。

宋雎窈吓坏了，大声尖叫了起来，男人捂住她的嘴，但没一会儿就被扯起后衣领丢了出去，高大凶恶像屠夫一样的男人一拳头就揍得他晕头转向。

然后那个男人报了警，警方很快赶来，地下室的蒋蜜的“尸体”也被发现了，夫妻俩没来得及伤害第二个孩子，双双被逮捕入狱。

哇！太棒了吧！这对恶心的夫妻被宋雎窈送进监狱了！

刚刚说宋雎窈的人，脸疼吗？

关宋雎窈什么事啊，这只是碰巧。

宋粉逮着机会就想把宋雎窈包装成天使。

是不是碰巧，宋雎窈都还了蒋蜜公道，救了不知道多少个可能会惨遭他们毒手的孩子，功德就该落在她身上！

哈哈哈！真是搞笑，前面说宋雎窈应该内疚，因为她不被恋童

癖收养无意中害了无辜孩子，现在她无意中救了那么多个孩子，就不关她的事了？做人不要太双标，显得很恶心！

卫言没想到会听到蒋蜜的结局，傻眼了，他和文珠怜以为蒋蜜是有什么特殊的行动所以消失无踪了，原来是出局了吗？本来该宋睢窈被收养的，结果居然变成蒋蜜被那对夫妇收养了吗？

还惨遭杀害和分尸，太可怕了！

他表情僵硬，但没忘记继续演下去。

“所以，你就是……宋睢窈吗？没想到这么巧，我们还挺有缘分的。”卫言眼神复杂地看着她，“我叫卫言，我没有想到天下会有这么巧的事，原来我们小时候就见过，你就是文家抱错的千金，本来我和你才应该是……”

他欲言又止，充满了暗示性，如果宋睢窈对他有些心动，此时定然会心跳加速，自动补上后半句：他和她才是真正的未婚夫妻。

然而，宋睢窈只是微笑。

卫言觉得她在强颜欢笑，便换了个话题：“对了，我其实是一个导演。”

宋睢窈：“我知道，我看过你的作品，非常出色，不愧是奥莱拉金像奖最佳导演。你是这个奖项最年轻的得主。”

卫言露出笑容：“谢谢。”

卫言和文珠怜是同一个公司的，公司给他们做的计划是类似的，他将现实世界中叫好又叫座的电影拍了出来，和文珠怜一样，一举成名，横扫各大奖，成为史上最年轻的奥莱拉最佳导演。

这个头衔可是现实世界中无数导演终其一生都在追求的最高奖项！

卫言被捧得有些飘飘然，原来当天才是这种感觉。

“我有一个很好的剧本，不知道你有没有兴趣来试一下镜？”卫言忽然说。当然，这个角色会是文珠怜的，这是给宋睢窈安排的陷阱。没有一个年轻女孩会不向往星光熠熠的演艺圈，尤其是文珠怜正在里面，宋睢窈但凡对她有点儿在意，想跟她比一比，应该也会想进这个圈子。

生怕这样说诱惑力不够，卫言又添了一句："是我好不容易买到的一本书的版权改编的，你知道吧？著名幻想小说女王屠龙公主的《夜莺与龙》。"

尴尬了。

邀请作者试镜由她写的小说改编的电影哈哈哈！

好好奇宋睢窈写的小说啊啊啊！好像很厉害的样子！

代入宋睢窈的角色，有种暗爽感耶！

好想看到卫言和文珠怜发现真相的时候，他们的表情一定很精彩吧？

宋睢窈像被逗到，眼中盈满笑意，她的眼睛一笑就水盈盈的，看人的眼神那么温柔多情，让卫言心神一荡。

宋睢窈："不了，我对娱乐圈并没有什么兴趣，我的演技也不好。我该走了。"

卫言站在原地，看着宋睢窈的背影，还沉浸在那双美眸的魅力之中，随即嘴角勾起。

宋睢窈对他有一点儿心动，他如此肯定。

他们很快会再见的。

三天后，所有受邀嘉宾准备前往求生岛乐园。

这时，全网嘲假千金文珠怜已经到达最高峰，有些人出现莫名其妙的反弹心理，文珠怜知道反击的时候到了。

大拨水军出现，一直按捺着的珍珠粉们也开始行动了。

一个大 V 先发声，说：

最近的网络风气我也是看不懂了，埃文斯确实很厉害，但是这关他妹妹什么事？就好像埃文斯的成就是她的成就一样。我也不是文珠怜的粉，只是搞不懂。文珠怜才18岁，14岁出道，出了3张专辑，首首经典爆款，当之无愧的天才，缔造了帝国乐坛的历史。而宋睢窈呢？提起她的成就，哦，她有一个乐坛之王哥哥，然后？没了。

本来挺讨厌文珠怜的，看到这么多人黑她黑个不停，我反而有点儿喜欢她了，没错，就是逆反心理。

埃文斯的粉不要太舔狗，小姑子小姑子地喊，人家认识你们吗？

文珠怜做错了什么，要被你们这样嘲讽？她又不知道埃文斯是宋睢窈的哥哥。要我说那个真千金才奇怪，不想跟人回去，为什么不直接说？欲盖弥彰，是不是就等着这一天？

感觉文珠怜是掉入了陷阱。

宋睢窈是真千金，也就是说跟埃文斯没有血缘关系，嗯……他们真的只是单纯的兄妹吗？

……啊啊啊闭嘴我不听我不听！

明天就进求生岛乐园了吧？是人是鬼我觉得很快就能看清了。

节奏一带，之前情绪上头的人们骤然冷静下来，像是终于反应过来一样。对哦，有什么了不起的，埃文斯是埃文斯，宋睢窈是宋睢窈，一个人最了不起的地方在于有一个很牛的亲人？怎么听都很废。

相反的，文珠怜就不一样了，人家跟宋睢窈反着来，她自己就是“很牛的亲人”。

文珠怜满意了，埃文斯是哥哥？有什么了不起的。

埃文斯是个妹控，看到这个一定很生气，会帮宋睢窈说话吗？尽管说啊，他越帮宋睢窈，人们对宋睢窈的观感反而越不好。

埃文斯有很多“老婆粉”，尽管他不靠这些粉丝吃饭，但是难免有自作多情的粉丝。那么大的粉丝团里，其实很多人讨厌宋睢窈，毕竟女孩子谁会喜欢男朋友是个妹控？尤其是这个妹妹居然是收养的，跟他根本没有血缘关系。

只是之前毕竟不好说，毕竟是偶像的妹妹，搞不好会惹偶像生气，现在有人一带节奏，她们更加不舒服，就不一样了。这个时候，埃文斯越帮宋雎窈说话，她们就会越讨厌宋雎窈，甚至会觉得宋雎窈就是个吸血鬼，吸附在埃文斯身上。

细数历年来埃文斯说过的送给妹妹的礼物……这次求生岛乐园还带上她，是想趁机出道吗？都这么大了，没有想过靠自己的实力吗，一直吸附在哥哥身上不好吧？

哦，已经有人这样说了呢。

“珠珠，你东西收拾好了没有？”黎欣过来敲门问。

“妈妈，我已经收拾好了，您怎么还没睡啊？赶紧睡吧，明天早晨 6 点就要出发了。”

“我这不是有点儿兴奋，睡不着。”第一次上节目，还是直播，哎呀，不行，那对珍珠耳饰还是得带上！有那么多人看着呢。

黎欣又回去收拾东西了。

文家一家四口收拾好了东西，其他嘉宾也收拾好了，翌日一早，天才蒙蒙亮，他们就从各自所在地出发了。

文珠怜没有等到埃文斯帮宋雎窈说话，有些小失望，但更多的又是窃喜。她也不喜欢偶像是个妹控。

求生岛乐园在鲸落海域内，因为经常出现鲸落现象，因此这片海域生机勃勃。

这座岛屿非常大，嘉宾们在各自的直升机上睡了一觉，阳光变得刺目的时候才抵达目的地，他们从窗户往下看，就看到了那座碧绿的海岛。

海面平静，在阳光下闪烁着粼粼波光，沙滩附近的海非常清澈，能够看到底下的珊瑚群和海龟……

主持人正在沙滩上等他们，用力朝他们挥手，直播就是从这个时候开始的。

进入求生岛乐园的家庭有 8 个，受邀嘉宾分别是影后、视帝、名模、著名画家、国际影星、歌手等，都是国内外名人，各种肤色的都有。有的一家四五口都来了，最少的也有两个人，总共加起来 20 来个人，称得上是一个海岛旅行团了。

宋睢窈和埃文斯一下飞机，目光扫过眼前这一大拨人，眉梢轻挑，嘴角的笑容深了深。

还真是……不少熟面孔呢。

“嗨！埃文斯！”剃着光头的国际影星利斯坦笑容豪爽地跑过来跟埃文斯拥抱了一下，看向宋睢窈，“这一定就是埃文斯的宝贝妹妹！”

“你好，利斯坦，你可以叫我爱丽。”宋睢窈和他握手。

利斯坦又转头喊儿子艾迪森过来打招呼，然而艾迪森自己一个人面向大海，并不理他。

而此时，求生岛乐园直播已经开始了，网友们纷纷涌入，弹幕都是为各自喜欢的明星打 call 的。

宋睢窈看到那边文珠怜也非常忙碌地在跟其他嘉宾拥抱打招呼，看起来大部分人她都认识，包括超模达达和她的父亲著名画家李思清。

宋睢窈低下了头，看着脚尖旁的一枚贝壳，蹲下身将它从沙子里挖出来。

人都下来后，那些直升机便纷纷起飞离开了。

“就这么走啦？”

直升机飞走后，沙滩安静了下来，主持人廖波说：“好了各位，公布一下规则，首先，只允许带不超过 5 公斤的东西进入乐园，通信设备也必须要上交。”

这规则一出，几个家庭开始围着过多的行李商量了起来。

“带水和饼干，巧克力也要点儿吧，补充能量……”

“相机，相机肯定得带啊。主持人，我这相机就超了一点儿……”

“不行。”主持人无情拒绝。

“这还咋玩啊，手机也收了，相机也没了，都不能拍照了。”

但是规矩就是这样，签了合同的，就得按照人家的规则办事。

见嘉宾们都拣拾好自己要带的东西后，廖波挨个检查。

先是影后礼文灵一家。礼文灵带了老公和一对儿子，分别是 13 岁和 16 岁。5 公斤，这个重量说大不大，说小不小，比起正经的野外求生，只给一瓶水一把刀还是好多了。

礼文灵包里放了一瓶水、一袋旅行装的护肤品、防虫喷雾、部分药品，再加上一条薄毯子，5 公斤的重量就达到了。她老公包里则是一瓶水，全家人各一套轻薄的衣服。两个孩子也是各自一瓶水，和一些零食饼干，还有他们的暑假作业。

看到暑假作业的时候，正在看直播的网友们都笑喷了。

我看到大弟小弟偷偷把作业拿出来，然后被影后重新塞了回去，惨，哈哈哈！

大家的喜怒哀乐是共通的，比如就没有人喜欢写作业！

礼文灵后就是卫言一家了，卫言带了他爸妈和妹妹。

“我带了绳子、军工刀、打火机、指南针……”卫言把东西拿出来，可以看出他为这次荒岛求生提前做过功课，全家穿的衣服鞋子都相当讲究，鞋子是抓地力很强的野外专用运动鞋，衣服是轻便防水保暖的材质。

不止卫家，他们边上的文家也差不多，好像是从同一家店里采购的衣物。

啊啊啊，CP 粉嗑到糖了！

珠珠和卫言真是郎才女貌，就算不是文家亲生的又怎么样？卫家还不是那么喜欢珠珠？某人还以为血缘有多了不起。

珠珠和他们站在一起，完美融合，哪里看出来不是亲生的了？我觉得比亲生的还亲生，某靠哥的靠边站吧！

别是个脑残吧，正经时间，居然在那里捡贝壳！

其他人也看到宋睢窈居然跑去捡贝壳了，脸上的表情各异，有人同情地看向文珠怜。

文珠怜向宋睢窈喊：“睢窈，别玩了，快回来！”

宋睢窈回头看了她一眼，没理会，自顾自地捡贝壳。

文珠怜有些尴尬，文英霆一脸不爽：“你管她那么多干吗，她又不听你的。”

“珠珠，来吃糖。”视帝常友青的妹妹常珍珍招呼文珠怜。

文珠怜想了想，还是跟蹲在行李边上研究一个平底锅的埃文斯说：“埃文斯，你把睢窈叫回来吧，这样不好。”

埃文斯看也没有看她一眼，敲了敲平底锅，掂了掂重量。

对埃文斯的喜爱有点儿降低了。

太没有礼貌了吧？

埃文斯一直都是这么高冷谢谢，他连自己粉丝都不怎么理，凭什么理文珠怜？

埃文斯的粉丝群体太大，文珠怜的粉丝也不敢说太多，被怼两句就销声匿迹了。

“珠珠，你来一下。”礼文灵也出声了。

文珠怜走过去，他们围着她，看起来是在安慰她，让她别太善良，堪称众星拱月，团宠。

文珠怜面上不显，心里得意，这就是当团宠的感觉。

她的粉丝骄傲极了，粉的这是什么神仙偶像，有才华，还认识那么多神仙人物。果然神仙的朋友也都是神仙！

很快，检查到埃文斯和宋睢窈了。

只见埃文斯的背包里装着水、一个小小的笔记本、一支笔和一个质地轻薄的平底锅，以及用小小的透明塑料袋装着的一些调料。相比其他人，可以说非常简洁了。

廖波惊讶："埃文斯，你就只带这么一点儿东西吗？"

埃文斯："我有妹妹就够了。"

廖波去检查宋睢窈的包，只见宋睢窈包里放着一瓶水、一些贝壳、一把长刀和一些乱七八糟的小仪器，好像是化学实验用品还是什么，廖波也不懂。除此之外，没有其他了，总体重量刚刚好 5 公斤。

怎么说呢？这对兄妹带的东西，相当不正常，尤其是宋睢窈，埃文斯好歹还带了锅和调味料，虽然怎么看都显得太惬意了，但宋睢窈带的都是什么啊，怎么看都不是在野外生存应该带的东西。

弹幕上都在说宋睢窈在闹着玩，饼干也不带一块，她哥就带了个锅和调味料，该不会想着什么美好的场景，比如下河抓鱼逮兔子等看起来很轻松写意的野外生活吧？电视剧看多了吧？怕不是根本一条鱼都逮不到，饿死在山上。

文英霆忍不住翻了个白眼，黎欣和文国华也眉头紧皱，看起来很想把人叫过来教育一顿。

"我劝你们至少带点儿饼干和糖。"文英霆没忍住说。

"不用，谢谢。"宋睢窈说。

"哼，我可是提醒过你了，到时候没吃没喝的时候，找别人要就尴尬了。"

宋睢窈一脸平静，毫无波动，也没有任何听人劝的意思。

到时候别要别人帮助……

别人自己要用的，哪有多余的分给他们?

埃文斯无脑听妹妹的，而妹妹无脑。

检查完物品后，确认每个人的背包里都只有5公斤的东西后，廖波又给每个人发了一个手环，看着他们将手环戴上。

廖波:“各位，你们即将进入的，是由繁星集团耗资200亿尤金币打造的神奇的求生岛乐园！在这里，你们将体会在城市里无法体会到的神奇的经历、刺激的冒险，在这里，你们会获得不可思议的成长和感情的升华。我们希望，参加这一次家庭求生综艺的家庭，在节目结束后，彼此之间能够更加珍惜。

“各位，你们的任务是，从岛的这一头，穿越到岛的另一头，没有时间限制，先抵达终点的人先结束这场综艺，先抵达的人没有奖品，后抵达的也没有惩罚。所以，请尽情享受吧！”

廖波说着，快步跳上了停在海边的快艇，他大声喊:“求生岛乐园，开启！”

与此同时，繁星集团。

求生岛乐园项目组的工作人员面色紧张，组长按下了一个红色的按钮。

“乐园，启动！”

大块的屏幕反射出白色的光芒，偌大的办公室里整洁干净得冰冷寂寥，江白奇坐在一张椅子上，背对着那屏幕，一手托着下巴，灰色的双眸显得百无聊赖。

听到乐园启动的声音，他脚尖一点，椅子转了一圈，他面向了眼前那块大屏幕。

一张面孔就这样突然地闯入了眼中，他蓦地怔住。

“出发！”沙滩上的明星家庭，对于即将面对的一切一无所知，快乐地朝着岛内出发了。

他们却不知道，正在观看这一场综艺直播的观众们都惊呆了。

只见直播间内，在他们离开沙滩后，骤然多出了一个小直播间，两个直播间内，一个是明星家庭成员们往岛内前进的画面，另一个却是这些明星及家庭成员们躺在一张张沙滩椅上的画面，刚刚明明已经搭乘游艇离开的廖波，就在他们身边，还笑着跟镜头打招呼！

观众们惊呆了。

随后繁星集团跟他们解释了求生岛乐园的原理。

原来嘉宾并不是真的进入海岛冒险，而是通过繁星集团的新产品陷入睡眠状态，精神却进入了一个虚拟的海岛，可是他们并不知道这件事，他们还以为自己真的进入了海岛，他们在里面能够感受到百分之百真实的一切，但无论发生什么，都不是真的，对他们没有任何伤害，但对真相一无所知的他们，会以为这是真实的。

如果不是《正义审判日》直播间的观众和节目组，在虚拟世界运行期间，只能通过进入的真人的直播间来看一切，恐怕就要感到一阵头皮发麻了。这不正是审判秀的另一种模式吗？只不过他们是审判，虚拟世界里只是普通的冒险综艺。

可惜现在无论是卫言还是文珠怜，都不知道自己陷入了虚拟世界中的虚拟世界中。

唯一知道真相的人，并不会告诉他们。